Pour quelques nuits de passion…

*

L'héritage des Carducci

*

L'amant de Madrid

HELEN BROOKS

Pour quelques nuits de passion…

Traduction française de
AURE BOUCHARD

Azur

HARLEQUIN

Collection : Azur

Titre original :
SNOWBOUND SEDUCTION

Ce roman a déjà été publié en 2011

HARPERCOLLINS FRANCE
83-85, boulevard Vincent-Auriol, 75646 PARIS CEDEX 13
Service Lectrices — Tél. : 01 45 82 47 47

www.harlequin.fr

ISBN 978-2-2803-6536-9 — ISSN 0993-4448

1.

Rachel regarda s'éloigner la mère au visage las, flanquée de deux bambins braillards et d'un troisième dans sa poussette. Cette femme l'avait bousculée avec une telle force qu'elle en avait encore mal à l'épaule ; sans même se retourner pour s'excuser, elle avait poursuivi son chemin, indifférente. Cette mère surmenée n'était pas la seule à sembler accablée. Le trottoir grouillait d'écoliers renfrognés, courbant l'échine sous des cartables trop lourds, et les passants se voûtaient sous leurs parapluies face aux assauts de la pluie. Plus loin, un groupe d'étudiants turbulents attendait un bus dans une file interminable.

Pourtant, la dernière ligne droite avant Noël n'était-elle pas censée être une période joyeuse ? Alors que les enfants du monde entier ouvraient les premières cases de leur calendrier de l'Avent, une ambiance festive n'aurait-elle pas dû égayer l'air, malgré l'absence de neige ? Mais l'humeur des gens semblait au diapason du temps de chien qui sévissait sur Londres — pluie battante et vent glacial. Tous affichaient des mines de tueurs en série.

Ralentissant devant une vitrine, Rachel contempla un gros Père Noël au sourire figé. Il était installé là depuis le mois d'octobre, avec guirlandes et sapin. A force de lancer les festivités de fin d'année si longtemps à l'avance, à grand renfort de publicités et de décorations, on s'en était déjà lassé au début du mois de décembre.

Rachel fit la moue. Voilà qu'elle pensait comme sa mère à présent ! Mais celle-ci n'avait-elle pas raison, au final ? Elle frissonna tandis que des gouttes de pluie froide ruisselaient sur sa nuque — elle avait encore oublié son parapluie ce matin.

Certes, elle n'irait pas jusqu'à prôner, comme sa mère, un retour à l'époque où l'on ne décorait le sapin que quelques heures avant le réveillon, et où les enfants recevaient pour seul cadeau une grande chaussette en laine garnie d'une orange, voire d'une grosse pièce de monnaie pour les plus chanceux. Mais force était de constater que les enfants d'aujourd'hui ne juraient plus que par des gadgets *hi-tech* aux prix prohibitifs. En tout cas, Rachel se demandait si elle ne préférait pas l'époque où les hommes ne disaient pas *je t'aime* à une femme dans le seul espoir de passer la nuit avec elle.

A cette idée, elle se figea au milieu du flot de piétons, qui continuèrent à la bousculer au pas de charge.

Depuis quand était-elle devenue aussi cynique ? Marmonnant quelques excuses aux passants à qui elle bloquait le passage, elle se remit en route. Voilà pourtant des mois qu'elle s'était remise de sa rupture avec Giles. Car, après deux semaines sous le choc — elle avait eu l'impression que le monde entier *savait* à quel point l'homme auprès de qui elle pensait finir ses jours l'avait prise pour une idiote —, Rachel avait fini par comprendre qu'elle souffrait plus d'une blessure d'amour-propre que d'un véritable chagrin d'amour. Comment diable avait-elle pu accepter la demande en mariage de cet homme, puis éprouver un immense soulagement à le savoir définitivement sorti de sa vie ? N'était-elle pas un peu tordue, à bien y réfléchir ?

Cela ne s'était certes pas passé du jour au lendemain. Cette prise de conscience ne s'était produite qu'après plusieurs nuits blanches, desquelles avait résulté une perte de poids considérable. Avec une silhouette réduite à sa plus simple expression, Rachel avait alors entrepris d'arrondir de nouveau ses courbes, à l'aide notamment d'une débauche d'éclairs au chocolat et de friandises en tout genre. Jennie et Susan, ses colocataires, en avaient été vertes de jalousie. Ce qui était d'ailleurs nettement préférable aux regards de pitié que ses amies avaient posés sur elle des semaines durant.

Elle quitta le boulevard pour s'engouffrer dans une des petites ruelles menant à son élégant appartement de Kensington. Une rafale d'un vent aussi glacial qu'humide manqua de lui faire perdre l'équilibre. D'ordinaire, elle appréciait pleinement les quinze minutes de marche qui séparaient son bureau de chez elle mais, aujourd'hui, cela avait relevé du supplice. Elle aurait sans doute mieux fait de prendre le métro, même si la perspective de se retrouver en pleine heure de pointe dans une rame bondée de passagers trempés et en sueur l'en avait dissuadée.

Lorsqu'elle tourna la clé dans la serrure de l'appartement qu'elle partageait depuis cinq ans avec ses deux meilleures amies de fac, Rachel était trempée jusqu'aux os. Ses cheveux dégoulinaient piteusement, son mascara avait coulé le long de ses joues, et elle grelottait comme un chien mouillé. Elle ne rêvait que d'une chose : un bain très chaud, avec un verre de vin dans une main et un bon livre dans l'autre. Et comme elle rentrait généralement plus tôt que Jennie et Susan, elle comptait bien en profiter.

Elle manqua de trébucher dans le petit hall d'entrée et ferma les yeux pour reprendre son souffle. Sa journée avait été particulièrement mauvaise. Après son diplôme en marketing, elle avait décroché très tôt un emploi dans une grande chaîne de fast-foods. Elle gagnait bien sa vie, et son sens des affaires et de l'anticipation des besoins des clients lui promettait une carrière fulgurante. Sauf que son dernier projet de développement venait d'être torpillé par l'équipe commerciale, qui n'avait pas suivi l'ensemble de ses recommandations. En plus, Rachel s'était retrouvée à endosser seule la responsabilité de cet échec cuisant.

Tout en ôtant son manteau détrempé, puis ses chaussures, elle se remémora avec aigreur le visage livide de Jeff, son responsable direct, lorsqu'il l'avait prise à part dans l'après-midi pour lui annoncer la nouvelle. Lui-même venait de se faire sermonner par son propre chef, et n'avait rien voulu entendre des arguments qu'elle avait tenté d'avancer pour sa défense.

Mais Rachel avait choisi ce métier en connaissance de cause : la pression était intense, et la sécurité de l'emploi une notion illusoire. Elle qui espérait se voir promue au poste de Jeff dès qu'il serait muté, en début d'année... A présent, son rêve de promotion risquait d'être compromis.

En tout cas, elle n'était pas mécontente de voir cette année s'achever, même si cette période la ramenait à de douloureux souvenirs : elle avait rencontré Giles lors de la fête de Noël organisée par son entreprise, l'an dernier, et ils avaient eu leur premier rendez-vous galant le soir même.

— Bonsoir !

Au son profond et ténébreux de cette voix masculine, Rachel sursauta et laissa échapper un petit cri. Son sang se glaça lorsqu'elle aperçut l'inconnu, grand et athlétique, qui se tenait dans l'embrasure de la porte du séjour.

— Qui êtes-vous ? Et que faites-vous chez moi ? s'écria-t-elle en portant une main à son cœur, qui battait à tout rompre.

Pétrifiée, elle se souvint alors que plusieurs cambriolages avaient eu lieu dans le quartier depuis un mois. Pas plus tard que la semaine dernière, une de ses voisines s'était retrouvée nez à nez avec un voleur très agressif.

— Ho là, doucement ! rétorqua l'homme d'une voix désinvolte. Vous n'allez quand même pas paniquer.

Alors qu'il s'approchait d'elle, Rachel fouilla d'une main fébrile dans son sac et en sortit son flacon de parfum.

— Un pas de plus et je vous asperge de spray anti-agression ! menaça-t-elle, impressionnée par sa carrure imposante.

Elle n'avait pas pris la peine d'allumer la lampe du couloir en arrivant et, à contre-jour de la lumière du salon, l'intrus paraissait immense. En cas de bagarre, Rachel ne se faisait pas d'illusions : ses chances d'avoir le dessus seraient nulles.

— Permettez-moi de vous donner un conseil, fit-il d'un ton léger : mieux vaut ne pas prévenir que vous possédez ce genre de spray et miser sur l'effet de surprise.

Il était à présent assez proche pour que Rachel puisse

distinguer les traits de son visage. Elle eut un second choc. Pour un cambrioleur, l'homme avait un physique de dieu du stade ! Chevelure noir de jais, nez droit, lèvres charnues et sensuelles au possible… Et ce regard ! Elle était tout simplement en train de se perdre dans ses reflets mordorés. Il était temps de se ressaisir !

— Ecoutez, je crois vraiment que…

Son ton glacial ne l'impressionna guère car il la coupa :

— Je suis Zac Lawson, se présenta-t-il en souriant, comme si son nom était censé la rassurer. Vous savez, le cousin de Jennie. Elle vous a appelée tout à l'heure, pour vous prévenir.

— Me prévenir ? répéta-t-elle bêtement.

Le regard fauve continua de la scruter avec insistance. Cet homme possédait un magnétisme rare. Exactement comme Giles. D'ailleurs, Rachel pressentait que ce Zac Lawson n'hésiterait pas à en user et en abuser. Ce qui n'était pas pour la rassurer, vu la situation.

— Avez-vous consulté votre téléphone portable ? demanda-t-il d'une voix presque trop patiente.

Evidemment, elle avait oublié de rallumer l'appareil après l'avoir mis en veille quand Jeff l'avait convoquée dans son bureau.

— J'ai été très occupée aujourd'hui, déclara-t-elle sur un ton un peu guindé.

Il hocha la tête d'un air impassible, mais Rachel lui trouva un je-ne-sais-quoi d'arrogant. Peut-être cette moue blasée ?

— Je suis le cousin de Jennie, reprit-il, toujours aussi calme. Nos familles habitaient la même rue quand nous étions gamins, jusqu'à ce que mes parents déménagent au Canada quand j'avais seize ans. Jennie en avait onze. Je dois passer trois semaines ici pour affaires et, quand j'ai appelé Jennie, elle a insisté pour que je dîne avec vous trois ce soir.

Le Canada : voilà donc qui expliquait cette petite pointe d'accent ultrasexy. Non pas que Rachel se sente attirée par cet homme. Elle avait eu sa dose en matière de beaux parleurs arrogants. Et le cousin de Jennie semblait être de la pire espèce.

— Je suis passé au bureau de Jennie tout à l'heure pour récupérer sa clé, car elle a tenu à ce que je profite de l'appartement pour me remettre du décalage horaire, poursuivit-il imperturbable. Elle a dit que je serais mieux ici que dans une chambre d'hôtel. J'avoue que j'ai dû m'assoupir sur le sofa.

Rachel afficha un sourire forcé et s'attacha à rester polie.

— Je vois. Puis-je vous offrir à boire ? proposa-t-elle à contrecœur en appuyant enfin sur l'interrupteur.

A la lumière, elle se rendit compte que le cousin de Jennie était encore plus beau qu'elle ne l'avait d'abord suspecté. Quelques mèches grisonnantes intensifiaient diablement son aura virile, et ses yeux couleur cuivre prenaient des lueurs franchement magnétiques. Elle n'avait jamais vu un tel regard. D'autant que Zac la scrutait d'un air amusé. Il était vêtu avec goût de vêtements griffés et portait une Rolex en or sur son poignet hâlé. Seigneur… à côté de lui, elle avait vraiment l'air d'une pauvresse !

Ignorant la flaque d'eau qui avait fini par se former à ses pieds, Rachel sourit, histoire de donner le change, mais fut soudain prise d'une crise d'éternuements tenace.

— Un verre de vin ? insista-t-elle, s'efforçant malgré tout de rester digne. Sinon, nous devons avoir un peu de brandy quelque part. A moins que vous ne préfériez du café ou du thé ?

— Et si vous alliez plutôt vous changer pendant que moi, je nous prépare un café chaud ? suggéra-t-il alors d'une voix aussi douce qu'infantilisante. Il me semble que, de nous deux, c'est vous qui avez le plus besoin de réconfort.

Difficile à nier, alors qu'elle claquait des dents à réveiller un cimetière. Le plus urgent était de fuir ce regard hypnotique, et de se rendre présentable. Même si Rachel ne se faisait pas d'illusions : face à la beauté ténébreuse de Jennie, ou à la blondeur voluptueuse de Susan, elle ne ferait jamais le poids.

S'accrochant au peu de dignité qui lui restait, Rachel accepta l'offre de Zac en hochant la tête. Il avait beau ne rien avoir fait de mal, elle éprouvait une vive aversion pour cet homme. Mais il était l'invité de son amie, et elle devait rester courtoise.

— Merci. Le café et le sucre se trouvent sur l'étagère au-dessus du bar. Il y a du cake aux fruits dans le placard et…

— Je me débrouillerai. Allez donc prendre un bon bain.

Son ton réconfortant agaça Rachel au plus haut point. Désorientée par les sentiments contradictoires qui s'agitaient en elle, elle décida qu'il valait mieux capituler au plus vite.

— Faites comme chez vous, murmura-t-elle.

Comme s'il n'avait pas déjà pris toutes ses aises !

Finalement, Rachel préféra une douche rapide à un long bain. Elle enfila son peignoir puis avança à pas feutrés dans la chambre qu'elle partageait avec Jennie. Susan, réputée pour ses ronflements nocturnes, occupait seule la seconde chambre de l'appartement.

Après avoir séché ses cheveux, Rachel appliqua une touche d'ombre à paupières et du mascara. Enfilant à la hâte un jean et un sweat-shirt douillet, elle s'examina dans le miroir. Elle avait un peu plus fière allure qu'au moment où elle était rentrée. Qu'avait bien pu penser le cousin de Jennie de sa piteuse arrivée, trempée et tremblante ? De toute façon, elle s'en moquait. Dès la fin du dîner, elle prétexterait une migraine et irait se coucher.

Quand elle sortit de la chambre, une délicieuse odeur de café chaud vint lui titiller les narines. Comme par enchantement, Zac apparut aussitôt devant la porte du salon.

— Vous arrivez pile à temps ! se réjouit-il, comme s'il était l'hôte et elle l'invitée. Le café et le cake sont servis.

Elle lui emboîta le pas en serrant les dents. Surtout, ne pas se montrer trop désagréable.

— J'ai aussi trouvé du lait et de la crème dans le frigo, alors je me suis permis de les ajouter sur le plateau, indiqua-t-il en désignant la table basse du salon.

— Je ne bois que du café noir, rétorqua-t-elle sèchement malgré la prévenance dont il avait fait preuve.

— Ah oui ? s'étonna-t-il en lui tendant un mug fumant.

Elle se félicita d'avoir réussi à le surprendre. Car une petite voix lui soufflait que Zac Lawson n'était pas du genre à se laisser facilement épater par les femmes. Cet homme avait l'aura de ceux qui ont tout et à qui rien ne résiste.

Elle coupa deux copieuses tranches de cake, et il la dévisagea d'un air perplexe. Rachel comprit alors qu'elle l'avait surpris pour la deuxième fois en quelques secondes.

— J'ai un métabolisme qui brûle tout, expliqua-t-elle.

Ses lèvres terriblement sensuelles esquissèrent un sourire.

— Vos amies doivent détester vous voir engloutir du gâteau et conserver votre taille mannequin, alors que je parie qu'elles en sont à compter leurs feuilles de laitue…

Une *taille mannequin* ? Il se moquait d'elle, sans doute ? Elle chercha à déchiffrer son visage impassible.

— Bof, grommela-t-elle, un brin distante.

— Vous voulez dire qu'elles ne sont pas jalouses ?

Cette fois, il la prenait ouvertement pour une idiote.

— Non, je voulais dire que je n'ai pas exactement une silhouette de top model, précisa-t-elle d'une voix plus froide encore avant de mordre dans son cake.

S'il était un tant soit peu perspicace, il comprendrait le message et cesserait de la taquiner sur ce plan-là.

Confortablement installé dans son fauteuil, face à elle, il croisa les jambes sans la quitter du regard. Il se dégageait de lui quelque chose de très viril.

— Pour moi, vous avez tout du mannequin.

Cherchait-il à l'humilier, ou bien était-ce une sorte de flirt ? Quoi qu'il en soit, pas question d'entrer dans son jeu.

— Eh bien jusqu'à ce jour, je n'ai été repérée par aucune agence ; et je suis pleinement satisfaite de mon métier actuel, rétorqua-t-elle en lui adressant un sourire forcé. Au fait, vous ne m'avez pas encore dit ce que vous faites dans la vie.

Visiblement peu affecté par ce changement brutal de sujet, il croqua avec appétit dans son gâteau.

— Je travaille pour mon entreprise familiale, au Canada, répondit-il finalement. Nous sommes dans la verrerie.

Bien malgré elle, elle voulut en savoir plus.

— Vraiment ? C'est une industrie assez ancienne, non ?

— En effet, acquiesça-t-il tranquillement entre deux bouchées de cake. La branche canadienne de ma famille se transmet l'entreprise de génération en génération depuis plus de cent ans. La plupart des autres enseignes de verrerie ont été rachetées par de grands groupes industriels. Nous sommes une des dernières entreprises familiales dans ce secteur, c'est d'ailleurs pourquoi mon père nous a fait déménager au Canada quand j'étais petit. Il s'était disputé avec son père dans sa jeunesse, et était alors parti s'installer en Angleterre. Mais quand mon grand-père a eu sa première crise cardiaque, ma grand-mère a supplié son fils de revenir. J'avais seize ans. Mon père étant leur unique enfant, ils se sont réconciliés, et il a accepté de rentrer au Canada pour reprendre les rênes de la société.

La curiosité de Rachel était piquée au vif.

— Quel était l'objet de leur dispute ? s'entendit-elle demander avant de se raviser. Excusez-moi, cela ne me regarde pas… Rien ne vous oblige à répondre.

— Aucun problème. Mon père a rencontré ma mère alors qu'elle était en vacances au Canada. Ils ont eu un coup de foudre, qui dure encore aujourd'hui, d'ailleurs… Mon grand-père espérait qu'il épouse la fille d'un de ses amis, et n'avait pas l'habitude que l'on s'oppose à ses projets. Il n'a pas supporté qu'on lui désobéisse.

— Votre grand-père est… est-il encore vivant ?

— Oh, que oui ! Et pourtant, il en est à trois crises cardiaques ; à cause de son mauvais caractère, d'après ma grand-mère. En tout cas, mon père a suivi ma mère en Angleterre, où ils se sont mariés. Et il s'est écoulé vingt-cinq ans avant qu'il reparle à mon grand-père. Les Lawson sont des hommes têtus, c'est dans leurs gènes ! ajouta Zac en riant.

Rachel n'était guère étonnée. Quelque chose dans sa mâchoire carrée indiquait qu'il était du même acabit.

La pluie continuait à fouetter les vitres du séjour, et les flammes vacillantes du poêle à gaz se reflétaient sur le visage aux angles aussi sculptés que virils de Zac. Rachel fut saisie d'un frisson qui n'avait rien à voir avec la température de la pièce. Décidément, le cousin canadien de Jennie avait quelque chose de troublant. Certes, il paraissait très sûr de lui, arrogant, mais il y avait autre chose…

— Vous êtes donc ici en voyage d'affaires ? s'enquit Rachel après un silence prolongé et quelque peu déroutant.

— Mouais, répondit-il les yeux pétillants dans la lumière tamisée de la pièce. Ce cake est excellent.

Elle lui découpait une autre tranche quand le portable de Zac se mit à sonner.

— Ça ne vous dérange pas si je prends cet appel ?

— Bien sûr que non, je vous en prie.

Rachel réprima un soupir de soulagement. Elle n'aurait plus à se creuser la tête pour faire la conversation à son invité. Elle se leva pour le laisser téléphoner en toute discrétion, mais il lui fit signe de rester avant de décrocher.

— Bonjour, Sarah, comment ça va ?

Etait-ce sa petite amie ? Rachel marmonna des excuses et regagna la cuisine. Peut-être Zac était-il marié ? Il ne portait pas d'alliance, mais cela ne signifiait rien de nos jours.

Rachel trouva la *shepherd's pie* que Jennie avait préparée la veille, en prévision du dîner de ce soir — c'était son tour en cuisine cette semaine. Elle vérifia qu'il y en avait assez pour quatre puis la plaça dans le four, avant d'émincer quelques carottes et un brocoli. Elle s'efforçait de ne pas écouter la conversation téléphonique de Zac mais entendit son rire chaud et suave alors qu'elle vidait la crème fraîche dans un bol. Ensuite, elle lança le batteur électrique, ce qui couvrit tous les sons de la pièce voisine. Alors qu'elle versait la crème fouettée sur le *trifle* aux framboises que Jennie avait prévu pour le dessert, Zac apparut dans l'embrasure de la porte.

— Vous auriez pu rester, dit-il à voix basse. Ce n'était que ma secrétaire qui me faisait son compte rendu quotidien.

Il parlait de façon aussi veloutée à sa *secrétaire* ? Eh bien, il était peut-être du genre à mélanger travail et plaisir…

— Je devais préparer le dîner, bredouilla-t-elle.

Elle s'en voulut soudain terriblement. Si Zac couchait avec sa secrétaire, c'était son problème. Giles couchait lui aussi avec la sienne, mais cela n'avait rien d'anormal puisqu'ils étaient mariés. Il avait simplement omis de le préciser à Rachel quand il l'avait rencontrée, puis demandée en mariage. Rachel n'avait découvert le pot aux roses que le soir où l'épouse de Giles s'était présentée chez elle, après avoir appris leur liaison.

Non seulement, Giles avait trompé sa femme, avec qui il vivait depuis huit ans, mais il avait aussi trompé Rachel en la menant en bateau. Pauvre Melanie… C'était une femme au demeurant tout à fait sympathique, avec qui Rachel aurait pu devenir amie en d'autres circonstances. Giles ne méritait aucunement une femme comme elle.

— Est-ce que tout va bien ? demanda Zac en fronçant les sourcils.

Rachel comprit que son visage trop expressif avait sans doute trahi le trouble qu'elle éprouvait à ressasser ses souvenirs.

— Ça va, assura-t-elle avec un haussement d'épaules faussement désinvolte. Je vous rejoins dans une minute. Jennie et Susan ne vont pas tarder à arriver.

Elle lui tourna le dos pour placer quelques ustensiles dans l'évier, et ouvrit le robinet. Mais, à son grand désarroi, il la rejoignit, torchon en main. Sa silhouette massive et athlétique semblait rendre la cuisine encore plus exiguë.

— Ecoutez, vous êtes notre invité, protesta-t-elle avec une véhémence qu'elle regretta aussitôt. Il est hors de question que je vous laisse essuyer la vaisselle !

Pourvu qu'il ne décèle pas le profond malaise que lui inspirait ce tête-à-tête dans un espace aussi confiné…

— Il faut bien que je gagne mon repas ! murmura-t-il, toujours aussi décontracté et amusé.

— En aucun cas ! dit-elle en se dressant devant l'évier.

— Il n'y a pas de raison, insista-t-il en souriant.

Rachel releva le menton de manière un peu puérile. Tout cela devenait ridicule. Elle était chez elle, tout de même !

— Cette cuisine est trop étroite pour y tenir à deux. C'est d'ailleurs pour cela que nous avons institué une rotation avec les filles… Et puis j'ai ma propre façon de faire la vaisselle.

— Vous voulez dire qu'il y a une bonne et une mauvaise façon d'essuyer la vaisselle ? ironisa-t-il.

— Ecoutez, je vous apporte un verre de vin dans le salon, et Jennie va arriver d'un instant à l'autre, reprit-elle excédée. Elle m'en voudrait vraiment si elle vous trouvait dans la cuisine.

— Oh ! je pense qu'elle survivrait…

Décidément, il avait réponse à tout ! Mais Rachel n'avait pas l'intention de se laisser dicter sa conduite. Aussi lui tourna-t-elle le dos et, sans un mot de plus, attendit qu'il sorte.

Ce qu'il finit par faire en soupirant. Ensuite, elle l'entendit arpenter le salon et s'en voulut d'avoir été impolie avec lui, même s'il ne lui avait guère laissé le choix. Cet homme était trop irritant, déroutant.

Lorsqu'elle regagna le salon, Zac contemplait la pluie à travers la fenêtre. Dehors il faisait nuit.

— Je suis navrée si j'ai pu vous paraître impolie, déclara-t-elle alors de but en blanc. Mais le fait est que…

— Quelque chose en moi vous déplaît, termina-t-il à sa place en se tournant vers elle.

Il la fixa d'un regard si pénétrant qu'elle retint son souffle et manqua de perdre tous ses moyens.

— Je ne vous connais pas, c'est tout, éluda-t-elle.

— C'est vrai, vous ne me connaissez pas, admit-il sur un ton étrangement revêche. Cela dit, je vous serais reconnaissant de bien vouloir rester affable lors du dîner ce soir, ne serait-ce que par égard pour Jennie.

Comment osait-il lui donner des ordres sous son toit ? Une colère sourde monta en elle, et elle soutint son regard.

— Bien sûr ! Je vous répète que je n'avais pas l'intention d'être impolie, dit-elle froidement.

— Me voilà rassuré, marmonna-t-il en desserrant à peine les lèvres.

Quel culot ! Une myriade d'insultes lui vint à la bouche mais Jennie arriva à ce moment précis — enfin !

— Zac, tu es là ? héla-t-elle depuis l'entrée.

Rachel vit les pupilles de son amie se dilater quand elle aperçut le séduisant apollon qu'était devenu son cousin. Sans la moindre retenue, elle se jeta dans ses bras et fit claquer un baiser sur ses lèvres sans qu'il puisse réagir. Jennie était ainsi : si quelqu'un lui plaisait, elle était très démonstrative.

De toute façon, comment Zac aurait-il pu opposer la moindre objection au chaleureux accueil d'une si jolie jeune femme ? Avec sa crinière noire et son regard sombre, tous les hommes se retournaient sur son passage. En plus, elle venait de rompre avec son dernier petit ami — les hommes ne restaient jamais longtemps dans la vie de Jennie...

Rachel partit ouvrir la bouteille de vin dans la cuisine. Lorsqu'elle revint dans le salon, Jennie avait fait asseoir Zac à côté d'elle sur le canapé. Tout en lui tenant la main et en le couvant d'un regard brûlant, son amie demandait des nouvelles de sa famille éloignée. Rachel connaissait cette attitude. Une fois que Jennie avait jeté son dévolu sur un homme, celui-ci ne résistait jamais longtemps. Habituellement, Rachel s'amusait de la voir jouer ainsi les femmes fatales. Or, ce soir, pour une raison qu'elle ne s'expliquait pas, cela l'agaçait au plus haut point. Elle n'en laissa rien paraître et se contenta de servir quatre verres de vin.

Un instant après, les clés de Susan cliquetèrent dans la serrure.

Zac se montra tout à fait charmant, poli, et ses mots d'esprit firent s'esclaffer Susan et Jennie plus d'une fois. Rachel restait un peu en retrait de la conversation : les trois autres s'entendaient à merveille et se passaient très bien de sa participation. Elle ressentit une étrange impression de déjà-vu. Combien de fois par le passé, à l'époque où elle n'avait pas encore quitté le nid familial pour l'université, s'était-elle retrouvée dans l'ombre de ses deux sœurs aînées ? Des dizaines, peut-être même des centaines. Et pourtant elle ne s'y était jamais habituée. Chaque fois, cela faisait toujours aussi mal.

Après deux adorables petites blondinettes, sa mère avait décidé de faire un garçon pour compléter le tableau de la famille idyllique à laquelle elle aspirait. Sauf qu'elle avait donné naissance à une troisième fille. Et, contrairement à ses sœurs, cette petite dernière était grande, maigre et, comble de déshonneur, ses cheveux affichaient un châtain ordinaire qui détonnait singulièrement avec le blond angélique de ses sœurs.

Ainsi, Rachel avait toujours été un peu le vilain petit canard de la famille. Lisa et Claire n'avaient que quinze mois d'écart et avaient toujours été inséparables. Rachel avait grandi à l'écart en percevant le ressentiment que nourrissait sa mère à son égard. Ce n'est qu'en rencontrant Jennie et Susan qu'elle avait découvert le sens des mots *complicité*, *amitié*, et *solidarité féminine*… Pourtant, là encore, Rachel avait pris l'habitude de vivre dans l'ombre de ses deux amies aussi séduisantes que brillantes.

Tout en sirotant son vin, elle se dit que Freud aurait sans doute interprété son choix d'amies par un désir profond de dénouer son traumatisme d'enfance, ou au contraire par une propension inconsciente à répéter un schéma relationnel inscrit en elle depuis sa naissance.

Bah ! inutile de s'adonner à de la psychologie de comptoir : Jennie et Susan étaient devenues des amies loyales et fidèles depuis le premier jour de leur rencontre. Point final.

— Je vais vérifier si le dîner est prêt, déclara Jennie en se levant, avec un sourire complice à l'intention de Rachel. Merci de l'avoir mis à réchauffer, Cendrillon !

— Cendrillon ? répéta Zac avec une moue dubitative.

Heureusement pour Jennie qu'elle avait déjà quitté la pièce car Rachel aurait pu la mordre tellement elle lui en voulait d'avoir révélé son surnom.

Susan tenta de venir à son secours en expliquant :

— Oui, c'est le petit nom que l'on aime donner à Rachel.

— Vraiment ?… *Cendrillon ?* insista-t-il en interrogeant celle-ci du regard.

Maudissant intérieurement Jennie pour son manque de tact, Rachel soupira longuement avant d'admettre :

— C'est juste que j'ai deux sœurs aînées, voilà tout…

— Tu ne t'entends pas avec elles ? Elles sont laides ?

Malgré son embarras, Rachel soutint le regard de Zac.

— On s'entend à peu près, et elles sont loin d'être moches.

En fait, ce surnom lui collait à la peau depuis l'université, où un camarade avait remarqué la fraîcheur de ses relations avec Lisa et Claire — qui fréquentaient le même campus qu'elle. Il avait fait le rapprochement avec le célèbre conte et, en quelques semaines, tout le monde avait oublié son vrai prénom. Même Jennie et Susan avaient adopté ce sobriquet, même si, dans leur bouche, il revêtait une dimension affectueuse. Rachel avait fini par s'y résigner. Cela ne la gênait plus. Enfin, habituellement…

— Mais dans ce cas… pourquoi ? insista Zac avec un haussement de sourcils interrogateur.

Rachel se leva.

— Lisa et Claire ressemblent à deux poupées de porcelaine. Il faut croire qu'on m'a trouvée plus intelligente qu'elles… Bon, je vais donner un coup de main à Jennie pour le dîner.

Sur ces mots, elle quitta la pièce sans lui laisser le temps de répondre.

2.

Contrairement à Jennie et Susan, qui rayonnaient, pour Rachel, ce dîner était une épreuve. En fait, Susan semblait avoir oublié qu'elle était sur le point de se fiancer avec son petit ami de toujours, Henry — lequel avait d'ailleurs fait preuve d'une patience exemplaire. Rachel, qui appréciait beaucoup Henry, n'était pas sûre que ce dernier aurait goûté les œillades que Susan lançait à Zac.

Après tout, cela ne la regardait pas…

La *shepherd's pie* de Jennie s'avéra succulente, tout comme son *trifle*. En plus d'être ravissante, Jennie était aussi un véritable cordon-bleu. Au moment du café, les yeux de Rachel se mirent à la picoter, tandis qu'un début de migraine lui vrillait lentement le cerveau. De toute sa vie, elle ne s'était jamais sentie à ce point sur le qui-vive.

Ce Zac Lawson la mettait sens dessus dessous. Car même si elle ne le regardait pas — elle évitait de croiser ses yeux dorés —, elle ne pouvait s'empêcher d'épier du coin de l'œil le moindre de ses mouvements, le moindre tressaillement de ses lèvres. Elle avait beau trouver cela dérangeant, la proximité de cet homme provoquait en elle une réaction quasi chimique. Une réaction qu'elle ne s'expliquait en rien.

Elle avait très peu parlé au cours du repas, mais Zac et ses amies, volubiles tout au long de la soirée, semblaient n'avoir rien remarqué. C'est pourquoi elle manqua de s'étrangler de surprise quand il lui demanda ce qu'elle faisait dans la vie.

— Moi ? Je… je suis dans le marketing, bredouilla-t-elle en fuyant son regard aussi brûlant que pénétrant.

— Et ça te plaît ? insista-t-il après un hochement de tête.

— J'adore mon travail, assura-t-elle d'une voix si tremblante qu'elle en toussota. Je n'en changerais pour rien au monde.

Enfin, sauf si Jeff décidait de la licencier sans préavis après le fiasco d'aujourd'hui…

— Sur quel genre de projets travailles-tu ?

Il avait posé les mêmes questions à Susan et à Jennie, mais comment diable faisait-il donc pour lui donner l'impression qu'elle était la seule qui l'intéressait vraiment ? Giles était ainsi, lui aussi. Ce devait être un trait commun à la race des séducteurs.

Rachel se lança dans un très bref résumé de son travail, avant de se lever de table sans laisser le temps à Zac de la relancer sur le sujet.

— Ne m'en voulez pas mais j'ai la migraine, et je crois que je vais aller me coucher, déclara-t-elle à la cantonade avec un demi-sourire contrit. Ravie de t'avoir rencontré, Zac. J'espère que tes affaires à Londres seront fructueuses.

Elle s'autorisa un regard prolongé sur ses lèvres sensuelles, ce qui suffit à déclencher en elle un étrange frisson.

— Merci, Rachel, dit-il d'une voix compréhensive, alors que ses yeux semblaient lui indiquer qu'il n'était pas dupe.

La vérité, c'était qu'elle avait bel et bien la migraine, et qu'elle aspirait simplement à aller se coucher. Elle lui décocha un dernier sourire glacial, puis quitta la pièce alors que Jennie caressait le bras de son cousin.

— Il faut absolument que tu reviennes dîner ici demain, Zac, susurrait-elle. Et même tous les soirs durant ton séjour à Londres. N'est-ce pas, Susan ?

Se refusant à écouter la réponse de son amie, Rachel tenta de s'éclaircir les idées, appuyée contre le mur du couloir. Si cet homme venait dîner chez elle tous les soirs, elle irait manger au restaurant. Mais tout de même : elle partageait cet appartement avec Jennie, et son amie aurait dû la consulter avant de lancer ce genre d'invitation !

A la fois indignée et un peu honteuse de ses pensées, elle rejoignit sa chambre. Allongée sur son lit, elle entendit ses amies rire bêtement et s'exclamer aux propos de Zac — elles étaient restées pendues à ses lèvres tout au long du dîner. De temps en temps, elle percevait le rire profond et suave de leur invité, et chaque cellule de son corps s'embrasait alors.

Au bout d'un moment, ils mirent un peu de musique. S'ensuivirent alors les deux plus longues heures de sa vie. Enfin, elle entendit avec un soulagement extrême claquer la porte d'entrée, et Jennie vint se coucher sur la pointe des pieds, pour s'endormir aussitôt. De l'autre côté du hall, elle distingua bientôt les ronflements réguliers de Susan — ronflements qui, à y réfléchir, altéraient quelque peu sa beauté nordique.

Rachel ouvrit les yeux à 6 heures, une heure avant la sonnerie de son réveil, après une nuit aux rêves agités — dont elle n'avait aucun souvenir. Elle décida de prendre un bain pour évacuer le stress de la veille. Versant un peu d'huile parfumée dans la baignoire, elle se dit qu'elle méritait ce petit plaisir ; d'autant qu'elle n'avait aucune idée de ce qui l'attendrait ce matin au travail…

A 7 heures, elle était fin prête et attablée pour le petit déjeuner, devant une grande cafetière et un plat de gaufres.

— Miam, des gaufres, mon petit déjeuner préféré ! s'exclama Jennie en s'asseyant. En quel honneur les as-tu faites ? Nous ne sommes pas dimanche !

— Je me suis réveillée tôt, dit Rachel en souriant à Susan, qui venait d'entrer à son tour dans la pièce. Alors je me suis dit que j'allais nous préparer une petite douceur.

A cet instant, elle ne put s'empêcher de remarquer une fois de plus qu'une bonne soirée et une courte nuit n'altéraient nullement la beauté de ses amies, même au saut du lit. Cela l'agaça et elle ne put réprimer un bruyant soupir.

— Quoi ? demanda Susan. Que se passe-t-il ?

Rachel hésita un instant, puis avoua :

— Je tuerais père et mère pour avoir un teint comme le vôtre au réveil… Sincèrement, vous ne vous êtes jamais réveillées un lendemain de fête avec le teint brouillé, ou un bouton qui n'était pas là la veille au soir ?

— Des dizaines de fois ! s'esclaffa Susan en se servant une gaufre. Parfois, je ferais même peur aux pires sorcières !

Mais Rachel savait qu'il n'en était rien.

— En tout cas, c'est bien de toi que Zac n'a pas arrêté de parler hier soir, ajouta son amie d'un ton détaché. Et ce, malgré les efforts de Jennie pour le persuader qu'ils étaient cousins de la plus éloignée des façons…

Rachel crut que son cœur s'arrêtait de battre.

— Et que voulait-il savoir ? demanda-t-elle d'une voix la plus nonchalante possible.

— Bah ! les questions habituelles. Hmm, ces gaufres sont excellentes !

Les *questions habituelles* ? Mais encore ?

— Quel genre ? insista Rachel avec une grande prudence.

— Si tu avais un petit ami, précisa Jennie. Pourtant, il a fait en sorte de s'intéresser à nous.

— Et bien sûr, il n'a fallu que quelques secondes à Jennie pour lui préciser que j'allais me fiancer, en insistant finement sur le fait qu'elle-même était célibataire, reprit Susan d'une voix légèrement amère. Avant d'ajouter qu'elle mourait d'envie d'aller au théâtre voir cette tragédie grecque dont tout le monde parle en ce moment.

A ces mots, Jennie eut un sourire décontracté.

— Une fille doit savoir faire preuve de subtilité, surtout face à un canon de ce genre ! Je ne me souviens pas que Zac ait été aussi craquant quand nous étions gamins.

— Sans doute parce que, la dernière fois que tu l'as vu, tu portais encore des couettes et un appareil dentaire ; et que tu étais plus intéressée par les chevaux que par les garçons, commenta Susan avec un rire sarcastique.

— C'est vrai, admit Jennie en entamant sa troisième gaufre. Mais, aujourd'hui, c'est un homme incroyablement séduisant. Et, en tant que cousine, même lointaine, je me dois de veiller sur lui pendant son séjour à Londres.

Son sourire faussement innocent ne trompait personne. D'ailleurs, Susan manqua de s'étrangler avec sa gaufre.

— Et nous savons bien *comment* tu comptes t'occuper de lui, dit-elle en levant les yeux au ciel.

Jennie ne chercha pas à nier ses intentions.

— Je parie que c'est un amant hors pair, murmura-t-elle rêveuse. Sexy, expérimenté, mais attentionné, vous voyez ?

C'en était trop pour Rachel, qui se leva brusquement.

— Il s'est passé une catastrophe hier au bureau, et je dois y aller très tôt ce matin. A vrai dire, je ne sais même pas si j'ai encore un travail…

— Oh ! non, s'exclamèrent Jennie et Susan à l'unisson.

Et elles prêtèrent une oreille compatissante au récit de ses déboires professionnels. Elles abondèrent dans son sens, estimant que les commerciaux étaient responsables de l'échec du projet. Au moins, Rachel se sentit soutenue.

Juste avant de les quitter, elle demanda avec désinvolture :

— Au fait, Zac dînera avec nous ce soir ?

— Non, il est pris, expliqua Jennie. Mais j'ai son numéro et j'essaierai de l'inviter demain. Je peux l'emmener chez Alfredo, puis danser quelque part… Qu'en dites-vous ?

— Et je suppose qu'après avoir dansé tu lui demanderas de te faire visiter sa chambre d'hôtel ? dit Susan en lançant un clin d'œil complice à Rachel.

— Absolument ! gloussa Jennie. A moins que l'on ne zappe carrément l'étape boîte de nuit…

— Jennie, tu es vraiment une obsédée ! s'exclama Susan.

Rachel fila dans sa chambre attraper son manteau. Jennie ne cachait pas qu'elle couchait avec tous ses petits amis et, même si Susan était un peu plus rigoureuse dans ses choix, elle avait aussi eu un certain nombre d'amants.

Sur ce plan-là, Rachel était une fois encore un peu hors normes. Elle étudia son reflet dans le miroir. Jennie et Susan étaient devenues hilares lorsque, à l'époque où elles étaient encore étudiantes, Rachel leur avait confié vouloir attendre l'homme de sa vie pour perdre sa virginité. A l'époque, elle n'avait pas imaginé que celui-ci tarderait autant à se manifester. En vérité, la seule fois où elle avait été tentée de franchir le pas, c'était avec Giles. Certes, elle avait bien eu quelques petits amis avant lui, avec lesquels elle avait eu des flirts plus ou moins poussés. Mais, chaque fois, Rachel s'était rétractée au dernier moment, certaine qu'elle aurait des regrets. C'était plus fort qu'elle. Et tant pis si elle passait pour une curiosité d'un autre siècle auprès de ses amies.

Rachel fronça les sourcils devant la jeune femme qui la scrutait dans le miroir. Elle tenait à ce que les choses soient spéciales avec l'homme dont elle tomberait amoureuse. Elle voulait une expérience extraordinaire, qui aurait du sens… Même si, après Giles, elle se demandait si l'amour tel qu'elle l'imaginait existait vraiment. Et plus le temps passait, plus elle redoutait de mourir vieille fille.

Qu'est-ce qui l'avait empêchée de faire l'amour avec Giles, au juste ? Il s'était pourtant montré très pressant durant les deux mois avant sa demande en mariage. Et elle s'était vraiment crue amoureuse de lui. Enfin, plus ou moins…

Car elle avait toujours gardé cette impression tenace que quelque chose ne tournait pas rond avec lui. Sans doute son sixième sens l'avait-il protégée de ce menteur éhonté.

Rachel ferma les yeux et pinça les lèvres. Jennie avait à la fois raison et tort. Elle aurait dû coucher avec Tom, Dick ou Harry et prendre du bon temps. De nos jours, le sexe n'était qu'un plaisir parmi d'autres, et rien n'obligeait à en faire quelque chose de sérieux ou compliqué, débouchant nécessairement sur un mariage avec enfants.

Elle rouvrit les yeux. Non, elle était incapable de s'offrir à un homme pour s'en débarrasser quelques jours ou quelques semaines plus tard. Jennie, elle, faisait cela sans complexes ni états d'âme. Elle préférerait ne pas finir sa vie seule, mais, si elle ne rencontrait personne avec qui elle se sentait bien, elle assumerait son choix. Des tas de femmes préféraient se consacrer à leur carrière, à leur indépendance, et menaient des vies passionnantes. Simplement, ce n'était pas cette vie-là à laquelle elle rêvait enfant.

Elle poussa un lourd soupir, puis entendit Jennie fredonner

sous la douche. Comme elle enviait parfois l'insouciance et la liberté de son amie… Jamais une déception, jamais un chagrin d'amour. Jennie mangeait quand elle avait faim, buvait quand elle avait soif, et prenait un amant quand elle avait envie d'une aventure. Elle n'avait jamais l'impression d'être nulle, ni de passer à côté de sa vie…

A la fin de la journée, Rachel avait encore son emploi. A sa grande surprise. Elle était même sortie déjeuner avec des collègues ; mais, tout au long du repas, elle avait passé son temps à rejouer le film de la soirée de la veille.

Elle avait beau y réfléchir, elle ne comprenait pas cette réaction épidermique qu'avait déclenchée chez elle ce Zac Lawson. Ce qui était sûr, c'est que quelque chose en lui — était-ce l'inflexion de sa voix, sa façon de bouger ? — la faisait sortir de ses gonds. Pourquoi diable s'était-elle montrée aussi belliqueuse dès la seconde où elle avait posé les yeux sur lui ? Elle n'était pas fière de son comportement, mais cela avait été plus fort qu'elle.

Après avoir éteint son ordinateur et rangé son bureau, elle enfila son manteau en soupirant. Si elle devait revoir Zac, elle s'efforcerait au moins de rester polie, ne serait-ce que pour ne pas embarrasser Jennie. Et ce malgré l'aversion instinctive qu'elle éprouvait pour lui — en fait, elle n'avait jamais détesté un homme à ce point. De toute façon, il n'était que de passage à Londres ; dans le pire des cas, ils se reverraient une fois ou deux, pas plus.

Il pleuvait encore lorsqu'elle franchit le seuil de l'immeuble et, comme d'habitude, son parapluie était sagement rangé chez elle, dans le hall d'entrée. Pestant contre son incorrigible étourderie, Rachel s'engagea néanmoins bravement sur le trottoir.

Soudain, elle l'aperçut, là, adossé nonchalamment à la façade de l'immeuble voisin.

— Tu as encore oublié ton parapluie ? dit-il avec son

accent canadien. Je vais finir par croire que tu aimes rentrer chez toi détrempée !

A ces mots, il glissa un bras autour de sa taille et la mit à l'abri sous son immense parapluie noir. Déconcertée, Rachel ne put que se laisser faire, et remarquer à quel point elle se sentait frêle et féminine contre son torse large et musclé. Reprenant vite ses esprits, elle s'écarta un peu.

— Zac ? Mais qu'est-ce que tu fais là ?

— Ça ne se voit pas ? Je suis venu secourir une demoiselle en détresse.

— Je ne cours aucun danger !

— Rentrer chez toi sous un tel déluge peut te mettre en danger, au cas où tu l'ignorerais.

Comme pour appuyer son propos, la pluie redoubla. Rachel se mordit la lèvre. L'after-shave de Zac exhalait une odeur subtile, entêtante. Certainement pas une marque de supermarché.

— Comment as-tu su où je travaillais ?

— Par Jennie, évidemment. Je lui ai téléphoné en lui expliquant que je voulais t'emmener dîner ce soir.

— Mais…

Seigneur ! elle imaginait la réaction de Jennie lorsqu'il l'avait appelée pour lui annoncer ses projets… Elle s'arrêta de marcher et tenta de garder son sang-froid.

— Qu'y a-t-il ? demanda-t-il en la couvant du regard.

— Jennie m'a raconté que tu lui avais dit être pris ce soir.

Elle remarqua une petite cicatrice sur son menton. Elle ne put réprimer un frisson.

— Mes projets ont changé.

— Je… Je ne peux pas dîner avec toi, Zac…

Elle pesta *in petto*. Mais pourquoi diable bafouillait-elle comme une idiote ?

— Ah bon ? fit-il, plus intrigué que vexé.

Cet homme était pour le moins direct, mais il en fallait plus à Rachel pour être impressionnée.

— J'ai du travail, et c'est urgent, expliqua-t-elle en désignant son attaché-case.

— Pas de souci, tu le feras après le dîner, murmura-t-il avec un sourire aussi enjôleur qu'arrogant. De toute façon, tu aurais bien mangé à un moment de la soirée ; alors autant partager ton repas avec moi.

Douloureusement consciente que plusieurs de ses collègues, qui avaient comme elle fini leur journée, les regardaient d'un air intrigué, elle bredouilla :

— Jennie est libre ce soir. Invite-la donc. Je suis sûre qu'elle adorerait dîner avec toi.

— Je ne veux pas dîner avec Jennie mais avec toi, répondit-il imperturbable. Et cesse de me toiser comme si j'étais le Marquis de Sade en personne ! Je t'invite juste à dîner ; je promets de te ramener sagement chez toi ensuite.

Elle demeura bouche bée devant tant d'audace. Comment osait-il la faire passer pour une adolescente timorée à l'idée de dîner avec un homme ?

— Soyons clairs, reprit-elle d'une voix acerbe. Tu sais très bien pourquoi je ne dînerai pas avec toi. Tu as sans doute remarqué que tu plaisais à Jennie. Et je ne ferai rien qui puisse la peiner.

— Jennie me plaît aussi beaucoup, mais c'est ma cousine ! Nous avons plein de souvenirs d'enfance en commun, que nous tenons tous deux à préserver et à chérir. Mais je n'ai aucune intention de sortir avec elle, Rachel. D'ailleurs, je le lui ai clairement fait comprendre aujourd'hui, et elle a pris les choses avec philosophie, je t'assure. Son cœur est intact.

Il la scrutait d'un regard grave, mais Rachel savait qu'il se moquait de nouveau d'elle. Si seulement elle avait le cran de faire demi-tour et de le planter là, sans un mot de plus… Curieusement, elle s'en sentait incapable.

Elle inspira à fond et déclara d'une voix presque neutre :

— De toute façon, dîner avec toi n'est pas une bonne idée.

Une partie d'elle-même était encore incrédule à l'idée qu'un homme comme lui désire sortir avec elle. Mais peut-être était-ce en raison de l'intérêt que lui portait Jennie que Zac l'invitait à dîner : le meilleur moyen d'éconduire sa cousine n'était-il pas de sortir avec une de ses amies ?

— Et moi, je crois que c'est une excellente idée, dit-il d'une voix suave. Mais discutons-en plutôt au sec.

Et, sans qu'elle ait eu le temps de réagir, il l'avait entraînée à bord du taxi qui attendait au bord trottoir. Elle fut tentée de sortir par l'autre portière, côté rue, mais quelque chose dans la moue obstinée qu'il lui adressa l'en dissuada.

— J'aimerais rentrer chez moi, s'il te plaît, parvint-elle à articuler en le défiant du regard.

— Aucun problème. Après le repas.

Rachel détestait cette petite touche moqueuse dans le fond de sa voix. Zac indiqua au chauffeur le nom d'un restaurant connu — très réputé et très cher.

— Je pourrais t'accuser de kidnapping, dit-elle sèchement.

Il étendit négligemment son bras sur la banquette, frôlant la nuque de Rachel.

— Ça m'étonnerait !

Il portait un manteau noir qui accentuait son allure virile, ténébreuse… Rachel respirait de plus en plus péniblement.

— Ecoute, je suis de passage dans cette ville. Je te demande juste de passer quelques heures avec moi devant un bon dîner, avec du bon vin, et une conversation agréable. En tout bien tout honneur !

Elle eut subitement l'impression d'être la reine des cruches ! Que s'était-elle imaginé ? Il s'ennuyait et, des trois amies, Jennie était sa cousine et Susan déjà fiancée. Elle était un choix par défaut…

— Si j'avais invité Jennie, elle se serait imaginé que la soirée se terminerait au lit, dans ma chambre d'hôtel. A coup sûr, cela aurait donné lieu à un malentendu. J'ai simplement envie d'un peu de compagnie, Rachel, est-ce un crime ?

Elle le dévisagea, et il haussa de nouveau un sourcil presque innocent. Consciente de se trouver face à un véritable expert, elle tenta une dernière parade.

— As-tu songé au malentendu qui pourrait naître entre Jennie et moi si j'acceptais ton invitation ?

Il sourit d'un air soudain solennel.

— Elle sait que tu ne m'aimes pas, elle ne sera donc pas jalouse.

Bien malgré elle, Rachel sentit ses joues s'empourprer. Elle attendit quelques secondes avant de répliquer :

— Si tu considères que je ne t'apprécie guère, pourquoi vouloir passer du temps avec moi ?

Il inclina son visage et la fixa d'un regard terriblement séduisant. Il était si proche à présent qu'elle distingua quelques taches mouchetées autour de ses iris mordorés, un peu comme dans les yeux des lynx. Cerné de cils longs et épais, son regard félin était tout simplement fascinant, hypnotique.

— J'aime les défis, voilà tout, déclara-t-il tranquillement.

Au moins, il n'y allait pas par quatre chemins.

— Vraiment ? grommela-t-elle faussement indignée.

— Je suis prêt à parier que, dès que tu me connaîtras mieux, tu verras que je suis un garçon raisonnable, continua-t-il d'un ton si sérieux qu'il devait receler un soupçon de moquerie. Peut-être finiras-tu même par m'apprécier un peu.

Sans trop savoir pourquoi, Rachel eut envie de sourire, ce dont elle se garda. Car il y avait une chose dont Zac Lawson n'avait aucunement besoin : des *encouragements.*

— Je te trouve bien sûr de toi !

— Et cela ne te plaît pas, nota-t-il avec une contrariété non feinte. Et lui, était-il trop sûr de lui ?

A ces mots, elle se figea et sentit son regard fauve posé sur elle. Surtout, *surtout*, ne pas baisser sa garde.

— Lui ? répéta-t-elle.

— Oui, cet homme qui t'a laissée tomber sans ménagement, précisa Zac d'une voix assurée.

— J'imagine que Jennie t'a tout relaté en détail, grinça-t-elle, vibrante de colère contenue.

— Seulement qu'un homme t'avait rudement menée en bateau. Elle m'a juste dit que tu t'étais débarrassée de lui.

Ce qui résumait assez bien son histoire avec Giles. Néanmoins, folle de rage à l'idée que Jennie avait raconté sa vie à son cousin, Rachel eut des envies de meurtre.

— C'est de l'histoire ancienne, dit-elle à la hâte, n'ayant aucune envie de s'étendre sur le sujet devant lui.

Il l'observa un instant, puis étira paresseusement ses jambes.

— Ce restaurant m'a été chaudement recommandé par un collègue, déclara-t-il sans transition. Il paraît que leur double faux-filet sauce au poivre est à tomber, mais je réserve mon jugement tant que je n'y ai pas goûté, la viande de bœuf canadienne n'ayant pas son pareil…

Il fallut quelques secondes à Rachel pour comprendre qu'elle était tirée d'affaire, au moins sur la question de Giles.

— J'espère qu'ils servent aussi des simples portions, bredouilla-t-elle d'une voix chevrotante.

De nouveau, il captura ses yeux de son regard félin.

— Ils te serviront tout ce que tu exigeras, Rachel, promit-il avec un demi-sourire. Je vais m'en assurer.

Elle hocha la tête et se tourna vers la fenêtre, sans vraiment voir les vitrines illuminées, ni les piétons marchant au pas de course sous leurs parapluies. Curieusement, elle ne doutait pas un instant que les gens obéissent toujours à Zac Lawson.

Et cela n'était pas fait pour la rassurer.

3.

Si Rachel avait entendu parler du restaurant que Zac avait choisi, elle ne s'y était jamais aventurée : c'était le genre d'établissement tellement cher que le prix des plats n'apparaissait pas sur les menus. Il était tôt, mais quelques tables étaient déjà occupées. Le maître d'hôtel les entraîna jusqu'à une alcôve reculée. Rachel se félicita alors d'avoir opté le matin même pour son tailleur neuf et ses chaussures Gucci assorties à son sac à main — principalement pour impressionner Jeff au cas où les choses auraient mal tourné au bureau. En tout cas, son patron, penaud, s'était excusé de s'être emporté contre elle la veille et avait écouté jusqu'au bout ses explications incriminant les commerciaux.

— Tu désires un apéritif avant d'étudier le menu ?

Elle acquiesça d'un signe de tête, et il appela un serveur qui se précipita vers eux. Zac commanda deux coupes de champagne. Elle se plongea dans l'étude de la carte, imprimée en plusieurs langues. Mais sa vision se brouilla bientôt. Comment s'était-elle retrouvée assise à une table aussi somptueuse, face à un homme aussi magnifique ? Vingt-quatre heures auparavant, elle ignorait encore son existence mais, depuis leur rencontre, il semblait littéralement envahir son espace mental. Difficile à croire…

Le serveur ne tarda pas à revenir déposer devant eux deux flûtes de champagne. Comme Zac levait déjà son verre, elle se sentit obligée d'en faire de même, et ils trinquèrent.

— A cette belle soirée ! se réjouit-il avec un sourire presque innocent. Je ne te choque pas, j'espère ?

Elle ne put s'empêcher de répondre à son sourire.

— Ça ira…

— Enfin ! murmura-t-il en un souffle à peine audible.

— Je te demande pardon ?

— Depuis le temps que j'attendais ce sourire, précisa-t-il en l'observant avec insistance. Et je ne m'étais pas trompé…

Comptait-il jouer ainsi aux devinettes toute la soirée ?

— Trompé ? A quel sujet ?

— Je savais qu'en souriant tu serais encore plus belle.

Exactement le genre de compliment qui aurait pu sortir de la bouche de Giles. Enjôleur, mais jamais au point d'être trop pressant. Malgré elle, Rachel sentit son sourire se figer.

— Aïe ! on dirait que j'ai encore fait une erreur. Tu es le genre de femme qui n'aime pas les compliments ?

Elle le fixa sottement, ne sachant que répondre.

— Je sais les apprécier s'ils sont sincères, finit-elle par rétorquer d'une voix un peu trop crispée.

— Et tu estimes que celui-là ne l'était pas ? demanda-t-il d'un air songeur. Intéressant. Très intéressant, même.

Elle décida de ne pas relever. Redressant le menton d'un geste insoumis, elle but une gorgée de champagne. Jamais elle n'avait dégusté un vin aussi fin.

Comme Zac, elle reposa sa flûte et entreprit d'examiner le menu. Lorsque le maître d'hôtel revint à leur table, elle commanda d'une voix tout à fait maîtrisée une salade au saumon fumé, suivie d'un suprême de volaille rôti aux figues et au miel.

— Tu ne prends pas le fameux steak ?

— Non, je préfère les viandes blanches, mentit-elle.

A vrai dire, elle aurait bien commandé le steak en portion simple si Zac ne le lui avait pas suggéré tout à l'heure. Car il était hors de question de lui donner l'impression qu'il exerçait la moindre influence sur elle et sur ses choix.

Zac opta lui aussi pour la salade au saumon en entrée, puis demanda le double steak qui avait fait la renommée du restaurant. Ensuite, guidé par les conseils du sommelier, il choisit le vin. Il adressa à Rachel une œillade ambiguë.

— Es-tu toujours aussi acerbe ? finit-il par demander d'un air amusé.

— Acerbe, moi ? En aucun cas !

— Disons plutôt sur la défensive, si tu préfères.

— Mais je n'ai jamais…

Elle s'arrêta net, si crispée qu'elle en avait mal aux muscles. Impossible de s'expliquer ce qui la mettait dans un tel état.

— Je suis navrée si c'est le cas, articula-t-elle avec prudence. Ce n'était pas mon intention. Disons que j'ai passé une année assez médiocre, et que j'attends le break de Noël avec impatience…

Il l'étudia attentivement ; lorsqu'il reprit la parole, la petite lueur narquoise avait totalement disparu de son regard.

— Je suis désolé, Rachel, murmura-t-il à voix très basse. Tu as peut-être envie d'en parler, de cette année ratée ?

Elle fit de son mieux pour afficher une moue détachée.

— Je me suis entichée d'un type qui n'était pas ce qu'il semblait être, pour employer un euphémisme. Deux jours après qu'il m'eut demandée en mariage, sa femme est venue me rendre une petite visite… C'était la surprise du chef !

— Tu ignorais qu'il était marié ?

— Evidemment ! rétorqua-t-elle, choquée.

— Oui, évidemment, répéta-t-il en marmonnant. Et depuis combien de temps étiez-vous ensemble ?

— Quelques mois, expliqua-t-elle avec réticence. Enfin, bon débarras ! Contrairement à sa femme, j'ai eu la chance de me tirer de cette histoire sans trop de casse. En tout cas, merci de m'avoir amenée ici. Si la nourriture est aussi somptueuse que le décor, alors ce sera une merveille !

La pluie fouettait les fenêtres du restaurant, accentuant l'ambiance feutrée et tamisée qui régnait dans la salle. Une petite musique d'ambiance couvrait les conversations des clients attablés devant des nappes en lin brodé. Le cliquetis des couverts en argent massif ajoutait une touche de luxe et de raffinement à laquelle Rachel n'était guère habituée.

— Tu tiens toujours à lui ? demanda Zac simplement, ignorant sa tentative pour changer de sujet.

Elle rejeta une mèche derrière son épaule et le regarda droit dans les yeux.

— Pas le moins du monde. Il ne m'a fallu que quelques jours pour me faire une raison. C'est juste que je n'ai pas…

Elle s'interrompit et s'en voulut aussitôt d'en avoir trop dit.

— Tu n'as pas quoi ? insista-t-il en se penchant doucement au-dessus de la table.

Avalant péniblement sa salive, elle reprit son récit :

— Je n'ai pas réussi à comprendre comment j'ai pu ne rien suspecter durant tous ces mois où nous étions ensemble. Giles était si persuasif, si… Bref, oublions cela. Et toi, y a-t-il quelqu'un qui t'attend, au Canada ?

Ses yeux s'accrochèrent aux siens.

— Non, personne.

Rachel saisit sa flûte et finit son champagne. Elle avait commis une grosse erreur en acceptant cette invitation. Cet homme était trop… Trop quoi, au juste ? Elle posa délicatement son verre et réfléchit. Il était trop *tout* !

— Et quel genre d'affaires t'ont conduit ici, à Londres ? demanda-t-elle après un silence pesant. Si cela n'est pas confidentiel, évidemment.

Zac s'était de nouveau adossé à son siège ; il paraissait un peu plus détendu. Il se mit même à sourire.

— A vrai dire, c'est un séjour qui mêle travail et plaisir.

Bien malgré elle, Rachel frémit en entendant le mot *plaisir* ; elle espéra de toutes ses forces que le regard de lynx n'avait rien remarqué. Vraiment, elle devenait ridicule.

— Je suis venu travailler en liaison avec un gros groupe manufacturier sur la question des nouvelles technologies : ils me prêtent leurs cerveaux, en quelque sorte. Mon père a compris que le monde changeait très vite, et que l'industrie verrière devait s'adapter. Il est un peu visionnaire et possède un vrai flair pour ces choses-là. Et puis l'idée de revenir sur cette bonne vieille île, de revoir les lieux de mon enfance, de renouer avec la famille me plaisait. Cela faisait des années que je n'avais pas pris de vacances, alors je n'ai aucun scrupule !

Elle répondit par un sourire chancelant. Heureusement, le serveur apporta leurs entrées à ce moment-là et elle fut soulagée d'occuper enfin ses mains à quelque chose. Elle ne voulait plus rien savoir de la vie de Zac Lawson. Tout cela devenait trop dangereux. Il était le genre d'homme dont il valait mieux se tenir à distance.

Elle goûta une première bouchée de sa salade au saumon fumé. Les lanières finement tranchées de poisson étaient relevées d'un filet de moutarde et de quelques rondelles de mozzarella. Rachel sentit ses papilles exploser de plaisir.

— C'est délicieux ! s'extasia-t-elle en levant les yeux vers Zac, qui la dévisageait avec attention. Absolument délicieux !

— Je me disais la même chose, remarqua-t-il sobrement.

Curieusement, il semblait sincère, ce qui était d'autant plus alarmant. Elle goûta une nouvelle bouchée, se demandant comment elle s'était laissé entraîner dans un tel pétrin. « Reste naturelle, ma grande, reste naturelle ! », s'intima-t-elle.

— J'imagine que tu prévois de rentrer au Canada pour Noël ? Tu auras terminé ta mission à Londres, d'ici là ?

— Sans doute. Noël est un moment que l'on aime passer près des siens, dit-il avec un sourire lumineux.

Rachel baissa la tête. Il avait raison, à condition d'être en bons termes avec son entourage…

— Tu sembles très proche de tes parents. Tu as des frères et sœurs ?

— Je suis fils unique. Mes parents n'ont malheureusement pas pu avoir d'autre enfant. Cela dit, j'ai passé beaucoup de temps chez Jennie avec mes autres cousins quand j'étais gamin, donc j'ai appris à partager et à ne pas être le centre du monde ! Et toi ? Ça doit être chouette d'avoir deux sœurs. Tu les vois souvent, maintenant que tu vis à Londres ?

— Pas vraiment, admit-elle avec réticence. Mes sœurs n'ont que quelques mois de différence ; elles ont toujours vécu comme des jumelles. Aujourd'hui, elles sont mariées et vivent à quelques centaines de mètres l'une de l'autre.

Zac hocha la tête, l'air concerné.

— Et tes parents ?

— Mon père est mort quand j'étais encore bébé, je n'ai aucun souvenir de lui. Quant à ma mère… Elle a ouvert un magasin de fleurs à la mort de mon père, et a dû travailler dur pour faire tourner l'affaire. Du coup, je la voyais assez peu. C'est surtout ma grand-mère qui nous a élevées, mes sœurs et moi. Elle est décédée voici quelques années.

— Et elle te manque, devina-t-il sans la quitter des yeux.

Rachel hocha la tête. Oui, sa grand-mère adorée lui manquait au-delà des mots. Elle osait à peine imaginer quel genre d'adulte elle serait devenue sans son amour et ses attentions. Chaque parole négative de sa mère avait systématiquement été compensée par une parole positive de sa grand-mère. Si elle avait reçu peu d'affection maternelle, Rachel avait en revanche été la petite favorite de sa grand-mère.

— Oui, elle me manque beaucoup.

A tel point que depuis sa mort, juste avant la fin de ses études, Rachel avait cessé de rentrer dans le Kent pour les fêtes de fin d'année. Cela ne rimait plus à rien. Ses sœurs étaient prises dans leur propre vie, et elle était à peine plus qu'une étrangère à leurs yeux. Et, surtout, sa mère profitait toujours des fêtes de Noël pour répéter à l'envi que sa benjamine ne réussirait jamais dans la vie. Sans le contrepoids de sa grand-mère, ces réunions familiales étaient devenues proprement intenables.

Au début, elle avait assuré vouloir rester seule à l'appartement pour passer Noël au calme. Mais ses amies n'avaient rien voulu entendre. Jennie et Susan l'invitaient à tour de rôle dans leurs familles respectives ; du coup Rachel attendait chaque année avec impatience de retrouver la joie et la chaleur qu'elle n'avait jamais eues chez elle. Même si l'absence de sa grand-mère se faisait toujours plus durement ressentir au moment des fêtes…

Zac la tira subitement de ses pensées.

— Noël, chez moi, c'est toujours en grande pompe : la neige, les chants, la messe suivie d'un repas roboratif, et d'une promenade qui ne brûle qu'une infime partie de toutes ces calories ! expliqua-t-il avec un sourire attendri, même s'il continuait à la fixer avec insistance.

Rachel eut l'intuition qu'il meublait la conversation pour lui laisser le temps de se ressaisir. Et Dieu sait à quel point elle en avait besoin !

— De la neige ? Quelle chance, c'est justement ce qui nous manque dans le sud de l'Angleterre ! Cela dit, la famille de Susan vit en Ecosse et, l'année dernière, nous avons eu droit à un Noël de carte postale. Nous avons même fait une promenade en traîneau, sous la neige !

— Tu as passé Noël dans la famille de Susan ? s'étonna Zac. Tu n'es pas rentrée voir la tienne ?

Rachel se mordit la lèvre. Elle aurait dû se douter que ce petit détail éveillerait la curiosité de Zac.

— Non, en effet.

A son soulagement, il ne posa pas plus de questions, et aiguilla la discussion vers des sujets moins personnels : la politique, leurs goûts musicaux et littéraires… Après le dessert — une exquise pêche rôtie sur pâte sablée —, ils évoquèrent même la crise économique que traversait l'Europe.

Petit à petit, Rachel s'était détendue. Zac était d'une compagnie tout à fait agréable, diserte, et elle lui découvrit même un certain sens de l'humour et de l'autodérision. Ce dernier trait de caractère ne manqua pas de lui rappeler Giles, qui avait su en user et en abuser pour l'attirer dans ses filets.

Mais peu importait, finalement, puisqu'il n'y aurait aucune suite à cette soirée. D'ailleurs, après la coupe de champagne, deux verres d'un vin exceptionnel et la liqueur qu'elle avait dégustée après le café, Rachel en venait à se dire qu'elle prenait peut-être la vie trop au sérieux. Pour l'heure, elle se trouvait dans un cadre de rêve, accompagnée d'un homme extraordinairement séduisant, et il était temps d'en profiter pleinement, sans se poser trop de questions.

D'autant qu'en avalant une succulente mignardise au cacao elle s'était aperçue que de nombreuses femmes dans le restaurant lui lançaient des regards envieux. Ce qui ne manqua pas de regonfler son ego, tellement malmené au cours des mois précédents. Voilà longtemps qu'elle ne s'était pas sentie aussi légère et qu'elle n'avait pas ri d'aussi bon cœur. Qu'il soit sincère ou non, Zac savait très bien se comporter avec une femme — Rachel se devait de lui reconnaître au moins cette qualité-là.

Lorsqu'il commanda deux nouveaux cafés avec liqueur, elle ne trouva rien à objecter, même s'il était déjà près de 22 heures. Une autre heure s'écoula paisiblement, puis Zac paya l'addition. Très galant, il l'escorta de la table jusqu'à l'immense vestibule du restaurant, où il l'aida à remettre son manteau. La jolie réceptionniste blonde ne le quittait pas des yeux, mais il ne sembla rien remarquer.

Dehors, il faisait froid mais le vent avait chassé les nuages. Le ciel dégagé laissait apparaître une nuée d'étoiles. Avec cette petite brise fraîche, Rachel se rendit compte qu'elle avait beaucoup bu lors du dîner. Elle s'efforça de garder l'esprit clair car elle se sentait soudain très vulnérable.

Le taxi que Zac avait commandé en payant l'addition les attendait le long du trottoir. Son cavalier lui saisit le bras et l'aida à monter à bord. Bien qu'il ne se soit agi là que d'un geste serviable, Rachel ne put s'empêcher de rougir. Zac déposa l'attaché-case de son côté de la banquette, et elle regretta aussitôt qu'il ne l'ait pas plutôt placé entre eux. Car sa cuisse musclée et virile reposait contre la sienne, ce qui la troublait au plus haut point.

Allait-il l'embrasser au moment de lui dire bonsoir ?...

— Je suis désolé de te ramener si tard. Tu arriveras à te lever demain ? demanda-t-il à voix basse.

Elle tenta de relâcher ses doigts cramponnés à son genou.

— Euh... Tu disais ?

— Tu avais parlé d'un travail urgent à régler, lui rappela-t-il.

Aïe... Comment avait-elle pu oublier ? Jeff lui avait demandé de rédiger un pré-rapport sur l'échec de son projet, en détaillant bien le rôle néfaste qu'avait joué l'équipe commerciale ; lui-même devait remettre un rapport définitif à son propre supérieur avant la fin de la semaine. Rachel allait devoir redescendre rapidement sur terre et boire des litres de café afin d'accomplir correctement sa tâche.

— Oui, cela va me prendre un bout de temps… Nous avons perdu un contrat lucratif à cause de certains collègues qui ne se sont pas impliqués à fond dans le projet, et mon patron m'a demandé des données circonstanciées afin de fournir un débriefing à son supérieur.

A ces mots, Zac haussa les sourcils.

— Alors, c'était vrai ? Tu as vraiment du travail ?

— Bien sûr, puisque je te l'ai dit, dit-elle avec agacement.

— J'ai pensé que c'était un prétexte pour ne pas dîner avec moi.

— Il se trouve que, ce soir, c'était vrai.

Il éclata de rire, et elle ne put s'empêcher de sourire.

— J'espère au moins que cela n'a pas été trop dur pour toi, nota-t-il avec un brin d'ironie dans la voix.

— Le dîner était excellent, dit-elle d'un ton guindé. Merci beaucoup, Zac.

— Et ma compagnie ? insista-t-il. J'espère qu'elle t'aura été agréable…

— Disons plutôt tolérable, murmura-t-elle en riant.

Contre toute attente, elle avait vraiment passé une bonne soirée — sans compter que le fait d'avoir été invitée dans un endroit aussi somptueux par un homme comme Zac était très gratifiant.

— Assez tolérable pour recommencer un autre soir ?

Le cœur de Rachel se mit à battre la chamade, et elle secoua vigoureusement la tête.

— Désolée, Zac, c'est impossible… Merci quand même.

— Bien sûr que c'est possible ! Il te suffit de dire : « Avec plaisir, Zac », et le tour est joué ! C'est très simple.

Non, rien n'était simple pour elle avec cet homme, surtout lorsqu'il se trouvait si près d'elle, avec son parfum musqué et enivrant ; les choses se compliquaient même un peu plus chaque seconde.

— Ecoute, ce que je veux dire, c'est…

— Je sais ce que tu veux dire, Rachel, la coupa-t-il d'une voix redevenue sérieuse. Crois-moi, tu n'as pas laissé planer l'ombre d'une ambiguïté. En plus, Jennie m'a bien spécifié que tu ne voulais pas d'une relation en ce moment. J'aimerais juste partager un ou deux repas de plus avec toi durant mon séjour ici, c'est tout. Passer ses soirées seul à l'hôtel après avoir travaillé toute la journée, c'est assez vite lassant, tu sais...

Elle scruta son visage à demi dans la pénombre. Il parlait d'une voix neutre — presque trop neutre au goût de Rachel. Pour peu, elle était presque prête à le croire sur parole. Mais si Jennie avait expliqué à son cousin qu'elle ne voulait pas d'un homme, et à supposer que Zac était fait du même bois que Giles, il avait pris cela comme un défi à relever.

— Tu veux dire : entre amis ? demanda-t-elle d'une voix calme. Des dîners entre amis ?

— Exactement. Entre amis. Ce seraient des dîners purement platoniques.

Comment y croire ? Cela ne sonnait-il pas faux ?

— Pourtant, je suis certaine que tu pourrais dîner avec tes confrères ? Et puis Jennie est libre tous les soirs en ce moment. Avec Susan aussi, d'ailleurs. Elle pourrait te présenter Henry ; c'est un type vraiment adorable.

— Je n'en doute pas un instant, susurra-t-il avec son accent canadien ronronnant. Mais c'est *ta* compagnie que j'ai appréciée ce soir, et j'aimerais beaucoup recommencer.

Problème majeur : tout cela était réciproque. Rachel se mordit la lèvre.

— En plus, ajouta-t-il, les choses sont claires entre nous.

— Que veux-tu dire ?

— Je ne suis ici que pour deux semaines, précisa-t-il, il n'est donc pas question d'une quelconque idylle romantique. J'ai bien compris que tu n'avais pas envie d'une relation sérieuse en ce moment. Aussi, quel mal y a-t-il à se voir pendant ces quelques jours, sans promesses ni engagement ?

Sans doute était-il habitué à ce que les femmes s'accrochent à lui dès le premier rendez-vous : il était si attirant, si intelligent, si drôle…

— Tu veux bien dire en tant qu'amis ? insista-t-elle.

— Exact. Ce qui ne m'empêche pas de te trouver sympa. Et jolie. Sous tes airs austères, tu es une fille douce et drôle.

Rachel leva les yeux au ciel. Et voilà, on y était !

— S'il y a une chose que je ne suis pas, en tout cas, Zac, déclara-t-elle d'une voix glaciale sans le quitter des yeux, c'est une Marie-couche-toi-là !

Il la déshabilla du regard, un sourire lascif aux lèvres.

— Ma parole, tu me prends pour un vrai prédateur ? s'offusqua-t-il mollement.

— Ai-je tort ou raison ?

— Absolument tort, assura-t-il, les yeux soudain pétillants de désir. Même si je ne peux garantir que je n'aurai pas quelques envies à satisfaire de temps à autre…

Soudain, il se pencha vers elle et ses lèvres capturèrent les siennes sans qu'elle puisse réagir. Ce fut un baiser appuyé, sensuel… Zac dévorait sa bouche avec une expertise qui n'avait rien de chaste. Rachel s'était d'abord figée, mais cet exquis bouillonnement au creux de ses veines l'aida vite à se détendre. Et puis n'avait-elle pas passé la majeure partie de la soirée à se demander si Zac allait l'embrasser ?…

En tout cas, même dans ses rêves les plus fous, elle n'avait jamais imaginé un baiser aussi fougueux.

Lorsqu'il s'écarta doucement, il lui caressa les lèvres du bout des doigts.

— Rien qu'un petit baiser, dit-il en un souffle. Parce que je ne suis pas le grand méchant loup. D'accord ?

Pourvu qu'il ne se rende pas compte qu'elle tremblait ! D'un geste hâtif, elle cacha ses mains sous ses genoux et fit un effort surhumain pour retrouver la parole.

— Tu cherches à démontrer que tu n'es pas un prédateur en me volant un baiser ? demanda-t-elle sur un ton qu'elle avait réussi à nuancer d'une pointe d'amusement. Drôle de logique…

— Absolument, répondit-il d'une voix assurée. Un loup

ne se serait jamais contenté d'un simple baiser. Il aurait poussé son avantage jusqu'à te faire monter dans sa chambre d'hôtel, dont il aurait par avance indiqué le chemin au taxi.

— Bravo !

— Tout est dit, murmura-t-il, les yeux rivés sur sa bouche.

A cet instant, une onde de chaleur traversa Rachel de part en part. La gorge nouée, elle sentait ses lèvres encore palpitantes sous l'effet de ce baiser inattendu. Elle était à la fois surprise et anéantie de constater combien son corps réagissait. Elle avait beau s'être crue amoureuse de Giles, jamais il n'avait éveillé une telle fièvre en elle.

En plus, Zac n'était qu'un quasi-inconnu pour elle. Un inconnu qu'elle n'appréciait guère, du reste. A tout le moins à qui elle ne faisait pas confiance. Ce qui était un comble, vu la façon dont il l'émoustillait.

— Alors, je t'ai convaincue ?

Brusquement tirée de sa rêverie, elle cligna plusieurs fois des paupières avant de répondre :

— Du fait que tu n'es pas un loup ? Pas vraiment. Au contraire, tout cela n'est peut-être qu'une manœuvre machiavélique visant à m'amadouer.

Il réfléchit un instant.

— Dans ce cas, la seule façon pour toi d'en avoir le cœur net, c'est de me revoir, conclut-il avec un sourire triomphant.

Elle entrouvrit les lèvres pour lui répéter qu'ils ne se reverraient pas mais se perdit dans son regard fauve. Depuis qu'elle avait rompu avec Giles, ses semaines se ressemblaient inlassablement : la journée, elle se rendait au bureau et, le soir, quand elle ne sortait pas avec ses amies, elle en profitait pour se faire les ongles ou regarder un DVD avec Jennie et Susan. Cette vie-là, elle l'avait choisie. A plusieurs reprises, elle avait été invitée à sortir par des hommes mais avait poliment décliné. Et si elle avait cédé à Zac, ce n'était pas particulièrement parce qu'il avait insisté, non. Elle avait cédé parce que, dès l'instant où ils s'étaient vus, il y avait eu de l'électricité dans l'air…

— Donc, reprit Zac d'une voix traînante alors que le taxi

arrivait dans la rue de Rachel, que dirais-tu de me remettre à l'épreuve demain soir ? On redîne ensemble ?

— Demain ? s'exclama-t-elle en découvrant que l'on pouvait se sentir à la fois flattée et harcelée.

Zac lui offrit un large et lumineux sourire.

— Tu n'abandonnes pas facilement, hein ? chuchota-t-elle.

Il ouvrit la portière et sortit du véhicule avant de l'aider à descendre à son tour. Puis, il la prit dans ses bras.

— Le verbe *abandonner* est banni de mon vocabulaire.

Un signal d'alarme se mit à retentir quelque part au fond de son esprit mais Rachel était bien trop perturbée par les sensations que lui procurait la proximité de Zac. Il allait l'embrasser de nouveau…

La déception fut immense quand elle constata qu'il se contentait de la guider sur les marches du perron. Arrivé devant la porte, il posa un petit baiser sur le bout de son nez.

— Bonsoir, Rachel, chuchota-t-il. Fais de beaux rêves.

Elle manqua de lui rétorquer qu'à cause de lui elle ne fermerait plus l'œil de la nuit mais se souvint alors qu'elle avait encore une tonne de travail à effectuer. Elle le laissa lui rendre son attaché-case sans un mot et le regarda regagner le taxi. Il se retourna une dernière fois.

— Je passe te chercher à 20 heures demain. Ça te laissera le temps de repasser chez toi pour te changer, fit-il à voix basse. Peut-être choisirons-nous un restaurant avec piste de danse, cette fois…

Etait-elle en train de rêver ou bien cela commençait-il à ressembler furieusement à un véritable rendez-vous galant ? Rachel s'apprêtait à protester, mais Zac s'était engouffré dans le taxi qui démarrait déjà.

Elle resta un instant immobile, à le regarder s'éloigner dans la nuit. Quelque chose lui disait qu'elle allait regretter amèrement ce moment de faiblesse. Et qu'un homme comme Giles n'était qu'un enfant de chœur à côté de Zac Lawson.

Mais alors pourquoi avoir accepté de le revoir ?

La réponse était là, vibrante, au creux de ses veines : parce que chaque fibre de son être le désirait.

4.

Quand son réveil sonna le lendemain, Rachel aperçut Jennie de l'autre côté de la chambre, emmitouflée dans ses couvertures. Comme chaque matin, son amie grommela :

— Oh, non !... Ça ne peut pas déjà être l'heure !

— Je crains bien que si, répondit-elle.

Lorsqu'elle était rentrée hier soir, Jennie et Susan étaient déjà couchées. Et à 4 heures du matin, lorsque Rachel eut enfin terminé son pré-rapport pour Jeff, elle avait fait de son mieux pour ne pas réveiller Jennie en se mettant au lit. Epuisée, elle s'était endormie en quelques secondes. Mais à présent qu'elle revenait à elle, après seulement trois petites heures de sommeil, elle redoutait plus que tout le moment où elle devrait faire face à Jennie.

Alors que son amie s'asseyait sur son lit et rejetait ses mèches noires derrière son oreille, Rachel se lança :

— Jen, écoute, je suis vraiment désolée à propos de Zac. Je n'ai rien fait pour que cela arrive, je te le jure...

— Quoi ? marmonna Jennie entre deux bâillements. Oh ! Zac ! Eh bien, on n'y peut rien s'il a des vues sur toi et non sur moi. Tu as passé une bonne soirée ?

Rachel était plus gênée que jamais.

— Pas mal, dit-elle avec circonspection. Le restaurant était somptueux.

— Vous allez vous revoir ? demanda Jennie en rejoignant Rachel sur son lit. Il est craquant, non ?

— Mouais. On se revoit ce soir... Il dit qu'il n'aime pas dîner seul, bredouilla-t-elle.

A ces mots, Jennie se redressa sur le lit.

— Ce soir ? Dis-moi, c'est un rapide ! Ce doit être dans les gènes de la famille, ajouta-t-elle en gloussant.

— Jen, je suis sincèrement désolée. Vraiment.

— Tu n'as pas à l'être, la rassura très sérieusement son amie. Avec Susan, on se disait justement qu'il était temps pour toi de retrouver un semblant de vie sentimentale, et que Zac était le candidat idéal ! Tu vas pouvoir prendre du bon temps avec lui, sans te poser de questions existentielles puisqu'il repart dans deux ou trois semaines. Amuse-toi donc, Cendrillon ! Tu le mérites, après ce que t'a fait subir cette ordure de Giles… Et puis, pour être honnête, j'aurais été embarrassée si Zac m'avait choisie : un type que j'ai repéré depuis des mois m'a invitée à sortir un de ces soirs… Il est canon !

Rachel savait que son amie disait la vérité. Personne au monde n'était plus honnête et plus spontané que Jennie.

— Ah ? Et à quoi il ressemble ? demanda-t-elle soulagée.

En posant cette question, Rachel savait que Jennie serait intarissable jusqu'à la fin du petit déjeuner, ce qui lui éviterait au moins d'avoir à donner trop de détails sur sa soirée avec Zac. En fait, elle n'avait aucune envie d'en parler, pas même à ses amies. Probablement parce qu'elle ne savait pas vraiment ce qu'elle ressentait pour cet homme.

A moins qu'elle ne le sache que trop…

En tout cas, sa stratégie fut efficace : lorsque les trois jeunes femmes quittèrent l'appartement, Rachel était rassurée de ne pas avoir blessé Jennie. Susan lui avait négligemment demandé si elle avait passé une bonne soirée mais même lorsque Jennie avait cessé de leur chanter les louanges du beau Keir, la conversation n'avait plus jamais abordé Zac.

Susan et Jennie empruntaient un chemin opposé à celui de Rachel pour se rendre à leur travail. Elle se retourna pour les regarder s'éloigner, soulagée de ne pas avoir eu à s'étendre sur ses sentiments — mitigés, incontrôlables — à l'égard de Zac. Peu à peu, elle s'obligea à penser au débriefing qu'elle avait rédigé pendant une bonne partie de la nuit, histoire de sortir le beau Canadien de son esprit. Entretemps, elle s'était juré que ce soir serait son dernier tête-à-tête avec lui. Car elle se rendait bien compte qu'entretenir un semblant de relation avec un homme pareil relevait de la pure folie.

Rachel finissait de se maquiller lorsque Zac arriva à l'appartement. Elle entendit Jennie et Susan l'accueillir avec force éclats de voix. Au son de son rire, masculin et profond, elle sentit son estomac se nouer. Fermant les yeux quelques instants, elle inspira une longue bouffée d'air, puis se dévisagea dans le miroir.

Son regard était anxieux, et l'expression de son visage l'agaça. Franchement, elle pourrait faire un effort ! A cet instant précis, elle n'était pas plus séduisante qu'une blatte. Inspirant de nouveau profondément, elle relâcha ses muscles faciaux et tenta un sourire. Mieux. Même si ce n'était pas encore brillant…

Elle baissa les yeux vers ses talons aiguilles vertigineux, puis recula pour se contempler plus en pied. Sa coiffure, qu'elle avait passé un certain temps à peaufiner, autorisait quelques mèches ondulées à retomber sur ses épaules. Sa robe de soie était d'un bleu nuit qui mettait en valeur le bleu de ses yeux. Son décolleté plongeant soulignait bien les courbes qu'elle avait récemment reconquises.

Comparée à certaines tenues de Jennie, la robe de Rachel était sage ; mais elle s'y sentait bien, et elle allait avoir besoin de toute sa confiance en elle pour affronter Zac.

Elle déglutit péniblement. Sans réfléchir, elle s'empara d'un rouge à lèvres très sexy qu'elle avait acheté quelques semaines auparavant sans jamais oser s'en servir — habituellement, elle portait plutôt des teintes claires, à peine orangées. Une fois qu'elle eut passé le rouge ardent sur ses lèvres, elle fut épatée de constater à quel point une simple touche de maquillage pouvait transcender une apparence. Soudain, elle se sentait d'humeur charmeuse, peut-être même un peu canaille, et cela lui donnait le vertige.

Mais la raison ne tarda pas à reprendre le dessus et elle fronça les sourcils. Avec un homme comme Zac, l'heure n'était pas à la provocation. Au contraire. Elle s'apprêtait à effacer le rouge à lèvres avec un mouchoir quand Jennie entra dans la chambre, le regard pétillant.

— Il t'attend, et il est plus beau que jamais ! murmura-t-elle d'un air complice. Toutes les femmes que tu vas croiser ce soir vont être vertes de jalousie ! Allez, ne traîne pas !

A ces mots, elle poussa Rachel vers la porte avant de lui lancer la petite sacoche en satin bleu assortie à sa robe.

— Zac a fait en sorte qu'un taxi vous attende en bas, alors dépêche-toi ! Au fait, tu es absolument divine !

Divine était sans doute un peu excessif. En revanche, Jennie n'avait rien exagéré au sujet de Zac : dans ce costume noir à la coupe impeccable, il était terriblement sexy. Quelque chose de dangereux émanait d'ailleurs de lui. Tant bien que mal, Rachel réussit à lui retourner son sourire et à camoufler la panique qui l'avait saisie.

Son costume laissait admirablement deviner ses épaules larges et musclées, de même que ses cuisses fuselées. Tout en lui était invitation à la luxure et, pour la première fois de sa vie, Rachel comprit le sens de l'expression « avoir les jambes en coton ». Regrettant soudain de ne pas posséder autant d'expérience que Jennie pour être à la hauteur d'un homme aussi attirant, Rachel s'efforça du mieux qu'elle put d'adopter une attitude décontractée.

— Navrée de t'avoir fait attendre, Zac.

— Pas du tout, je suis en avance, dit-il en s'avançant pour déposer un baiser sur sa joue. Même si j'avais patienté des heures, cela en aurait valu la peine : tu es superbe !

Sans vraiment savoir pourquoi, Rachel était gênée de voir Susan et Jennie, un peu en retrait au bout de la pièce, le visage radieux. Souhaitant écourter le plus possible ce moment, elle se souvint des paroles de Jennie.

— Zac, ce taxi va coûter une fortune ! Si nous y allions ?

Sans répondre, il l'aida à enfiler son manteau, puis passa son bras sous le sien comme ils quittaient l'appartement.

Dehors, un vif froid de décembre avait supplanté la pluie de la veille : le ciel était clair, et la rue était çà et là parsemée de petits cristaux de givre. Pourtant, Rachel n'était absolument pas frigorifiée. Le corps de Zac collé tout contre le sien échauffait son sang comme jamais.

Une fois à bord du taxi, elle s'installa tout au fond de la banquette. Mais Zac passa un bras autour de son épaule et l'attira à lui.

— Alors, comment s'est passé ce rapport pour ton boss ? s'enquit-il d'un ton léger.

Elle fit de son mieux pour répondre avec décontraction et ignorer les battements affolés de son cœur.

— Bien, merci, murmura-t-elle en croisant les jambes.

— Ton patron était satisfait de ton travail ?

— Je pense, oui. En tout cas, il ne s'est pas plaint.

— Tant mieux. Au fait, t'ai-je déjà dit combien tu étais belle ?

— Oui. Voici une minute ou deux.

L'instant d'après, il lui caressa doucement les cheveux et Rachel se figea en tentant — en vain — de réprimer le frisson exquis qui lui parcourait le dos.

— Tes cheveux sentent bon la pomme, nota-t-il à voix basse.

Quoi ? Elle portait un parfum qui lui avait coûté l'équivalent d'une semaine de salaire, et lui n'avait remarqué que l'odeur de son shampoing de supermarché ?

Elle ne sut que répondre mais, déjà, il promenait sa main le long de son épaule et jouait avec une mèche de ses cheveux. Une onde de chaleur exquise commençait à se répandre à travers tout son corps. Vite, il était encore temps de rompre cette atmosphère trop intimiste. Elle se dégagea délicatement, et se tourna pour mieux lui faire face.

— Et toi, Zac ? Ta journée de travail s'est bien passée ?

— Très bien, répondit-il en glissant sa main sur l'appuie-tête derrière elle. Un de mes collaborateurs m'a invité à passer le week-end dans sa maison de campagne, où il aime monter à cheval, pêcher et recevoir ses amis au cours de grands dîners. Il m'a même laissé entendre que je pourrais emmener quelqu'un avec moi.

A ces mots, le cerveau de Rachel se déconnecta pendant un bref instant. Décidément, Jennie avait eu plus que raison en affirmant que son cousin était un « rapide »…

— Tu es en train de m'inviter à partir en week-end avec toi ? répéta-t-elle d'une voix faiblarde.

Après seulement *une seule* soirée passée ensemble ?

— Je te propose de m'accompagner à la campagne, Rachel, reprit-il d'un ton on ne peut plus sérieux. Bien évidemment, nous aurons chacun notre chambre. Il n'y aura aucune ambiguïté de ce côté-là.

Elle soupira. Impossible d'accepter.

— Je suis occupée ce week-end, Zac.

— Occupée ? répéta-t-il un peu sèchement. Et à quoi ?

Elle aurait dû s'en douter. N'importe quel autre homme aurait exprimé des regrets polis, mais pas Zac Lawson.

— Diverses choses, dit-elle d'un air faussement détaché.

— Du genre : assister à une conférence sur la paix dans le monde, sur la maîtrise du changement climatique ? Ou plutôt du genre : aller chez le coiffeur et la manucure ? lança-t-il d'un ton goguenard.

Elle réprima à grand-peine un sourire. Surtout, ne pas lui donner l'impression qu'elle l'encourageait.

— Zac, j'ai une vie, tu sais, déclara-t-elle froidement. J'ai des projets, des rendez-vous, des habitudes…

— C'est donc ça, tu vas chez le coiffeur…

— Je n'ai pas à me justifier devant toi, se renfrogna-t-elle.

A ces mots, il se pencha vers elle et lui vola un baiser. Un baiser furtif, presque aérien. Rachel se sentit fondre, tandis qu'une nouvelle onde de chaleur envahissait son corps. Lorsqu'elle rouvrit les yeux, elle fut presque surprise de se retrouver dans le monde réel, avec les lampadaires de la rue qui l'éblouissaient par intermittence à travers la vitre du taxi.

— Je ne suis là que pour quelques semaines, Rachel ! Et je voudrais vraiment passer mon temps libre avec toi. Allons, dis-moi que tu viendras avec moi à la campagne…

Tout cela n'était que folie. Rachel avait un million de raisons de refuser cette invitation, de mettre un terme à ce petit jeu ridicule. Mais la seule odeur de son eau de toilette lui faisait perdre tous ses moyens, sans compter les moments où elle croisait son regard. A présent, ses joues la brûlaient, et elle tremblait. Pourvu qu'il ne remarque rien !

— Je vais y réfléchir, s'entendit-elle articuler, quand chaque cellule de son corps lui hurlait d'accepter.

— Bon, laissa-t-il tomber avec un sourire énigmatique en s'adossant à la banquette.

Il passa une nouvelle fois son bras autour de son épaule, et Rachel retint son souffle.

Le night-club se révéla être un haut lieu du chic londonien. On leur servit un repas et un vin somptueux, tandis que de nombreux couples se déhanchaient sur la piste de danse, au son de l'orchestre qui jouait en direct. Après ce seul et unique baiser dans le taxi, Zac s'était transformé en un compagnon de table absolument charmant et drôle : à plusieurs reprises, Rachel se surprit même à rire aux larmes. A mesure que le niveau de vin diminuait dans la bouteille, Rachel se décontractait. Zac lui paraissait de moins en moins dangereux, et elle décida d'apprécier simplement cette agréable soirée. Elle ressentit bien une petite alerte lorsqu'il l'invita à danser entre le plat de résistance et le dessert, mais il s'agissait d'un rock endiablé et ils s'effleurèrent à peine.

Lorsqu'elle fit une halte dans le vestiaire réservé aux femmes, Rachel ne put que s'avouer la vérité : elle passait une soirée formidable. Peut-être trop formidable à bien y réfléchir. Le plus simple était donc de cesser de se poser des questions, décida-t-elle en appliquant une nouvelle touche de rouge à lèvres, avant de se recoiffer. Comme Zac le lui avait justement fait remarquer, il n'était en Angleterre que pour très peu de temps. Et puis ne lui avait-elle pas très clairement fait comprendre qu'elle ne coucherait pas avec lui ?

Lorsqu'elle revint à leur table, un magnifique pudding aux

myrtilles l'attendait, accompagné d'un verre de vin blanc moelleux. Comme il était bon de se sentir ainsi choyée, adulée, et de déguster les mets et les vins les plus fins !

A cet instant, Zac se pencha vers elle, le regard pétillant de malice dans la lumière tamisée, et demanda d'une voix aussi suave que pressante :

— Alors, tu as pris une décision au sujet de ce week-end ?

5.

Interloquées, Jennie et Susan dévisageaient Rachel et semblaient avoir oublié leur petit déjeuner.

— Et… tu as accepté ! s'exclama Jennie stupéfaite.

— Oui, je pars en week-end à la campagne avec Zac, confirma Rachel en rougissant. En tout bien tout honneur. Il viendra me chercher après le travail, puis nous nous y rendrons en voiture. La résidence se trouve dans la région de Guilford.

— Eh bien, bredouilla Susan après un long silence, ça a l'air super ! C'est juste que ça ne te ressemble pas d'aller aussi vite en besogne.

Rachel n'avait rien à répondre à cela. Son amie avait raison. Elle était déjà assaillie d'une foule de doutes mais impossible de faire marche arrière à présent : elle avait donné son accord à Zac la veille, à la fin de la merveilleuse soirée passée avec lui.

— Ce n'est pas ce que tu crois, insista-t-elle mollement. Je l'accompagne juste en tant qu'*amie*.

— En tant qu'*amie* ? s'insurgea soudain Jennie après un silence lourd de sous-entendus. Ma petite Cendrillon, une fille ne peut être véritablement amie qu'avec un homosexuel, ou un homme marié et heureux de l'être… Or, tu auras remarqué que Zac n'appartient à aucune de ces catégories. D'ailleurs, allez-vous partager ou non la même chambre ?

— Pas du tout, assura Rachel, je m'en suis assurée.

— Tu en es bien certaine ? insista Jennie, sceptique.

— Puisque je vous le dis !

— Bon, d'accord, soupira Jennie en agitant les mains d'un geste contrit avant de se servir un toast. Mais je te conseille vivement d'emporter ta ceinture de chasteté !

Rachel ne put s'empêcher de pouffer de rire.

— Je n'en aurai pas besoin, tu me connais !

— Tu veux rire ? Ma parole, tu ne t'es pas vue chaque fois que tu te retrouves dans la même pièce que Zac ! Cendrillon, ce garçon est d'une espèce rare, crois-moi. Quand je pense que je le suivais partout avec mes frères quand j'étais gamine... D'ailleurs il se souvenait parfaitement de mon caractère de garçon manqué : je ne voulais jamais jouer avec les filles.

— Ça ne m'étonne pas, ricana Susan. Je suis prête à parier que tu flirtais déjà avec le médecin qui t'a mise au monde !

Jennie sourit.

— Tu as raison, j'ai toujours eu un faible pour les hommes.

Et la réciproque était vraie, malgré la façon souvent cavalière dont Jennie les traitait. Si seulement Rachel pouvait avoir un peu de l'audace de son amie, sa vie serait sans doute bien plus simple... Et bien plus amusante.

Tout au long de sa journée de bureau, elle se tourmenta à l'idée des deux jours qu'elle devait passer au côté de Zac. Comment pouvait-on éprouver à la fois une immense impatience et une terrible appréhension à l'idée d'un événement ? Incapable de se concentrer sur ses dossiers, elle s'inquiéta des proportions que prenaient les choses avec le beau Canadien.

Finalement, elle quitta le travail un peu plus tôt et s'engouffra dans le froid vif de la rue. Mais Rachel était habituée au climat hostile de Londres, et préférait passer Noël dans le froid que sous des trombes de pluie.

Tout en marchant, elle se prit à rêver d'un véritable Noël sous la neige. Cela n'ajouterait-il pas une touche de magie à cette période de l'année déjà riche en émotions ?

Accélérant le pas, elle s'efforçait de ne pas trop penser au week-end qui s'annonçait. Pourtant, impossible de ne pas ressentir ce curieux nœud à l'estomac. Les paroles quelque peu nonchalantes de Jennie ce matin l'avaient troublée au plus haut point : que lui arrivait-il donc chaque fois qu'elle se retrouvait dans la même pièce que Zac ?

Jusqu'à peu, Rachel aurait juré ne pas être le genre de femme à se laisser gagner par des désirs bruts, instinctifs, primaires… Mais c'était avant sa rencontre avec Zac. Si elle avait estimé que le cousin de Jennie était un homme accessible pour elle, elle aurait sans doute été sur un petit nuage à cette heure. Or, il n'était pas du même monde qu'elle. Elle ne devait donc pas se faire d'illusions.

Elle tenait toujours à ce que sa première fois avec un homme n'advienne pas par dépit. A cette idée, elle s'arrêta net de marcher. Elle n'était tout de même pas en train d'envisager de coucher avec Zac ? Non, bien sûr que non. Cela équivaudrait à un véritable suicide émotionnel. En revanche, elle fermerait sa chambre à double tour chaque soir…

Engourdie par le froid, elle se remit en route et aperçut quelques flocons de neige isolés. Qui sait, Dame Nature allait peut-être finir par réaliser son rêve d'un Noël blanc ? Peut-être son week-end à la campagne avec Zac serait-il annulé à cause du mauvais temps ?

Elle se demanda soudain si elle était prédestinée à rencontrer à chaque Noël un homme susceptible de lui briser le cœur. Elle ralentit de nouveau le pas et se remit à penser à Giles. Celui-ci ne lui avait pas brisé le cœur, contrairement à ce qu'elle avait cru durant les semaines qui avaient suivi leur rupture. Quant à Zac, il ne lui briserait pas le cœur non plus, tout simplement parce qu'il ne pouvait être sérieusement intéressé par une fille comme elle. Et puis, même si Jennie en doutait, Rachel demeurait persuadée qu'une femme pouvait mener une vie tout à fait épanouie loin de la compagnie des hommes.

Elle poursuivit son monologue intérieur jusque chez elle, où elle s'offrit une douche rapide avant de préparer ses affaires. Elle choisit des tenues chaudes et de plein air pour les journées, ainsi que des vêtements un peu plus chic pour les soirées, qu'elle supposait plus mondaines. A peine avait-elle fermé sa valise qu'on frappa à la porte d'entrée.

Aussitôt, son cœur se mit à battre la chamade ; elle prit quelques instants pour retrouver une respiration à peu près normale avant de se diriger vers le hall.

— Bonsoir, dit Zac en enfouissant ses mains dans les poches de son manteau gris charbon.

Ses cheveux étaient parsemés d'une pellicule de neige blanche, et son regard cuivré la dévisageait.

— Bonsoir, bredouilla-t-elle en déglutissant péniblement.

Seigneur ! elle était perdue…

— Tu es prête ?

Rachel nota alors qu'il ne lui avait toujours pas souri.

— Je n'ai plus qu'à attraper ma valise et éteindre les lumières, murmura-t-elle nerveuse. J'en ai pour une seconde.

A ces mots, elle s'aperçut qu'il se décontracta.

— Je craignais que tu n'aies changé d'avis, avoua-t-il.

— Je t'avais bien dit que je viendrais, répondit-elle sans l'ombre d'une hésitation, alors que le téléphone se mettait à sonner dans l'appartement. Je suis une femme de parole, figure-toi ! Entre donc pendant que je prends cet appel.

En reconnaissant la voix de sa mère dans l'appareil, toujours aussi froide et guindée, elle regretta d'avoir pris la communication.

— Rachel ? Voilà près d'un mois que je n'ai plus de tes nouvelles ! commença-t-elle sur le ton du reproche.

Sachant que sa mère téléphonait à Lisa et Claire tous les jours, Rachel eut envie de lui retourner la remarque. Elle se ravisa à cause de Zac — ou grâce lui…

— J'ai été débordée ces derniers temps, à cause du travail.

— Je vois, répondit sa mère, glaciale. Débordée au point de ne plus appeler ta propre *maman* ? Tu espères vraiment que je vais te croire ?

Rachel leva les yeux au ciel. Elle ne devait surtout pas réagir, garder son calme, ne pas rentrer dans le jeu de sa mère. Elle avait l'habitude…

— Désolée, maman, mais je dois raccrocher, reprit-elle

sans trembler. J'étais en train de partir et de fermer la porte quand le téléphone a sonné. Je pars pour le week-end.

— Ah bon ? Où vas-tu donc ? Et avec qui ?

— Je suis invitée près de Guilford, dans une maison de vacances, avec un ami, répondit sèchement Rachel.

Bon sang, comment sa mère faisait-elle pour la déstabiliser aussi facilement ? En quelques secondes, elle avait réussi à lui insuffler un sentiment de culpabilité.

— Et quel genre d'*ami* ?

— Euh, pardon ?

— Quel genre d'*ami* ? répéta sa mère, impérieuse.

Rachel ne comprit que Zac avait entendu toute la conversation, y compris les répliques de sa mère — pas étonnant avec cette voix haut perchée —, que lorsqu'il lui prit le combiné des mains.

— Un *bon ami*, madame Ellington, déclara-t-il sobrement. Et nous devons vraiment nous mettre en route à présent. Si vous désirez bavarder avec Rachel, rappelez-la plutôt la semaine prochaine. Bon week-end à vous, madame. Au revoir.

Comme il replaçait l'appareil sur son socle, Rachel le scruta, bouche bée. Avait-elle rêvé ou venait-il bel et bien d'envoyer paître, certes gentiment et poliment, sa mère ?

Il se passa une main dans les cheveux et afficha un sourire sincèrement contrit.

— Je suis navré, affirma-t-il. Je suis allé trop loin, et je n'aurais pas dû… C'est juste que Jennie m'a raconté tes relations tendues avec ta mère, et je n'ai pas supporté de te voir malmenée de la sorte. J'avais trop peur qu'elle gâche ton week-end, *notre* week-end, avant même qu'il n'ait commencé.

Stupéfaite, elle continua de le dévisager. Il lui fallut encore quelques minutes avant de pouvoir articuler :

— C'était incroyablement présomptueux de ta part, quelles que soient les raisons qui t'ont poussé à agir. Je ne suis pas une enfant, Zac !

— Je sais, admit-il. Et je suis sincèrement désolé.

— Je suis tout à fait capable d'éconduire ma mère, tu sais.

— Je n'en doute pas. Et toutes les mères du monde, même.

Elle le foudroya du regard, mais il ne détourna pas les yeux. Il paraissait si sincère qu'elle en éprouva un réel embarras. Giles, lui, n'avait pas hésité à caresser sa mère dans le sens du poil afin de s'attirer sa sympathie — ce qui, finalement, n'avait fait qu'entretenir la dépendance de Rachel à son égard. En tout cas, elle trouvait l'audace de Zac stupéfiante.

— Je n'arrive pas à croire que tu aies osé, continua-t-elle d'une voix sévère. Je n'arrive toujours pas à le croire !

— Moi non plus, d'ailleurs, confessa-t-il avec docilité.

Ne tenait-elle pas là l'excuse idéale pour se mettre en colère et lui intimer l'ordre de partir sur-le-champ ?

Impossible. Elle était en proie à une déferlante d'émotions contradictoires qui l'empêchaient d'agir sereinement. Chaque fois qu'elle se trouvait près de cet homme, elle avait l'impression de marcher au bord d'un précipice. Et, à l'heure actuelle, elle n'avait pas la moindre idée de la meilleure façon pour elle de se protéger du vertigineux attrait du vide.

C'est alors que Zac l'attira à lui et la prit dans ses bras. Il l'embrassa longuement, langoureusement. Rachel comprit qu'il était inutile de lutter contre l'inéluctable.

Quand il la relâcha, ses joues la brûlaient et elle ne respirait plus.

— Tu embrasses tes amies dès que tu ne sais plus quoi leur dire ? C'est là ta réponse à tout ?

— Pas à tout, rétorqua-t-il.

Elle se recoiffa d'un geste un peu emprunté.

— Je vais chercher mes affaires.

Zac hocha la tête. Lorsqu'elle revint avec sa valise, il la lui prit des mains avant de l'aider à enfiler son manteau. Elle s'efforça de ne pas frissonner de plaisir à son contact. Impossible… Lorsqu'il l'avait embrassée, elle s'était aperçue que sa peau était extraordinairement douce : il avait dû se raser juste avant de venir la chercher. Et la fragrance musquée de son after-shave ne manqua pas d'accentuer son trouble, et l'excitation de se dire qu'il s'était rasé rien que pour elle…

— Allons-y ! déclara-t-il. Il commençait à neiger abondamment quand j'ai fait démarrer la voiture ; il est sans doute prudent de ne pas traîner.

— C'est toi qui conduis ?

Elle venait de se rendre compte qu'elle ne s'était nullement inquiétée du mode de transport pour se rendre à Guilford.

— Oui, j'ai loué une voiture pour le week-end. Ainsi, nous serons libres de partir en balade si nous n'avons pas envie de participer à toutes les activités proposées aux invités, expliqua-t-il tranquillement en ouvrant la porte.

Elle s'arrêta sur le seuil de l'immeuble et scruta la superbe Aston Martin bleu argenté garée à quelques mètres de là.

— Waouh ! s'exclama-t-elle. J'ignorais que les loueurs proposaient ce genre de modèle à la James Bond.

Zac afficha un sourire satisfait qui lui donna un faux air d'adolescent.

— Je voulais t'impressionner, admit-il avec franchise. En plus, c'est le modèle que je possède au Canada. Il m'a fallu du temps avant de trouver un loueur qui la proposait.

Elle n'eut aucune difficulté à le croire. Ce genre de véhicule semblait tout à fait en adéquation avec le niveau de vie de Zac.

De lourds flocons tombaient à présent, s'accrochant au trottoir et à la chaussée. Dès qu'il fut installé au volant, Zac déclencha les essuie-glaces.

— Tu es sûr que nous pouvons rouler avec un temps pareil ? demanda-t-elle, en proie à un début de panique.

Leurs regards se croisèrent. Leur promiscuité dans le coupé sport empêcha de nouveau Rachel de respirer.

— Oh, oui ! dit-il à voix basse.

Elle fit un effort surhumain pour détourner les yeux et instiller un semblant de légèreté à sa voix avant de suggérer :

— Tu ne crains pas de glisser sur la neige ?

— Pas du tout ! Je n'ai pas peur de me mesurer aux forces de la nature. Je suis un homme de défis, Rachel. Mais ça, tu le sais déjà.

Il démarra, et il fallut au moins cinq minutes à Rachel

pour parvenir à se relaxer un peu. Jamais elle n'avait éprouvé une telle attirance pour un homme. Ses mains, larges et robustes, enserraient le volant, ses cuisses musclées n'étaient qu'à quelques centimètres des siennes, et ses yeux se concentraient sur la route. Tout en lui l'attirait. Et pourtant, elle savait si peu de choses de lui, pas même qui était le véritable Zac Lawson.

Certes, il lui avait volontiers parlé de son enfance, de sa famille, de son travail, mais rien au sujet de sa vie amoureuse, présente ou passée — même si elle supputait une relation très complice avec sa secrétaire. Il lui avait seulement dit, lors de leur premier dîner, que personne ne l'attendait au Canada. Et elle avait beaucoup de mal à y croire, même si elle en mourait d'envie. Comment un homme aussi beau que Zac, de surcroît riche et engrangeant les succès professionnels, pouvait-il rester célibataire ? Cela n'avait pas de sens et cachait peut-être quelque chose…

— A quoi penses-tu ?

Elle tressauta au son de sa voix et sentit ses joues s'embraser.

— Je me demandais si ma mère allait encore m'adresser la parole après ton coup d'éclat, mentit-elle. Elle n'aura certainement pas apprécié ce que tu as fait ce soir.

— D'après ce que m'a raconté Jennie, ta mère et toi n'êtes pas vraiment complices… Mais ne t'inquiète pas, elle te rappellera. Ne serait-ce que par curiosité.

Comment osait-il se mêler ainsi de sa relation avec sa mère ? Mais le pire, c'est qu'il avait parfaitement raison. A court d'arguments, Rachel se tourna vers lui et admira son profil finement dessiné.

— Je ne suis pas sûre d'apprécier le fait que Jennie te détaille aussi librement ma vie, tu sais…

— Elle m'a juste très brièvement parlé de tes relations tendues avec ta mère, rien de plus. Tu peux me croire.

Connaissant Jennie et sa spontanéité, Rachel se doutait bien qu'elle ne lui avait rien caché.

Elle préféra donc changer de sujet.

— Combien serons-nous ce week-end, chez ton ami ?

— Assez nombreux, je pense. Martin aime beaucoup être très entouré. Tu verras, c'est quelqu'un de très avenant et courtois. Attends-toi à des brunchs et à des dîners un peu chic, suivis de longues soirées à déguster du whisky au coin du feu. C'est un peu le genre d'occasions où les gens aiment se montrer, briller en société.

Il avait prononcé ces derniers mots d'un ton blasé et légèrement moqueur.

— Si ce genre d'événement ne te plaît pas, pourquoi as-tu accepté l'invitation ?

Ses yeux fauves se tournèrent brièvement vers elle, avant de se concentrer de nouveau sur la route.

— Parce que j'avais envie de passer le week-end avec toi, et que cette petite escapade hors de Londres m'a semblé être une opportunité idéale.

Déconcertée par un tel aveu, Rachel le dévisagea longuement avant de se résoudre à détourner les yeux. Ne sachant que répondre, elle décida qu'il valait mieux ne rien dire.

Attention, danger ! Zac était en train de chercher à la séduire. Exactement comme l'avait fait Giles auparavant. Toutes ces paroles n'avaient aucune valeur, elle devait absolument garder cela à la mémoire. Et profiter de ce week-end comme d'une sorte de parenthèse dans le temps, un flirt plus ou moins assumé des deux côtés, un petit jeu entre adultes consentants sans réelle portée aucune. *Rien de plus.*

Pourtant, jamais Rachel ne s'était sentie aussi captivée par un homme. Cela l'effrayait autant que cela l'excitait. De toute façon, Zac n'était que de passage en Angleterre, et elle lui avait clairement fait comprendre qu'elle ne coucherait pas avec lui… A cette idée, une irrépressible onde de chaleur la traversa de part en part. Quel genre d'amant pouvait-il être ? Que ressentirait-elle, si elle passait une nuit entière entre ses bras, se réveillant contre lui au petit matin, rassasiée, comblée ?

Il suffisait de le regarder dans les yeux pour deviner à quel point il devait être fougueux et attentionné avec ses maîtresses. Il dégageait un tel charisme, un magnétisme quasi animal que peu d'hommes au monde possédaient.

Concentré sur sa conduite dans les embouteillages londoniens, Zac s'efforçait d'avancer au mieux en dépit de la véritable tempête de neige qui sévissait désormais à l'extérieur. Pendant ce temps, Rachel se surprit à se laisser déborder par une rêverie franchement érotique.

— On dirait que la neige commence vraiment à tenir, hein ? remarqua Zac en s'engageant à vitesse réduite sur l'autoroute après une dizaine de kilomètres au ralenti.

Elle fronça les sourcils, d'autant qu'effectivement les flocons redoublaient de vigueur, et qu'ils avaient déjà croisé deux voitures ayant glissé sur les bas-côtés.

— Ne t'inquiète pas, reprit-il sans la regarder. Nous arriverons sans encombre. Cela n'est qu'un petit désagrément comparé aux blizzards que nous subissons au Canada.

Peut-être, mais les autorités canadiennes, elles, étaient préparées à ce genre d'épisode neigeux, et savaient réagir en conséquence. Ce n'était pas exactement le cas en Angleterre…

Lorsque enfin ils atteignirent l'embranchement indiquant Guilford, ils avaient parcouru une trentaine de kilomètres en une heure et demie. Le GPS indiquait encore douze kilomètres avant leur destination finale. Zac n'avait pas dit un mot depuis un quart d'heure, et suivait avec une concentration infinie un gros Range Rover qui leur ouvrait la voie. Mais lorsque le véhicule bifurqua sur une route secondaire, Rachel se tourna vers Zac, de plus en plus anxieuse. Si belle et racée fût-elle, cette Aston Martin n'était pas conçue pour rouler sur ces petites routes enneigées.

Cette fois, ils étaient bel et bien dans le pétrin.

Comme s'il avait deviné ses pensées, Zac déclara :

— Ça va aller, nous avons fait le plus gros du chemin.

Sa voix se voulait rassurante, mais n'eut pas sur Rachel l'effet escompté. Depuis une demi-heure, son esprit était saturé d'images de l'Aston Martin piégée dans un fossé ou encastrée sous un camion. Par chance, les quelques voitures qu'ils croisaient encore roulaient au pas, tout comme eux.

Soudain, Rachel sentit la voiture glisser sur la chaussée. Avec l'élégance infinie d'un patineur sur glace, elle pivota jusqu'à se retrouver à contresens sur la voie d'en face.

Zac proféra un juron alors que Rachel poussait un soupir, soulagée de voir enfin le véhicule immobilisé.

— Bon sang, Rachel, je suis navré, dit-il d'un air crispé.

Pour la première fois, l'assurance naturelle dont il avait toujours fait preuve semblait lui faire défaut. Il avait fallu une tempête de neige carabinée pour le déstabiliser enfin…

Rachel sentit son estomac gargouiller. Gênée, elle regretta de n'avoir avalé qu'un petit sandwich pour tout déjeuner.

— Tu n'as pas à t'en vouloir, assura-t-elle en regardant le manteau neigeux par la vitre de sa portière. Je suis même étonnée que tu aies pu nous emmener aussi loin.

Cette portion de route n'était même pas éclairée. Elle réfléchit alors à la dernière maison qu'ils avaient pu croiser, mais elle avait été tellement absorbée par la route qui s'étendait devant eux qu'elle ne s'en souvenait plus.

Comme par magie, Zac répondit alors à ses pensées.

— Il y avait un pub à un ou deux kilomètres de là. Te sens-tu capable d'y aller à pied dans toute cette neige ?

Avait-elle le choix ?

— Bien sûr, dit-elle tout en regrettant amèrement d'avoir mis ses bottes à talons aiguilles, qui lui avaient coûté une fortune.

Soudain, elle se rappela qu'elle avait aussi emporté dans sa valise des bottes de marche ainsi que la doudoune qu'elle avait achetée en Ecosse l'année précédente.

— Tu crois que tu pourras accéder à ma valise dans le coffre afin que je puisse changer de chaussures ?

— Aucun problème, assura-t-il en souriant. En tout cas, je te remercie de ne pas m'accabler de reproches pour nous avoir entraînés dans cette galère…

Elle s'efforça d'ignorer combien il était proche d'elle,

combien son profil était parfait, et combien il se dégageait de lui quelque chose de terriblement *viril*.

— Bah ! tu sais, je suis plutôt d'un naturel fataliste, et encline à aller de l'avant en toutes circonstances.

Elle réussit à lui décocher un sourire dont elle fut particulièrement fière.

Après avoir attrapé ses affaires dans le coffre, Zac l'aida à les enfiler, puis à s'extirper du véhicule. Aussitôt, un vent polaire fouetta son visage et une myriade de flocons piquetèrent sa peau telle une armée de petites aiguilles.

Zac verrouilla la voiture, puis cala sa valise sous son bras et celle de Rachel sur son épaule. Il glissa son bras libre autour de sa taille. Elle avait bien tenté de protester en l'assurant qu'elle pouvait transporter son bagage mais dès qu'ils commencèrent leur marche, elle accueillit son soutien avec soulagement : le vent était si violent qu'elle tenait à peine debout. Imperturbable en dépit des éléments qui se déchaînaient autour d'eux, Zac avançait, solide, tandis qu'elle s'agrippait à lui, partiellement protégée de la neige par son corps massif.

Au bout d'une éternité, les lumières du pub percèrent la nuit devant eux. Plissant les yeux pour éviter les flocons acérés, Rachel se dit qu'elle n'avait jamais rien vu d'aussi accueillant que ces petits lampadaires.

— On y est presque, déclara Zac en la serrant un peu plus. Ça va, tu vas y arriver ?

Elle ne put que hocher la tête en guise de réponse.

— Tu es la reine des aventurières ! s'exclama-t-il en se penchant vers elle pour lui voler un baiser.

Un langoureux baiser. Et, en quelques secondes, Rachel oublia tout. Même qu'elle était transie de froid !

Le White Hart était une vieille auberge, à la chaleur accueillante, avec parquet, poutres en chêne et plusieurs cheminées. La propriétaire s'avéra charmante. Lorsque Zac avait poussé la porte du pub, le silence s'était fait mais très vite, les conversations avaient repris ; la maîtresse des lieux avait quitté le comptoir pour venir les saluer.

— Je suppose que vous êtes des naufragés de la tempête ? s'enquit-elle alors que la neige accumulée dans leurs cheveux commençait à fondre. Quelle soirée ! Ils avaient bien annoncé de la neige, mais personne n'avait évoqué un tel blizzard. Avez-vous dû abandonner votre voiture ?

Zac acquiesça d'un signe de tête.

— Oui, à un ou deux kilomètres d'ici.

— Venez donc près du feu, enchaîna la tenancière. Laissez-moi vous offrir un verre de réconfort ! Que diriez-vous d'un brandy pour vous réchauffer ?

Rachel répondit par un sourire, puis balaya le pub du regard. Il était bondé.

— Et vous vous rendiez loin ?

— Nous nous rendions chez des amis pour le week-end, mais la météo en a décidé autrement. Vous resterait-il par hasard deux chambres libres ?

L'avenante aubergiste se mordit la lèvre.

— Eh bien je suis navrée, mais nous accueillons des randonneurs tout le week-end, expliqua-t-elle en désignant un groupe attablé non loin d'elle. Tout ce que je peux vous proposer, c'est la chambre mansardée du deuxième étage. En général, je ne la mets jamais en location car l'escalier qui y mène est très raide et étroit, mais je la tiens toujours propre en cas d'imprévus.

A ces mots, elle jaugea Zac et Rachel d'un air dubitatif.

— Parfait, nous la prenons ! s'écria cette dernière, qui ne serait pour rien au monde retournée dehors. N'est-il pas trop tard pour vous demander un dîner ?

— Aucun souci, ma chère : il n'est que 20 h 30. Je vais vous montrer votre chambre, et vous pourrez ensuite consulter le menu.

Alors qu'ils lui emboîtaient le pas, Zac saisit discrètement le bras de Rachel.

— Une seule chambre, murmura-t-il, cela ne te gêne pas ?

— Nous ne sommes pas en position de faire la fine

bouche, nota-t-elle à voix basse pendant qu'ils accédaient au petit escalier de service menant au deuxième étage. Et puis c'est seulement pour une nuit, faute de mieux.

Elle avait ajouté ces derniers mots en le regardant droit dans les yeux, histoire de dissiper tout malentendu.

— Message bien reçu, chuchota Zac avec un clin d'œil.

Les marches du vieil escalier de bois étaient effectivement très raides, et craquaient à chacun de leurs pas. Les murs blanchis à la chaux soulignaient le caractère très ancien de la bâtisse — elle datait du XVIIIe siècle, leur avait affirmé la propriétaire —, et Rachel eut la curieuse impression d'effectuer un voyage dans le temps. Ou peut-être hors du temps.

— Cet étage hébergeait autrefois les domestiques. Evidemment, nous l'avons entièrement rénové pour y ajouter tout le confort moderne : aujourd'hui, le toit est isolé et l'eau courante installée.

Au bout du couloir, ils aperçurent une petite porte basse. Déjà, Rachel baissait la tête pour ne pas se cogner au plafond. Quant à Zac, il était quasiment plié en deux. La chambre se révéla assez spacieuse, même si un bon tiers de sa surface était inutilisable du fait de la soupente. Un grand lit double trônait entre deux Velux. Le mur de droite était orné d'étagères, dont un espace penderie. Sur la petite table basse près de la porte était posée une bouilloire électrique avec le nécessaire pour préparer du thé ou du café instantané. Un charme suranné émanait de la pièce.

Sauf que, jusqu'au bout, Rachel avait espéré deux lits jumeaux. S'efforçant de masquer la panique qui s'emparait d'elle, elle sourit à la maîtresse des lieux.

— Je suis navrée, mais je n'ai rien de mieux à vous offrir, déclara cette dernière.

— Cela… Cela ira, assura Rachel du bout des lèvres.

— Bien. Dans ce cas, je vous laisse vous installer et vous attends au rez-de-chaussée dès que vous serez prêts ! Je vous réserve la table près de la cheminée.

Après avoir posé les valises à terre, Zac ôta son manteau et s'assit sur le lit en étirant les muscles de sa nuque.

— Eh bien, on peut dire que je sais choisir des lieux de week-end pittoresques ! déclara-t-il d'un ton sarcastique.

Rachel gloussa devant le comique de la situation : Zac et elle se retrouvaient embarqués dans une histoire que ni l'un ni l'autre n'auraient pu prévoir.

— Ne devrais-tu pas appeler ton ami pour le prévenir que nous n'arriverons pas ce soir ? avança-t-elle en retirant ses bottes.

Il hocha la tête puis, étendant ses jambes de tout leur long, il sortit son téléphone de sa poche. Comment un geste aussi anodin pouvait-il revêtir un caractère aussi sensuel ? Mais, surtout, comment pourrait-elle, dans les prochaines heures, se tenir à sa résolution de ne pas coucher avec lui ?

Elle passa son autre paire de bottes puis se planta devant le miroir pour se recoiffer. Les jambes flageolantes, elle remit un peu de rouge à lèvres et s'efforça tant bien que mal de se tenir droite. Assis sur le lit, Zac, qui avait terminé sa conversation téléphonique, la regardait en silence.

— Tu es prêt pour le dîner ? Je meurs de faim !

— Moi aussi ! fit-il d'une voix rauque.

Rachel savait pertinemment qu'il ne parlait pas là de nourriture, mais feignit de ne pas s'en rendre compte.

— Martin n'était pas trop déçu ? demanda-t-elle d'un ton convenu tout en s'emparant de son sac à main.

— Si, bien sûr ! D'autant que la moitié des invités n'a pas pu arriver jusqu'à Guilford. Je n'arrive pas à croire que nous allons devoir payer cette chambre pour Lilliputiens.

Déjà, Rachel ouvrait la porte de la chambre. Zac faillit s'assommer en se levant du lit ; il semblait sincèrement contrarié par la tournure de leur soirée. Après avoir descendu avec prudence l'étroit petit escalier, Rachel se tourna vers lui, soulagée d'avoir enfin quitté l'atmosphère intimiste de leur nid isolé du reste de l'auberge. Les flocons fouettaient la vitre du couloir dans la pénombre de la nuit.

— Estimons-nous heureux d'avoir au moins trouvé un refuge !

Il la rejoignit et passa une main délicate dans ses cheveux.

— C'est juste que ce n'est pas du tout ce que j'avais en tête pour nous, ce week-end…

Elle non plus… Surtout pas ce grand lit double, d'ailleurs !

— Je voulais t'impressionner avec le manoir de Martin et ses hectares de terre à perte de vue, son lac, ses écuries et sa salle de gym privée, reprit-il à voix basse. Au lieu de cela, je n'ai que cette chambre miniature à t'offrir et… moi !

Il avait dit ces derniers mots en lorgnant ses lèvres d'un œil provocant. Aussitôt, Rachel sentit son estomac se nouer. Manifestement, la technique de séduction de Zac était très au point. Elle en avait conscience mais ne pouvait s'empêcher de constater que son corps réagissait à la moindre de ses sollicitations — implicite ou explicite.

Elle décida de se ressaisir, mais il choisit ce moment précis pour l'enlacer et lui voler un nouveau baiser. Un baiser tendre et à la fois terriblement brûlant… Et Rachel se sentit fondre au contact de ses lèvres, qui éveillaient en elle un profond désir — celui qu'elle s'efforçait de refouler depuis le premier regard qu'elle avait posé sur Zac.

Il embrassait si merveilleusement bien — mieux que Giles et que tous ses anciens petits amis. Ses lèvres glissèrent délicieusement le long de son menton, de son cou, avant de remonter lentement jusqu'à sa bouche, dont il s'empara de nouveau, avec autorité et gourmandise.

Il la serra un peu plus fort contre lui, et elle sentit l'ardeur de son désir contre son ventre. Un claquement de porte au rez-de-chaussée les fit sursauter, et ils s'écartèrent l'un de l'autre. Peu après, des pas résonnèrent dans l'escalier qui menait au premier étage. Impassible, Zac lui saisit la main d'un geste parfaitement maîtrisé. Ivre de désir, Rachel s'efforça de reprendre ses esprits, et articula un « bonsoir » poli au client qui les croisa sur le palier. Retenant son souffle, elle s'engagea à son tour dans l'escalier pour rejoindre la salle de restaurant.

Contrairement à elle, qui éprouvait un trouble indescriptible à son contact, Zac, en dehors de son excitation purement physique, ne semblait pas bouleversé par leurs étreintes. Sa placidité était une preuve supplémentaire qu'elle n'était pour lui qu'un passe-temps au cours de son séjour en Angleterre.

Ravalant ses larmes, elle s'en voulut de s'être laissé entraîner dans une situation aussi embarrassante. Les hommes étaient vraiment tous pareils : ils ne cherchaient qu'à satisfaire leurs besoins physiques ; alors que les femmes, elles, aspiraient à de véritables émotions. Combien de fois allait-elle encore devoir souffrir de la duplicité masculine avant d'assimiler la leçon ?

Elle traversa le pub sans se retourner ni attendre Zac. La tête haute, elle se dirigea vers la petite table au coin du feu que l'aubergiste avait réservée pour eux. L'essentiel à présent était de préserver sa dignité. Après le fiasco de sa relation avec Giles, Jennie et Susan l'avaient continuellement sermonnée quant à l'importance de ne plus laisser son amour-propre se faire piétiner par des séducteurs à la petite semaine.

Zac la rejoignit bientôt et l'aida à s'asseoir.

— Jolie table, fit-elle en serrant les dents.

Il la dévisagea avec un sourire en coin.

— Tu n'es pas difficile à satisfaire…

Feignant de ne pas relever ces sous-entendus exaspérants, Rachel balaya la pièce du regard et aperçut leur hôtesse.

— La propriétaire nous fait signe avec les menus, au bar. Peux-tu me ramener un verre de vin au passage ?

Elle perçut une expression dubitative sur le visage de Zac. Manifestement, il avait ressenti son changement d'attitude. Il soutint son regard, mais son sourire s'effaça peu à peu. Puis il pivota sur ses talons et se dirigea vers le bar. Tout en le suivant des yeux, Rachel vit toutes les femmes se retourner sur son passage.

Elle se mordit la lèvre. Certes, elle n'avait d'autre choix que de passer cette nuit ici avec lui ; mais dès demain matin, elle déclinerait une fois pour toutes l'invitation chez Martin.

Jamais elle n'aurait dû l'accepter, d'ailleurs. Zac avait beau déployer tous ses talents de séducteur, elle saurait rester de marbre.

Il en allait de sa survie.

6.

Zac revint avec une bouteille de vin, deux verres, et le menu calé sous un bras.

— Bon, Rachel, si tu me disais plutôt ce que j'ai fait de mal ? demanda-t-il en la scrutant d'un air détaché.

Elle attendit quelques secondes avant de lever les yeux.

— Que veux-tu dire ? fit-elle innocemment.

— Tu es soudain… différente.

— Je n'ai pas la moindre idée de ce à quoi tu fais allusion, Zac. Nous devrions commander, tu ne crois pas ? Il se fait tard.

— Est-ce parce que j'ai gâché notre week-end en nous faisant échouer dans cette auberge ? insista-t-il calmement. Tu m'en veux ?

A ces mots, elle releva imperceptiblement le menton.

— Bien sûr que non. Tu n'y es pour rien s'il neige. Tu as choisi ? ajouta-t-elle en désignant le menu.

Il l'étudia assez longuement pour la mettre mal à l'aise, mais Rachel entendait bien ne pas laisser paraître la moindre faiblesse.

— Dans ce cas, cela doit être parce que je t'ai embrassée, reprit-il d'un air songeur. Avant cela, tout allait bien entre nous. Tu as dû en conclure que je préparais le terrain en vue d'une grande offensive ce soir, au moment de se coucher.

Elle but une gorgée de vin, puis osa soutenir son regard.

— Est-ce que je me suis trompée ?

Un long silence s'installa entre eux.

— Je ne sais pas, dit-il en fronçant les sourcils. Je t'ai

embrassée parce que j'en avais envie, tout comme j'ai envie de te serrer contre moi dès que nous sommes dans une même pièce. Pour être franc, Rachel, j'aimerais beaucoup que nous devenions amants. Je n'y peux rien, c'est ainsi… Cela dit, je ne suis pas un animal sauvage : jamais je n'ai contraint une femme à faire quelque chose qu'elle ne désirait pas à cent pour cent. Tu n'as rien à craindre de moi, tu sais.

Elle se doutait effectivement que les femmes devaient se battre entre elles pour obtenir les faveurs d'un homme aussi séduisant et sexy que lui.

— Je prendrai la tourte à la viande avec sa jardinière de légumes, répondit-elle froidement. Je te laisse aller commander au bar ?

— Puisque tu me le demandes, dit-il aussi fraîchement.

Tout en le regardant passer commande, Rachel s'en voulut de son comportement agressif et puéril. Elle savait bien que Zac n'opposerait aucun refus si elle lui demandait demain matin de la ramener à Londres. D'ailleurs, il serait sans doute soulagé de se débarrasser d'elle.

Comment avait-elle pu en venir à se compliquer autant la vie ? Soudain, elle regrettait l'époque où, avec Jennie et Susan, elle vivait dans l'insouciance de la jeunesse — même si elle estimait qu'à vingt-sept ans il était légitime pour elle de songer au mariage et à fonder un jour une famille.

Aurait-elle trop fait la difficile dans ses choix masculins ? Pourtant, elle n'avait jamais ressenti cette fameuse étincelle que décrivent les couples amoureux. Certes, elle avait eu des affinités avec quelques garçons, mais jamais suffisamment pour en considérer aucun comme l'homme de sa vie.

— Ce n'est pas grave, Rachel, je t'assure.

Elle sursauta au son de la voix de Zac, qu'elle n'avait pas vu revenir du bar. Leurs yeux se croisèrent.

— Euh… Pardon ? demanda-t-elle, confuse.

— Je n'ai pas l'intention de te kidnapper au milieu de la nuit, ni de te sauter dessus à l'instant où nous franchirons la porte de la chambre. Si seulement tu pouvais cesser de considérer chaque moment passé auprès de moi comme une torture… A cause de cela, l'aubergiste croit que nous ne goûtons pas les prestations ô combien luxueuses de son établissement.

Elle soutint son regard narquois et eut envie de lui donner un coup de poing.

— Tu te moques de moi, siffla-t-elle.

— Pas du tout ! déclara-t-il avec un brin de solennité dans la voix. Sais-tu ce qu'elle m'a dit ? « Eh bien, j'ai l'impression que votre petite amie n'apprécie guère la chambre que je vous ai proposée. Ce ne peut pas être à cause de vous si elle fait une telle tête, n'est-ce pas ? Vous qui êtes si charmant, si merveilleux… »

— Ne sois pas ridicule ! lança-t-elle en le fusillant du regard. Et je ne suis *pas* ta petite amie !

— Certes, mais vu l'empressement avec lequel tu as accepté de partager cette chambre avec moi, elle en a déduit que nous étions un couple.

Rachel manqua de s'étrangler avec son vin.

— Empressée, moi ? J'étais surtout soulagée d'avoir la dernière chambre disponible alors que j'étais épuisée, transie de froid et affamée, assura-t-elle piquée au vif.

— Mais oui, je le sais bien, répliqua-t-il d'une voix exagérément apaisante. C'est juste que la patronne a cru…

— Je me moque de ce qu'elle peut croire ! interjeta Rachel excédée. D'ailleurs, rien ne prouve qu'elle t'ait vraiment dit tout cela.

— Tu n'as donc aucune confiance en moi ? dit-il, amusé.

Elle tenta de soutenir son regard, baissa les yeux puis but de nouveau une gorgée de vin afin de se donner du courage — et un peu de contenance.

— Je dormirai dans un fauteuil, ici, dans la salle du pub, fit-elle d'un ton acerbe. Cela lèvera toute ambiguïté.

— Impossible. Ce ne serait pas conforme aux règles de sécurité anti-incendie, murmura-t-il d'un air innocent.

— Tu racontes n'importe quoi ! Depuis le début de cette conversation d'ailleurs.

— Tu crois vraiment ? riposta-t-il, d'une voix aussi traînante qu'imperturbable.

Décidément, cet homme était impossible. Insaisissable.

A cet instant, une randonneuse en jean et pull moulant traversa la salle et se dirigea droit vers leur table ; en arrivant près d'eux, elle ralentit et décocha un regard plein d'intérêt à Zac. Rachel se sentit subitement se dégonfler comme une baudruche transpercée par une aiguille. Une réelle assurance émanait de la jeune femme, par ailleurs fort jolie. A n'en pas douter, elle n'hésiterait pas une seconde à répondre aux avances d'un beau célibataire. Peut-être même était-elle du genre à faire le premier pas…

Médusée, Rachel la regarda rouler des hanches avec une insolence incroyable — elle devait avoir à peine dix-huit ans — et se dit qu'avec une telle confiance en elle, elle formerait un couple parfait avec Zac.

— A quoi penses-tu ?

— Euh… je…, bredouilla-t-elle, tirée de sa rêverie.

Il hésita, puis la dévisagea de son irrésistible regard cuivré.

— Tu as l'air… Enfin, tu es une véritable énigme, Rachel, sais-tu cela ? J'ai l'impression d'être de nouveau un lycéen quand je suis avec toi : j'ai envie de faire toutes sortes de choses extravagantes pour t'impressionner !

Incapable de dissimuler son trouble, elle baissa les yeux. La jolie randonneuse repassa près d'eux mais Zac sembla ne pas remarquer son petit manège, ne pas la remarquer du tout d'ailleurs.

— Et je ne sais pas pourquoi, poursuivit-il sur le même ton calme et tranquille. Certes, tu es très belle, mais j'ai connu de nombreuses femmes très belles. Aucune d'elles ne m'a touché comme tu me touches, Rachel. J'ai envie de savoir tout ce que tu penses, tout ce que tu ressens. Je veux savoir ce qui te fait plaisir, ce qui te rend triste, ce que tu aimes, ce que tu détestes. Et tout ce qui a pu faire que tu es devenue la femme que tu es aujourd'hui.

— Je ne suis pas belle…, fit-elle dans un souffle.

— Oh ! que si, tu l'es ! Tu es belle d'une manière si

singulière, si simple… et très dangereuse. Une manière qui conduit un homme à oublier qui il est, à perdre de vue ses priorités dans la vie.

A ces mots, Rachel s'empourpra. Parlait-il bien d'elle ? Franchement, elle ne se reconnaissait pas dans ce portrait.

— Tu vois, reprit-il, j'ai envie d'apprendre à te connaître. Mais dès que je crois saisir une facette de ta personnalité, celle-ci s'efface… Ce qui est très désarmant.

Il souriait, une expression amusée gravée sur son beau visage viril. Dans un état second, Rachel finit son verre de vin — et ne trouva rien à objecter lorsqu'il la resservit.

— Je ne suis pas cette personne que tu dépeins, déclara-t-elle. Je suis une fille très ordinaire en vérité.

De nouveau, il eut ce rire caressant.

— Rachel, tu es sans doute beaucoup de choses, dont certaines sont même exaspérantes. Mais ce qui est sûr, c'est que je ne vois rien, mais alors rien d'ordinaire en toi !

— Si je suis aussi compliquée, alors pourquoi insistes-tu tellement pour passer du temps avec moi ?

— Je te l'ai dit : j'ai besoin de te comprendre, de te percer à jour si je veux reprendre une vie normale, une fois que je serai rentré chez moi.

Il se perdit longuement dans ses yeux. Le silence entre eux devint si pesant qu'elle crut suffoquer. Finalement, elle trouva la force d'articuler :

— C'est vrai que tu as ta vie, là-bas… Ton travail, ta famille. J'imagine que tu es impatient de les retrouver. Tu sais, Zac, la dernière chose à laquelle j'aspire, c'est bien…

— Moi ? l'interrompit-il.

— La dernière chose à laquelle j'aspire, c'est une relation. Je ne veux *personne* dans ma vie en ce moment, insista-t-elle à voix basse. Mon histoire avec Giles… Enfin, je ne veux plus jamais revivre un tel fiasco. Plus jamais.

Zac se servit de nouveau du vin, puis une serveuse approcha de leur table avec deux assiettes fumantes.

— Deux tourtes à la viande ? dit-elle d'une voix enjouée.

Ils hochèrent la tête, et elle déposa les plats devant eux.

— Merci, fit Zac. Ça sent très bon.

La jeune femme sourit et ajouta sur un ton de confidence :

— Avant d'épouser Maggie, la propriétaire, notre cuistot a été longtemps chef dans un palace londonien. Les gens viennent de tout le Surrey, et même parfois de Londres, pour se régaler de ses plats !

Son enthousiasme communicatif fit sourire Rachel.

— On dirait que vous êtes fière de travailler ici ?

— Je suis ravie ! confirma la serveuse. La vie est trop courte pour la mener dans un endroit qui ne me plairait pas. Comme disent les sages : *Carpe diem*. Si l'on profite de chaque minute, alors on n'aura jamais de regrets…

Elle s'éloigna, laissant Rachel quelque peu songeuse.

— Elle a raison, tu sais, remarqua Zac en dégustant une première bouchée de tourte. Elle a même sacrément raison.

— Au sujet de la nourriture ?

— Oui, sans doute aussi… Peut-être devrions-nous expérimenter la philosophie des sages, ce week-end : vivre l'instant présent, sans réfléchir au lendemain.

Rachel eut un petit rire crispé.

— Pourquoi est-ce que les hommes aiment tant se référer à ce *Carpe diem* dès qu'ils ont une idée derrière la tête ?

Zac éclata de rire. Il lui parut soudain si imposant, si beau qu'elle se demanda comment lui résister. Comment réagirait-il si elle lui avouait que, dès la première seconde où elle l'avait vu, il lui avait inspiré les fantasmes les plus fous ?

Elle déglutit péniblement, incapable de rester de marbre face au charisme sensuel qui émanait de lui, et qu'il exerçait sur elle aussi naturellement qu'il respirait. Soudain, l'image du grand lit double de leur chambre lui vint à l'esprit, et un vif effroi s'empara d'elle.

— Cette tourte est délicieuse, tu devrais la goûter avant qu'elle refroidisse ! s'enthousiasma Zac.

Manifestement, il n'était pas du tout en proie aux mêmes interrogations qu'elle. Décontracté, parfaitement à son aise, il ne semblait nullement perturbé par le fait qu'elle avait une nouvelle fois repoussé ses avances. Décidément, elle ne comprendrait jamais rien aux hommes…

L'odeur gourmande de sa tourte commençait à lui chatouiller les narines, et Rachel se rappela soudain qu'elle n'avait pas mangé depuis des siècles… Oubliant momentanément sa colère et sa confusion, elle saisit sa fourchette, son couteau, et goûta enfin à son plat.

Après la succulente tourte, ils dégustèrent un excellent crumble aux pommes et, au moment du café, Rachel s'installa près du feu, écoutant les randonneurs entonner joyeusement quelques chants de Noël.

Comme promis, l'aubergiste avait offert à Zac et Rachel deux digestifs en guise de remontant et, tout en sirotant son brandy, Rachel se laissa peu à peu glisser vers une agréable torpeur.

— Contre toute attente, cette soirée se déroule plutôt bien, soupira Zac, qui avait dénoué sa cravate.

Lorsqu'il avait défait les premiers boutons de sa chemise, Rachel avait éprouvé un certain malaise ; mais ses hormones avaient fini par s'acclimater à la proximité de ce corps si désirable.

— C'est vrai, répondit-elle en croisant son regard.

Au cours du repas, ils avaient bavardé tranquillement de choses et d'autres, et réussi à mettre de côté la tension quasi palpable qui s'était tissée entre eux. A présent, Rachel se disait que tout irait bien si seulement ils restaient toute la nuit assis au coin du feu. Pourtant, là-haut, l'immense lit double du deuxième étage les attendait…

Zac avala sa dernière gorgée de brandy.

— Tu en veux un autre ? proposa-t-il en se levant. Après tout, nous n'avons pas à prendre la route pour rentrer nous coucher.

Elle avait déjà beaucoup bu mais, emportée par la sensation douillette qui s'était emparée d'elle, elle accepta.

— Volontiers, murmura-t-elle en lui tendant son verre.

— On dirait que tu cherches à te donner du courage pour la suite de la soirée… Est-ce que je me trompe ?

— Ne sois pas idiot, Zac ! dit-elle, renfrognée.

— Ça m'est égal d'avoir l'air idiot, rétorqua-t-il. Je veux faire vaciller cette réserve dont tu fais preuve à mon égard.

Bouche bée, elle se demanda comment il pouvait s'imaginer qu'elle restait insensible à son contact. Mais c'était sans doute mieux ainsi…

Il la dévisagea longuement comme pour lire en elle, puis finit par se diriger vers le bar. Aussitôt, Rachel aperçut la jeune randonneuse de tout à l'heure se précipitant elle aussi vers le comptoir. L'instant d'après, elle abordait Zac en le gratifiant d'une œillade on ne peut plus explicite.

— Et moi, alors ? Je suis invisible ? grommela Rachel pour elle-même.

Mais Zac écourta la conversation et revint rapidement avec deux nouveaux verres de brandy. Rachel eut tout juste le temps d'apercevoir la mine déconfite de la jeune femme derrière le corps athlétique de Zac.

Il lui tendit son verre en souriant et, sans doute enhardie par l'alcool qu'elle avait déjà ingurgité, elle demanda :

— Que t'a dit cette jeune fille, au comptoir ?

— Une jeune fille ? répéta-t-il l'air absent. Ah, la randonneuse ! Elle proposait que nous nous joignions à eux.

— Et tu as décliné…

— Evidemment, répondit-il visiblement surpris. Pourquoi ? Tu avais envie de te joindre à leur groupe ?

— Pas particulièrement, dit-elle prudemment.

— Tant mieux, murmura-t-il l'air soudain détendu. L'aubergiste vient de m'annoncer qu'elle préparait deux bouillottes pour réchauffer notre lit, même si elle m'a assuré qu'en mettant le chauffage à fond nous n'aurions pas froid.

Notre lit. Un frisson parcourut le dos de Rachel.

Zac se rassit dans son fauteuil et étendit ses jambes devant lui. Inclinant un peu la tête pour laisser ses mèches dissimuler ses joues empourprées, Rachel demeura les yeux rivés aux flammes qui dansaient dans l'âtre.

— C'est gentil de sa part, fit-elle d'une voix lointaine. Cette dame est très accueillante.

— Elle m'a expliqué que le petit déjeuner était servi entre 8 et 10 heures, mais que, si nous étions en retard, ce ne serait pas un problème.

« Notre lit… Deux bouillottes… Le petit déjeuner. » Les mots résonnaient dans l'esprit de Rachel. Tout était soudain trop facile, trop confortable. Trop séduisant. Elle se força à boire une nouvelle gorgée d'alcool. Zac était enfoncé dans son fauteuil, les yeux fermés, tenant d'une main son verre, laissant pendre l'autre dans le vide. Il semblait parfaitement détendu. Cet homme était la décontraction incarnée.

Pour la première fois, elle pouvait l'observer librement, sans le poids de son regard mordoré sur elle. Ses cheveux paraissaient encore plus noirs dans la semi-pénombre. Ses cils, longs et épais, ombrageaient ses pommettes hautes et saillantes. Quant à la cicatrice qu'il avait sur le menton, Rachel ne put s'empêcher de se demander comment il avait bien pu se la faire. En faisant du sport, peut-être ? Car, à en juger par ses épaules musclées et ses cuisses au galbe impeccable, Zac était un sportif assidu.

Il ouvrit soudain les yeux, mais elle soutint sans ciller son regard envoûtant. Elle trouva même le courage d'articuler de la plus simple des façons :

— Ce n'est pas très poli de me fausser compagnie…

Il se redressa dans son fauteuil, et elle crut fondre sur place.

— Je ne dormais pas, je m'étais juste assoupi…

— C'est ce que disent tous les vieux messieurs quand ils piquent du nez, nota-t-elle en riant.

— Je ne suis pas un vieux monsieur, Rachel, susurra-t-il avec un sourire provocant. Je peux te le prouver. Là-haut.

Ne l'avait-elle pas cherché, cette allusion à peine voilée ?

— Et si je n'en ai pas envie ?

— Dans ce cas, tu n'en sauras jamais rien…

Un frisson aussi délicieux qu'angoissant traversa Rachel.

— Je suis navrée de devoir décliner cette charmante proposition, déclara-t-elle d'une voix presque neutre.

— Crois-moi, tous les regrets sont pour moi…

« Oh ! que non », se dit-elle en finissant son brandy. A cet instant précis, personne au monde n'était aussi pétri de regrets qu'elle.

7.

— Alors, comment s'organise-t-on ? murmura Zac en arrivant devant la porte de la chambre.

— Que veux-tu dire ? bredouilla Rachel, pétrifiée à l'idée de voir approcher le moment de vérité.

— Je prendrais bien une bonne douche. Ce qui signifie que je dois descendre au premier étage pour aller à la salle de bains. Tu veux peut-être t'y rendre en premier ?

A vrai dire, Rachel n'avait pas la moindre idée de ce qu'elle voulait. Enfin, si… Mais cela ne comptait pas.

— Euh, oui, je veux bien, merci, bafouilla-t-elle en prenant sa trousse de toilette et les serviettes posées en évidence sur le lit. Je vais faire vite.

— Prends ton temps ; rien ne presse après tout, fit-il en s'allongeant nonchalamment.

Nerveuse comme jamais, elle descendit jusqu'à la salle de bains, dont le charme vieillot faisait écho au reste de la bâtisse. Elle contempla la baignoire en fonte, rêvant d'un bon bain chaud pour se détendre de cette soirée riche en surprises. Mais comme Zac attendait son tour, elle se contenta d'une douche rapide. Après s'être brossé les dents et démaquillée, elle étudia son reflet dans le miroir.

Elle avait les joues un peu roses et un air innocent. Or, elle en avait assez de ressembler à une jeune première. Ce soir, elle avait envie d'être aussi attirante que Jennie, ou de posséder la beauté délicate et naturelle de Susan. Ce soir, elle avait envie d'être quelqu'un d'autre. Sauf qu'elle n'était que Rachel, petite sœur quelconque de deux beautés blondes.

Lorsqu'elle poussa la porte de la chambre, Zac regardait la télé, allongé sur le lit.

— Visiblement, c'est la tempête du siècle, annonça-t-il en montrant les images de routes enneigées et de voitures abandonnées dans les fossés. Et les météorologues ne prévoient aucune accalmie avant au moins deux jours... Heureusement, ce lit est très confortable, tu vas voir.

A ces mots, il lui décocha un sourire coquin.

S'apercevant qu'elle était presque prête à renier ses principes pour une nuit, Rachel se ressaisit... Mais s'ils devaient rester ici deux, voire trois nuits ?

Zac se leva et la rejoignit à la porte.

— Hmm, dit-il en caressant ses joues brûlantes, puis ses lèvres. Te voilà bien propre et prête à aller au lit !

Incapable de répondre, elle demeura figée, et mutique.

— Est-ce qu'il y a de l'eau chaude ? murmura-t-il.

— Quoi ?... Euh, l'eau ? Oui, bien sûr, elle est chaude...

Pourquoi diable sentait-il si bon ? Les jambes en coton, elle comprit qu'il allait l'embrasser et pourtant, lorsque leurs lèvres se rencontrèrent, elle s'émerveilla. Sa bouche, toujours aussi ferme et sûre d'elle, s'empara de la sienne avec une impudeur qui la fit trembler comme une feuille. Ses bras s'enroulèrent autour d'elle et, du bout des doigts, il parcourut ses épaules tendues, puis son dos jusqu'au creux de ses reins.

Peu à peu, le baiser de Zac se fit plus pressant, et elle ne put que répondre à son ardeur. Comme il était bon de sentir le corps de Zac se tendre comme un arc contre le sien ! Comme il était bon de sentir la puissance de son désir !... Oui, pour la première fois de sa vie, elle se sentait *désirée*. Et, instinctivement, elle se lova tout contre lui.

Lorsque enfin il s'écarta d'elle, Zac respirait fort et son regard était embué de convoitise.

— Oh ! Rachel, tu as le goût du péché...

Le souffle court, elle recula d'un pas.

— Zac, tu sais, je ne...

— ... couche pas avec un homme que tu ne connais que

depuis quelques jours, finit-il à sa place en soupirant. Je sais cela, Rachel. Je sais quel genre de femme tu es. D'ailleurs, je crois que je vais plutôt prendre une douche froide.

Son ton narquois aurait peut-être fait sourire Rachel si seulement elle ne s'était pas sentie aussi ridicule.

Elle demeura figée tandis qu'il prenait ses affaires de toilette, et même lorsqu'il eut quitté la chambre. Il lui fallut quelques minutes avant de retrouver un peu de mobilité et de s'asseoir sur le lit. Comment diable s'était-elle débrouillée pour se mettre dans une situation pareille ? Depuis l'adolescence, elle s'était promis d'être amoureuse avant de s'autoriser l'intimité totale avec un homme ; or, voilà qu'elle considérait soudain l'éventualité de faire de Zac son amant…

Car, oui, elle y songeait sérieusement à présent. Et ce, même s'il lui avait clairement annoncé que sa vie était au Canada, où il ne tarderait pas à retourner.

Perdue, indécise, elle se releva et s'empara de ses affaires de nuit en poussant un lourd soupir.

En fait, Zac n'était plus exactement un inconnu pour elle ; et puis elle avait fini par comprendre que tous les hommes se valaient : ils fonçaient tête baissée dans les aventures d'une nuit sans avoir besoin d'éprouver de réels sentiments amoureux.

D'une main tremblante, elle se déshabilla et enfila son pyjama de satin, regrettant de ne pas avoir choisi un modèle plus couvrant que ce petit ensemble caraco et short. Une fois sous les couvertures, elle s'aperçut qu'elle tremblait de tout son corps. Franchement, elle devenait *ridicule*. Bien malgré elle, Rachel laissa échapper un petit rire nerveux : même dans ses rêves les plus fous, elle n'aurait jamais imaginé partager le lit d'un homme comme Zac.

Elle tendit l'oreille, mais aucun bruit ne résonnait dans le couloir. La chaleur diffuse des bouillottes l'aida un peu à se détendre dans le lit, effectivement très confortable.

Que diraient Jennie et Susan si elles la voyaient à cet instant précis, allongée dans un grand lit, attendant Zac ? Un nouveau petit rire hystérique lui échappa, et elle se ressaisit aussitôt. Ce rire de hyène n'avait rien, mais rien de sexy !

Les informations montraient en boucle un cavalier qui avait été secouru après que son cheval avait paniqué en traversant un fossé verglacé. L'animal avait dû recevoir une dose de tranquillisant administrée par un vétérinaire avant d'être rapatrié en camion jusqu'à son ranch. Inlassablement, le présentateur répétait les consignes de prudence, conseillant aux gens de rester au chaud chez eux et de ne pas s'aventurer dehors tant que la situation ne s'améliorait pas.

De son côté, Rachel se dit que cette tempête de neige risquait fort d'affecter durablement son existence...

Elle était encore pleinement réveillée lorsque Zac poussa la porte de la chambre. Aussitôt, son cœur se mit à tambouriner dans sa poitrine, et elle sentit tous ses muscles se raidir. Les cheveux de Zac étaient encore humides, et il n'avait pas jugé utile de boutonner sa chemise. Seigneur, pourquoi diable était-il aussi sexy, aussi attirant ?

— Eh bien, on dirait que le Père Noël m'a offert la plus ravissante des chaufferettes ! lança-t-il avec un sourire goguenard.

— Ce n'est pas encore Noël, lui fit-elle remarquer alors qu'il approchait du lit. Et crois-moi, Zac, je ne suis pas et ne serai jamais ta chaufferette.

Elle aurait aimé trouver une réplique un peu plus spirituelle, mais il avait choisi ce moment précis pour ôter sa chemise ; elle avait alors perdu tous ses moyens. Impossible de détourner ses yeux de ce torse incroyablement musclé, et de la toison brune qui s'étendait sur ses pectoraux, avant de descendre en une étroite ligne jusqu'à sa ceinture...

Zac Lawson était tout simplement su-bli-me !

Il se déshabilla alors à côté du lit. Lorsque Rachel prit conscience qu'elle avait les yeux littéralement rivés sur lui, elle détourna le regard. Mais dès qu'elle entendit le pantalon glisser à terre, elle ne put s'empêcher de l'épier du coin de l'œil. Zac ne portait plus qu'un boxer moulant. Ses cuisses et ses jambes musclées, bronzées, semblaient sculptées dans un marbre rare et précieux. La perfection faite homme.

Oppressée, Rachel sentit un nœud se former au fond de sa gorge.

— Au fait, t'ai-je dit que je ne dormais jamais en pyjama ?

A ces mots, elle manqua de s'étrangler. Mais quand elle constata qu'il avait quand même gardé son boxer, elle ne sut si elle devait être soulagée ou déçue.

Incapable de répondre, elle préféra garder le silence. Bon sang, il avait un corps de rêve ! Ce qui expliquait peut-être pourquoi il ne semblait éprouver la moindre pudeur à s'exhiber ainsi, quasiment nu.

— Et voilà !

Il éteignit la lumière avant de se glisser dans le lit, près d'elle.

Aussitôt, Rachel se raidit de tout son long. Elle ne pouvait s'en empêcher. Seul l'écran de télévision éclairait encore la chambre. Zac saisit la télécommande et plongea la pièce dans l'obscurité totale. Rachel n'osait plus bouger, ni même *respirer*, alors qu'il s'installait un peu plus confortablement. L'espace d'un bref moment, son corps effleura le sien, et Rachel crut que la Terre s'arrêtait de tourner.

— C'est du satin ?

Elle s'éclaircit la gorge et reprit sa respiration. Elle savait qu'il avait tourné son visage vers elle, sur l'oreiller, même s'il ne pouvait la voir. Rassemblant tout son courage, elle s'efforça d'articuler :

— Oui, en effet.

— Quelle couleur ?

— Pardon ? demanda-t-elle, même si elle avait parfaitement entendu.

— De quelle couleur est ton pyjama ? Puisque tu te caches sous les draps, tu pourrais au moins me décrire ta tenue…

— Bleu, souffla-t-elle en s'agrippant aux couvertures comme si le sort du monde en dépendait.

— Bleu clair ou bleu foncé ?

— Foncé.

Il s'agissait en fait d'un bleu indigo, bordé d'un ruban de dentelle noire. Jamais elle n'aurait opté pour un tel déshabillé si elle avait su qu'elle devrait partager un lit avec Zac.

— Bleu foncé, marmonna-t-il d'une voix rocailleuse et satisfaite. Tout comme tes yeux… Au fait, j'ai oublié de te demander : est-ce que tu ronfles ?

Elle décela une pointe d'amusement dans sa voix, et malgré son état de nervosité affolante, elle s'efforça de répondre d'un ton léger :

— Comment le saurais-je ? Je ne dormirais pas si je m'entendais ronfler…

— Tes petits amis ne se plaignent jamais ?

Estomaquée, elle hésita un peu trop longtemps.

— Non, finit-elle par lâcher.

Pourquoi diable n'avait-elle pas saisi cette occasion pour lui avouer qu'elle n'avait jamais couché avec un homme ?

La réponse était évidente : elle ne voulait surtout pas passer pour une attardée aux yeux de Zac. Il était habitué à fréquenter des femmes sophistiquées et libérées et pour lui, une femme encore vierge à vingt-sept ans apparaîtrait comme une bête de foire. Soudain, elle se sentit honteuse. Même si cette situation, elle l'avait choisie.

Le silence qui s'installa entre eux était chargé d'une tension quasi palpable. Rachel était au bord de l'implosion, et fut presque soulagée lorsque Zac reprit la parole.

— Rachel, as-tu déjà eu des amants ?

Dieu merci, ils étaient dans le noir total… Agonisant de gêne et d'embarras, elle articula d'une voix chevrotante :

— Non.

Il grommela un juron, ce qui la plongea dans un malaise plus vif encore. Heureusement il s'empressa d'ajouter :

— Excuse-moi, je suis désolé. Je n'avais pas du tout prévu cela… Est-ce par peur de faire l'amour ?

Mais pourquoi diable insistait-il ainsi ? Cela dit, elle ne pouvait lui en vouloir : cette question était tout à fait logique. Il devait imaginer qu'elle avait été victime d'abus ou traumatisée par une mauvaise expérience.

— Pas du tout, assura-t-elle d'une voix rauque. C'est juste que… j'attends la bonne personne. L'homme avec qui j'aurai envie de passer le restant de mes jours.

Un nouveau silence alourdit l'atmosphère entre eux.

— Waouh, ça, c'est une véritable ceinture de chasteté ! murmura Zac sur un ton indéfinissable.

Visiblement, c'était sa façon de lui promettre qu'il n'avait plus l'intention de la toucher à présent. Elle tenta de ravaler ses larmes… Mais pourquoi pleurait-elle, au juste ? Ne venait-elle pas d'obtenir ce qu'elle voulait ? Dans quelques jours, Zac aurait disparu de sa vie. Comment aurait-elle vécu cette séparation si elle s'était finalement donnée à lui ?

C'était plus fort qu'elle : les larmes roulaient à présent le long de son visage, et elle s'essuya avec le revers du drap… Mais pas assez discrètement pour que Zac ne remarque rien.

— Bon sang, Rachel, tu ne pleures pas, j'espère ? Seigneur ! dis-moi que tu ne pleures pas !

Impossible de répondre, sous peine d'éclater complètement en sanglots — ultime humiliation.

Elle l'entendit marmonner quelques mots entre ses dents, puis il l'entoura de ses bras robustes et réconfortants, avant de lui caresser les cheveux d'une main tremblante.

— Ça va aller, ça va aller, chuchota-t-il avec tendresse. Ne pleure pas, ma belle. Je ne te ferai aucun mal.

Elle voulut lui expliquer qu'elle pleurait surtout de colère, de frustration, et de mille autres choses qu'elle n'arrivait pas à formuler. Mais, ainsi blottie contre lui, elle était incapable de prononcer la moindre parole. Sa joue posée contre le large torse de Zac, elle laissa involontairement ses doigts s'emmêler dans sa toison. Elle sentait les battements rapides de son cœur. Sa peau exhalait une odeur fraîche de gel douche. Doux Jésus…

— Tes cheveux sentent toujours aussi bon la pomme, susurra-t-il. Ce parfum printanier sublime ta beauté, Rachel. Car *tu es belle* ; mais tu refuses de le croire, n'est-ce pas ?

A cet instant précis, elle ne savait plus ce qu'elle croyait. Seuls ses sentiments et le désir suffoquant qui s'était emparé d'elle lui semblaient bien réels. Zac était si musclé, si fort, si viril... Elle avait envie de s'allonger contre lui, de se fondre en lui, de lui faire l'amour, de ne faire plus qu'un avec lui...

— Ce type qui t'a traitée de façon aussi honteuse... Tu ne devrais pas le laisser te gâcher la vie, tu sais, reprit-il en enfouissant son visage au creux de son cou.

Instinctivement, elle se colla à lui. Il se raidit un peu, hésitant, puis ses lèvres capturèrent enfin les siennes. Oubliant ses inhibitions, elle répondit à son baiser avec une fougue non contenue. Malgré elle, Rachel sentait les verrous qu'elle s'était imposés jusque-là sauter un à un.

L'obscurité, la tiédeur du lit, le contact du corps chaud et viril de Zac, ses lèvres, ses mains qui se promenaient sur elle : tout cela la transporta vers un monde de sensations nouvelles, un monde où régnait la plus pure excitation, un monde où elle s'autorisait enfin à écouter son corps, à goûter à ce qu'elle avait attendu toute sa vie sans même le savoir.

Le souffle court, elle rejeta la tête en arrière alors que Zac déposait une pluie brûlante de baisers le long de son cou. Il referma les mains autour de ses seins tendus de désir à travers le satin de son caraco. Elle étouffa un voluptueux soupir et Zac s'empara de nouveau de sa bouche, entraînant sa langue en une danse aussi lascive qu'exquise.

Les sens en émoi, elle laissa ses mains expertes explorer son corps sans la moindre retenue. Mais alors qu'elle sentait poindre contre son ventre son excitation brute, animale, Zac la repoussa et s'assit brusquement sur le bord du lit.

Ivre de désir, elle ressentit dans chaque cellule de son corps le choc de cette séparation.

— Zac ? murmura-t-elle, en tremblotant. Quelque chose ne va pas ? J'ai fait quelque chose de mal ?

— Donne-moi juste une minute, fit-il d'une voix rauque.

Elle se figea, incrédule. Pourquoi avait-il interrompu ces instants exquis ? Le désir en elle était encore si vif, si douloureux, qu'elle le sentait palpiter au creux de ses veines. Mais, peu à peu, un autre sentiment s'imposa à elle : l'humiliation. Comment diable avait-elle pu inciter Zac à lui faire l'amour, alors qu'elle savait n'être pour lui qu'une passade sans lendemain ? Certes, il n'avait pas prétendu être amoureux, et ne lui avait fait aucune promesse. Au contraire, il avait fait preuve d'une grande franchise avec elle.

Fermant les yeux, elle se dit qu'il avait bien fait de mettre un terme à cette étreinte. Sans cela, ils seraient allés jusqu'au bout, à n'en pas douter. Pétrifiée par l'embarras et la colère, elle comprit que Zac ne l'avait pas désirée aussi fort qu'elle le désirait — la preuve : il avait su se contrôler, lui…

Au bout d'une éternité, il se rallongea.

— Je suis désolé de ce qui vient de se passer, murmura-t-il simplement. On dirait que, dès que tu es dans les parages, je perds tout contrôle…

— Je… C'était ma faute, Zac.

— Tu plaisantes… Je savais très bien ce que tu pensais de tout cela, tu venais d'être on ne peut plus claire, soupira-t-il. Et malgré tout, j'ai laissé la situation m'échapper.

A son tour, Rachel poussa un soupir, soulagée de constater qu'il avait manifestement eu du mal à se maîtriser.

— Je ne voulais pas… Enfin, non, c'est faux. Quand nous avons éteint la lumière, je voulais vraiment te séduire : j'étais assez arrogant pour espérer être l'homme qui saurait te ramener vers les plaisirs sensuels, après ce crétin qui t'a traumatisée. D'une certaine façon, j'avais envie de guérir tes blessures. Mais quand tu m'as dit être vierge, tout a basculé.

Une nouvelle bouffée de honte tétanisa Rachel.

— Je ne veux pas être l'homme qui piétine ton innocence, reprit-il d'une voix émue. Surtout parce que je ne peux rien t'offrir de sérieux en échange.

Comme d'habitude, son honnêteté était désarmante.

— Tu as toujours été clair avec moi, rétorqua-t-elle sèchement. Je sais depuis le début que tu es juste de passage en Angleterre.

— La vérité, Rachel, déclara-t-il d'un ton hésitant, c'est que je ne recherche pas la même chose que toi. J'ai été engagé dans une relation sérieuse une fois, ce qui m'a vacciné à vie. Je ne veux plus jamais revivre cela.

Evidemment… Avec un discours pareil, il s'autorisait à prendre tout le plaisir que les femmes avaient à lui offrir, sans leur donner aucune contrepartie.

Bon sang, mais pourquoi ne tombait-elle que sur des séducteurs de la pire espèce ? Y avait-il quelque chose en elle, dans son attitude, qui les attirait ?

— Je comprends, fit-elle, agacée. Tu n'as pas à te justifier.

— Non, tu ne comprends pas, insista-t-il avec véhémence. J'ai été marié une fois, et ce fut un désastre… Quand j'ai rencontré Moira, j'avais dix-huit ans, et elle dix-sept. Nous n'étions que deux gamins. Dix mois plus tard, nous nous sommes mariés car elle était enceinte. A l'époque, nous ne nous aimions déjà plus, mais ne pouvions nous résoudre à un avortement. Nous ne voulions pas non plus d'un enfant qui grandisse sans ses deux parents. A tort ou à raison, nous avons convenu d'élever ensemble ce bébé, tout en restant libre chacun de notre côté de mener notre propre vie, en toute discrétion. A y repenser, c'était une folie ; mais comme je te le disais, nous étions très jeunes et stupides…

Rachel écarquilla les yeux, abasourdie. Zac avait été *marié* ? Prise au dépourvu par la façon violente dont cet aveu l'affectait, Rachel eut l'impression de recevoir un coup de poing en pleine poitrine.

— A l'approche de la naissance, reprit-il impassible, j'ai compris que cette relation était vouée à l'échec. Et puis Josh est né, au terme d'un accouchement qui s'est très mal fini.

Il y eut un silence insoutenable. Rachel retint son souffle.

— Il y a eu des complications, reprit Zac d'une voix neutre. Le bébé avait le cordon autour du cou, et n'a jamais poussé son cri. Il était si beau… Il n'a pas eu la moindre chance.

Dans le noir, Rachel grimaça, horrifiée. Elle éprouvait soudain une compassion immense pour Zac, et s'en voulait terriblement d'avoir pu penser que cet homme n'était qu'un séducteur au cœur de pierre.

— Zac, je suis navrée, bredouilla-t-elle tout en cherchant son bras à tâtons. C'est affreux…

Elle le pressa doucement.

— C'était il y a longtemps, assura-t-il d'une voix blanche.

Rachel était incapable de trouver les mots adaptés à la situation. Ravalant ses larmes, elle préféra garder le silence.

— En plus de la mort de Josh, on a diagnostiqué au cours de l'accouchement une malformation cardiaque à Moira. Il n'y avait pas grand-chose à faire, sinon attention. Moira n'était pas invalide ; elle menait même une vie presque normale, sortant avec ses amies, s'offrant quelques plaisirs. Evidemment, vu son état, il aurait été plus qu'indélicat de lui proposer un divorce qu'elle ne semblait d'ailleurs pas désirer. La vie a donc repris son cours. Au bout de deux ans, j'étais au bord du gouffre : piégé dans un mariage sans amour, je rentrais du travail le soir et jouais le rôle d'infirmier plus que de mari. En plus, Moira faisait des crises de colère au cours desquelles elle m'accusait de l'avoir mise enceinte, ce qui avait d'après elle déclenché sa faiblesse cardiaque.

— Tu n'es pas obligé de tout me raconter, Zac, si cela t'est trop douloureux, chuchota Rachel en lui serrant de nouveau le bras. Franchement, cela n'est pas nécessaire.

— Deux ans jour pour jour après son opération, Moira a eu une crise cardiaque alors qu'elle déjeunait avec un ami, Jack, poursuivit-il comme s'il ne l'avait pas entendue. Elle est décédée en quelques minutes. A son enterrement, j'ai appris que Jack et elle avaient une liaison depuis plusieurs mois. Apparemment, il y avait eu un autre homme avant lui. Elle lui avait raconté que je la battais et que j'avais menacé de la tuer si elle me quittait. Jamais elle ne lui a parlé de Josh. J'ignore si elle a jamais eu le moindre sentiment pour notre bébé. Peut-être lui en voulait-elle, à lui aussi, d'avoir été à l'origine de sa défaillance cardiaque… Mais ce n'était qu'un petit être innocent.

— Zac, je… Je ne sais que dire…

En parlant, il avait gentiment repoussé sa main ; à présent, elle ne savait plus que faire.

— Il n'y a rien à dire, tu sais. Je tenais juste à t'expliquer pourquoi je ne m'engagerai plus jamais dans une relation susceptible de mener au mariage, précisa-t-il d'une voix cassée. Je n'en suis pas capable. Voilà pourquoi je n'ai pas le droit de détruire ton rêve, Rachel.

D'une certaine façon, elle lui était reconnaissante de ne pas s'être comporté comme Giles l'aurait fait en pareille circonstance. Mais une partie d'elle-même éprouvait un tel sentiment d'abandon qu'elle n'arrivait plus à réfléchir sereinement. Pourquoi diable Zac avait-il eu un tel effet sur elle, et ce dès l'instant où elle avait posé les yeux sur lui ?

Certes, elle éprouvait une violente attirance physique à son endroit mais il y avait toujours eu en lui quelque chose de profond, qui l'émouvait au plus haut point. Et ce quelque chose était tout simplement terrifiant.

Désormais, il lui avait clairement dit qu'une relation entre eux était impossible. A cette idée, Rachel fut saisie de panique. Son cœur se remit à tambouriner dans sa poitrine. Au fond d'elle-même, que désirait-elle vraiment ? La réponse, tranchante, implacable, lui donna le vertige : Zac. Pour toujours.

Quelle imbécile… Imbécile… Imbécile !

Même s'il n'avait pas vécu une telle tragédie, un homme aussi beau et brillant que lui ne pourrait jamais être *sérieusement* intéressé par une fille comme elle. Tout en elle n'était que banalité : son physique, sa carrière, sa vie …

— Est-ce que je t'ai contrariée ? Ce n'était pas mon intention, tu sais, s'enquit-il d'une voix désolée.

Si seulement elle avait pu voir son visage… Mais à cet instant la pénombre lui permettait au moins de sauver les apparences en dissimulant les émotions qui devaient certainement s'inscrire sur le sien.

— Je suis bouleversée d'apprendre tout ce que tu as enduré, Zac. Mais pas contrariée : tu as toujours été franc avec moi…

— Pas tout à fait, dit-il sur un ton d'autodérision. Car en vérité, je t'ai désirée dès la seconde où je t'ai vue : trempée par la pluie, transie de froid, et tellement plus sexy que le cambrioleur que j'avais imaginé !

De nouveau, le cœur de Rachel battait la chamade.

— Ce week-end, ajouta-t-il, je prévoyais de te rendre folle de désir pour moi afin de t'attirer dans mon lit.

Elle ne put retenir un sourire malgré son envie de pleurer.

— Rachel ? Tu ne dis plus rien ? murmura-t-il après un silence prolongé. Dis quelque chose ou je vais devenir fou !

— Je suis navrée que ce week-end ne se soit pas déroulé comme tu l'avais prévu, murmura-t-elle avec ironie.

— Moi aussi, susurra-t-il d'une voix terriblement sensuelle, avant de redevenir sérieux. Mais après tout, rien n'est perdu : si je te promets de me conduire en gentleman, on peut encore passer de bons moments ensemble… Car j'aime être avec toi, Rachel. Ta compagnie m'est plus douce que celle de n'importe qui ; j'espère que tu me crois.

Aidée par l'obscurité, elle répondit en toute franchise :

— Non.

— Non ? répéta-t-il sans masquer sa surprise.

— Je préfère rester honnête avec toi puisque c'est visiblement l'heure des aveux.

— D'accord. Dans ce cas, peux-tu me dire franchement pourquoi tu refuses de croire que je puisse être attiré par toi ?

Rachel contint un soupir. Elle aurait dû se douter qu'il allait la cuisiner.

— Je suis tellement banale, Zac… Et toi, tu… Tu dois être courtisé par tout un tas de très belles femmes.

— Tu crois que la beauté n'est qu'une question plastique. Mais une belle femme, c'est une femme entière, libre d'esprit, dont la belle personnalité rayonne à l'extérieur. Et toi, tu es une des plus belles que j'ai jamais connues. Tant pis si l'image que tu as de toi est déformée : pour moi, tu n'as besoin d'aucun artifice pour me séduire.

Voilà qu'il cherchait à la réconforter de n'avoir pas su le séduire — si cela avait été le cas, elle ne serait plus vierge à cette heure. Vraiment, il était temps d'orienter la conversation vers un sujet plus léger.

— D'après les prévisions météo, nous sommes coincés ici au moins pour deux jours, murmura-t-elle. Il serait idiot de nous fâcher dès à présent, hein ? Alors, on fait ami-ami ?

Elle se savait ridicule : Zac et elle n'avaient jamais été amis. Dès les premières secondes, quelque chose de primaire et d'électrique avait rendu toute réelle amitié impossible. Pourtant, elle se sentait prête à jouer avec le feu : elle voulait Zac pour elle toute seule, pendant deux jours. Et tant pis si l'auberge était pleine de randonneurs envahissants.

— C'est d'accord, ami-ami, acquiesça-t-il en déposant un baiser furtif sur ses lèvres.

A son contact, Rachel éprouva un vif pincement au cœur. Tout cela était tellement injuste…

Dehors, le vent sifflait. Rachel se blottit sous les couvertures, en prenant soin de ne pas effleurer Zac. Incapable d'effacer les sensations que faisait naître en elle ce corps puissant et plein d'ardeur contre le sien, elle mit plusieurs heures avant de trouver enfin le sommeil.

8.

Rachel s'éveilla lentement, avec l'impression étrange d'émerger d'un épais brouillard. Elle avait dormi en pointillé, se réveillant à intervalles réguliers, terrifiée à l'idée de frôler Zac dans son sommeil.

Elle n'avait pas su discerner si, comme elle, il avait peiné à dormir. Une part d'elle le soupçonnait d'avoir feint le sommeil, mais l'autre demeurait perplexe. En tous les cas, ces longues heures allongée au côté d'un corps aussi magnétique, aussi attirant, avaient été une véritable torture.

Au début, elle s'était convaincue que ce qu'elle éprouvait pour Zac n'était qu'une attirance purement charnelle, que cela cesserait brutalement dès qu'il rentrerait au Canada. Pourtant, à mesure qu'elle s'était remémoré les terribles épreuves que Zac avait endurées, elle n'avait pu s'empêcher de penser que peut-être, s'il n'avait pas vécu un tel traumatisme, il aurait pu être l'homme qu'elle attendait.

A partir de ce constat — certes quelque peu tiré par les cheveux —, elle avait échafaudé toutes sortes de scénarios plus ou moins plausibles. Du plus pessimiste au plus optimiste, cela allait de : « Zac ne me contactera plus jamais une fois ce week-end terminé » à : « En proie à une miraculeuse prise de conscience, il tombera éperdument amoureux de moi ». Entre ces deux extrêmes, elle avait inventé toutes les éventualités possibles.

Elle avait aussi passé beaucoup de temps à douter de ses propres facultés de jugement et à disséquer toutes les paroles de Zac. Tout cela pour en conclure qu'il était aux antipodes de Giles, et qu'elle avait eu tort d'avoir mis si longtemps à s'en apercevoir. A moins que ce ne soit l'inverse : elle l'avait pressenti inconsciemment dès leur première rencontre, ce qui expliquerait pourquoi elle l'avait fui…

Cette prise de conscience avait été si laborieuse, douloureuse même, qu'elle avait fini par s'endormir avec un début de migraine. Et à présent qu'elle ouvrait les yeux sur la journée qui s'annonçait, Rachel y voyait parfaitement clair.

— Bonjour, murmura Zac en la fixant de ses yeux aux incroyables reflets dorés.

Les lucarnes au-dessus du lit étaient couvertes d'une épaisse couche de neige immaculée. Zac était dressé sur un coude et, en le découvrant ainsi, les cheveux ébouriffés, la barbe naissante et le torse dénudé, Rachel manqua subitement d'air. Au même instant, elle eut la désagréable impression qu'il l'avait épiée pendant son sommeil… Aïe ! Impossible dès lors de lui dissimuler son teint gris du matin.

— Bonjour, dit-elle en sentant ses joues s'enflammer.

Il esquissa un sourire et posa une main sur son visage.

— J'adore te voir rougir. Je croyais que les femmes modernes ne rougissaient plus mais toi, tu es décidément… différente.

Pour l'heure, elle avait surtout l'impression de ressembler à une écrevisse. Se redressant sur le lit, elle rajusta son caraco et passa une main dans ses cheveux en désordre.

— Quelle heure est-il ?

— Presque 8 heures, répondit-il en lui caressant les cheveux. Je viens juste de me réveiller, moi aussi. C'est drôle comme tes cheveux ont une palette incroyable de reflets cuivrés.

— Bah, ils sont châtains, voilà tout…

— Ils déclinent tous les tons des feuilles d'automne. Et tes yeux sont de la même couleur que les bleuets sauvages que je cueillais quand j'étais petit.

Rachel remonta les couvertures jusqu'à son cou, redoutant le moment où elle devrait sortir de ce lit et exhiber devant Zac son pyjama à la coupe trop féminine.

— J'ignorais que tu étais poète à tes heures perdues…, plaisanta-t-elle pour détendre l'atmosphère.

— Il n'y a rien de tel que de passer la nuit avec quelqu'un pour découvrir ses petits secrets, assura-t-il les yeux brillants.

De nouveau, Rachel sentit ses joues s'enflammer.

— Et si on se préparait pour le petit déjeuner ? suggéra-t-elle, refusant de mordre à l'hameçon qu'il lui tendait.

Zac eut un petit rire, puis se glissa hors du lit en s'étirant comme un chaton. Le souffle court, Rachel resta hypnotisée par ses muscles saillants et le hâle de sa peau, qui semblait douce comme du velours.

Si Zac était conscient de son regard sur lui, il n'en manifestait pas la moindre gêne. Il enroula une serviette autour de ses hanches, puis fouilla dans sa valise pour en retirer des vêtements de rechange. Quand il se redressa, il prit soin de ne pas se cogner au plafond de la mansarde.

— Je te propose de prendre ma douche en premier ; ainsi tu auras le temps de bien te réveiller, suggéra-t-il.

Elle hocha la tête en silence. Mais, réveillée, elle l'était désormais : la vision de ce corps sculptural aurait même pu réveiller une morte.

Il revint vers elle et posa une main sur sa joue.

— Contrairement aux autres femmes, je n'arrive jamais à deviner ce que tu penses… Et je trouve cela… *intrigant.*

Rachel réprima un sourire. Heureusement qu'il ne pouvait pas lire dans ses pensées à cet instant précis, car il se serait sans doute jeté sur elle.

Cela ne l'empêcha pas de déposer un baiser furtif et maîtrisé sur ses lèvres avant de quitter la pièce. Lorsqu'elle rouvrit les yeux, il refermait déjà la porte de la chambre en lui adressant un petit clin d'œil complice.

Aussitôt après, Rachel se précipita hors du lit et quitta son pyjama trop décolleté, trop sexy, pour enfiler ses vêtements, quitte à les ôter de nouveau au moment de prendre sa douche. Car si Zac savait faire preuve d'une admirable retenue, elle était de son côté en grand danger de craquer et de se jeter à ses pieds.

Une onde d'excitation la fit frémir, mais elle se souvint que tout ce qu'elle vivait auprès de Zac n'était qu'éphémère. Cet homme ne cherchait pas l'amour avec un grand A, encore moins le mariage. Il n'aspirait qu'à des relations purement physiques, et surtout sans promesses ni engagement. Zac Lawson avait beau être terriblement troublant, il n'était pas le prince charmant.

Au bout d'un quart d'heure, il réapparut dans la chambre ; elle sentit son cœur bondir en le voyant dans son jean noir et son gros pull d'une teinte un peu plus foncée que ses yeux.

Elle avait allumé la télévision en l'attendant, mais avait fixé l'écran sans vraiment le voir, obnubilée par les images qui se succédaient malgré elle dans son esprit : Zac sous la douche, en train de se raser, de s'essuyer…

D'un geste aussi fébrile que mécanique, elle s'empara de ses affaires de toilette et passa juste à côté de lui en bredouillant :

— Je n'en ai pas pour longtemps…

— Prends tout ton temps, dit-il d'une voix enjôleuse. Ce week-end est placé sous le signe de la détente et du plaisir.

Une fois dans la salle de bains, Rachel verrouilla la porte et s'examina dans le miroir. Comment Zac pouvait-il sincèrement voir en elle une belle femme ? Certes, elle n'était pas laide à faire peur, mais elle n'avait rien d'une beauté.

Tout au long de sa vie, elle avait entendu sa mère comparer son physique « banal » à celui de ses sœurs, tellement plus jolies qu'elle. Elle se souvenait d'ailleurs d'une ravissante écharpe en cachemire que lui avait offerte tante Mary pour son huitième anniversaire, et que sa mère avait jugée trop élégante pour elle. Evidemment, l'écharpe aurait été tellement mieux mise en valeur autour du cou de Lisa ou de Claire… Ce jour-là, pour la première fois, Rachel s'était fermement opposée à sa mère ; elle n'en avait pas démordu : cette écharpe lui appartenait, elle était son cadeau à elle et si jamais elle la lui prenait pour l'offrir à ses sœurs, elle n'hésiterait pas à écrire à tante Mary pour tout lui raconter.

S'était ensuivie une violente dispute, mais Rachel avait finalement eu gain de cause. Or, chaque fois qu'elle avait porté cette écharpe, les paroles terribles de sa mère avaient résonné dans son esprit, et elle se demandait si les gens qu'elle croisait pensaient eux aussi qu'un si beau vêtement était indigne d'une fille aussi « banale ».

Rachel ne versait plus depuis longtemps la moindre larme à cause du traitement injuste que lui réservait sa mère. Elle était encore à l'école primaire lorsqu'elle s'était résignée à ne jamais être aimée comme ses sœurs aînées l'étaient.

Pourtant, aujourd'hui, devant son reflet dans le miroir, elle pleurait. Pas à cause de l'absence d'amour maternel — qu'elle s'était résignée à ne jamais connaître. Non, elle pleurait au souvenir de cette petite fille sans défense qui avait enduré tant de brimades, jusqu'au jour où elle avait définitivement quitté le nid familial.

Essuyant ses larmes d'un revers de main, elle s'en voulut de se laisser aller à des sentiments qu'elle avait pourtant barricadés depuis longtemps quelque part au fond d'elle. Et puis elle avait tout de même eu sa grand-mère, avec qui elle avait entretenu une relation très privilégiée. Certains enfants, eux, n'avaient personne. Une chose en tout cas était sûre : ses enfants à elle, si elle en avait un jour, seraient aimés, choyés, peu importe leur apparence physique ou leur intelligence.

Après s'être ressaisie, Rachel prit une douche rapide, se rhabilla, puis s'appliqua une très légère touche de maquillage, et se fit un brushing. Si Zac trouvait vraiment ses cheveux jolis — à supposer qu'il soit sincère… —, alors elle les laisserait lâchés tout le week-end. Après tout, avec cette randonneuse aguicheuse qui lui tournait autour, Rachel se devait de rester coquette.

Mais elle secoua la tête à cette idée. Franchement, la façon dont elle allait se coiffer n'aurait aucune importance :

Zac était d'un monde tellement éloigné du sien. N'était-elle pas pathétique, à espérer encore sauver les apparences ?

Peut-être, mais en attendant, c'était *elle* qui partageait la chambre isolée du dernier étage avec lui. Et pas cette petite blondinette allumeuse.

Le petit déjeuner de l'auberge s'avéra aussi copieux qu'exquis : les céréales et assortiments de fruits frais furent suivis par un plateau d'œufs brouillés et de charcuterie. Rachel s'aperçut ainsi que sa nuit blanche ne lui avait pas altéré l'appétit. Au contraire. Après s'être resservi un deuxième toast beurré, elle se détendit contre le dossier de sa chaise, se sentant soudain un peu lourde.

— Je ne sais pas à quoi ressemblent les brunchs chez Martin, mais celui-ci est certainement meilleur, sourit Zac qui avait également fait honneur à la nourriture.

C'est alors que la sulfureuse randonneuse se matérialisa à côté de Zac, à qui elle adressa de lascifs battements de cils. Elle portait un pull encore plus moulant que la veille, qui soulignait comme une seconde peau les rondeurs de sa poitrine généreuse.

— On organise une bataille de boules de neige ! annonça-t-elle avec un sourire charmeur. Ensuite, on formera deux équipes pour faire un concours de bonshommes de neige. Ça vous dirait de vous joindre à nous ? On va bien s'amuser.

Rachel soutint le regard de l'impertinente, et lui adressa un sourire figé. Non mais quelle impudence !

— Nous prévoyons plutôt de nous amuser de notre côté, répondit Zac d'une voix traînante. Mais merci quand même pour l'invitation.

— Oh… je vois, marmonna la jeune femme, qui n'avait manifestement pas l'habitude d'être éconduite de la sorte. Bon, eh bien, à plus tard, alors…

Dès qu'elle eut rejoint son groupe, Rachel déclara d'une voix sèche :

— Tu lui plais, Zac. Et je parie que sa chambre à elle n'est pas mansardée.

Il la fixa d'un regard empreint de gravité.

— C'est avec toi que je suis, Rachel, et je compte bien rester avec toi. Chambre de Lilliputien ou pas.

Pourquoi continuait-il donc à lui dire de si belles choses alors qu'il avait été clair — elle et lui, c'était impossible ?

— Merci, marmonna-t-elle un peu bêtement.

— Ne te sens pas obligée de me remercier si tu ne le ressens pas vraiment.

Elle leva les yeux et soutint longuement son regard.

— Zac, je n'ai aucune expérience de ce genre de situation, déclara-t-elle de but en blanc. Je crois que je ne suis pas très douée à ce genre de petit jeu.

Il haussa un sourcil dubitatif.

— Pour être honnête, c'est aussi une première pour moi. Je t'assure : je n'ai jamais invité une femme en week-end, ni dormi dans le même lit qu'une représentante du beau sexe sans pouvoir lui faire l'amour.

Rachel secoua lentement la tête. Elle refusait de penser aux maîtresses qu'il avait eues.

— Tu sais bien ce que je veux dire, dit-elle sévèrement.

— Tu veux que nous nous comportions comme une vieille fille et un vieux garçon ? Ça me paraît illusoire, Rachel.

Agacée de ne jamais parvenir à avoir le dernier mot, elle ne répliqua pas. Cet homme était si brillant, si vif d'esprit et sûr de lui qu'elle avait l'impression d'avoir sept ans. Et pourtant, la veille au soir, quand il lui avait parlé du bébé qu'il avait aimé et perdu, elle avait décelé en lui une véritable fragilité. Sa femme l'avait trahi, et leur mariage n'avait été qu'une imposture dès le départ. Et quelque chose lui disait que Zac ne s'en était ouvert qu'à très peu de gens autour de lui…

Clignant des yeux, elle se détacha de son regard félin et avala les dernières gouttes de son café — à présent refroidi.

— Tu sais bien que ce n'est pas ce que j'ai voulu dire, finit-elle par répondre. C'est juste que tu ne nous facilites pas les choses en…

Sa voix s'éteignit. Comment lui faire comprendre ?

— … en te disant que j'ai malgré tout envie d'être avec toi ? compléta-t-il. Mais c'est la vérité. J'en ai très envie.

Son visage reflétait tellement de vie et de malice que Rachel ne put s'empêcher de sourire malgré elle. Décidément, cet homme était impossible !

A cet instant, des rires gras leur parvinrent de la table des randonneurs, qui se mirent à chahuter joyeusement.

— Je crois qu'il est temps de partir, proposa Zac en saisissant son bras. On dirait que nos compagnons d'infortune deviennent quelque peu dissipés.

— Tu es certain de ne pas vouloir jouer aux boules de neige ? Ça doit être tellement drôle ! le taquina-t-elle alors qu'ils quittaient la pièce. Et puis tu ferais une heureuse…

Il s'arrêta au pied de l'escalier et l'enlaça délicatement.

— Il y a dans cette auberge une seule femme que j'ai envie de satisfaire, murmura-t-il. Malheureusement, c'est impossible. Cela dit, je compte bien profiter de chaque instant passé auprès d'elle et, qui sait, peut-être même d'une bataille de boules de neige en tête à tête ?

Rachel hocha la tête, soulagée de constater avec quelle délicatesse il réagissait face à sa virginité. La plupart des hommes auraient continué à se montrer pressants, à chercher à la séduire ; d'autres se seraient probablement moqués d'elle. Combien auraient été respectueux comme Zac, qui ne cherchait même pas à la persuader de changer d'avis sur la question ?

Certes, peut-être réagissait-il ainsi juste parce qu'elle ne lui plaisait pas assez, et qu'il n'avait pas vraiment envie d'elle…

Après avoir déposé un baiser sur son front, Zac lui prit la main et l'entraîna dans l'escalier jusqu'au premier étage. Alors, pour la énième fois depuis son réveil, Rachel s'émerveilla d'être ici, dans cette auberge, auprès de l'homme le plus beau et le plus sexy qu'elle avait jamais rencontré.

Après tout, s'il était convaincu qu'ils allaient s'amuser comme des petits fous au cours de ce week-end hors du commun, qui était-elle pour en douter ?

9.

Après le petit déjeuner, Rachel et Zac entreprirent une longue promenade dans la magie glacée du paysage autour de l'auberge. Selon les informations, un record d'enneigement avait été battu dans la nuit ; mais si le ciel était encore bas et chargé, il ne neigeait plus à présent. Les bois et prairies alentour semblaient sortir tout droit d'un conte de fées. En raison de l'absence totale de trafic automobile, un silence surnaturel régnait sur la campagne.

Le froid était mordant, et les caprices de Dame Nature semblaient avoir modifié tous les repères habituels. Rachel et Zac abordèrent avec prudence l'orée d'un bois où la neige était moins dense. Elle crissait sous leurs pas fendant le silence feutré. Ils avançaient bras dessus, bras dessous, tel un véritable couple. Rachel chassa vite cette idée de son esprit pour inspirer à pleins poumons cet air froid et vivifiant. A l'autre bout du bois, ils débouchèrent, tout en bavardant de choses et d'autres, sur une vaste prairie. Zac prenait visiblement un grand plaisir à la faire rire.

A force de s'enfoncer dans la neige jusqu'aux mollets, Rachel peinait à avancer ; elle devait s'agripper à son compagnon pour ne pas trébucher. Une fois au milieu de la prairie, il la prit subitement dans ses bras et l'embrassa à en perdre haleine.

— J'avais envie de tes lèvres depuis que nous sommes réveillés, murmura-t-il contre sa joue transie de froid. Tu es comme une drogue, Rachel. Sais-tu cela ?

L'instant d'après, leurs bouches se joignirent de nouveau

passionnément. Comme elle aimait la tiédeur de ses lèvres gourmandes, exigeantes ! Comme il allait lui manquer une fois de retour au Canada... Mais, pour le moment, Zac était bien là, avec elle. Et l'heure était au plaisir d'être près de lui.

Il resserra son étreinte et prit son visage entre ses mains pour approfondir encore son baiser. Peu à peu, elle s'abandonna entièrement à la magie du moment, dans la blancheur immaculée qui les entourait, dans cet air vif qui éveillait en elle de nouvelles sensations, vertigineuses et incontrôlables.

Chuchotant son prénom, Zac faufila soudain sa main sous le manteau de Rachel, puis sous son pull. Il remonta sa paume le long de sa peau frissonnante, et s'engouffra sous son soutien-gorge, refermant ses doigts autour de son sein à la pointe déjà dressée.

Elle étouffa un voluptueux soupir, et il retira sa main, reboutonnant aussitôt son manteau.

— Tu trembles de froid, Rachel... Pardon, je n'aurais pas dû me laisser aller ainsi.

Elle avait envie de lui dire que ses frissons n'étaient en rien liés aux intempéries, mais il l'embrassa de nouveau, avec une telle ardeur qu'elle en perdit tous ses moyens... Combien de temps restèrent-ils ainsi, au beau milieu de ce paysage à la blanche pureté ? Elle n'aurait su le dire. Mais lorsqu'il se remit à neiger, Zac s'écarta doucement d'elle.

— Tu es douce comme le miel fraîchement sorti de la ruche, chuchota-t-il, le souffle court et le regard embué de désir. Un miel savamment mélangé à une autre substance qui me rend insatiable.

Sans se départir de son sourire, il lui prit le bras et ils rebroussèrent chemin.

— Nous ferions mieux de rentrer avant de nous retrouver ensevelis sous cette neige, ajouta-t-il.

— Et notre bataille de boules de neige ? dit-elle pour tenter de dissimuler le trouble dans lequel il l'avait plongée.

— Plus tard. Pour l'heure, rentrons nous mettre au chaud.

Rentrons nous mettre au chaud. Il parlait comme si le fait de partager sa chambre avec elle était la plus naturelle des choses. Pourtant, ces paroles rappelèrent cruellement à Rachel à quel point toute intimité était impossible entre eux.

— Quelque chose ne va pas ?

Comment lui avouer que ses sentiments envers lui prenaient une tournure aussi troublante qu'inéluctable ? Deux jours auparavant, elle ne voulait rien avoir à faire avec lui, sous aucun prétexte, et voilà qu'aujourd'hui, en apprenant peu à peu à le connaître, elle brûlait d'envie d'en savoir plus et, surtout, de rester auprès de lui. Tous les ingrédients d'un cocktail explosif étaient désormais réunis.

— Je crois juste que ce grand froid me fatigue, à vrai dire.

Il serra un peu plus son bras contre le sien.

— Depuis que je vis au Canada, la neige fait partie de mon quotidien et n'a plus rien d'extraordinaire.

— J'imagine, oui, dit-elle en levant les yeux vers lui. Parle-moi de ta vie là-bas, Zac. Raconte-moi ta maison, ton travail, tes amis…

Elle voulait pouvoir l'imaginer chez lui une fois qu'il serait reparti de l'autre côté de l'Atlantique. Même si elle se doutait bien que ce n'était pas la meilleure façon de l'oublier…

Il sembla hésiter un instant.

— Après la mort de Moira, finit-il par dire, j'ai vendu l'appartement où nous vivions ; j'en ai loué un autre pendant deux ans, deux années d'une vie pour le moins dissolue. Je vivais au jour le jour. Et puis, un matin, je me suis réveillé dans un lit inconnu sans le moindre souvenir de la façon dont j'y avais atterri. Alors j'ai compris que j'étais en train de me détruire à petit feu, et que je risquais même de finir par détruire quelqu'un d'autre.

Ses yeux épièrent sa réaction, mais elle ne broncha pas. Comme il avait dû être malheureux, à cette époque !…

— Je me suis donc calmé, au grand soulagement de mes parents — ma mère était persuadée qu'elle ne tarderait pas à devoir venir m'identifier en pleine nuit dans une morgue. Je me suis donc payé des études en travaillant à mi-temps.

— Tes parents ne pouvaient pas t'aider financièrement ?

— Bien sûr qu'ils auraient pu, répondit-il impassible.

Mais je ne tenais pas à leur devoir quoi que ce soit. Une fois mon diplôme en poche, je suis entré comme stagiaire dans l'entreprise familiale. Après avoir été embauché, j'ai acheté une maison un peu à l'écart du centre-ville, avec un jardin qui donne sur une petite rivière où j'aime aller pêcher le week-end, quand je n'ai pas envie de voir du monde.

Déconcertée, Rachel le dévisagea longuement. Elle avait plutôt imaginé une vaste villa de play-boy où Zac donnait de nombreuses fêtes jusqu'au petit matin.

— Quelque chose te chiffonne ? devina-t-il.

— Rien du tout, assura-t-elle, prise au dépourvu.

Décidément, Zac n'avait rien à voir avec Giles. Il était si beau, si charismatique qu'elle s'était persuadée qu'il menait une vie superficielle de séducteur invétéré et de fêtard. Encore une fois, elle avait tout faux à son sujet.

Le regard insistant qu'il dardait sur elle prouvait qu'il n'avait pas été dupe de sa dénégation.

— C'est juste que je ne t'imaginais pas en reclus, admit-elle à contrecœur.

Tout en avançant dans la neige, il parut réfléchir.

— Il est vrai que j'ai souvent besoin de calme et de solitude. Mais cela ne m'empêche pas d'apprécier un peu de compagnie, si celle-ci m'est agréable.

Il avait prononcé ces paroles d'un ton léger ; Rachel comprit le message : seule une vie de célibataire lui convenait. Il avait déjà été clair sur le sujet mais elle n'avait pas besoin de l'entendre de nouveau — cela lui faisait tellement mal… Quelle idiote ! Comment avait-elle pu espérer le faire changer d'avis ?

— Et, mon père prenant de l'âge, j'accède à de nouvelles responsabilités au sein de l'entreprise. D'où ce genre de voyages d'affaires… Cela dit, aucun de mes voyages précédents ne m'avait procuré de telles surprises…

Elle répondit à son sourire par un rictus forcé.

— Et tes amis ? relança-t-elle sans relever son allusion.

— Certains sont mariés, d'autres restent des célibataires

endurcis, d'autres encore sont sur le point de divorcer… Un panorama assez banal.

Peut-être. Sauf que Zac Lawson, lui, était tout sauf banal. Ce qui était bien le problème, d'ailleurs.

Il continua à lui parler de sa vie au Canada tandis qu'ils se rapprochaient de l'auberge, enfouie au milieu d'un manteau de neige digne d'une carte postale. A aucun moment il ne fit mention d'éventuelles petites amies, passées ou présentes.

Ils longèrent plusieurs bonshommes de neige aux lignes assez grossières et à peine eurent-ils franchi le seuil de l'établissement qu'ils furent assaillis par la randonneuse blonde.

— Alors, vous avez fait une belle balade ? s'enquit-elle gaiement. Au fait, je m'appelle Angela. Venez donc rencontrer toute la bande, on vient de se faire servir des pots de chocolat chaud !

A ces mots, elle désigna ses comparses agglutinés près de la cheminée, et qui leur faisaient signe de les rejoindre. Impossible de décliner l'invitation cette fois.

Finalement, Zac et Rachel passèrent une petite heure en leur compagnie, à écouter l'histoire du club de randonnée et le détail des nombreuses régions que ses membres — tous des étudiants — avaient déjà eu l'occasion d'explorer.

— Par chance, on s'est retrouvés coincés dans cette magnifique auberge ce week-end, expliqua Angela tout en dévorant Zac du regard.

Rachel ne put s'empêcher de sourire devant une stratégie de séduction aussi puérile et grossière. Cette fille avait tout d'une vamp amateur ! Rachel devina que Zac n'était pas loin de penser comme elle au regard qu'il lui lança. C'est alors qu'il se leva et lui tendit la main.

— On monte se préparer pour le repas ? suggéra-t-il.

Soulagée, elle salua le petit groupe et ils empruntèrent le couloir jusqu'au pied de l'escalier.

— On dirait que cette Angela n'a rien d'angélique, dit Rachel, amusée.

— Sans aucun doute, répondit-il avec un sourire lumineux.

C'est à cet instant précis, dans le couloir de cette auberge, d'où leur parvenaient les rires étouffés des randonneurs et la voix du chef qui donnait ses ordres en cuisine, que Rachel comprit qu'on ne se remettait pas du genre d'amour qu'elle éprouvait pour Zac. Un amour aussi inéluctable qu'irréversible.

Il lui prit la main pour la guider dans l'escalier. Il n'avait probablement pas eu le temps de lire sur son visage l'émoi dans lequel elle était plongée ; en arrivant devant la porte de leur chambre, elle s'était tant bien que mal ressaisie.

Ils s'assirent chacun sur un bord du lit, dos à dos, pour enlever leurs bottes et leurs pantalons tout humides de neige fondue. Lorsqu'elle entendit Zac déboucler sa ceinture, Rachel se dit qu'elle n'allait pas être capable de passer une nouvelle nuit dans le même lit que lui. Elle se sentait pathétique... A vrai dire, elle ne craignait rien de la part Zac : il avait déjà fait la preuve de son self-control. Non, ce dont elle avait le plus peur, c'était elle-même. Elle éprouvait une telle attirance sexuelle pour lui qu'elle se sentait incapable de la dissimuler encore une nuit...

Le souffle court, elle l'écouta enlever son jean, puis ouvrir sa valise.

— Voilà, tu peux regarder maintenant ! dit-il amusé.

Elle-même s'était débarrassée de ses grosses bottes, mais avait gardé son pantalon. Zac vint alors se planter devant elle et la dévisagea.

— Tu veux que je t'aide à te changer ? proposa-t-il avec un sourire dévoué.

— Je me débrouille très bien, merci.

— Considérant que nous avons passé la nuit ensemble, je te trouve plutôt distante ce matin, déclara-t-il en haussant un sourcil goguenard.

— Nous avons juste dormi dans le même lit, Zac, c'est tout.

Il écarquilla les yeux d'un air innocent.

— N'est-ce pas ce que je viens de dire ?

Cette fois, elle ne répondit pas à sa provocation, mais soutint obstinément son regard. Il ne flancha pas.

Elle fit la moue, puis se mit à fouiller dans ses propres affaires pour en sortir un jean sec. En rougissant — cela, hélas, elle ne pouvait pas le contrôler —, elle changea de pantalon sans daigner regarder Zac. Lorsque enfin elle releva les yeux, il s'était exagérément tourné pour regarder dans la direction opposée. Elle ne put réprimer un sourire.

— Tu peux regarder à présent, je suis décente.

— Tu en es bien sûre ? Je suis une âme sensible, tu sais.

— Certaine.

Il se retourna et pointa un doigt accusateur vers ses pieds.

— Mon Dieu ! Femme, couvre donc ce pied dénudé que je ne saurais voir !

— Très drôle, Zac, maugréa-t-elle malgré son envie de rire.

— Tu sais, il m'est déjà arrivé de voir des femmes à moitié dévêtues sans pour autant succomber à mes instincts primaires, assura-t-il d'un ton moqueur. Crois-moi, je sais même résister aux Bikini sur une plage ! J'ai passé l'âge d'être esclave de mes hormones. Tu n'as rien à craindre de moi, Rachel.

— Je sais bien, rétorqua-t-elle d'une voix dédaigneuse. Et j'ignore pourquoi nous avons cette conversation ridicule.

— Peut-être parce que tu passes ton temps à me donner l'impression d'être un vieillard libidineux et repoussant.

Déconcertée, elle chercha son regard. Cette fois, il ne plaisantait plus.

— Tu n'as rien d'un vieillard, bredouilla-t-elle faiblement.

— Je te remercie, murmura-t-il avec une ironie désabusée.

— Tu sais ce que j'ai voulu dire. Evidemment que je ne te vois pas comme un vieillard libidineux.

— Ah bon ? Et comment me vois-tu, Rachel ?

Elle le fixa longuement, paralysée. Une onde de panique commençait à palpiter en elle. Tout cela devenait invivable : il lui faisait clairement comprendre qu'il n'y avait pas de place pour elle dans sa vie et l'instant d'après, il lui demandait de lui ouvrir son cœur. Qu'attendait-il d'elle au juste ?

Elle ne voulait pas tomber amoureuse de lui et pour elle,

les choses seraient beaucoup plus faciles une fois que Zac aurait quitté le pays. Du moins l'espérait-elle…

— Je te vois comme un ami, répondit-elle finalement en relevant le menton. Et comme le cousin de Jennie, bien sûr. Je croyais pourtant que cela était clair.

— Est-ce tout ? Rien d'autre ?

Rachel ferma brièvement les yeux, soudain emplie d'une colère sourde.

— Que veux-tu que je te dise ? demanda-t-elle agacée. Que je ne peux plus me passer de toi ? Que j'ai envie de passer les deux prochaines semaines de ton séjour enfermée dans une chambre, à faire l'amour avec toi ? Tu as été on ne peut plus clair quant à tes aspirations et quant à ce que tu attendais d'une relation. De mon côté, même si j'étais encore sous le coup de ma rupture avec Giles quand je t'ai connu, j'ai toujours su ce que j'attendais de la vie : un mariage solide, des enfants, un foyer… Je suis ainsi, Zac, et je n'ai pas à m'en excuser.

— Ce n'est pas ce que je te demande.

— Tant mieux, parce que je ne le ferai pas. J'ai souvent envié à Jennie son approche insouciante de la vie et de l'amour, mais je sais que je ne serai jamais comme elle. Je ne survivrais pas à une telle succession d'aventures sentimentales. Et puis, même si j'adore mon métier, ma carrière ne m'importe pas au point de renoncer à une famille. J'aspire à autre chose, j'ai besoin de plus que cela.

— Je le sais, Rachel. Toi aussi tu as été très claire hier soir, déclara-t-il sur un ton glacial. Mais je n'ai pas réclamé une leçon de morale, d'accord ?

Cette remarque intensifia sa colère.

— Comment oses-tu ? s'écria-t-elle hors d'elle. Je n'ai pas critiqué ton choix de vie, ni celui de personne d'ailleurs ! Je te fais juste part de *mes* sentiments. Si tu as vraiment besoin d'une femme pour assouvir tes instincts, frappe donc à la porte de notre chère Angela, elle n'attend que cela !

— Tu dis n'importe quoi, rétorqua-t-il avec véhémence.

Elle était si furieuse qu'elle aurait pu le frapper.

— Je ne crois pas. C'est tout à fait ton style de femme !

A ces mots, Zac poussa un soupir excédé, mais se ressaisit très vite en affichant un sourire moqueur.

— Et qu'est-ce qui te permet de croire que tu connais mon style de femme ?

Rachel consentit un effort surhumain pour afficher un sourire détaché et prendre une pose désinvolte. Pas question de se laisser déstabiliser.

— Il te faut une femme belle, indépendante, libre de toute contrainte, sexy et, surtout, elle doit avoir beaucoup de caractère. Alors, je continue ou le portrait est-il assez précis ?

Seul un léger vacillement au fond de son regard doré trahit le fait qu'il n'appréciait guère la tournure de cette conversation.

— Je t'en prie, continue donc !

— Il te faut une femme libérée, reprit-elle à voix basse, prête à partager ta vie et ton lit pour quelques semaines, quelques mois, jusqu'à ce que ta flamme s'éteigne. Elle devra aussi être intelligente : tu ne saurais te contenter d'une relation simplement charnelle.

— Je te remercie, dit-il non sans sarcasme.

— Elle devra aussi être assez sûre d'elle pour savoir s'éclipser de ta vie le moment venu, sans larmes ni regrets.

— Et tu penses qu'il existe beaucoup de spécimens de ce genre qui attendent de tomber dans mon lit ? ironisa-t-il.

— Bien sûr. Le monde du travail est truffé de femmes résolument modernes tout à fait capables de vivre sans attaches. J'en connais qui privilégient leur carrière à l'éventualité d'une relation durable, et repoussent le moment de fonder une famille à l'approche de la quarantaine. Ce qui ne signifie pas pour autant qu'elles n'ont pas envie de s'accorder un peu de bon temps en attendant. Jennie en est l'illustration parfaite.

A présent, il fronçait franchement les sourcils.

— Et si le prince charmant ne se présente pas comme par enchantement au moment où elles auraient envie de le voir apparaître ?

— Zac, je te rappelle que, de nos jours, les femmes n'ont plus besoin d'hommes pour faire un bébé. Il suffit d'être assez riche pour se payer une clinique spécialisée.

— Est-ce que *toi*, tu ferais une telle chose, Rachel ? demanda-t-il d'une voix outrée.

Rachel se rengorgea discrètement : manifestement, elle avait réussi à le choquer un peu. Tant mieux.

— Il ne s'agit pas de moi en l'occurrence, mais pourquoi pas ? D'ailleurs, n'est-ce pas toi qui me reprochais de t'infliger une leçon de morale tout à l'heure ? remarqua-t-elle en le couvant d'un regard narquois.

— Mais, *toi*, serais-tu capable de te faire inséminer artificiellement juste pour satisfaire un désir d'enfant ?

Elle secoua la tête et quelques mèches de cheveux vinrent couvrir ses joues de nouveau rosissantes.

— Non, finit-elle par répondre. Ma conviction personnelle est qu'un enfant a besoin d'un père *et* d'une mère pour se construire et s'épanouir.

Elle vit ses larges épaules se relâcher un peu.

— Comment diable en est-on arrivés à cette conversation ? demanda-t-il alors en soupirant.

— C'est toi qui as lancé le sujet, rappela-t-elle sèchement.

Il fit une petite grimace amusée, puis sourit.

— Et si on décrétait une trêve le temps du déjeuner ?

Avec un tel sourire, comment lui refuser quoi que ce soit ? Rachel baissa la garde, satisfaite cependant de lui avoir tenu tête jusqu'au bout de la conversation.

— D'accord, maugréa-t-elle.

D'ailleurs, elle se sentait affamée en dépit du solide petit déjeuner qu'ils avaient pris. Sans doute leur longue promenade dans le froid avait-elle aiguisé son appétit. A moins que ce ne soit à cause de l'état de fébrilité permanente dans lequel Zac la mettait.

Elle passa devant lui pour rejoindre la porte de la chambre, mais se retrouva enlevée dans ses bras.

— C'est un peu cliché, mais tu es ravissante quand tu te mets en colère…

— Tu as raison, c'est très cliché, rétorqua-t-elle d'une voix faussement détachée, alors que son parfum musqué l'enivrait déjà.

— Et toi, tu es un puits de contradictions, dit-il en cherchant son regard. Si bien que je ne sais jamais où j'en suis avec toi, Rachel Ellington.

Son cœur se mit à battre plus fort, mais elle s'efforça de ne pas se laisser désarmer par cette opération de séduction.

— C'est drôle parce que moi, je sais exactement où j'en suis avec toi, répliqua-t-elle en se dégageant de son étreinte avec un sourire. C'est comme si je tentais avec plus ou moins de succès d'apprivoiser un fauve.

A ces mots, elle s'engouffra dans le petit couloir puis dans l'étroit escalier. Derrière elle, elle entendit le rire profond de Zac et dut se retenir de faire demi-tour pour se jeter de nouveau dans ses bras.

— Un fauve ? murmura-t-il en la rejoignant sur le premier palier. Je ne suis donc plus le grand méchant loup ?

— Bah ! les fauves sont au moins aussi dangereux que les loups, répliqua-t-elle sur un ton léger.

Zac rit de bon cœur et elle ne put s'empêcher de sourire. Pourtant, tout en descendant jusqu'au rez-de-chaussée, Rachel se dit qu'elle devrait continuer à se faire violence pour tenir le danger à distance.

10.

Après le déjeuner, l'après-midi s'annonçait sous le signe de l'oisiveté. Les randonneurs étaient ressortis pour s'atteler à la construction d'igloos. Angela avait bien essayé d'enrôler Zac avec eux, mais il avait une nouvelle fois décliné l'offre, expliquant sans détour qu'il se sentait beaucoup mieux près du feu, en compagnie de Rachel et d'un bon chocolat chaud.

La salle commune de l'auberge se révéla particulièrement accueillante, avec le tic-tac régulier de sa vieille pendule, les crépitements du feu dans la cheminée et le paysage de neige et de glace que l'on apercevait par les fenêtres. Peut-être encouragé par cette ambiance douillette et feutrée, Zac se mit à parler à Rachel de sujets relativement personnels. Ainsi, il évoqua de nouveau son mariage, puis la vie de patachon menée après le décès de Moira. Il lui fit également part de nombreuses considérations personnelles, intimes.

Rachel y prêta une oreille attentive, consciente d'instinct que cet homme n'avait pas pour habitude de se livrer de la sorte. Et puis, peu à peu, elle se surprit à lui raconter très spontanément son enfance triste et solitaire dans l'ombre de ses sœurs, son sentiment d'être le vilain petit canard de la famille, et comment tout cela avait certainement joué un rôle majeur dans sa relation avec Giles. Quand elle eut terminé, un long silence s'installa entre eux. Elle se demanda si Zac regrettait de s'être ainsi confié à elle. De son côté, elle regrettait soudain de s'être épanchée.

Ce fut presque un soulagement quand l'aubergiste alluma les lumières — la pièce était déjà plongée dans une pénombre hivernale. A ce moment, le groupe d'Angela rentra bruyamment pour se réchauffer et la jeune femme, radieuse, s'avança vers la cheminée.

— Un chasse-neige est en train de dégager la route qui mène à l'auberge ! Les voies principales sont de nouveau praticables, mais le conducteur nous a déconseillé de prendre la route ce soir car il recommence à neiger, annonça-t-elle en s'installant dans le fauteuil voisin de celui de Zac. On dirait bien que nous sommes tous coincés ici pour au moins une nuit supplémentaire… Néanmoins, cette tempête de neige nous aura permis de nous rencontrer, n'est-ce pas ?

Tout en parlant, elle ôta son gros blouson afin de mettre en avant sa généreuse poitrine moulée avec une précision anatomique par son pull. Elle couvait Zac d'un regard faussement innocent.

— Génial ! répondit Zac d'un ton acerbe, alors que le reste du groupe venait les rejoindre autour de la cheminée.

Bientôt, tout le monde eut à la main une tasse de thé ou de chocolat chaud. Même la tenancière vint s'asseoir quelques instants avec eux, alors que les jeunes randonneurs se plaisaient à se taquiner avec entrain.

Rachel resta en dehors de toute conversation ; elle se contenta de scruter Zac. La petite société rassemblée dans cette pièce gravitait autour de lui. En plus des femmes qui le dévoraient volontiers des yeux, les jeunes randonneurs cherchaient régulièrement son approbation ou sa sympathie. Finalement, Zac n'avait peut-être rien d'un fauve, ni d'un loup : c'était tout simplement un mâle dominant. Un mâle dominant doté d'un charisme à la fois sensuel, social et intellectuel.

A présent, une barbe naissante assombrissait son menton et, au cours de l'après-midi, il avait ôté son gros pull et relevé les manches de sa chemise pour révéler des avant-bras musclés et longilignes. Quelque chose de très viril et d'indéfinissable émanait de lui à chacun de ses gestes, à chacune de ses paroles. Quelque chose d'irrésistiblement sexy. Comment Rachel avait-elle pu s'imaginer une seule seconde être capable de ne pas tomber éperdument amoureuse d'un homme pareil ? Dès l'instant où il lui avait souri, l'issue était devenue inévitable.

Soudain leurs regards se croisèrent et elle sentit ses joues s'embraser. Rachel allait de nouveau partager son lit ce soir. S'allonger contre lui, écouter sa respiration régulière en se disant qu'il n'était qu'à quelques centimètres de son corps… Allait-elle nourrir des regrets jusqu'à la fin de ses jours s'ils ne faisaient pas l'amour ? Ou, au contraire, s'ils passaient à l'acte ? Soudain, elle ne savait plus ce qu'elle voulait. La seule chose dont elle était certaine, c'était que plus jamais elle ne croiserait le chemin d'un homme comme Zac.

A cette idée, sa poitrine se serra. Zac était de nature volage et il le revendiquait. Peut-être en aurait-il été autrement si son mariage ne s'était pas terminé en fiasco… En tout cas, cette triste expérience l'avait marqué à jamais. Rachel l'avait rencontré trop tard. Beaucoup trop tard. Sentant soudain les larmes lui monter aux yeux, elle s'efforça tant bien que mal de ne rien laisser paraître. Inspirant profondément, elle saisit son mug pour se donner une contenance et finit son thé désormais froid.

Une chose était sûre : après tout ce qu'elle lui avait déclaré ces dernières vingt-quatre heures, ce serait à elle de faire le premier pas si elle voulait qu'il lui fasse l'amour. Tout en regardant les visages enjoués de ses compagnons autour du feu, elle reposa délicatement son mug sur la table. Elle se sentait perdue. Pour la première fois de sa vie, elle ne savait que faire.

Elle entendit un téléphone sonner et ne comprit qu'il s'agissait de celui de Zac qu'au moment où il le tira de la poche de son jean. Au milieu des éclats de voix, elle ne put entendre sa conversation mais comprit qu'il se passait quelque chose de grave en voyant son visage devenir livide. Comme il se levait brusquement, elle le suivit jusque dans le hall, au calme. Dès qu'il eut raccroché, elle chercha son regard.

— C'est ton grand-père, n'est-ce pas ? murmura-t-elle.

— Il a encore eu une crise cardiaque, confirma-t-il avec

un hochement de tête. Mais, selon mon père, il n'y a aucune chance qu'il s'en remette cette fois. Il est encore conscient, mais mon père m'a fait comprendre que, si je voulais lui dire au revoir, je devais rentrer sans délai au Canada.

— Oh ! Zac, je suis navrée, assura-t-elle attristée.

— Moi aussi, soupira-t-il, l'air visiblement affecté, avant de se ressaisir. C'est un grand bonhomme, tellement costaud, et avec un sens de l'humour corrosif. Lui et moi, on s'est toujours bien entendus… Il va me manquer. Je dois retourner au plus vite à Londres pour récupérer le reste de mes effets à l'hôtel. Ensuite, je saute dans le premier avion. Tu ne m'en veux pas si l'on écourte notre week-end ?

— Bien sûr que non, Zac ! Mais comment vas-tu faire, avec toute cette neige ?

— Si les routes sont partiellement déneigées, je devrais pouvoir conduire, même lentement. En revanche, si tu préfères attendre le redoux ici, je peux faire en sorte qu'un taxi vienne te chercher demain.

Rachel secoua vigoureusement la tête. Pas question de se séparer : elle tenait à profiter des précieux moments qu'il lui restait à passer auprès de lui.

— Non, je viens avec toi, précisa-t-elle sans hésiter en lui emboîtant le pas dans l'escalier.

A peine arrivé dans la chambre, il rassembla ses affaires en quelques secondes puis regagna la porte. Il suggéra à Rachel de prendre son temps pour finir sa valise puisqu'il devait encore payer l'auberge, puis retourner à pied jusqu'à l'Aston Martin afin de vérifier qu'elle était en état de rouler. Dans le cas contraire, il ferait appeler un taxi.

Il disparut dans le couloir et Rachel resta figée au milieu de la chambre. Tout était arrivé si vite… Elle remplit sa valise machinalement, en évitant de se poser trop de questions. Zac avait suffisamment d'émotions à gérer avec son grand-père mourant, ce n'était guère le moment pour elle de lui infliger un sentimentalisme malvenu.

De retour au rez-de-chaussée, elle s'aperçut que les garçons du groupe de randonnée avaient accompagné Zac.

Seules Angela et ses amies étaient restées au coin du feu. Tout en leur servant un chocolat chaud, la propriétaire fit part à Rachel de sa crainte de les voir reprendre la route dès ce soir.

— Cela dit, la famille, c'est sacré, hein ? conclut-elle.

Dans un état second, Rachel se contenta ensuite de hocher la tête de temps en temps, sans vraiment écouter ses interlocutrices. Cela avait beau être terriblement égoïste de sa part, elle ne pouvait s'empêcher de penser à ces deux semaines que Zac et elle n'allaient pas passer ensemble. Certes, elle était bouleversée par ce qui arrivait à son grand-père mais l'idée de devoir faire ses adieux à Zac prématurément la rendait malade.

Car, malgré tous ses efforts pour éviter que cela ne se produise, elle avait réussi l'exploit de tomber amoureuse en quelques jours — follement et irrévocablement.

Les randonneurs revinrent enfin, en se vantant à la cantonade d'avoir pu aider Zac à dégager l'Aston Martin du bas-côté enneigé. Peu après, il rentra à son tour, l'air sombre et maussade. Vint l'heure des au revoir et Rachel vit Angela glisser un petit papier dans la poche du manteau de Zac. Elle avait dû y griffonner son numéro de téléphone mais, curieusement, elle n'éprouva pas la moindre jalousie.

Lorsque Zac et elle sortirent dans la nuit froide, quelques flocons tombaient paresseusement. L'Aston Martin ne semblait guère avoir souffert de sa nuit passée sous la neige. Zac ouvrit la portière passager, aida Rachel à s'installer, puis prit le volant.

Sur le perron de l'auberge, tout le monde s'était rassemblé pour les saluer. Rachel ne put s'empêcher de se torturer en se disant que, pour un peu, ils auraient presque pu passer pour un couple partant en voyage de noces.

— Je suis vraiment navré de ce contretemps, déclara Zac en démarrant.

Cette marque de politesse dissimulait mal le fait qu'il pensait surtout à son grand-père en cet instant.

— Ce n'est pas grave, le rassura-t-elle en se retenant de poser sa main sur celle qu'il gardait sur le levier de vitesse. J'espère juste que les choses ne sont pas aussi dramatiques que tu sembles le croire.

— Il est mourant, Rachel, dit-il d'une voix monocorde.

Elle reconnut ce ton, le même que celui avec lequel il lui avait conté l'histoire de son bébé mort-né. Visiblement, Zac préférait se replier sur lui-même dès qu'il se sentait vulnérable. Mais elle se garda bien d'effectuer le moindre commentaire. Pour l'heure, il tenait à arriver à temps chez lui pour pouvoir faire ses adieux à son grand-père.

Le trajet se révéla moins périlleux qu'elle ne l'avait craint. Les routes principales étaient à présent déneigées, et seuls quelques véhicules abandonnés çà et là rappelaient les intempéries de la veille. Au fur et à mesure qu'ils approchaient de Londres, Rachel priait pour ne pas se ridiculiser au moment des adieux. Depuis le début, elle savait que cet homme ne serait que de passage dans sa vie. Or, il était appelé à en sortir plus tôt que prévu.

Un silence étrange régnait dans l'habitacle, en dépit de quelques remarques banales de temps à autre. Sans doute parce qu'il n'y avait à présent plus rien à *dire*. Rachel n'était plus qu'une fille quelconque ayant brièvement croisé la route de cet homme très occupé. S'il gardait le moindre souvenir d'elle une fois rentré chez lui, ce serait en tant que femme avec laquelle il n'avait *pas* couché…

Le quartier de Kensington se trouvait encore sous un épais manteau de neige. Zac se gara en haut de la rue de Rachel.

— Je te raccompagne jusqu'à ta porte, déclara-t-il en coupant le moteur. Ce trottoir m'a l'air très verglacé.

— Ce n'est pas la peine, dit-elle précipitamment, redoutant de devoir effectuer ses adieux devant ses deux amies. A moins que tu ne souhaites dire au revoir à Jennie ?

Il secoua vigoureusement la tête.

— Je dois me dépêcher de réserver un vol ; je téléphonerai à Jennie plus tard.

Soudain, il parut gagné par l'émotion.

— Je… Je n'ai pas envie de te laisser, Rachel… Pas comme ça en tout cas.

— Aucune importance, s'entendit-elle articuler d'une voix qui ne reflétait aucunement le trouble qui la déchirait. On savait bien toi et moi que tu finirais par rentrer au Canada.

— Tu vas me manquer, murmura-t-il en déposant un baiser fugace sur ses lèvres.

Mais, dès l'instant où leurs bouches se rencontrèrent, tout le désir contenu depuis la veille sembla remonter à la surface, brûlant et impérieux. Etouffant un petit soupir, Zac l'enlaça, puis plongea sa main dans ses cheveux.

Son baiser fut fiévreux, exigeant, et elle y répondit avec une fougue débridée puisque, de toute façon, c'était là leur dernière étreinte. Jamais personne ne l'avait mise dans un tel état, et elle savait que cela n'arriverait plus après Zac. Pourtant, ils n'avaient aucun avenir ensemble. Même s'il était resté jusqu'au terme de son séjour, même si elle avait cédé à ses avances, ils auraient fini par se retrouver là, devant cette porte, se disant adieu.

Et Rachel ne pouvait s'en prendre qu'à elle-même de s'être perdue ainsi dans une situation sentimentale aussi confuse.

Une voiture aux phares aveuglants passa dans la rue ; elle scruta une dernière fois ces yeux mordorés si magnétiques. Zac se recala dans son siège, puis passa une main nerveuse dans ses cheveux.

— Cela faisait des années que je n'avais pas embrassé une fille dans une voiture, murmura-t-il avec un demi-sourire empreint d'autodérision. Mais comme je te l'ai dit, Rachel, il y a en toi quelque chose d'ensorcelant.

Ensorcelante, elle ? Manifestement pas assez pour le convaincre de rester et de changer de vie…

— Je vais récupérer ma valise dans le coffre, chuchota-t-elle pour changer de sujet. J'espère que le trafic aérien n'est pas trop perturbé par les intempéries et que tu auras un vol.

Zac sortit puis attrapa sa valise. Lorsqu'elle le rejoignit pour s'en emparer, il secoua la tête.

— Je t'accompagne jusqu'à ta porte, répéta-t-il. Je ne voudrais pas que tu te blesses sur ce trottoir enneigé.

Rachel se retint de lui avouer que se casser une jambe, un bras ou un poignet était le cadet de ses soucis…

Arrivée devant le seuil, elle leva une dernière fois les yeux vers lui.

— Au revoir, Zac, déclara-t-elle en réussissant à ne pas trop trembler. J'ai passé d'excellents moments avec toi, et j'espère que ton grand-père va se remettre malgré les mauvais pronostics des médecins…

Il posa la valise à terre et la serra de nouveau dans ses bras.

— Je te trouve bien solennelle et définitive, chuchota-t-il. Je me disais au contraire que nous pourrions rester en contact ; par téléphone, ou même en s'écrivant. Il est possible que je revienne en Angleterre pour les affaires, tu sais…

« Pitié, Zac, ne me fais pas ça ! », manqua-t-elle de s'écrier. Au lieu de quoi elle déclara posément :

— Je ne pense pas que ce soit une bonne idée.

— Pourquoi ? Est-ce à cause de ce Giles ?

Rachel secoua la tête. Zac n'y était pas du tout. Mais comment pourrait-il comprendre de lui-même que sa seule chance de survie émotionnelle était de ne jamais plus entendre parler de lui ?

— Ça n'a rien à voir avec Giles, assura-t-elle. Mais si tu vis au Canada et moi ici, les choses ne pourront qu'en rester là où elles en sont.

— Et cela doit nous empêcher de nous téléphoner ou de nous écrire ? Allons, Rachel, nous sommes au XXIe siècle. Je croyais que l'on s'entendait bien, toi et moi ? Me serais-je trompé ?

Elle s'efforça de mettre un peu d'ordre dans ses idées.

— Zac, nous en avons déjà parlé hier soir, et je croyais que nous étions tombés d'accord. Nous avons deux existences tellement différentes. Je ne saurais embrasser ton mode de vie, et vice versa.

Zac continua de la dévisager d'un regard impénétrable.

— Tu ne veux donc pas que l'on se revoie ? Ni que l'on reste en contact ?

Comment lui dire qu'elle ne saurait se contenter d'une relation épisodique ou épistolaire ? Qu'elle ne saurait se contenter d'être sa maîtresse londonienne ? Comment le convaincre qu'elle n'était pas comme Moira, et que le mot « engagement » avait un sens pour elle ?

Elle prit une grande inspiration mais se mit malgré tout à trembler.

— Ce n'est pas que je ne veuille pas te revoir, Zac. Je le veux, au contraire. Mais c'est précisément pour cela que je ne peux pas te dire oui. Ce que j'essaie de te dire… c'est que tu me plais, Zac. Beaucoup… Beaucoup trop.

Il fronça les sourcils, visiblement perplexe.

— Que suis-je censé comprendre ?

Rachel poussa un soupir agacé. Le faisait-il exprès ? Prenait-il plaisir à la torturer ainsi ?

— Que, si jamais nous entretenions une relation suivie, je sais que tu me briserais le cœur le jour où tu déciderais de tourner la page, avoua-t-elle, la voix étranglée. Je ne saurais me contenter d'une aventure d'un mois, ou même d'un an, avec toi. Si je me donnais à toi, Zac, ce serait pour toujours.

A ces mots, il eut un imperceptible mouvement de recul.

— Tout cela est insensé, marmonna-t-il en plongeant ses mains dans les poches de son pantalon. Il y a seulement quelques jours, j'ai dû te kidnapper pour pouvoir dîner avec toi et ce soir, tu me parles d'amour éternel ?

— Oui, Zac. C'est cela, tomber amoureux. Je préfère te parler franchement.

Voilà, c'était dit. Au moins, après un tel aveu, elle était sûre de le renvoyer *illico* au Canada, sans jamais le revoir.

Il plissa les yeux mais demeura impénétrable.

— Tu ne m'aimes pas, Rachel, déclara-t-il après un silence pétrifiant. C'est juste un effet secondaire de ta déception avec ce Giles. Je t'ai invitée à dîner, je t'ai revalorisée en tant que femme, redonné un peu d'estime de toi. Tu confonds simplement la reconnaissance que tu éprouves pour moi avec… Avec autre chose.

De la *reconnaissance* ? Elle aurait dû se douter qu'il lui adresserait une pique, comme il savait si bien le faire.

— Crois-moi, Zac, la reconnaissance est bien le dernier sentiment que j'éprouve à ton égard. En entrant dans ma vie, tu as tout chamboulé… Je suis tombée amoureuse de l'homme le plus éloigné possible de mes principes et de mes aspirations. Toi et moi, nous vivons sur deux planètes opposées. Tu as abusé pleinement de ma vulnérabilité, tu as fait preuve d'une arrogance inouïe, et si je ne t'aimais pas, je te détesterais ! Or, à présent que je vais devoir me reconstruire, tu suggères tranquillement que nous restions en contact. Mais tu ne peux pas débarquer dans ma vie, puis y aller et venir comme bon te semblera, Zac.

Cet éclat lui fit du bien, furieuse qu'elle était après elle-même de s'être ouverte à lui de ses sentiments.

— Tu dois me laisser, maintenant, reprit-elle, un peu moins véhémente. Va vite prendre ton avion. Chaque minute compte à présent.

Quelque part au fond d'elle, Rachel trouva la force de se dresser sur la pointe des pieds pour déposer un dernier baiser sur la joue de Zac. Chaque cellule de son corps semblait imprimer dans sa mémoire ce dernier contact : une dernière fois, elle emporta son odeur, sa chaleur…

Il était temps de mettre un terme à ces instants embarrassants, car elle sentait son self-control s'éroder un peu plus chaque seconde. Encore un peu et elle se jetterait à son cou en le suppliant d'oublier tout ce qu'elle venait de dire.

Le souffle court, elle poussa donc la porte de l'immeuble et la referma très vite derrière elle. Le cœur battant à tout rompre, elle s'adossa contre le battant, priant pour qu'il frappe quelques coups pour la rappeler… Il n'en fit rien.

Une fois dans l'appartement, elle se précipita à la fenêtre

du salon. Zac avait disparu. L'Aston Martin n'était plus sur le trottoir.

C'est alors qu'enfin elle s'autorisa un luxe qu'elle se refusait depuis de très longues heures et éclata en sanglots.

11.

— Oh ! Rachel, non !... Pourquoi as-tu refusé de rester en contact avec lui ? Tu vas le décourager...

Rachel renifla entre deux sanglots. Il était 2 heures du matin. Quand Jennie et Susan étaient rentrées d'une soirée de gala, quelques minutes plus tôt, elles l'avaient trouvée en larmes. Après avoir préparé un café noir, ses amies s'étaient assises près d'elle, armées d'une boîte de mouchoirs en papier, puis avaient écouté son récit d'une oreille compatissante.

— Mais c'est justement parce que je ne veux surtout pas l'encourager ! Zac n'est pas apte à s'investir dans une relation durable. Si jamais nous étions ensemble, je passerais mon temps à redouter la séparation, à me demander combien de temps il me reste. Et je ne suis pas prête à affronter ce genre d'épreuve : vivre en permanence en sursis, avec une épée de Damoclès au-dessus de la tête.

— Peut-être, concéda Jennie. Mais en restant en contact, il aurait fini par comprendre qu'il ne pouvait plus se passer de toi.

Lasse, Rachel secoua mollement la tête.

— Jen, reviens un instant sur terre... Nous parlons là de *Zac Lawson*. Il peut tout à fait se passer de moi : les femmes font la queue pour tenter d'atterrir dans son lit !

— C'est ce qu'il t'a dit ? s'indigna Susan.

— Il n'en a pas eu besoin. Si vous aviez vu cette blondasse, à l'auberge ... Elle se mettait à baver dès qu'il entrait dans la pièce !

Jennie et Susan échangèrent un regard puis, dans un même élan, l'embrassèrent chacune sur une joue.

— C'est moche…, marmonna Susan.

— Voilà pourquoi j'ai préféré rompre tout contact avec lui, expliqua Rachel en hochant la tête. Il vaut mieux couper net parfois que laisser le mal se propager. En prolongeant une telle situation, je serais devenue folle ! Enfin, encore plus folle qu'aujourd'hui…

— Si tu avais couché avec lui, tu aurais peut-être pu tomber enceinte, reprit Jennie d'une voix pensive. Et, qui sait, cela lui aurait peut-être permis de se rendre compte de tout ce qui lui manque : une femme, un foyer, la stabilité, quoi !… Car je suis certain que Zac ne serait pas du genre à laisser tomber la mère de son enfant…

Outrées, Susan et Rachel dévisagèrent Jennie. Rachel n'avait rien dit à ses amies du passé de Zac avec Moira, et comptait bien garder cette histoire secrète. Elle savait que Zac n'aurait pas aimé qu'elle s'étende sur ce sujet.

— Jamais je n'aurais pu faire une chose pareille ! s'écria Rachel d'une voix indignée. Ce serait le piéger de la plus vile des façons.

— Je suis entièrement d'accord ! renchérit Susan en lançant un regard offusqué à Jennie.

Celle-ci haussa les épaules, visiblement peu froissée.

— Moi, j'aurais sans doute tenté le coup, reprit-elle à voix basse. Je n'ai jamais prétendu être parfaite. En tout cas, je ne risque pas de me retrouver un jour avec le cœur brisé.

Sur ce point, Jennie n'avait pas tort. Mais Rachel ne pourrait jamais agir comme son amie l'avait suggéré. Après s'être mouchée une dernière fois, elle décida de ne pas se laisser abattre. Tant bien que mal, elle finirait par oublier Zac Lawson. Et par se remettre de leur rencontre.

A son retour du bureau, le lundi soir, Rachel trouva un message de Zac sur le répondeur, adressé uniquement à Jennie. Il s'excusait d'avoir quitté Londres précipitamment, la remerciait pour son hospitalité et se doutait que Rachel lui avait expliqué la raison de son départ. Il avait pu passer quelques minutes au chevet de son grand-père avant que ce dernier ne succombe et en avait éprouvé un vif soulagement. Il préparait désormais l'enterrement et souhaitait à Jennie et ses amies de joyeuses fêtes de fin d'année.

Après avoir réécouté le message une dizaine de fois, Rachel l'effaça. La tentation de se délecter encore et encore de cette voix suave et virile était trop forte. Zac était de retour dans un monde où Rachel n'avait pas sa place. Et dès qu'il se serait un peu remis du décès de son grand-père, il reprendrait le cours normal de sa vie de célibataire invétéré. Cela avait beau lui fendre le cœur, elle allait devoir s'y faire.

Les jours qui suivirent furent difficiles tant Rachel ne parvenait pas à se faire une raison, à se dire que Zac était bel et bien reparti de l'autre côté de l'océan, et pour de bon.

La météo devint plus clémente : en quelques jours, la neige avait disparu des trottoirs mais les nuits de Rachel restaient blanches, elles, inlassablement peuplées du visage de Zac, de sa voix… Transformée en zombie, elle regardait ses journées au travail défiler, moroses.

Quelques jours avant Noël, elle fut convoquée dans le bureau du patron de sa filiale. Elle apprit que le poste de Jeff lui était réservé. Elle prendrait ses fonctions début janvier, dès la mutation de Jeff effective. La direction était très satisfaite de ses compétences, de son esprit d'initiative et de sa disponibilité sans faille.

Rachel faillit avouer à son directeur que sa disponibilité sans faille à l'égard de l'entreprise serait encore accrue puisque sa vie sentimentale était gâchée à jamais. Elle se ravisa au dernier moment : son interlocuteur n'avait pas la réputation de goûter de tels épanchements. En tout cas, la nouvelle année s'annonçait sous le signe des défis professionnels.

Pour fêter cette promotion espérée mais un peu inattendue, elle invita tous ses amis et collègues à trinquer chez elle le week-end suivant. Au terme d'une soirée arrosée, elle se retrouva seule dans sa salle de bains à 3 heures du matin, à envisager avec effroi l'avenir qui s'offrait à elle. Un avenir sans amour, sans foyer, sans enfants… Si seulement elle pouvait se réveiller le lendemain dans un monde nouveau, un monde où Zac n'aurait jamais existé !

Elle ne s'endormit qu'aux premières lueurs du jour et dormit jusqu'à la mi-journée. Elle se leva avant Jennie et Susan et se lova avec une tasse de café sur le canapé du salon, au beau milieu des restes de la fête.

Inspirant l'odeur chaude et puissante du café, elle tenta de s'éclaircir les idées. Si elle recontactait Zac, comme elle en brûlait d'envie, elle ne serait rien de plus pour lui qu'un plaisir éphémère parmi d'autres. Or elle ne pouvait s'y résigner. Tout simplement car elle l'aimait d'un amour pur et inconditionnel.

Que faisait-il à cette heure-ci ? Rachel savait qu'il avait envoyé un SMS à Jennie pour lui annoncer que l'enterrement s'était déroulé aussi bien que possible. Pour l'heure, il retrouvait peu à peu son quotidien au Canada, et se préparait sans doute à fêter Noël en famille, en dépit du deuil qui venait de l'affecter. Mais Zac était un homme pragmatique et rationnel : il saurait sans nul doute tourner la page et laisser la vie reprendre ses droits.

A cette idée, les larmes se mirent à rouler sur ses joues. Pourquoi n'y arrivait-elle pas, elle, à tourner la page ?

Elle allait pourtant devoir s'y efforcer, puisque l'amour qu'elle nourrissait pour Zac n'avait rien d'une passade éphémère. Jamais, avant lui, elle n'avait éprouvé de sentiments aussi violents, incontrôlables, irrépressibles. Zac était tellement… unique. Il avait ses défauts, certes. Il n'était pas d'un caractère facile, et pourtant à ses yeux, il était l'homme idéal. La perfection incarnée.

Prostrée sur le canapé, elle se demanda si le pincement qu'elle ressentait dans son cœur était physique, ou bien émotionnel. Quoi qu'il en soit, Zac ne pourrait comprendre que c'était parce qu'elle était amoureuse de lui qu'elle ne saurait supporter une passade. Pour lui, s'engager était synonyme de vulnérabilité et de souffrance — tout le contraire d'elle…

Malgré cela, elle ne pouvait s'empêcher d'imaginer la vie à ses côtés. Une vie faite d'amour et d'embûches, comme toutes les vies. Pour le meilleur et pour le pire.

Or, quelle que soit sa façon d'envisager cette relation, elle demeurait impossible. Le destin ne jouait pas en leur faveur.

Rachel finit son café puis s'habilla à la hâte. Elle nettoierait les reliefs de la fête plus tard. Pour l'heure, elle avait besoin de prendre l'air, de marcher, de se fondre dans la masse anonyme des promeneurs du week-end.

Elle flâna sans but précis dans les rues deux heures durant. A son retour, ses amies dormaient encore. Elle en profita pour faire le ménage en silence, éliminant jusqu'aux derniers détritus de la veille. Lorsque enfin Jennie et Susan se levèrent, Rachel était assise à lire le journal, comme lors d'un dimanche normal. Sauf que, désormais, plus rien ne serait normal pour elle…

A cinq jours de Noël, Rachel se disputa comme attendu avec sa mère au téléphone. Celle-ci avait décrété que sa fille passerait Noël avec elle cette année, visiblement affectée après qu'une de ses amies se fut étonnée qu'elle ne rentre pas au nid familial. Or Rachel était tout aussi déterminée à fêter Noël le plus loin possible de sa famille.

— Tu n'es toujours pas venue voir ton neveu, lui reprocha sa mère sur un ton glacial et culpabilisant.

— Maman, il n'a que deux mois… Il ne verra pas la différence si sa tante Rachel est là ou non.

— Là n'est pas la question, tu le sais bien ! J'insiste pour que tu te joignes à nous, reprit-elle d'une voix coupante. Ecoute, tu peux même emmener ce jeune homme que tu fréquentes. Il pourra dormir dans la chambre d'amis.

Rachel ne put s'empêcher de sourire amèrement à cette proposition sournoise. Ainsi, sa mère évitait de lui demander si elle voyait toujours Zac, tout en faisant semblant de s'intéresser à elle — alors qu'elle avait passé sa vie à lui faire comprendre qu'elle se moquait bien de ce qui pouvait lui arriver.

— Désolée, mais je suis invitée chez les parents de Jennie.

— Enfin, tu peux leur préférer ta propre famille, non ?

— Navrée, mais je ne peux décliner.

Il y eut un silence prolongé à l'autre bout de la ligne, puis sa mère reprit d'une voix plus froide que jamais :

— Tu n'as vraiment aucun amour-propre, ma fille. A force de t'imposer auprès des familles de Jennie et de Susan, leurs parents doivent finir par te prendre en pitié.

En quelques secondes, le venin de sa mère l'atteignit, comme toujours, en plein cœur. Pourtant, pour la première fois de sa vie, Rachel n'éprouva pas le besoin de se défendre ou de se justifier. A côté de son chagrin d'avoir perdu Zac à jamais, les méchancetés de sa mère n'étaient que futilités.

— Au revoir, maman, répondit-elle très calmement avant de raccrocher le combiné.

Le téléphone sonna aussitôt, et elle brancha le répondeur.

« Comme oses-tu me raccrocher au nez, Rachel ? Si tu ne décroches pas immédiatement, je jure devant Dieu que je n'aurai plus que deux filles ! Je suis sérieuse, Rachel, tu m'entends ? Tu as toujours été une enfant insolente et ingrate, et tu es devenue une jeune femme aigrie et fade. Je t'ordonne de décrocher ce téléphone, Rachel ! »

La tirade se prolongea jusqu'à ce que l'appareil lui coupe la parole. Après quoi, un silence pesant tomba sur le salon. Rachel fixa longuement le téléphone, incapable de décider si elle avait envie de rire ou de pleurer. Cette fois, la messe était dite une fois pour toutes entre sa mère et elle.

D'un pas mécanique, elle se dirigea vers la cuisine, où elle se servit un verre de vin.

— Joyeux Noël, maman, marmonna-t-elle en levant son verre, avant de s'atteler à la préparation du dîner.

Ce n'est que lorsque Jennie et Susan rentrèrent du travail que Rachel s'aperçut que ses joues dégoulinaient de larmes.

*
* *

Le lendemain, elle retrouva ses amies après le bureau pour effectuer leurs emplettes de dernière minute. La plupart des boutiques restaient ouvertes toute la soirée afin de permettre aux retardataires de trouver *le* cadeau qui ferait sensation au pied du sapin. De retour à l'appartement, elles commandèrent des pizzas et il était presque minuit quand elles finirent de déballer leurs achats et de faire leurs paquets. Epuisée, Rachel s'endormit très vite, mais ouvrit les yeux bien avant la sonnerie de son réveil le matin, se demandant ce que pouvait bien faire Zac à cette heure-ci, et surtout avec qui…

Il n'avait pas cherché à la contacter, et Rachel en éprouvait un vif pincement au cœur — même s'il ne faisait là que se plier à ce qu'elle lui avait demandé. Son silence démontrait bien qu'elle avait eu raison d'en rester là avec lui : s'il avait éprouvé ne serait-ce qu'une pincée de sentiments autres qu'une simple attirance charnelle pour elle, il aurait sans doute cherché à la joindre. Mais pourquoi diable avait-elle tant de mal à accepter le fait que Zac se passait manifestement très bien d'elle ?

Après une nouvelle nuit agitée, Rachel se réveilla avec le cœur qui flanchait. Refusant de vexer Jennie, elle n'osa pas lui dire qu'elle préférait rester seule à Londres cette année. Non seulement, elle ne souhaitait pas gâcher la fête de ses parents, dans leur belle demeure familiale du Kent, mais elle ne se sentait pas capable de feindre une humeur festive auprès des frères et sœurs de Jennie, qui attendaient tout au long de l'année ce moment où leur famille se réunissait au grand complet.

Aujourd'hui devait se dérouler le cocktail de Noël dans son entreprise, au cours duquel ses collègues, passablement éméchés, feraient semblant de s'entendre à merveille tout en s'arrangeant pour se faire bien voir de leurs chefs. Elle n'avait vraiment aucune envie d'assister à cela. D'ailleurs, si elle continuait sur cette lancée, elle finirait en vieille fille désabusée, seule avec son chat ! Sauf qu'elle n'aimait même pas les chats…

Elle fit tout de même un effort vestimentaire en enfilant un pull de soie blanche sur un pantalon droit assorti, qu'elle avait achetés en prévision du soir de Noël chez les parents de Jennie. Mais, alors qu'elle bavardait avec deux collègues en dégustant des petits-fours, une silhouette traversa son champ de vision et attira son regard.

Giles.

Comment avait-il l'audace de se montrer ici ? Vraiment, il n'avait pas changé. Il était toujours aussi arrogant et sûr de lui. Après tout, cela n'avait rien de surprenant : après avoir été confondu par sa femme, il n'avait jamais montré le moindre regret — hormis celui de s'être laissé prendre la main dans le sac.

Son cœur se souleva en reconnaissant ce visage aussi honni que familier, mais Rachel tenta de conserver son sang-froid et se concentra sur la conversation de ses collègues. Malheureusement, ses camarades se dispersèrent pour rejoindre d'autres petits groupes. L'instant d'après, Giles lui attrapait le bras.

— Rachel, dit-il d'une voix aussi sirupeuse que dans son souvenir. Depuis le temps que j'espérais te revoir ! Je suis venu ici aujourd'hui exprès, tu sais…

— Bonjour Giles, répondit-elle d'une voix glaciale. Comment vas-tu ?

— Je n'arrive toujours pas à me remettre de notre rupture.

Elle le fixa droit dans les yeux, n'en croyant pas ses oreilles. Non mais quel culot ! En plus, il continuait à afficher ce sourire enjôleur censé, sans doute, la faire céder. Mais, pour la première fois, Rachel ne vit que vide et artifices dans ce regard bleu pâle, et sur ces lèvres qu'elle avait autrefois trouvées si attirantes… Vraiment, elle devait être aveugle à l'époque.

— J'imagine que tu as appris que Melanie et moi sommes séparés depuis quelque temps ? continua-t-il à voix basse.

Secouant vigoureusement la tête, elle éprouva un vif

dégoût à l'idée d'avoir accepté une relation avec un homme aussi vil et dépourvu d'amour-propre. Comment avait-elle pu croire un seul instant éprouver des sentiments pour lui ? Pire : comment avait-elle pu ne serait-ce qu'envisager de *l'épouser* ?

— Elle t'a quitté ? demanda Rachel en éprouvant un réel soulagement à savoir cette femme loin des griffes de Giles.

Il hocha la tête ; il semblait étonné que son épouse ait pu préférer de vivre sans lui.

— Elle est partie cet automne. Elle a rencontré quelqu'un. De toute façon, ce mariage était voué à l'échec. Melanie a très mauvais caractère ; elle est trop possessive, ajouta-t-il sans se départir de son sourire enjôleur. Il faut dire que je n'arrivais pas à t'oublier, Rachel. Accepterais-tu de dîner avec moi, un soir ? J'ai tellement besoin de te dire à quel point je m'en veux de tout ce qui est arrivé…

— Tu viens de me le dire, Giles, répliqua-t-elle, de marbre.

— Pas tout à fait, murmura-t-il en se rapprochant d'elle. Toi et moi, on était si bien ensemble… Et puis… je sais que tu m'as aimé, Rachel. On pourrait tout reprendre à zéro. Et, cette fois, je saurai être irréprochable, crois-moi.

Comme elle ne répondait rien, et que son regard se faisait de plus en plus cassant, le sourire triomphant de Giles s'évanouit.

— Ecoute, je sais que tu as souffert, et je comprends que tu m'en veuilles encore après tout ce qui s'est passé. Mais accorde-moi juste une chance de me racheter. S'il te plaît… Je comptais vraiment te parler de Melanie, je t'assure ! Mais j'étais terrifié à l'idée de te perdre.

A son grand étonnement, Rachel le trouva pathétique et n'éprouva qu'une vague pitié à son égard. Quel soulagement d'être débarrassée une fois pour toutes de cet homme !

Consciente du regard de ses collègues — la plupart savaient ce qui s'était passé entre Giles et elle —, Rachel répondit d'un ton aussi flegmatique que possible :

— Je ne souffre pas, et je ne t'en veux pas, Giles. Notre histoire fut brève, et j'ai tourné la page aujourd'hui.

A ces mots, elle fit demi-tour, mais il la retint brutalement par le coude.

— Comment s'appelle-t-il ? siffla-t-il d'une voix mauvaise.

— Ne me touche pas, Giles ! fit-elle entre ses dents serrées.

Elle se dégagea, tout en veillant à ne pas trop attirer l'attention sur eux.

— Il y a un autre homme, n'est-ce pas ?

Inspirant une grande bouffée d'air, elle canalisa sa colère. Inutile de se donner en spectacle sur son lieu de travail.

— Tu veux savoir si je suis amoureuse de l'homme le plus merveilleux au monde ? La réponse est oui. Mais sache que je t'avais oublié bien avant de le rencontrer. A présent, je te demande de me laisser tranquille.

— Espèce de petite…

A l'instant où il s'apprêtait à lui saisir de nouveau le bras, Liam, un collègue de Rachel, le retint à la volée avec un sourire dissuasif.

— Si tu n'as pas quitté cet immeuble dans la minute qui vient, je serai ravi de t'escorter moi-même, petite vermine, grogna-t-il sans se départir de son sourire.

Pétrifié, livide — Liam était pilier dans une équipe de rugby du quartier —, Giles tenta de faire bonne figure.

— Comment osez-vous ? Je vous rappelle que je suis client de votre employeur… C'est moi qui paie votre salaire !

Liam haussa un sourcil et consulta sa montre.

— Déjà trente secondes d'écoulées. Au revoir, monsieur Hammond. Et joyeux Noël !

Fou de rage, Giles leur décocha un regard assassin, puis traversa la salle avant de disparaître. Rachel sentit ses muscles se relâcher enfin, mais elle retenait encore son souffle. Liam saisit un verre de vin sur le plateau d'une serveuse qui passait par là puis le lui offrit.

— Je crois que j'aurais préféré l'escorter moi-même, murmura-t-il. En tout cas, tu peux trinquer au départ de ce minable : bon débarras !

— Merci, Liam…, bredouilla-t-elle, un peu gênée. Tu

es un chic type ; tu m'as toujours épaulée, même dans les pires moments après ma rupture avec Giles.

— Bah ! ce genre de type est capable de duper n'importe qui. D'ailleurs, aucun de nous ici ne savait que Giles était marié quand tu as commencé à le fréquenter. Sinon, nous t'aurions évidemment mise en garde.

Touchée, elle donna une tape amicale sur son avant-bras musclé.

— Merci encore, Liam.

Cela faisait du bien de se sentir soutenue. A présent, le scénario serait parfait si Zac surgissait dans la pièce et venait la prendre dans ses bras en lui avouant ne plus pouvoir vivre sans elle.

Ce qui ne se produisit pas…

12.

Rachel s'étira paresseusement et regarda du côté de Jennie, encore emmitouflée sous ses couvertures. Elles étaient toutes les deux en congé depuis la veille et avaient prévu de partir en fin de matinée pour le Kent à bord de la vieille petite Ford de Jennie.

Quittant son lit, Rachel rejoignit la fenêtre et tira le rideau, au son des ronflements de Susan qui lui parvenaient depuis l'autre côté du couloir. Le ciel blanc de décembre était bas ; au bout de la rue, les premiers bouchons se formaient déjà. Le vent du nord qui soufflait depuis quelques jours semblait annoncer de la neige.

Susan et Henry devaient prendre l'avion pour Edimbourg à la mi-journée pour passer Noël dans la famille de Susan. Jennie et Rachel étaient persuadées qu'elle en reviendrait fiancée. Jennie venait de postuler chez un grand couturier et avait décroché un entretien d'embauche après les fêtes de fin d'année.

Rachel soupira. Autour d'elle, le temps était aux changements. Tout en regardant par la fenêtre, elle se demanda à quoi allait ressembler sa vie au cours de l'année qui s'annonçait. Elle allait probablement être très prise par ses nouvelles fonctions au bureau. Dès les premiers jours, elle allait devoir prouver ses compétences de jeune manager. Mais cela ne lui faisait pas peur. Au contraire. Cette surcharge de travail aurait au moins le mérite de la détourner du vide abyssal de sa vie privée.

Soudain, le visage de Zac lui revint à l'esprit. Son cœur se mit à battre plus fort, et elle ferma les yeux.

Il devait sans doute être en train de préparer Noël avec sa famille. Aurait-il ne serait-ce qu'une pensée pour elle en ces moments qui semblaient compter beaucoup pour lui ? Ou avait-t-il déjà trouvé une femme acceptant ses conditions — une relation sans promesses ni engagement ?

Après s'être longuement torturée en imaginant des femmes superbes au bras de Zac, elle se rendit dans la cuisine, décidée à ne pas se laisser abattre. Un très ancien philosophe n'avait-il pas suggéré d'accepter ce que l'on ne pouvait changer ? Certes, mais ce grand penseur n'avait jamais croisé la route de Zac Lawson…

Rachel prépara du café. Jennie et Susan la rejoignirent bientôt, et elles partagèrent le petit déjeuner en ouvrant le courrier du jour — principalement des cartes de vœux. Une fois habillées, elles chargèrent la voiture de Jennie. A 9 heures, Henry vint chercher Susan à bord du taxi qui devait les conduire à l'aéroport. Rachel et Jennie burent un dernier café et se mirent en route.

Elles rencontrèrent de nombreux ralentissements avant de sortir de Londres, mais finirent par rejoindre l'autoroute sans avoir perdu trop de temps. Dehors, le froid était glacial. Les premiers flocons tombèrent après qu'elles se furent arrêtées pour déjeuner dans un petit pub en rase campagne.

Après une tourte forestière et une énorme part de *cheesecake* à la fraise, Jennie passa un long moment dans les toilettes, dont elle revint livide.

— Tu es malade ? demanda Rachel, quelque peu inquiète pour son amie.

— Non…, bredouilla Jennie d'une voix hésitante. Enfin, je ne sais pas… Je ne me sens pas très bien.

— Tu veux que je prenne le volant ?

— Non, non, je peux conduire. Mais je te préviendrai si jamais je me sens trop mal.

— J'avais la même voiture que la tienne quand j'étais

étudiante donc ne t'inquiète pas. En tout cas, ne te force pas à garder le volant si tu n'es pas sûre de toi.

Après une demi-heure de route dans un silence total, Rachel comprit que son amie devait être *très* malade. En effet, depuis neuf ans qu'elle connaissait Jennie, celle-ci ne restait jamais silencieuse plus de cinq minutes d'affilée. Même dans son sommeil, elle demeurait une bavarde aussi volubile qu'invétérée.

Les flocons de neige se firent plus épais et plus nombreux, et commençaient à accrocher à la chaussée. Mais lorsqu'elles arrivèrent au niveau de Tenterden, Rachel fut convaincue que son amie était sur le point de perdre connaissance. Elles n'étaient plus qu'à une quinzaine de kilomètres du but.

Elle hésita à lui demander une nouvelle fois si elle se sentait capable de continuer à conduire, car Jennie lui avait déjà répondu à une bonne dizaine de reprises que tout allait bien.

Les essuie-glaces bataillaient fermement contre le voile blanc qui se déposait inlassablement sur le pare-brise quand la Ford quitta l'autoroute pour s'engager sur une voie secondaire. Elles traversèrent plusieurs villages illuminés, et le manteau blanc recouvrant la campagne ajoutait une touche magique au paysage qui plongeait peu à peu dans la pénombre de la fin d'après-midi.

Ne cherchant même plus à entretenir la conversation, Rachel se perdit dans ses souvenirs d'une autre journée de neige, à peine trois semaines auparavant. Cette tempête lui avait permis de faire connaissance avec Zac de façon bien plus intime que prévu. Car elle demeurait persuadée qu'il ne se serait pas autant ouvert à elle chez son ami Martin, au milieu d'autres gens. D'ailleurs, il regrettait probablement de s'être livré à de telles confidences, en lui parlant de son bébé perdu et de son mariage raté. Sans doute ne tarderait-il pas à oublier sa rencontre fortuite avec cette jeune Anglaise ordinaire, si différente des femmes brillantes et sophistiquées dont il était habituellement entouré.

Absorbée par ses pensées, elle s'aperçut soudain que

son amie s'engageait dans l'allée menant à la demeure de ses parents. Jennie coupa le moteur avec un soupir soulagé.

— Nous y voilà enfin ! A présent que je n'ai plus à conduire sous cette neige, je vais enfin pouvoir en profiter !

— Tu as fait preuve d'un sang-froid remarquable, déclara Rachel, qui savait qu'il aurait fallu plus qu'une tempête de neige pour dissuader son amie de rejoindre les siens. A présent, dis-moi si tu te sens mieux, Jen ?

Plutôt que lui répondre, son amie ouvrit sa portière.

— Ne bouge pas, je vais chercher papa pour qu'il nous aide à décharger le coffre.

Et sans même lui laisser le temps de répondre, son amie s'engouffra sous le porche de la villa.

Perplexe, Rachel regarda la neige tomber en silence autour du cottage. Tous les rideaux étaient tirés, et elle percevait à peine la lueur des pièces éclairées à travers les fenêtres. Soudain, les paroles de sa mère lui revinrent à l'esprit :

« A force de t'imposer auprès des familles de Jennie et de Susan, leurs parents doivent finir par te prendre en pitié. »

Et si sa mère, pour une fois, avait eu raison ?

Brusquement, Rachel eut envie de se téléporter quelque part, n'importe où mais très loin d'ici. Au bord des larmes, elle lutta de toutes ses forces pour ne pas se laisser aller à une crise de sanglots. Le moment était mal choisi pour se donner en spectacle.

Soudain, elle entendit la portière du conducteur s'ouvrir à son côté et se tourna en sursautant.

— Bonjour, Rachel.

Les yeux écarquillés, au bord de la crise cardiaque, Rachel porta ses mains à sa bouche. Confuse, elle cligna plusieurs fois des paupières, mais non, elle n'avait pas la berlue ! Jennie n'était pas du tout allée chercher son père…

— Zac ?… Tu… Tu n'es pas au Canada ? bredouilla-t-elle.

— Pourquoi serais-je au Canada, alors que tu es ici ? murmura-t-il avant de se pencher vers elle.

Et, lentement, il captura ses lèvres et l'embrassa jusqu'à en perdre le souffle. Lorsque enfin il s'écarta d'elle, ils vibraient tous les deux.

— Non, fit-elle dans un souffle en rouvrant les yeux. C'est impossible. Tu es reparti. Tu… Tu n'attends pas de moi la même chose que j'attendais de toi…

— Si tu as envie d'être avec moi au point d'en perdre le sommeil, d'en perdre l'appétit, d'en perdre la tête ; si chaque jour qui passe te paraît une éternité, et chaque nuit une torture, alors si, Rachel, j'attends la même chose que toi.

— Impossible, chuchota-t-elle tout en contenant l'incroyable bouffée d'espoir qui montait en elle. Tu ne veux plus jamais t'engager.

— Je t'ai dit beaucoup de choses, sauf ce qui se passait au fond de mon cœur. Ecoute-moi bien, parce que ce que je vais te dire, je le pense et je le ressens au plus profond de moi. Dès le premier regard que j'ai posé sur toi, j'ai su. J'ai été comme foudroyé, Rachel. J'ai su que tu serais la femme qui allait bouleverser ma vie. Cela m'a terrifié parce que je n'étais pas encore prêt pour cela. Pourtant, c'est arrivé ; désormais, je ne peux plus vivre comme avant. Je ne *veux* plus vivre comme avant. Maintenant que je t'ai rencontrée, je refuse que tu disparaisses de ma vie.

— Mais… Tellement de femmes rêveraient de…

— Rachel, l'interrompit-il en la dévisageant avec ferveur, c'est *toi* que je veux. Toi et toi seule. Au début, quand tu étais si hostile envers moi, j'en étais soulagé parce que je croyais que mon attirance pour toi était purement physique. Ou plutôt, je me rendais bien compte que ce que je ressentais était très intense, mais je refusais d'y croire.

Le cœur tambourinant dans sa poitrine, Rachel ne parvenait toujours pas à y croire. Elle allait se réveiller d'une seconde à l'autre dans son lit. Seule.

— Mais pourquoi moi ?

— Je ne peux te répondre, mon amour. Qui peut expliquer ces choses-là ? Tout ce que je sais, c'est que je n'avais jamais ressenti cela auparavant et que cela m'effraie. Mais c'est aussi tellement merveilleux ! Je t'aime, Rachel.

Elle le dévisagea, saisie d'une irrépressible envie de le toucher, de l'embrasser… Mais elle avait peur de briser la magie de cet instant. Si c'était un rêve, autant le faire durer le plus longtemps possible.

— Je sais que beaucoup de gens estiment que la vie me sourit : ma famille est fortunée, puissante et je mène une vie riche qui fait des envieux. Pourtant, mon existence personnelle n'était encore qu'un désert aride il y a peu. Tu sais, au moment où j'ai tenu mon fils dans mes bras, j'ai pensé que tout était ma faute. Il était parfait, tellement beau. Il aurait dû vivre, Rachel. Il aurait dû respirer et rire, grandir, devenir un homme… Mais, en vérité, je n'ai désiré cet enfant qu'au moment où il m'est apparu. Or, il était déjà trop tard.

Horrifiée par la douleur qu'elle lisait sur son visage, Rachel lui prit la main.

— Zac, tu sais que ce qui est arrivé n'était pas ta faute.

— C'est pourtant ce que j'ai cru, avoua-t-il en secouant la tête. Et puis, il y avait aussi Moira et sa maladie. J'aurais fait n'importe quoi pour la guérir, et pour me racheter après la mort de notre bébé.

Mais après le décès de Moira, il avait préféré se replier sur lui-même, sur son chagrin… Et délibérément opter pour des relations superficielles et sans lendemain avec les femmes.

— Oh ! Zac, bafouilla-t-elle à court de mots.

Il esquissa un sourire qui ressemblait plutôt à un rictus.

— Tu sais, ma vie est très chaotique, Rachel. Mais tu dois savoir que je t'aime. Sincèrement. Crois-moi. Depuis deux semaines, c'est ce qui me permet de tenir le coup.

Elle avait tellement envie de le croire ! Mais une fille comme elle pouvait-elle réellement satisfaire un homme de sa trempe ? Submergée par le doute, elle s'efforça de remettre un peu d'ordre dans ses idées.

— Jennie savait que tu serais ici aujourd'hui ?

— Pas jusqu'à cet après-midi. Je me suis invité à l'improviste car je savais que tu prévoyais de passer Noël ici. J'ai tout avoué à ma tante : notre rencontre, mes sentiments pour toi et quel idiot j'avais été… Elle m'a suggéré de téléphoner à Jennie avant de m'autoriser à rester, car elle ne voulait pas que ma présence te contrarie. J'imagine que tu sais combien les parents de Jennie t'adorent. Ils te considèrent comme une de leurs enfants.

Emue aux larmes, Rachel se mordit la lèvre.

— J'ai donc appelé Jennie sur son portable, continua-t-il. Vous veniez de finir de déjeuner dans un pub. Nous avons beaucoup discuté, et j'ai réussi à la convaincre. D'ailleurs, elle ne m'a pas ménagé : j'ai dû montrer patte blanche !

— Jen ne m'a rien dit !

— Elle tenait à me parler face à face avant de m'autoriser à te voir. En résumé, elle m'a dit quelque chose comme : « Tu as intérêt à bien la traiter sinon tu vas te mettre toute la famille à dos. » C'est une fille formidable, ma cousine, mais mieux vaut ne pas l'énerver !

Prise d'un vertige, Rachel baissa les yeux vers le bras de Zac, sur lequel elle avait toujours la main posée.

— Rachel, reprit-il à voix basse, je ne te demande pas de me croire sur parole après la façon dont je me suis conduit avec toi. Accorde-moi juste un peu de temps pour faire mes preuves. J'ai parlé de toi à mes parents. Ils veulent te rencontrer — quand tu seras prête, rien ne presse. Je resterai ici aussi longtemps qu'il faudra, le temps de regagner ta confiance. Professionnellement, je me suis arrangé pour déléguer le temps de mon séjour. Mon père n'a pas fait de difficultés : cela fait des années que je n'avais pas pris de congés.

Il prit sa main, mais elle garda les yeux baissés. Elle ne parvenait toujours pas à croire ce qu'elle entendait. Elle nageait en pleine confusion.

— Ta vraie vie se trouve au Canada, articula-t-elle après un silence interminable.

— Oui, dans une belle région, qui te plairait beaucoup… Mais si tu préfères que nous vivions ici, aucun problème.

— Mais… l'entreprise familiale ?

— Avec l'aide d'un bon manager, mon père peut tout à

fait tenir les rênes. Et puis il est plus réaliste que mon grand-père : il sait que rien n'est éternel : peut-être finira-t-il par vendre la société. D'autant que, lors de mon premier séjour à Londres, au début du mois, mes interlocuteurs ont cherché à savoir si un poste ici serait susceptible de m'intéresser. Tu vois, Rachel, tout est possible. Si seulement tu veux de moi…

Si elle voulait de lui ?

Il referma ses deux mains autour de la sienne et la porta à sa poitrine. Aussitôt, elle sentit les battements affolés de son cœur. Rassemblant tout son courage, elle inspira longuement et leva enfin les yeux.

— Si jamais j'accepte et qu'ensuite tu me quittes, Zac, sache que je ne m'en remettrai pas, déclara-t-elle d'une petite voix. Et je préfère cent fois ne rien avoir du tout plutôt que risquer cela. Il y a tellement d'autres femmes…

L'angoisse devait se lire sur son visage, car il l'attira tout contre lui avant de l'embrasser avec une infinie douceur.

— Je suis loin d'être l'homme idéal, comme tu as pu le constater. J'ai raté la première partie de ma vie et, le jour où le ciel m'a envoyé une deuxième chance, j'ai pris mes jambes à mon cou car je n'ai pas eu le courage de croire au bonheur. Je suis conscient que cette attitude ne plaide pas en ma faveur. Mais ce que je peux te promettre avec certitude, c'est de t'aimer et te chérir de tout mon cœur, de toute mon âme jusqu'à mon dernier souffle. J'ai connu beaucoup de femmes, c'est vrai. Mais aucune ne m'a jamais bouleversé à ce point. Pour moi, tu es unique, magnifique, inoubliable. Et je compte bien te le prouver pendant le restant de mes jours, si seulement tu m'y autorises.

Dans un état second, Rachel se perdit dans les profondeurs mordorées de son regard. Jamais elle n'aimerait quelqu'un comme elle aimait Zac. Ses sentiments pour lui étaient immenses, infinis. Et elle peinait à croire que la réciproque était possible. Pourtant, tout était là, sur son visage : l'amour, le désir, et l'émerveillement devant un tel miracle…

— Je t'aime aussi, Zac, chuchota-t-elle timidement. Je t'aime tant…

Aussitôt, il s'empara de ses lèvres et l'embrassa avec une fougue non contenue. Oubliant manifestement le monde autour d'eux, il l'enlaça fébrilement, promenant ses mains avides le long de son corps.

— Je t'aime, Rachel…, murmura-t-il contre ses lèvres. Je sais que c'est peut-être un peu tôt, mais je ne peux plus attendre : veux-tu m'épouser ? Acceptes-tu de devenir ma femme, mon amour, ma vie tout entière ?

A ces mots, il sortit un petit écrin de sa poche. Lorsqu'il l'ouvrit, Rachel découvrit un magnifique diamant monté en solitaire sur une bague de fiançailles.

La neige continuait à tomber à gros flocons autour de la voiture mais, à l'intérieur, un rayonnement magique émanait de ce petit bijou renfermant une si somptueuse promesse.

— Oui ! s'écria-t-elle les yeux emplis de larmes.

Sans plus attendre, il glissa l'anneau à son doigt.

Lorsqu'ils sortirent du véhicule pour rentrer au chaud, ils trouvèrent Jennie assise dans le hall, sur une marche de l'escalier, se rongeant les ongles en bouillonnant d'impatience. A cet instant, une salve d'applaudissements retentit depuis le salon sur la gauche. Toute la famille était réunie. Même les enfants applaudissaient à tout rompre, ignorant la raison de cette explosion de joie mais certainement conscients que la magie d'un Noël sous la neige y était sans doute pour quelque chose.

Zac passa son bras autour de la taille de Rachel. En regardant tous ces visages radieux, elle eut pour la première fois de sa vie l'impression de faire partie d'une famille. Pour la première fois, elle se sentait aimée, appréciée, désirée. Telle qu'elle était.

Plus tard, une fois tout le monde couché, Zac et Rachel restèrent longuement assis près du feu qui finissait de se consumer.

— C'est notre premier Noël ensemble, chuchota-t-elle en contemplant le diamant qui étincelait à son annulaire gauche.

— Et pour le second, tu seras une femme mariée. Et qui sait, ajouta-t-il d'une voix suave, peut-être même attendras-tu un bébé…

Un *bébé* ? Le bébé de Zac ? Submergée par un flot d'émotions et de désir, elle se tourna vers lui et l'embrassa à pleine bouche. Au fond d'elle-même, elle avait déjà décidé de le suivre au Canada. Ici, rien ne la retenait vraiment : ses amies proches comme Jennie et Susan viendraient la voir de l'autre côté de l'Atlantique. La famille de Zac, à laquelle il était très attaché, se trouvait là-bas, de même que son travail. Rachel ne souhaitait pas l'en arracher.

— Que dirais-tu d'un mariage en plein hiver ? suggéra soudain Zac en la prenant sur ses genoux. Je me disais qu'une cérémonie en février te laisserait le temps de trouver une robe, pendant que moi, je choisirais le lieu et m'occuperais des préparatifs… Je suis tellement impatient de devenir ton mari, Rachel !

Elle l'enlaça et le dévisagea, les yeux soudain humides.

— Tu es un homme d'extrêmes, Zac Lawson !

— Tu ferais bien de t'y habituer : je vais passer le restant de mes jours à t'aimer de la plus extrême des façons, lui promit-il à voix basse. Et cela dès ce soir…

Cette nuit-là, il lui démontra avec fougue qu'il était un homme de parole. Ivre de bonheur, Rachel savait à présent à quoi s'en tenir.

Epilogue

Comme prévu, ils se marièrent avant la fin de l'hiver. Ce fut le plus beau jour de la vie de Rachel et, à l'en croire, de Zac également. Toute leur famille et tous leurs amis se réunirent pour l'occasion, un large contingent canadien ayant effectué le voyage jusqu'en Angleterre. Rachel avait quelque peu appréhendé sa rencontre avec ses futurs beaux-parents, mais le père de Zac se révéla tout aussi charmant que son fils. Quant à sa mère, c'était la plus douce et la plus chaleureuse des femmes. De plus, elle ne cachait pas son bonheur de voir son fils choisir enfin le chemin d'une vie calme et rangée.

Rachel avait de son côté hésité à convier sa mère et ses sœurs, redoutant de les voir gâcher le jour le plus important de sa vie. Finalement, Zac se chargea en personne d'aller leur remettre les invitations. Rachel ne sut jamais ce qui fut dit à cette occasion — à vrai dire, elle s'en moquait —, mais, le jour de la cérémonie, sa mère se montra tout à fait charmante. Les apparences furent sauves.

Ils s'envolèrent ensuite un mois dans les Caraïbes pour leur voyage de noces.

Dès le premier regard, Rachel tomba sous le charme de la maison de Zac. Elle était plus vaste qu'il n'avait voulu l'admettre et se trouvait au calme entourée de bois et de prairies. Elle fut également séduite par les vieux parquets en chêne et les grandes fenêtres avec vue panoramique sur la campagne environnante.

Zac lui avait donné carte blanche pour renouveler entièrement la décoration intérieure, mais elle se contenta de modifier quelques détails et d'ajouter sa petite touche féminine. Elle fit ainsi repeindre leur chambre couleur ivoire, car elle trouvait que les anciens tons café ne mettaient pas assez en valeur les meubles de bois massif.

Elle s'autorisa une courte période d'adaptation, au cours de laquelle elle rencontra tous les amis de Zac, le reste de sa famille et fit plus ample connaissance avec ses beaux-parents. La mère de Zac était ravie qu'ils se soient installés au Canada, et elle ouvrit son cœur et sa maison à Rachel, la considérant comme la fille qu'elle n'avait jamais eue.

Puis Rachel trouva un poste de cadre supérieur pour une chaîne de fast-food. Financièrement, elle aurait pu se passer de ce travail mais elle tenait à rester active ; Zac l'avait soutenue dans ses recherches. De toute façon, il la soutenait dans tout ce qu'elle entreprenait...

Pour la première fois de sa vie, elle avait enfin le sentiment d'être la priorité dans la vie de quelqu'un. Zac la chérissait et la vénérait au quotidien, la traitant comme une divinité. Cette vertigineuse impression lui donnait la sensation de pouvoir conquérir le monde — et *a fortiori* de pouvoir tenir tête à sa mère. Car Zac avait été très clair avec Anne Ellington : si elle voulait rester en contact avec eux, elle devrait traiter Rachel avec respect.

A sa grande surprise, sa mère se comportait désormais de façon tout à fait courtoise, et même chaleureuse, avec elle. Même si peu à peu, Rachel avait compris qu'en réalité, sa mère était surtout très fière de pouvoir parader auprès de ses amies en se vantant du fait que sa fille avait épousé un beau millionnaire.

Plusieurs mois s'écoulèrent entre rires et tendresse ; d'une certaine façon, Zac et elle pansèrent l'un au côté de l'autre leurs blessures du passé. A l'approche de Noël, ils décidèrent d'inviter Jennie et sa famille à venir passer les fêtes chez eux, ainsi que Susan et Henry, qui devaient se marier au printemps suivant. L'immense demeure de style colonial des parents de Zac était bien assez vaste pour héberger tout le monde, mais Rachel tint tout de même à accueillir chez elle Jennie, Susan et Henry.

La veille de Noël, alors qu'ils dégustaient tous les cinq au coin de la cheminée un bon chocolat chaud accompagné de marrons grillés au feu de bois, Rachel se leva et prit la main de Zac avant de faire tinter le bord de sa tasse avec sa cuillère.

— Nous avons quelque chose à vous annoncer, déclara-t-elle en se perdant dans le regard doré et amoureux de son mari. Vous feriez bien de réserver un nouveau billet d'avion pour dans sept mois : nous serons alors ravis de vous présenter notre bébé !

— Rachel ! s'exclamèrent Jennie et Susan à l'unisson avant de se précipiter sur elle pour la prendre dans leurs bras.

Un large sourire aux lèvres, Henry se leva pour serrer la main du futur papa et le féliciter. Pour fêter cela, ils trinquèrent tous au champagne, sauf Rachel qui se contenta d'une orange pressée.

Cette nuit-là, blottie dans les bras de Zac, un peu étourdie après qu'ils avaient fait l'amour, elle l'entendit murmurer son prénom dans son sommeil.

— Je suis là, mon ange, chuchota-t-elle.

L'entendre faire appel à elle-même au plus profond de son sommeil constituait la preuve la plus émouvante de l'amour inconditionnel qu'il lui vouait. A présent, elle savait qu'elle était tout pour lui. De même que lui était tout pour elle.

Confortée dans ce sentiment de plénitude et de sérénité, elle se laissa paisiblement happer par le sommeil, rêvant à ce merveilleux foyer qu'ils étaient en train de construire, à deux.

CHANTELLE SHAW

L'héritage des Carducci

Azur

HARLEQUIN

Titre original :
UNTOUCHED UNTIL MARRIAGE

Ce roman a déjà été publié en 2011

83-85, boulevard Vincent-Auriol, 75646 PARIS CEDEX 13.
Service Lectrices — Tél. : 01 45 82 47 47

www.harlequin.fr

1.

Bravant la bruine glacée, Raul Carducci sortit de la limousine pour mieux observer le quai.

A en croire le détective qu'il avait engagé, c'était là, dans ce petit port de pêche, que vivait la maîtresse de son père. Entre le glacier et le magasin de souvenirs, fermés tous les deux, et qui ne rouvriraient visiblement pas avant l'été, il aperçut une épicerie bio.

Avec une grimace, il remonta le col de son pardessus. Plus tôt il rentrerait en Italie, où le soleil printanier réchauffait déjà les eaux claires du lac Bracciano, mieux cela vaudrait. Mais il était venu à Pennmar pour obéir aux volontés inscrites dans le testament de son père et il s'acquitterait de sa mission.

D'un pas assuré, il se dirigea donc vers la seule boutique ouverte.

Libby s'était tellement absorbée dans l'examen de sa comptabilité de fin d'année qu'elle mit quelques secondes à percevoir le bruit du carillon fixé à la porte d'entrée. Un bruit qu'elle n'avait pas eu l'occasion d'entendre bien souvent cet hiver, se dit-elle en levant les yeux de la colonne de chiffres inscrits en rouge sur son livre de comptes. Depuis le départ des touristes, à la fin de l'été, les clients se faisaient rares et son commerce allait à vau-l'eau.

C'était Liz, sa mère, qui avait eu l'idée farfelue d'ouvrir une épicerie bio dans ce petit village perdu de Cornouailles. Le maigre héritage qu'avait laissé la grand-mère de Libby avait vite été englouti dans la rénovation du magasin, mais, soutenue par un optimisme aveugle, Liz restait convaincue qu'un jour ou l'autre son commerce deviendrait florissant.

Rien qu'à évoquer sa mère, Libby sentait son cœur se serrer. Mais il lui fallait s'occuper du client qui attendait. En hâte, elle franchit le rideau qui séparait l'arrière-boutique du magasin. Comme l'homme lui tournait le dos, elle ne voyait de lui que ses épaules, très larges dans un manteau trois quarts de daim clair. Il était si grand que le sommet de son crâne effleurait le plafond tandis qu'il parcourait la boutique, et de ce corps puissant émanait une étrange force.

— Que désirez-vous, monsieur ? s'enquit-elle.

Son sourire se figea soudain quand l'étranger se tourna vers elle pour la fixer d'un regard sombre et inquisiteur. Il n'avait rien d'un touriste banal : une mèche d'un noir brillant comme une aile de corbeau lui tombait sur le front et, dans ce visage aux traits burinés et aux pommettes saillantes, seuls le hâle doré de la peau et la courbe sensuelle de la bouche apportaient un peu de douceur. C'était sans conteste l'homme le plus beau qu'elle ait jamais vu. Elle se sentit rougir sous son regard scrutateur qui la jaugeait de pied en cap.

Raul jeta un coup d'œil dubitatif à la jupe rouge imprimée de la vendeuse et à son haut d'un vert criard. Un look bohémien qui avait fait les beaux jours des derniers défilés parisiens, mais qui n'était définitivement pas à son goût. Pour sa part, il préférait les femmes d'une élégance plus discrète.

Etonnamment jolie, pourtant, reconnut-il en observant le visage aux pommettes hautes de la jeune femme, un visage encadré par une masse de cheveux roux qui lui tombait jusqu'au milieu du dos. Cette chevelure foisonnante contrastait avec son teint d'albâtre semé de quelques taches de rousseur. Ses yeux d'un bleu-vert profond de mer tempétueuse, frangés de cils dorés, le fixaient d'un regard attentif. Brusquement, l'idée incongrue lui vint que ces lèvres douces et roses appelaient irrésistiblement le baiser.

Chassant cette pensée importune, il baissa les yeux vers ses bottes rouges, mais ne put s'empêcher de revenir immédiatement à son visage. Cette bouche, peut-être un peu large, ne faisait qu'accentuer sa séduction. Si cette femme avait porté une robe de couturier au lieu de cette tenue trop voyante, elle aurait été d'une exceptionnelle beauté, dut-il reconnaître, presque irrité de sentir poindre, au creux de ses reins, une évidente excitation.

Ses mâchoires se crispèrent. C'est à la maîtresse de son père qu'il voulait avoir affaire, pas à elle, se dit-il en luttant contre l'irrépressible désir qui lui venait de poser sa bouche sur celle de la fille.

— Je cherche Elizabeth Maynard, dit-il abruptement.

La voix de l'homme était profonde, sensuelle et veloutée comme un chocolat crémeux, teintée d'un accent irrésistiblement sexy, italien sans aucun doute, supposa Libby en scrutant sa peau ambrée et ses yeux d'obsidienne. Ce n'était pas tous les jours qu'un homme aussi séduisant entrait dans sa boutique. En fait, séduisant ou non, il était la première personne à y pénétrer depuis le matin. Le savoir-vivre aurait exigé qu'elle lui répondît, mais elle avait passé son enfance à tenter d'échapper aux usuriers et à parler à des huissiers à travers la boîte aux lettres pendant que sa mère s'échappait par la fenêtre de la salle de bains. Elle avait donc plutôt tendance à se méfier des étrangers.

Une autre idée surgit dans son esprit, et son estomac se noua. Elle avait croisé suffisamment de travailleurs sociaux dans son enfance pour savoir que cet homme n'en était pas un. Mais que faire s'il était venu pour Gino ?

— Qui êtes-vous ? lança-t-elle d'une voix sèche.

Raul fronça les sourcils. Ayant passé toute sa vie, ou presque, entouré de domestiques qui ne demandaient qu'à se plier à ses volontés sans poser de questions, il ne voyait aucune raison de s'expliquer devant cette vendeuse.

— Mon nom est Raul Carducci, répondit-il néanmoins sur un ton impatient.

— Le fils de Pietro Carducci ? balbutia-t-elle en écarquillant les yeux au point qu'ils semblaient lui manger tout le visage.

Raul ne put retenir une grimace. La maîtresse de son père avait-elle parlé à qui voulait l'entendre de la famille Carducci ? Tout le village était-il au courant de sa liaison avec un riche aristocrate italien ? Il jeta un coup d'œil en direction du rideau de perles pour tenter de deviner s'il dissimulait la propriétaire. En vain.

— *Si*, Pietro Carducci était mon père. Mais c'est Mme Maynard que je cherche. Pourriez-vous, s'il vous plaît, l'informer de ma présence ?

Il ne pouvait contenir plus longtemps l'amertume qui le rongeait, tel un acide, depuis que les termes du testament lui avaient été révélés.

— Elle sera sans doute ravie d'apprendre qu'en donnant à mon père un fils illégitime, elle s'est assuré un revenu pour le reste de ses jours. Désormais, elle n'aura plus besoin de s'échiner à gagner sa vie ici, ajouta-t-il en jetant un regard plein de dédain aux potions, produits bio, bougies décoratives et autres bâtonnets d'encens qui garnissaient les étagères. Je crains, *signorina*, que vous n'ayez rapidement à chercher un nouvel emploi.

Libby jeta à Raul Carducci un regard ébahi. Sa mère lui avait bien dit que Pietro avait un fils, mais son aventure avec lui n'avait duré qu'un été et son amant italien ne lui avait guère parlé de sa famille. Elle n'avait découvert qu'il possédait le groupe mondialement connu Carducci Cosmetics qu'en lisant un article dans un magazine, dans la salle d'attente du médecin qui la suivait durant sa grossesse. Elle avait longuement hésité avant de se décider à informer Pietro qu'elle était enceinte, et, lorsqu'elle s'y était résolue, sa lettre était restée sans réponse.

Bien qu'il n'ait pas reconnu l'enfant, il avait pourtant dû parler de Gino à son fils aîné, se dit Libby, mal à l'aise, puisque celui-ci avait mentionné ce « fils illégitime », un demi-frère dont l'existence n'avait pas l'air de le ravir. Soudain, le bruit du carillon de la porte d'entrée vint rompre le silence et, en se retournant, Raul vit pénétrer dans la boutique une femme qui manœuvrait une poussette d'où s'élevaient des cris perçants.

— On est quand même mieux au chaud, n'est-ce pas, Gino ? déclara-t-elle tout en abaissant la capote, révélant le visage du bébé. Une seconde, mon chéri, je vais te prendre.

Devant ce spectacle, Raul ressentit une étrange émotion et son regard fut irrésistiblement attiré par le teint hâlé et les épaisses boucles brunes du bébé. La femme l'avait appelé Gino, et même s'il avait moins d'un an, la ressemblance avec son père était frappante. *Dio !* Lui qui était décidé à exiger un test ADN pour s'assurer de la paternité, il devait reconnaître que cet enfant était bien le fils de Pietro Carducci.

Son attention revint sur la femme, dont il remarqua le teint rougeaud, les ternes cheveux châtain et la silhouette lourde sous un manteau beige. Comment imaginer que Pietro, si épris de beauté classique qu'il avait rassemblé une collection d'objets d'art inestimable, ait pu faire de cette femme sans grâce sa maîtresse ? Ou qu'elle ait, elle-même, travaillé comme lap danseuse dans un club ?

La bouche de Raul se durcit au souvenir de son entrevue, huit mois plus tôt, avec le notaire que son père avait engagé pour rédiger son testament…

— Voici les dernières volontés et le testament de Pietro Gregorio Carducci, avait lu le *signor* Orsini. « Je souhaite que le contrôle de ma société, Carducci Cosmetics, soit également partagé entre mon fils adoptif, Raul Carducci, et mon unique descendant biologique, Gino Maynard. Concernant ce dernier, je désire que sa mère, Elizabeth Maynard, vienne s'installer dans ma villa pour gérer en fidéicommis ses parts de la société Carducci Cosmetics jusqu'à ce qu'il ait dix-huit ans. »

Raul avait poussé un juron sauvage, incapable de se maîtriser à l'idée qu'il ne serait pas seul à diriger la compagnie, comme il s'y préparait depuis son enfance. L'expression « unique descendant biologique » le blessait profondément. Il avait sept ans quand Pietro et Eleonora Carducci étaient venus le chercher dans un orphelinat de

Naples pour l'emmener à la Villa Giulietta. Pietro avait toujours affirmé que son fils adoptif hériterait un jour de plein droit de Carducci Cosmetics. Ils avaient toujours été proches et la mort d'Eleonora, dix ans plus tôt, avait encore renforcé les liens qui les unissaient.

Voilà pourquoi il lui semblait si incroyable que Pietro ait eu une vie cachée, songea Raul avec amertume. L'homme qu'il appelait papa et qu'il avait tant pleuré lors de l'enterrement s'était soudain mué en un étranger qui lui avait délibérément dissimulé l'existence de sa maîtresse et de son fils.

— Il existe dans le testament de votre père une clause qui devrait vous intéresser, reprit maître Orsini. Pietro a spécifié que si Mme Maynard se marie avant que Gino ait dix-huit ans, la gestion de sa part de Carducci Cosmetics vous reviendra jusque-là. Je suppose qu'il a introduit cette clause pour protéger la société.

— Si je dois partager la gestion de Carducci Cosmetics avec une lap danseuse, toute protection sera bonne à prendre, avait grommelé Raul. Mon père avait dû perdre la raison.

— Malgré la tumeur au cerveau foudroyante qui a causé sa mort, il était parfaitement lucide quand il a rédigé ce testament, avait protesté Bernardo Orsini. Mais il était très inquiet pour son plus jeune fils.

Raul revint au présent et observa la femme qui venait d'entrer. D'après le notaire, Elizabeth Maynard avait travaillé comme danseuse dans un club nommé le Chat Ecarlate, mais avait quitté six mois plus tôt son appartement du sud de Londres sans acquitter les quelques milliers de livres de loyer qu'elle devait au propriétaire. Raul s'était imaginé la maîtresse de son père sous les traits d'une blonde vulgaire et peroxydée. Rien à voir avec la femme penchée sur la poussette du bébé, qu'il avait pourtant du mal à imaginer installée à la Villa Giulietta et partageant avec lui la responsabilité de Carducci Cosmetics. Une perspective qui l'aurait même fait hurler de rire si le testament de son père ne l'avait pas rendu fou de rage et de ressentiment.

— Je savais qu'il s'arrêterait de crier dès qu'il apercevrait sa maman, dit la femme d'une voix enjouée en tendant le bébé à la jeune vendeuse.

Raul frémit sous ce nouveau choc et fixa la jeune femme à la chevelure de flamme, sans comprendre tout d'abord, puis avec une fureur grandissante. D'un baiser, elle apaisa les larmes de l'enfant avant de l'installer confortablement à califourchon sur sa hanche. Finalement il fallut bien que Raul se rende à l'évidence.

— *Vous* êtes Elizabeth Maynard ? s'enquit-il hargneusement.

Elle hocha la tête en le fixant droit dans les yeux.

— C'est bien moi, mais la plupart des gens m'appellent Libby.

Ce détail n'intéressait guère Raul, révulsé par l'idée que cette fille ravissante, à peine âgée de plus de vingt ans, avait pu être la maîtresse de Pietro, qui avait largement dépassé la soixantaine. Sans parler d'un autre sentiment, moins avouable encore, la jalousie… *Dio !* Rien d'étonnant à ce que son père ait voulu garder secrète sa liaison avec cette sirène aux cheveux roux. Elle, assurément, il n'avait aucun mal à se la représenter en lap danseuse, songea-t-il, les yeux fixés sur les rondeurs de ses seins que soulignait son haut moulant. En imagination, il la voyait danser dans une tenue provocante, sa somptueuse chevelure répandue sur les épaules tandis qu'elle dégrafait son soutien-gorge et le laissait glisser lentement…

Il ravala un juron, furieux de sentir son corps réagir à cette vision libertine.

— *Vous* êtes vraiment la mère de Gino ? insista-t-il.

Après tout, au départ, il avait bien pris l'autre femme pour la maîtresse de son père.

Libby hésita. Margaret faisait mine de fouiller dans son sac, mais évidemment elle était tout ouïe. Sa voisine avait beau être adorable, c'était une incorrigible commère. Si elle apprenait que Libby n'était pas la mère de Gino, contrairement à ce que tout le monde croyait à Pennmar, mais sa sœur, la nouvelle ne mettrait pas une heure à faire le tour du village.

Elle se souvint des jours terribles qui avaient suivi la mort de sa mère. Elles vivaient encore à Londres, mais se préparaient à déménager en Cornouailles où elles espéraient refaire leur vie, quand Liz s'était brusquement effondrée. Jamais elle n'avait repris conscience. Gino n'avait alors que trois mois et Libby avait dû surmonter le choc et son chagrin pour s'occuper de son frère. Alice, une amie juriste, lui avait apporté une aide précieuse tout en la mettant en garde contre les problèmes que pouvait provoquer la mort de Liz.

— Si ta mère n'a pas rédigé de testament te confiant la garde de Gino, il passe normalement sous la tutelle de l'Etat et des services sociaux qui décideront qui doit s'occuper de lui. Et ce n'est pas parce que tu es sa demi-sœur que tu seras forcément désignée.

— Mais je m'occupe de lui depuis qu'il est né, d'autant plus que maman est restée très fatiguée après sa naissance.

L'accouchement avait épuisé Liz et, à l'hôpital où elle avait accouché de Gino, personne n'avait pris le temps de l'avertir des dangers potentiels de thrombose veineuse profonde qu'elle courait. Quand elle avait commencé à s'essouffler de façon anormale, Libby n'avait pas compris qu'il s'agissait du premier signe de l'embolie pulmonaire qui l'avait brutalement emportée.

Liz était décédée avant même l'arrivée de l'ambulance, sans avoir eu le temps de dire adieu à sa fille, ni de lui confier Gino. Toutefois, Libby était bien décidée à élever l'enfant et à l'aimer tout autant que sa mère l'aurait fait. Une semaine après l'enterrement, elle avait emménagé à Pennmar et repris la boutique financée par l'héritage qu'avait laissé sa grand-mère. Dans le village, tout le monde avait cru que Gino était son fils et, pour éviter d'avoir affaire aux services sociaux, elle n'avait pas démenti cette erreur et n'avait aucune envie de le faire devant Margaret.

Mieux vaudrait révéler plus tard la vérité à ce Raul Carducci dont le regard sombre ne semblait pas recéler la moindre étincelle de chaleur humaine.

— Oui, je suis bien la mère de Gino, répondit-elle d'une

voix calme en dissimulant le frisson qui la parcourut lorsque le regard de l'homme se chargea d'un profond mépris.

Il avait suffi qu'il pose les yeux sur elle pour qu'elle se souvienne que son haut venait d'une boutique caritative et que sa jupe avait été taillée dans un vieux rideau.

— Vous êtes beaucoup plus jeune que je ne m'y attendais, déclara-t-il avant de la fixer avec ironie. Je serais curieux de savoir ce qui a pu vous plaire chez un vieux milliardaire sexagénaire, madame Maynard.

L'allusion était claire. Selon lui, seul l'intérêt avait pu la pousser à entretenir une liaison avec son père. Elle rougit violemment, sans pouvoir démentir ces propos, car Margaret, qui ne faisait même plus mine de chercher quoi que ce soit dans son sac, écoutait ouvertement la conversation. Ce Raul Carducci était un monstre d'arrogance, se dit-elle en s'efforçant de réprimer la colère qui bouillonnait en elle.

— Excusez-moi, mais je ne crois pas que ma relation avec votre père vous concerne en aucune façon.

Comme la curiosité de Margaret était quasiment palpable, elle se tourna vers elle en souriant.

— Merci d'avoir sorti Gino. Le médecin a dit que l'air de la mer était excellent pour ses poumons.

— N'hésitez pas à faire appel à moi. D'ailleurs, si vous avez à discuter avec ce monsieur, je peux très bien rester pour m'occuper de lui.

Evidemment, pour aller ensuite colporter ce qu'elle aurait entendu dans tout le village, songea Libby.

— Merci, mais il faut que je fasse déjeuner Gino. Et je ne veux pas vous monopoliser. Pourriez-vous, en sortant, accrocher le panneau « Fermé » à la porte ?

Libby eut du mal à contenir son impatience tandis que la vieille dame s'éloignait, visiblement déçue.

— Je suppose que si vous êtes venu ici, c'est pour une raison précise, monsieur Carducci, dit-elle à Raul, et pas simplement pour le plaisir de vous livrer à d'ignobles insinuations.

Le ton inhabituellement aigre de sa voix déstabilisa Gino,

qui lui jeta un regard interrogateur, la bouche tremblante. Libby lui tapota le dos, furieuse contre l'individu qui la toisait d'un regard méprisant.

— Avant que vous disiez quoi que ce soit, je ferais mieux de vous expliquer…

Elle dut s'interrompre car Gino se mit à gigoter en poussant des cris perçants. Pour dix mois, il était d'une force étonnante et elle avait déjà du mal à le maîtriser. Mais lorsque les cris du bébé se transformèrent en une longue quinte de toux, son attention se concentra sur lui.

— Excusez-moi, mais il faut que j'aille lui chercher à boire, murmura-t-elle en disparaissant à la hâte avec la poussette dans l'arrière-boutique.

Elle tira du frigo un verre de jus de fruits, mais le bébé criait et toussait désormais trop fort pour pouvoir boire. Comme il portait toujours sa combinaison rembourrée, il commençait à avoir très chaud et son visage virait à l'écarlate. D'une main, Libby tenta d'ouvrir la fermeture à glissière tout en le maintenant fermement tandis qu'il gigotait de plus belle, consciente que Raul, qui les avait suivis, observait ses efforts.

— Donnez-le-moi, je vais le tenir pendant que vous le déshabillez, dit-il en faisant un pas en avant pour lui prendre le bébé avant même qu'elle ait pu protester.

Gino fut si étonné qu'il s'arrêta net de crier. Depuis quelque temps, les étrangers lui faisaient peur. Libby se dépêcha de descendre la glissière, s'attendant à ce que ses cris reprennent, mais à sa grande surprise il émit un petit reniflement avant de fixer sur le visage de Raul un regard étonné.

— Vous êtes doué d'un pouvoir spécial. Normalement, quand quelqu'un qu'il ne connaît pas le prend, il se met à hurler, murmura-t-elle, un peu vexée que Gino semble se désintéresser d'elle. Mais comme il est né sous le signe des Gémeaux, il est extrêmement intuitif. Peut-être a-t-il senti le lien qui existe entre vous. Vous êtes son frère, ou plutôt son demi-frère ?

Les sourcils de Raul se levèrent ironiquement.

— Entre nous, il n'existe aucun lien de sang, déclara-t-il d'un air plein de mépris. Pietro était mon père adoptif.

Tandis que Libby se demandait pourquoi il lui faisait cette révélation, Raul avait du mal à supporter l'idée qu'elle ait pu partager le lit de Pietro… Il tenta de chasser les images qui lui venaient à l'esprit, furieux de sentir son regard comme aimanté par les seins de la jeune femme.

Elizabeth Maynard avait été la maîtresse de son père et elle lui avait donné un fils. Il était inconcevable qu'il se sente attiré par cette femme. Il détourna le regard de ses courbes voluptueuses pour fixer son visage, mais la ligne sensuelle de ses lèvres ne fit que redoubler son émoi.

— S'il pleurait, c'était sans doute parce qu'il avait peur que vous le lâchiez, dit-il sur un ton particulièrement revêche.

— Quelle idée stupide ! Bien sûr que je ne l'aurais jamais lâché, lança Libby, furieuse.

Elle lui reprit Gino pour le faire boire, mais fit la grimace en entendant le bruit horrible qu'émettait sa respiration.

— Il faut que je monte à l'étage pour lui faire prendre son antibiotique, dit-elle sans chercher à dissimuler son anxiété.

Appuyé au bureau, Raul parcourait sans vergogne la comptabilité du magasin. Sa haute silhouette aux cheveux de jais semblait emplir toute la pièce, et Libby le trouvait si attirant que son cœur se mit à battre la chamade. Furieuse de se sentir si troublée, elle traversa la pièce pour fermer le livre de comptes.

— Qu'êtes-vous venu faire ici ? demanda-t-elle sèchement. Il y a plus de six mois, j'ai appris par le journal la mort de Pietro, et depuis, aucun membre de la famille Carducci ne s'est manifesté.

Raul lui jeta un regard plein de mépris.

— Ce n'est pas ma faute, répondit-il. Vous avez quitté votre précédent appartement sans avoir payé le loyer ni laissé d'adresse. J'ai mis très longtemps à vous retrouver. Je ne suis pas ici de mon plein gré, madame Maynard, mais parce que mon père a stipulé dans son testament qu'il voulait que son fils soit élevé dans notre maison familiale du Latium. Je suis donc venu chercher Gino pour le ramener en Italie.

2.

Libby resta quelques secondes silencieuse, trop ébahie pour prononcer le moindre mot. L'avertissement de son amie Alice lui revint à la mémoire :

« Ta mère ne t'a pas officiellement confié la garde de Gino, et tu as beau être sa demi-sœur, légalement tu n'as aucun droit de regard sur son éducation. »

Si Liz avait su qu'elle allait mourir, elle aurait évidemment accompli les formalités nécessaires, mais Libby n'en avait aucune preuve. Quelle ironie que Pietro Carducci, qui n'avait même pas reconnu son fils, l'ait mentionné dans son testament ! Si l'affaire venait en justice, on tiendrait compte des volontés de Pietro et la garde de l'enfant serait confiée à Raul, qui l'emmènerait en Italie.

Le cœur de Libby se mit à battre plus vite, mais une pensée lui vint immédiatement à l'esprit. Raul croyait que Gino était son fils. Il ignorait visiblement qu'il y avait eu deux Elizabeth Maynard et que la femme qui avait conçu cet enfant, lors d'une brève liaison avec Pietro Carducci, était morte trois mois à peine après la naissance du bébé. Elle se souvint de l'expression de dégoût qui avait envahi son visage lorsqu'il lui avait demandé ce qui l'avait attirée chez un homme riche et si âgé. Mieux valait qu'il persiste dans cette erreur et ignore qu'elle était la demi-sœur de Gino et n'avait légalement aucun droit sur lui.

Soudain, elle se souvint d'une phrase qu'il avait prononcée un peu plus tôt.

— Pourquoi m'avez-vous accusée d'avoir quitté l'appartement que nous... que j'occupais à Londres avant de venir ici sans en avoir acquitté le loyer ? Je l'avais bel et bien payé.

Son ton agressif fit sourciller Raul. Il n'était pas habitué à ce qu'on lui parle de cette façon, et d'autant moins s'il s'agissait d'une femme. Ses employés, à la Villa Giulietta comme chez Carducci Cosmetics, l'avaient toujours traité avec le plus grand respect et les femmes qu'il fréquentait étaient suspendues à ses lèvres. Tout ce qu'il leur demandait, c'était de le distraire par leur bavardage et de lui procurer une agréable détente après une longue et dure journée de travail, puis de le rejoindre au lit pour partager un plaisir mutuel sans complications ni engagement affectif.

Elizabeth Maynard — ou Libby, comme elle se faisait appeler — ne semblait guère prête à lui procurer ce genre de détente, se dit-il en contemplant la masse emmêlée de ses boucles rousses et ses yeux qui lançaient des éclairs. Sa bouche n'était plus qu'une ligne crispée où il rêvait de poser ses lèvres. Elle s'entrouvrirait alors pour laisser pénétrer sa langue. Il prit une profonde inspiration pour recouvrer son sang-froid légendaire et dut faire appel à toute sa raison pour se maîtriser. Si cette fille n'avait eu aucun scrupule à user de son corps pour séduire un homme âgé, le fils ne commettrait pas les mêmes erreurs que le père.

— Le propriétaire de l'appartement de Londres prétend que vous étiez souvent en retard pour le loyer et que vous avez déménagé en lui laissant un arriéré de plusieurs milliers de livres. Pourquoi mentirait-il ?

— Vraisemblablement cet horrible vieillard cherche à se venger parce que j'ai refusé de coucher avec lui, rétorqua Libby. Chaque fois que je lui apportais le loyer, que j'ai toujours versé très régulièrement, il essayait de se jeter sur moi. Il m'a clairement laissé entendre que si je me montrais plus « gentille » avec lui, il serait moins exigeant.

— Et vous n'avez pas été tentée ? s'enquit ironiquement Raul. J'aurais pensé que vous étiez pourtant prête à coucher avec n'importe quel vieillard, du moment que vous y trouviez un avantage financier. Avec mon père, vous étiez tombée sur une mine d'or et, en faisant cet enfant, vous avez cru assurer vos arrières. Eh bien, sachez que votre calcul a payé. Pietro a décidé que votre fils serait élevé à la villa Carducci et que vous contrôleriez la moitié de Carducci Cosmetics jusqu'à son dix-huitième anniversaire.

En voyant Libby se tourner vers lui, bouche bée, Raul eut un rire amer. De la poche de son manteau, il tira une liasse de papiers qu'il lui tendit.

— Félicitations, vous avez touché le gros lot, ajouta-t-il.

Ebahie, la jeune femme lut le premier feuillet :

« Dernières volontés et testament de
Pietro Gregorio Carducci. »

Consciente que Raul l'observait, elle parcourut le texte jusqu'au paragraphe qui précisait que la mère de Gino, Elizabeth Maynard, devrait vivre à la Villa Giulietta, tous frais payés, jusqu'à ce que son fils soit majeur.

Les mots qu'elle lisait ne faisaient pas sens. Elle n'arrivait pas à y croire. Mais avant qu'elle ait pu aller plus loin, attiré par la blancheur du papier, Gino fit un geste en direction des documents. Comme il avait déjà déchiqueté une lettre de la banque la veille, elle se hâta de rendre la liasse à Raul.

— Vous voulez que je parte vivre en Italie avec Gino ? demanda-t-elle, soulagée de comprendre qu'il ne cherchait pas à lui enlever le bébé.

De toute façon, jamais elle ne l'aurait laissé faire. Gino était le seul être qui lui restait au monde, et elle était prête à tout pour le garder, même à soutenir qu'il était son fils.

— Rien ne saurait me déplaire davantage, constata Raul avec une froide arrogance. Malheureusement, je n'ai pas mon mot à dire. Mon père a clairement exprimé le vœu que Gino et sa mère viennent s'installer à la Villa Giulietta.

Libby regarda le bébé et sentit une fois de plus son cœur fondre devant ses grands yeux bruns. Son teint doré et ses boucles brunes trahissaient son héritage italien, mais il avait le sourire de sa mère, songea-t-elle, la gorge serrée. Durant les quelques semaines qu'elle avait passées avec lui, Liz avait adoré son fils. C'était trop cruel qu'elle lui ait été arrachée avant qu'il ait la chance de la connaître, mais Libby s'était juré de tenir sa place. Son petit frère était le seul lien qui lui restait avec sa mère, elle l'aimait comme son propre enfant, et ferait le maximum pour lui.

Mais fallait-il l'emmener vivre en Italie avec Raul qui le détestait ouvertement ? Ses doutes redoublèrent lorsqu'elle glissa un regard vers le bel Italien.

— Il faut que nous en discutions, répondit-elle d'une voix hésitante. Peut-être pourrions-nous en reparler dans un jour ou deux ?

— Je n'ai pas un jour ou deux à perdre ici, répliqua Raul, plein d'impatience. Et de toute façon, il n'y a rien à discuter. Mon père a fait de Gino son héritier et j'ai du mal à croire que vous laissiez passer la chance de vous emparer de cet héritage. Je suppose que vous vous êtes débrouillée pour vous retrouver enceinte afin d'obtenir une importante pension pour élever l'enfant.

— C'est faux, rétorqua Libby, furieuse.

Sans le savoir, ce n'était pas elle, mais sa mère qu'insultait Raul. Si elle n'avait pas tenu Gino dans ses bras, elle l'aurait giflé. Loin d'avoir délibérément voulu se retrouver enceinte, Liz avait subi un profond traumatisme en découvrant sa grossesse, conséquence de sa liaison éphémère avec un charmant Italien.

— Gino n'avait pas été prévu, c'est vrai, mais il a été très désiré, déclara Libby, la gorge serrée, en se rappelant à quel point sa mère avait été heureuse, ensuite, à l'idée d'être de nouveau mère. Ma mè…

Elle s'arrêta net avant de continuer précipitamment :

— Votre père a été averti de la naissance de Gino, mais il n'a pas reconnu son fils et je ne lui ai jamais rien demandé.

— Mon père était un homme honnête. Jamais il n'aurait tourné le dos à son fils, déclara Raul avec une grimace d'incrédulité. Quand Gino est-il né ?

— Le 7 juin. Il a dix mois.

— En juin, Pietro était déjà très malade. Il est mort en

août. D'une tumeur au cerveau incurable, diagnostiquée au mois d'octobre de l'année précédente. Vous étiez au courant de sa maladie ?

Elle hocha négativement la tête. Pietro avait dû tomber malade juste après la croisière qu'avait gagnée sa mère et au cours de laquelle elle l'avait rencontré. A son retour, elle avait avoué à Libby, avec un sourire faussement embarrassé, être amoureuse d'un bel Italien. Alors qu'elle lui avait répété durant des années qu'il ne fallait jamais faire confiance aux hommes et que tomber amoureuse était une véritable folie !

Mais après la croisière, elle avait été anéantie de ne plus recevoir aucun signe de Pietro, surtout lorsqu'elle s'était rendu compte qu'elle était enceinte.

— Je me suis de nouveau fait avoir, Libby, avait-elle dit en sanglotant quand elle était sortie de la salle de bains, le test de grossesse à la main. J'ai donné ma confiance, et maintenant je me retrouve enceinte, exactement comme avec ton père. J'aurais pourtant dû retenir la leçon. Les hommes sont des monstres d'égoïsme, voilà tout.

Libby avait détesté Pietro d'avoir fait tant de mal à sa mère, mais si elle en croyait Raul, à peine rentré en Italie, il avait appris qu'il était atteint d'un mal incurable. Peut-être n'avait-il pas eu le courage d'annoncer cette horrible nouvelle à Liz, songea-t-elle, le cœur serré. Quand sa mère lui avait écrit pour lui annoncer la naissance de Gino, Pietro était déjà si malade qu'il n'avait peut-être pas pu lui répondre. Mais après tout, le fait qu'il ait couché Gino et Liz sur son testament signifiait sans doute qu'il l'aimait.

Gino, qui s'était tenu tranquille jusque-là dans ses bras, se remit à tousser. Il respirait avec difficulté.

— J'ai cru comprendre qu'il devait suivre un traitement ? s'enquit Raul, l'air inquiet.

Malgré son manque d'expérience des enfants, il se rendait compte que le bébé semblait sérieusement malade.

— Effectivement. Vous feriez mieux de me suivre.

L'inquiétude de Libby pour Gino balayait ses réticences à faire monter Raul.

— Qu'est-ce qui ne va pas ? demanda celui-ci quand ils furent arrivés au premier étage.

Libby s'arrêta, la main sur la porte du salon.

— Il souffre de bronchiolites à répétition, ce qui est relativement banal. Mais il a développé une pneumonie qui l'a beaucoup fatigué. Il est resté hospitalisé plusieurs semaines, et on n'arrive toujours pas à le débarrasser de cette toux. Le médecin a dit que c'était dû en partie à nos conditions de vie, reconnut-elle.

D'après le praticien, l'humidité des murs de la maison favorisait le développement de moisissures que Gino inhalait et qui attaquaient ses poumons.

En ouvrant la porte, elle poussa un gémissement devant la scène de chaos qu'elle découvrit. La visite inattendue de Raul Carducci lui avait fait oublier le désastre qui s'était produit la veille au soir. Une fissure s'était ouverte dans le plafond de sa chambre et l'eau de pluie s'était mise à dégouliner sur le sol. Heureusement que son ami Tony se trouvait là. Tout en buvant un verre de vin avec lui, Libby lui avait exposé ses soucis financiers et annoncé la fermeture probable de Nature's Way. A eux deux, ils s'étaient précipités pour transporter ses affaires dans le salon et les sauver de ce déluge. Tony avait réussi à colmater la fissure, mais s'était retrouvé trempé jusqu'aux os et avait dû endosser la tenue de sport qu'il gardait dans sa voiture.

Ils avaient roulé les tapis contre le divan et entassé les vêtements de Libby par terre, sa lingerie sur le dessus de la pile, remarqua-t-elle en rougissant d'embarras quand elle vit les yeux de Raul se poser sur ses slips multicolores. Son regard fit le tour de la pièce et elle sut que rien ne lui avait échappé, ni le papier décollé, ni la moisissure qui était réapparue sur le mur malgré tout le soin qu'elle mettait à traiter cette zone avec un fongicide.

Au printemps précédent, quand elle avait visité la boutique et l'appartement avec Liz, il n'y avait aucune trace d'humidité. Au contraire, fraîchement repeint, le lieu leur avait semblé sain et spacieux, et par la fenêtre ouverte s'engouffrait le souffle de l'air marin. Mais durant l'hiver Libby avait vite compris que les pièces avaient été rénovées uniquement pour masquer les traces de moisissure.

L'expression de dégoût qui avait envahi le visage de Raul l'irrita. Rien qu'à la qualité de ses vêtements, elle devinait qu'il était très riche et nul doute que sa maison, en Italie, fût un palais, comparée à cette masure. Mais elle ne pouvait rien s'offrir d'autre, et encore, songea-t-elle en se rappelant la lettre de la banque qui l'informait qu'elle ne lui autorisait plus aucun découvert.

— Excusez ce désordre, balbutia-t-elle. Ma chambre a été inondée hier et nous avons tout entassé ici.

— Nous ?

— J'avais la visite de mon ami, Tony.

Elle suivit le regard de Raul qui s'était posé sur les trois bouteilles vides et les deux verres sur la table basse. Sur son visage, le dégoût laissa place à la désapprobation.

— On dirait que vous avez fait la fête, insinua-t-il.

Il ne pouvait tout de même pas penser qu'ils avaient bu trois bouteilles en une soirée !

— Tony travaille dans un bar et il me rapporte des bouteilles vides que je décore pour les revendre, expliqua-t-elle. Je suis une artiste, tout comme lui.

Comme Raul se contentait de la fixer avec mépris, elle sentit la révolte bouillonner en elle. Quel besoin avait-elle de se justifier devant cet étranger arrogant ? Déstabilisée par ce regard humiliant, elle posa Gino par terre pour aller chercher son médicament dans la minuscule cuisine. Immédiatement il se mit à ramper en direction de la table. Il allait attraper une des bouteilles quand Raul se précipita vers lui. La maison de tous les dangers, se dit-il en prenant l'enfant dans ses bras, avant de se frayer un chemin jusqu'à la fenêtre parmi les piles de vieux vêtements entassés. Sans parler de l'odeur de moisi qui empoisonnait l'air.

Comment Elizabeth Maynard pouvait-elle envisager d'élever son fils dans des conditions pareilles ? En découvrant un jean d'homme posé sur une chaise, Raul se demanda s'il appartenait à Tony, le barman créatif qui était là la veille. Peut-être était-il son amant ? Dans ce cas, quel rôle jouait-il dans la vie de Gino ? Celui de beau-père ? Ou le bébé avait-il toute une collection d'« oncles » divers et variés ?

A cette idée désagréable, il fronça les sourcils. Il savait à quelle catégorie de femmes appartenait Libby : une lap danseuse qui se prenait pour une artiste. Mais ce qui était certain, c'est que les hommes qui fréquentaient ces clubs ne pouvaient pas constituer pour Gino des figures paternelles convenables. Il repoussa l'idée que son père avait vraisemblablement rencontré Libby dans ce genre d'endroit. C'était une insulte à sa mémoire. Mais qu'il le veuille ou non, Pietro avait eu une liaison avec cette femme et elle lui avait donné un enfant.

Son regard revint se poser sur Gino et, une fois de plus, il fut frappé par la ressemblance : la même masse de cheveux bouclés, les mêmes grands yeux bruns pailletés d'ambre. Pietro l'aurait adoré, reconnut-il. Mais Pietro était mourant au moment de la naissance de son fils, et il ne l'avait jamais vu. Ce que Raul ne comprenait pas, c'était pourquoi son père ne lui avait rien dit. Peut-être parce qu'il avait honte de sa liaison avec une lap danseuse qui avait quarante ans de moins que lui. En exigeant que l'enfant soit éduqué à la villa Carducci, avait-il, d'aventure, simplement cherché à le protéger de la cupidité de sa mère ?

Quel dommage que cette clause concernât également cette Libby qui était à coup sûr incapable de s'occuper correctement de son fils. Gino, qui jusque-là regardait par la fenêtre, se tourna soudain vers son demi-frère et lui adressa un sourire radieux, découvrant deux minuscules dents blanches. Cet enfant était adorable, reconnut Raul qui lui sourit en retour, envahi par une étrange bouffée d'instinct protecteur. Comme s'il avait envie de prendre soin de Gino et de l'aimer, exactement comme son père adoptif l'avait fait pour lui. Oui, c'était l'occasion de remercier Pietro. Même si celui-ci avait légué de l'argent au bébé, lui, Raul, allait servir de père à Gino, et il était bien décidé à mieux assumer son rôle de parent que ne le faisait la mère de l'enfant.

Libby revint en courant de la cuisine.

— Ça ne vous ennuie pas de le tenir pendant que je lui donne son médicament ? J'ai du mal à le lui faire prendre.

Après avoir secoué la bouteille, elle versa l'épais sirop dans une cuillère. Pour introduire celle-ci dans la bouche du bébé, il lui fallait se rapprocher au maximum de Raul, sans pour autant le toucher, ce qui se révéla impossible. Le corps en émoi, elle percevait la chaleur qui émanait de lui, la douceur de son manteau et l'odeur fraîche et boisée de son eau de toilette. Jamais elle ne s'était sentie si consciente de la présence d'un homme à côté d'elle. Redoutant qu'il devine l'effet qu'il produisait sur elle, elle rendit silencieusement grâce à Gino quand il ouvrit la bouche pour avaler le sirop sans un murmure de protestation.

Raul détourna les yeux des seins de Libby que moulait étroitement son T-shirt, agacé par le désir qui lui brûlait les reins.

— Quand pensez-vous pouvoir partir pour l'Italie ?

Libby lui jeta un regard plein de panique, écœurée par tant de présomption. Comme s'il lui suffisait d'exiger qu'elle parte vivre avec Gino dans un autre pays pour qu'elle obéisse. Et puis, il n'était pas seulement question de déménager, il allait lui falloir assumer son rôle de mère et vivre désormais dans le mensonge. Mais elle n'avait pas le choix, se dit-elle en fixant Raul Carducci droit dans les yeux.

— Je n'en sais rien. Il faut que j'avertisse le propriétaire que je ferme la boutique, que j'essaie de vendre mon stock et que je fasse les bagages.

Non qu'elle ait grand-chose à emballer : sa garde-robe était spartiate. Mais elle tenait à emporter son matériel de peinture, ses toiles et les quelques souvenirs qui lui restaient de sa mère.

— Nous pourrions sans doute être prêts à partir à la fin du mois.

— Je pensais que ce serait une question de jours, pas

de semaines, répondit froidement Raul. Mes employés se chargeront de la boutique et du déménagement. Vous n'aurez à vous occuper que de vos vêtements et de ceux de Gino. Cela ne devrait pas vous prendre plus d'une heure. Je ne vois pas pourquoi nous ne partirions pas dès cet après-midi.

— Cet après-midi ! Vous n'y pensez pas. Avant de partir à l'étranger, j'ai mille affaires à régler. C'est un changement de vie total.

Les mots « à l'étranger » et « changement de vie total » résonnaient dans sa tête comme une menace. Elle n'était pas certaine de vouloir changer de vie. Certes, celle qu'elle menait à Pennmar n'était pas facile — surtout en ce moment où la boutique battait de l'aile — mais au moins elle vivait comme elle l'entendait sans avoir besoin de faire semblant d'être une autre sous le regard hautain de Raul Carducci.

— Pourquoi tenez-vous tant à ce que tout aille si vite ? demanda-t-elle en repoussant ses boucles rousses. Quelle importance cela peut-il avoir ?

Sur ce fond de désordre sordide et de ciel gris, sa chevelure semblait plus brillante et plus vivante qu'une flamme. Dans ses vêtements criards, elle était une tache de couleurs vibrante dans un monde en noir et blanc, aussi vive que les toiles appuyées aux murs de la pièce, songea-t-il.

Il préféra ne pas répondre à sa question.

— C'est vous qui avez peint ces tableaux ? s'enquit-il en contemplant les paysages et les marines qui semblaient jaillir littéralement de leurs supports.

— Oui. J'utilise essentiellement l'huile et le fusain.

Le regard de Raul s'attarda sur une œuvre représentant un jardin en terrasse orné de pots de fleurs de couleurs vives. Claire et brillante, avec des touches de rouge, d'orange et de pourpre, et si attirante qu'il aurait presque pu toucher ces fleurs-là.

— Vous en vendez beaucoup ?

Libby se raidit en devinant dans sa voix un certain scepticisme.

— Quelques-uns. En ce moment, ça marche plutôt bien.

Ou plutôt, ça a marché l'été dernier, quand il y avait des touristes. J'expose dans la boutique, mais maintenant, c'est un peu trop calme, reconnut-elle.

— Une fois que vous serez installés à la Villa Giulietta, vous n'aurez plus à gagner votre vie. Ni évidemment à pratiquer le lap dancing, ajouta-t-il avec une moue de mépris.

— Jamais je n'ai exercé ce métier, lança-t-elle en rougissant, furieuse de sentir le regard insolent qui la détaillait des pieds à la tête et s'attardait sur sa poitrine.

— Et le Chat Ecarlate ?

Elle sentit ses joues devenir plus brûlantes encore. Evidemment, c'était une allusion à ce club mal famé où elles avaient travaillé une seule fois, Liz et elle. Voilà maintenant qu'il la prenait pour une danseuse de cabaret. Décidément, il n'allait pas être facile de se faire passer pour la mère de Gino.

— Je n'ai jamais été lap danseuse, balbutia-t-elle sous son regard sarcastique. Je servais au bar.

Son rêve d'étudier les beaux-arts s'était écroulé devant la nécessité de gagner sa vie. Quand on avait quitté l'école pratiquement sans diplôme, les choix d'études étaient plutôt limités. Après avoir fait des ménages et travaillé dans un fast-food, elle avait fini par accepter d'être serveuse dans le night-club où Liz était effectivement lap danseuse, le seul travail qu'elle ait trouvé à son retour en Angleterre après plusieurs années passées à Ibiza. Liz détestait ça, mais comme elle l'avait rappelé à Libby, elles avaient besoin d'argent et tout valait mieux que de devoir postuler pour obtenir des aides de l'Etat. Sa mère avait toujours fait fi des conventions et s'était souvent montrée irresponsable, mais elle avait sa fierté.

Raul s'approcha d'elle en la fixant et ce regard posé sur elle la troubla profondément. Elle en était captive, comme s'il lui avait jeté un sort qui lui permettait de lire en elle jusqu'au fond du cœur. Il s'arrêta à quelques centimètres et effleura du doigt une de ses boucles rousses.

— Alors, comme ça, vous n'êtes pas une lap danseuse ?

— Non, s'écria-t-elle, le visage en feu, mais trop envoûtée par son magnétisme pour s'écarter de lui.

— Quel dommage ! murmura-t-il avec un sourire méprisant, je vous aurais bien rémunérée pour une prestation particulière.

— Ce serait de l'argent gaspillé, jeta-t-elle en parvenant enfin à faire un pas en arrière, avant d'aller prendre Gino dans sa chaise haute et de le serrer contre son cœur. Je ne suis pas sûre que cet arrangement puisse marcher. Je ne tiens pas à emmener mon fils vivre dans votre villa, et surtout pas si vous vous permettez de tenir de tels propos. De toute façon, il m'est impossible de partir si vite. La semaine prochaine, Gino a rendez-vous chez un pédiatre car ses problèmes respiratoires inquiètent mon généraliste.

Raul, qui s'était planté devant la fenêtre, semblait regarder tomber la pluie qui battait maintenant la vitre.

— Bien sûr que vous allez venir et que vous n'allez pas laisser passer l'occasion de vivre dans le luxe, dit-il en tentant d'ignorer la chaleur qui montait de ses reins.

Sans doute cela faisait-il trop longtemps qu'il n'avait plus fait l'amour pour se sentir à ce point attiré par cette traînée. Dès qu'il serait de retour chez lui, il remédierait à cette situation. Il n'avait que l'embarras du choix parmi toutes les beautés sophistiquées prêtes à accepter la relation purement sexuelle qu'il leur offrait.

Mais pour l'instant, il lui fallait persuader Elizabeth Maynard de l'accompagner sur-le-champ en Italie. Quelque dépit qu'il en conçut, elle possédait cinquante pour cent de Carducci Cosmetics et il ne pouvait diriger la compagnie sans son accord.

— Dès que nous serons en Italie, je ferai examiner le bébé par un spécialiste en consultation privée, dit-il pour la rassurer. Gino est un Carducci et son père aurait toujours désiré pour lui ce qui se fait de mieux, je le sais.

« Ce qui se fait de mieux. » N'était-ce pas les mots mêmes qu'avait employés Liz en parlant de l'avenir de son fils ? Libby jeta un regard au tapis élimé et aux taches d'humidité qui couvraient le mur tout en se mordillant la lèvre, consciente du regard de Raul qui pesait sur elle.

— Comment pourriez-vous refuser à Gino ce à quoi il a droit ? insista-t-il. Dans le Latium, c'est déjà le printemps, et le soleil réchauffe les eaux du lac sur lequel donne la villa. La tiédeur du climat lui fera du bien. En grandissant, il pourra courir dans la maison et dans le parc, jouer dans l'orangeraie et faire de la voile.

Il lui apprendrait à manœuvrer un voilier, tout comme Pietro le lui avait appris quand il était enfant, se jura Raul. Une pensée fâcheuse lui vint soudain à l'esprit.

— Je suppose que Gino n'a pas de passeport ?

— Si, il en possède un, répondit Libby, réticente.

Dès sa naissance, Liz en avait fait établir un, espérant sans doute que Pietro lui demanderait de venir le retrouver avec l'enfant. Elle aurait sûrement préféré que son fils vive en Italie, dans une villa magnifique, plutôt que dans cette masure.

A sa grande surprise, Raul n'avait pas l'air de détester son demi-frère, comme elle l'avait redouté d'abord. Au contraire, il semblait sincèrement désirer que Gino vienne vivre à la villa Carducci.

Elle repensa au refus de la banque d'accepter son découvert et à l'angoisse qui l'empêchait de dormir depuis plusieurs nuits. Oui, elle touchait le fond, et risquait bien de se retrouver à la rue avec Gino. Le testament de Pietro Carducci était une sorte de miracle qui mettait définitivement l'enfant à l'abri. Comme l'avait dit Raul, elle n'avait pas le droit de lui refuser ce à quoi sa naissance lui donnait droit. Et il lui avait promis qu'il prendrait rendez-vous avec un spécialiste au sujet de cette horrible toux…

— J'accepte de vous accompagner aujourd'hui même, admit-elle, le cœur battant.

Elle avait l'impression d'être au bord d'un précipice, prête à faire un saut dans l'inconnu. Mais c'était pour assurer à Gino la possibilité d'une vie plus agréable que celle qu'elle pourrait lui offrir à Pennmar. Il fallait qu'elle fasse ce choix, pour son bien.

— Parfait, répondit Raul, visiblement satisfait.

Jamais il n'avait douté que l'attrait de la fortune des Carducci convainque Libby de le suivre. Traversant la pièce, il prit Gino dans ses bras.

— Je vais le surveiller pendant que vous faites vos bagages. Mon jet privé nous attend à l'aéroport de Newquay. Je dirai au pilote de se tenir prêt à décoller dans deux heures.

3.

— Nous devrions arriver à la villa dans quelques minutes, annonça Raul.

Libby regardait la campagne italienne défiler à travers la vitre, mais la voix de velours lui fit tourner la tête et elle frissonna en voyant le beau visage de Raul. Il dégageait un tel magnétisme qu'elle ne pouvait s'empêcher de regarder sa bouche et d'imaginer qu'elle se posait sur la sienne. A cette pensée, une douce chaleur s'insinua entre ses cuisses.

Choquée, les joues en feu, elle se félicita qu'il ne puisse pas lire dans ses pensées. Comment pouvait-elle ressentir une attirance aussi brutale pour un homme qui lui déplaisait tant, l'homme le plus arrogant qu'elle ait jamais rencontré ? En sa présence, son corps la trahissait, affolé par les subtils effluves de son eau de Cologne et elle se serait giflée d'éprouver de telles sensations.

Après l'avoir ignorée durant tout le vol, Raul venait enfin de lui adresser la parole. A Pennmar, quand elle était revenue dans le salon après avoir fait en hâte sa valise et celle de Gino, il avait fait la moue en découvrant son manteau orange vif.

— On croirait que vous avez fait le pari de porter toutes les couleurs de l'arc-en-ciel, avait-il remarqué d'un air méprisant, ignorant que toute la garde-robe de Libby provenait de boutiques de charité.

De son côté, bien qu'il n'ait sans doute guère plus de trente-cinq ans, il avait l'air terriblement guindé et la toisait exactement comme M. Mills, le directeur du lycée qu'elle avait fréquenté par intermittence, quand il lui avait dit qu'elle ne devait pas s'attendre à réussir. Sans doute une réaction typique de mâle dominant. Elle se souvint de sa brève idylle avec Miles Sefton qui avait pris fin abruptement quand elle l'avait entendu rassurer son père, Earl Sefton : bien évidemment, il n'était pas question qu'il prenne au sérieux sa relation avec une serveuse du club de golf.

Elle serra les dents au souvenir de cette humiliation. Pourquoi avait-elle accepté d'accompagner cet homme en Italie ? A côté de lui, Earl Sefton ressemblait au Père Noël. Les larmes aux yeux, elle se rappela avec quelle morgue l'avait traitée le père de Miles. Maintenant, elle allait devoir vivre avec un homme qui la méprisait, et même si elle préférait mourir que le lui montrer, cette idée la terrifiait.

Perdue dans ses pensées, elle n'avait pas remarqué que la voiture ralentissait pour s'engager dans une allée bordée de cyprès. A travers le vert de leur feuillage, elle devina des touches de rose et de crème, et une étendue d'eau bleu vif étincelant dans le lointain. La villa était située au bord d'un lac, Raul l'avait mentionné. Soudain la voiture s'immobilisa sur un terre-plein, devant la plus belle maison qu'elle ait jamais vue.

Toute de brique rose et pierre blanche, elle était flanquée de quatre tourelles, surmontées chacune d'un lanternon ouvragé. La Villa Giulietta, avec ses fenêtres voûtées dont les vitres étincelaient au soleil couchant, avait tout d'un château de conte de fées. Sa façade, qui donnait sur un lac immense aux eaux de saphir, s'ornait d'un large perron conduisant à la porte d'entrée bordée d'une profusion de roses.

— Elle est… incroyable, balbutia Libby, éblouie par tant de beauté.

— J'en conviens.

Un instant, Raul oublia la colère et la frustration qu'il ressentait depuis qu'il connaissait le testament de Pietro. Il oublia que cette femme avait été la maîtresse de son père et qu'elle avait désormais le droit de vivre dans cette villa qui lui appartenait et qu'il aimait tant.

Son ex-femme l'avait accusé de lui préférer cette maison,

surtout quand il avait refusé de déménager définitivement à New York. Mais à ce moment-là, leur mariage battait déjà sérieusement de l'aile, il lui avait bien fallu le reconnaître. Quand ils s'étaient séparés, il lui avait donc laissé l'appartement de Manhattan, convaincu qu'elle ne réclamerait pas sa part de la villa.

Il s'était trompé, songea-t-il amèrement. Dana s'était révélée particulièrement cupide et leur divorce s'était terminé par un procès à l'issue duquel il avait dû lui verser une pension alimentaire phénoménale alors qu'ils étaient restés mariés un an à peine. Mais même si cela lui avait coûté une fortune, il avait réussi à la convaincre de renoncer à faire valoir ses droits sur la villa. Grâce à elle, il avait compris que le mariage était un jeu de dupes et il n'avait pas la moindre intention de renouveler l'expérience.

A peine étaient-ils descendus de voiture qu'une femme d'une soixantaine d'années, mince comme un fil et très élégante, surgit sur le perron.

— Ma tante Carmina, murmura Raul à l'intention de Libby avant de monter les marches.

Dissimulant son impatience, il prit la main de sa tante pour la porter rapidement à ses lèvres. Elle était la sœur de sa mère, et son père, qui l'aimait beaucoup, l'avait souvent invitée à séjourner à la villa. Très affectée par la mort de Pietro, elle n'avait pas l'air de comprendre que sa présence commençait à peser à son neveu et qu'il aurait préféré qu'elle retourne maintenant vivre chez elle, à Rome.

Gino s'était réveillé quand la voiture s'était immobilisée et, lorsque Libby le détacha de son siège, il lui sourit. Intimidée par le luxe de la maison, la jeune femme n'osait gravir les marches. En voyant le regard altier et presque incrédule dont la tante de Raul la toisait du haut du perron, elle sentit son cœur battre plus vite.

— Qui est cette femme ? s'enquit Carmina en italien.

Raul fit signe à Libby de les rejoindre.

— Voici Elizabeth Maynard, répondit-il en anglais. C'est elle que mon père…

Il s'arrêta devant l'expression scandalisée de sa tante, dont le regard passa rapidement des boucles rousses de Libby à ses vêtements criards. Sans savoir pourquoi, il répugnait à dire qu'elle avait été la maîtresse de Pietro. Mais les yeux de Carmina, qui s'étaient maintenant posés sur Gino, arboraient une expression de pur dégoût.

— Cette femme, la maîtresse de mon beau-frère ? dit-elle en italien. Elle est tellement vulgaire. Je me demande ce qu'a pu lui trouver Pietro. Il avait sûrement perdu la tête quand il a autorisé sa *puttana* à venir vivre à la Villa Giulietta.

Quelques heures plus tôt, Raul s'était fait exactement la même réflexion, mais en ce moment il se sentait plutôt gêné par l'agressivité de sa tante et il était content que Libby ne puisse pas comprendre ce qu'elle disait.

— Mon père avait le droit de vivre comme il l'entendait et il est clair qu'il souhaitait que sa… compagne et leur fils vivent dans cette maison, répliqua-t-il sèchement.

Sans un geste en direction de Libby, mais après l'avoir gratifiée d'une grimace de dédain, Carmina leur tourna le dos pour rentrer dans la maison. La jeune femme, dont les mains tremblaient, serra l'enfant contre son cœur. Même si elle n'avait pas compris les propos échangés, les sentiments de la tante de Raul étaient clairs. Tout comme le terme *puttana* que Carmina lui avait quasiment craché au visage.

Une fois de plus, elle se dit qu'elle avait été folle de prétendre être la mère de Gino. Peut-être la famille de Pietro l'aurait-elle mieux acceptée s'il avait été clair qu'elle n'avait eu aucune relation avec lui. Mais si Raul apprenait qu'elle n'avait aucun droit à rester dans la villa, il la ferait immédiatement reconduire à l'aéroport par son chauffeur.

Jamais elle ne se laisserait arracher Gino, se promit-elle en serrant le bébé contre elle. Néanmoins elle savait que si Raul décidait de le lui prendre, elle aurait affaire à forte partie. Un homme assez riche pour posséder un jet privé et une villa comme celle-ci devait être très puissant, et s'il voulait lui enlever la garde du bébé, il y avait fort à gager qu'il réussirait.

Comme l'enfant commençait à lui peser, elle le fit passer sur son autre hanche.

— Je vais le porter, lui proposa Raul en tendant les bras.

— Non, s'écria-t-elle en resserrant son étreinte. Merci, mais il ne vous connaît pas vraiment, et je ne veux pas qu'il se sente déstabilisé juste au moment où il doit s'habituer à un nouveau lieu.

— Je suis certain qu'il ne mettra pas longtemps à se plaire dans cette maison et à s'accoutumer à moi.

Il se demandait pourquoi elle avait l'air si nerveuse. Bien des femmes qu'il connaissait auraient tout donné pour venir vivre ici, tous frais payés, et pourtant, on aurait dit qu'on allait la mettre en prison. Avec ses bottes et sa jupe rouges, son collant vert et son manteau orange, elle détonnait, même si rien ne pouvait enlaidir son joli visage. Le regard de Raul se posa sur ses lèvres pulpeuses et il ne put s'empêcher d'imaginer qu'il y posait les siennes dans un long et voluptueux baiser.

Dio, cette femme était une vraie sorcière, pensa-t-il en faisant un pas en arrière.

— Suivez-moi, je vais vous montrer vos chambres.

Sans un mot, Libby lui obéit, de plus en plus mal à l'aise en découvrant le hall au sol de marbre, avec ses colonnes et ses fresques exquises. Le soleil couchant pénétrait par les fenêtres et faisait étinceler le lustre de cristal suspendu au centre de la pièce. Elle aurait aimé prendre le temps d'admirer les bronzes superbes, mais Raul marchait à grands pas.

Elle le suivit dans les escaliers et le long de couloirs interminables ouvrant sur de vastes pièces élégamment meublées. Il s'arrêta soudain avant de s'effacer pour la laisser pénétrer dans un appartement qui comprenait un salon, une petite salle à manger et une chambre.

— J'ai fait aménager une nursery ici, déclara-t-il en ouvrant une porte communicante.

La pièce était très agréable, avec ses murs jaunes, ses rideaux bleus, son berceau et son mobilier de pin. Lorsque Libby posa Gino par terre, il se mit immédiatement à ramper vers une grande boîte remplie de jouets aux couleurs vives. Raul l'observa un moment avant de constater :

— Il n'a pas l'air dépaysé, n'est-ce pas ? Evidemment, nous avons réservé la pièce à côté à sa nurse.

— Comment, sa nurse ?

— La personne que j'ai engagée pour nous aider à prendre soin de lui. Elle vient de la meilleure agence d'Italie et bénéficie d'excellentes recommandations.

— Elle pourrait être Mère Teresa en personne que ça me serait bien égal, s'écria Libby, épouvantée à l'idée que quelqu'un d'autre la remplace dans la vie de Gino. Vous pouvez lui donner congé immédiatement ! Je suis parfaitement capable de m'occuper de lui toute seule !

— D'après ce que j'ai vu de votre maison de Pennmar, je suis loin d'en être convaincu. C'était un affreux taudis.

Cette fois, c'en fut trop pour la jeune femme, qui, écœurée, ne parvint pas à se contenir davantage.

— Ce n'était pas un affreux taudis ! s'exclama-t-elle. Je n'arrêtais pas de nettoyer et d'ôter la moisissure des murs. Ce n'est pas ma faute si c'était si humide !

— Le salon avait tout d'une porcherie.

— C'est parce que j'ai dû y entasser toutes mes affaires quand ma chambre a été inondée…

Elle s'interrompit en entendant frapper. Une femme brune entra dans la pièce.

— Ah, Sylvana, dit Raul. Voici le bébé.

Il prit Gino qui lui fit immédiatement un sourire, tout en lui explorant le visage de ses deux mains.

— Et voici sa mère, Mme Maynard.

Sylvana sourit à Libby avant de reporter son attention sur le bébé.

— Quel adorable petit garçon, déclara-t-elle dans un anglais parfait avant de continuer en italien : *Sei un bel bambino*, Gino.

— Il ne comprend pas l'italien, intervint sèchement Libby en regrettant que Gino ne se soit pas mis à hurler quand Sylvana s'était adressée à lui.

Mais il semblait parfaitement heureux dans les bras de Raul et souriait à la nurse, du même sourire qu'il lui avait toujours réservé à elle jusque-là.

— Sylvana parle couramment anglais et italien, ce qui permettra à Gino d'être bilingue, déclara froidement Raul à Libby. Maintenant que l'Italie est son nouveau pays, il doit apprendre l'italien, n'est-ce pas ?

— Sans doute, murmura Libby.

C'était évident, il lui fallait bien le reconnaître, mais elle se sentait vexée que Raul y ait pensé avant elle.

— Il faudra que je l'apprenne aussi, reprit-elle. Comme je me débrouille assez bien en espagnol, j'espère ne pas avoir trop de mal avec l'italien.

— Vous avez appris l'espagnol à l'école ?

— Non.

Libby n'avait aucune envie d'évoquer sa scolarité plutôt chaotique.

— J'ai passé une partie de mon enfance à Ibiza.

Lorsque Raul tendit Gino à la nurse, elle crut que l'enfant allait regimber dans les bras de cette étrangère. Mais comme il n'en fut rien, elle dut reconnaître qu'il avait dépassé le stade de l'attachement exclusif et qu'elle serait bien égoïste de le regretter.

— Voulez-vous que je donne son goûter et son bain à Gino ? demanda Sylvana.

Libby ouvrit la bouche pour protester, mais en voyant l'expression de Raul, elle préféra s'abstenir. Il ouvrit la porte et s'effaça pour la laisser passer dans la pièce voisine. Dès qu'elle fut certaine que la nurse ne pouvait plus les entendre, elle se tourna vers lui.

— Je ne peux pas vous empêcher d'employer cette femme, mais vous gaspillez votre argent. Je suis la mère de Gino et je tiens à m'occuper de lui à plein temps, comme je l'ai toujours fait.

Raul fut très surpris de cette réaction car il était convaincu que Libby n'avait conçu cet enfant que pour obtenir une pension de Pietro. Il avait présumé qu'elle ne serait que trop ravie d'être débarrassée de la responsabilité du bébé. Pourtant, déjà pendant leur vol vers l'Italie, il avait découvert avec étonnement qu'elle était entièrement dévouée à Gino et qu'elle l'aimait vraiment.

— Vous ne pouviez pas non plus vous occuper de lui à plein temps en Angleterre, puisqu'il vous fallait tenir la boutique, remarqua-t-il. Et cela ne devait pas vous laisser beaucoup de temps pour peindre.

— Je le gardais avec moi dans la boutique et je peignais quand il faisait la sieste. Mais c'est vrai que je n'ai plus eu beaucoup de temps à consacrer à la peinture depuis que…

Elle avait été sur le point de dire : « maman a eu Gino » ! Immédiatement elle se reprit :

— Depuis la naissance de Gino.

Raul repensa aux toiles magnifiques qu'il avait entrevues.

— Ça n'a pas dû être facile de renoncer à cette passion ?

Libby ôta son manteau et écarta les boucles qui lui tombaient sur le front.

— J'ai toujours pensé d'abord à Gino. Je l'aime plus que tout.

Raul se hâta de s'éloigner d'elle. Maintenant qu'elle n'avait plus son manteau, son regard était irrésistiblement attiré par ses courbes voluptueuses. Elle était si vivante, si débordante d'énergie… Sans doute était-ce précisément ce qui avait séduit Pietro… Il chassa cette idée importune. Décidément, il n'arrivait pas à imaginer cette femme dans les bras de son père. D'autant moins qu'il éprouvait pour elle un indéniable désir, lui chuchota un démon intérieur. Furieux de sa propre faiblesse, il se tourna de nouveau vers elle.

— Que vous le vouliez ou non, il faudra bien que vous acceptiez de confier Gino à Sylvana. Vous n'allez quand même pas l'emmener en réunion !

— En réunion ? Quelle réunion ?

— Comme je vous l'ai déjà dit, mon père lui a légué cinquante pour cent de Carducci Cosmetics, mais jusqu'à ce qu'il ait dix-huit ans, c'est vous qui gérerez sa part de la compagnie. Vous devrez donc au moins assister aux conseils d'administration.

— Je vois.

Libby se sentit anéantie à la pensée d'avoir à discuter affaires avec les administrateurs de Carducci Cosmetics. Nul doute qu'ils l'écraseraient de leur mépris, exactement comme Raul.

— Je n'ai aucune notion de gestion, reconnut-elle.

— Il m'a suffi de voir votre boutique pour en être convaincu. Mais ne craignez rien, vous n'aurez qu'à signer là où je vous dirai de le faire.

Libby lui jeta un regard plein de ressentiment, écœurée qu'il insinue qu'elle n'avait pas su gérer Nature's Way, à laquelle elle avait consacré tant d'énergie.

— Effectivement, il faudra sans doute que je confie Gino à sa nurse quand j'assisterai à ces réunions, admit la jeune femme. Au moins, elle, elle a l'air gentille, contrairement à votre tante. Quelle vieille sorcière, celle-là !

C'est exactement ce que pensait Raul. Mais Carmina faisait partie de la famille et il se devait d'aimer la sœur de sa mère, alors que Libby n'était qu'une petite traînée cupide.

— Je ne tolérerai pas que vous parliez en ces termes d'un membre de ma famille, lança-t-il. Si vous êtes ici, c'est uniquement parce que mon père l'a voulu et vous êtes priée de rester à votre place.

— Quelle est précisément ma place ? s'écria Libby, au comble de la fureur, en secouant ses boucles rousses. Votre tante m'a regardée comme la dernière des dernières. Et je voudrais bien savoir ce que signifie le mot *puttana*. Peut-être Sylvana acceptera-t-elle de me le traduire ?

Raul la fusilla du regard. Jamais encore personne n'avait bravé son autorité de pareille façon. Un instant, il fut tenté de la prendre dans ses bras et de lui fermer la bouche d'un baiser en guise de punition. Ses narines se pincèrent de rage, mais ses prunelles restèrent d'une froideur de métal.

— Cela signifie prostituée.

La colère de Libby retomba brusquement pour laisser

place à un haut-le-cœur. Evidemment, elle ne s'attendait pas à être bien accueillie à la Villa Giulietta. Raul avait dû être choqué d'apprendre qu'il n'était pas le seul héritier de son père, et il lui en voulait car il la prenait pour une intrigante qui n'avait jamais été attirée que par l'argent de Pietro. Mais de là à la traiter de prostituée…

— C'est horrible, balbutia-t-elle, les larmes aux yeux.

Dio ! Cette Libby était une parfaite comédienne, se dit-il en tentant d'ignorer la culpabilité qu'il avait ressentie en voyant ses lèvres tremblantes. Elle avait l'air si meurtrie, si fragile… Mais il était bien payé pour savoir que la plupart des femmes étaient des manipulatrices hors pair.

— *Zia* Carmina était la sœur de ma mère, et après la mort de celle-ci, elle est restée très proche de mon père, expliqua-t-il. Elle a été extrêmement choquée d'apprendre que son beau-frère avait secrètement eu une maîtresse et un enfant. Vous êtes si jeune. Pietro aurait pu être votre grand-père ! Il n'y a rien de surprenant à ce que Carmina n'admette pas votre présence ici alors qu'elle pleure encore mon père.

— Cela ne lui donne pas le droit de se comporter comme elle l'a fait. Moi aussi, je suis en deuil. Ces derniers mois ont été les pires que j'aie jamais vécus.

Elle souffrait encore terriblement de la perte de sa mère. Durant la journée, elle réussissait à se montrer forte devant Gino, mais elle passait parfois des nuits à pleurer.

Elle devait certainement feindre l'émotion qui faisait trembler sa voix, se dit Raul. La mort de Pietro n'avait pas pu l'affecter à ce point-là. Néanmoins, cette jeune femme l'intriguait. Il s'était attendu à rencontrer une gourgandine sans scrupules, mais à l'en croire, elle avait vraiment aimé le père de son fils. Comment une fille aussi jeune et aussi jolie aurait-elle pu être attirée par un homme qui avait quarante ans de plus qu'elle ? Il détourna les yeux. Evidemment, tout aurait été plus facile si elle n'avait été qu'une aguicheuse au cœur de pierre qu'il aurait pu facilement mépriser. Mais chaque fois qu'il la regardait, il se sentait en proie à un trouble dont il avait honte.

Il traversa la pièce pour prendre un porte-documents posé sur une table basse. L'ouvrant, il en tira une liasse de papiers.

— La journée a été longue et vous devez avoir besoin de repos. On a monté votre valise, et le reste de vos affaires vous parviendra d'ici quelques jours. Mais j'aurais besoin dès maintenant de votre signature.

— Pour quelle raison ? s'enquit Libby, les yeux fixés sur les documents qu'il lui tendait.

Lorsqu'elle comprit qu'il avait l'intention d'attendre là qu'elle ait fini de les lire, elle fut prise de panique.

— Ils concernent un certain nombre de décisions que j'ai dû prendre au sujet de Carducci Cosmetics. Vous y trouverez les détails de la fusion avec un groupe de cosmétiques suédois que je veux opérer le plus rapidement possible. D'autre part, par ce document, vous autorisez un transfert de fonds vers nos filiales aux Etats-Unis. Vous n'avez pas besoin de lire, il vous suffit de signer.

— Comment pourrais-je signer un papier que je n'ai pas lu ?

Une bouffée de colère submergea Raul quand il la vit s'asseoir, allumer une lampe et prendre la première feuille de la liasse.

— C'est absurde, lança-t-il tout en observant que la lumière de la lampe transformait ses cheveux en une rivière d'or en fusion. Vous avez dit vous-même que vous n'entendiez rien à la gestion. D'ailleurs, je n'arrive pas à comprendre pourquoi mon père vous a choisie pour administrer la part de Gino. A sa mort, je m'attendais à contrôler l'ensemble de Carducci Cosmetics, mais, comme vous étiez censés détenir la moitié des parts, j'ai dû me contenter de faire tourner le groupe au ralenti durant le temps où je vous ai cherchée. Aujourd'hui, je ne vous demande pas de suivre un cours accéléré de gestion, mais de nous épargner à tous deux une perte de temps en apposant simplement votre signature en bas de chacun de ces documents.

Libby leva les yeux vers lui. Elle comprenait que s'il avait tant insisté pour les faire venir immédiatement en Italie, ce n'était pas parce qu'il redoutait pour Gino l'humidité de Pennmar. Non, la seule chose dont il se souciait, c'était Carducci Cosmetics et il serait bien obligé, désormais, d'en partager le contrôle avec elle jusqu'à ce que Gino ait dix-huit ans. A son grand regret.

— Je me demande pourquoi Pietro ne vous a pas confié, à vous, le contrôle de la part de Gino. Peut-être n'était-il pas certain que vous veilleriez correctement à ses intérêts ? dit-elle, sarcastique.

Raul sentit sa rage se renforcer encore et courir comme de la lave en fusion dans ses veines. Il aurait voulu contraindre Libby à s'excuser de ce qu'elle venait de dire.

— Vous osez insinuer que mon père n'avait pas confiance en moi ? hurla-t-il.

En cet instant, il la détestait car sa question faisait écho aux doutes qu'il nourrissait lui-même depuis qu'il avait eu connaissance du testament. Peut-être avait-elle raison ? Peut-être son père adoptif n'avait-il pas eu suffisamment confiance en lui pour lui confier le contrôle de la part de Gino ? Cette pensée lui déchirait le cœur et sa colère n'était que l'expression même de ce chagrin. Ses mâchoires se crispèrent dans l'effort qu'il faisait pour contenir sa rancœur, non seulement envers Libby, mais également contre lui-même et le scandaleux désir qu'elle lui inspirait.

Libby se dit qu'elle était allée trop loin. Elle risqua un regard vers le visage blême de rage de Raul. Ses yeux lançaient des éclairs. Mais elle voulait savoir la vérité.

— Pietro devait avoir ses raisons pour introduire cette clause, insista-t-elle.

Raul sursauta comme si elle l'avait giflé.

— *Dio*, personne ne vous a jamais appris à tenir votre langue de vipère ? s'écria-t-il en se précipitant vers elle, hors de lui.

Elle sentit ses doigts plonger dans ses cheveux pour l'attirer à lui et elle eut si peur qu'elle se mit à hurler. Mais son cri fut étouffé par les lèvres de Raul qui vinrent s'écraser sur les siennes dans un long et fougueux baiser.

4.

Au contact du corps de Raul, Libby eut un mouvement de recul et détourna la tête en serrant instinctivement les lèvres. Mais il était bien plus fort qu'elle et lui agrippait les cheveux pour l'empêcher de lui échapper. Cependant, malgré l'aversion qu'il lui inspirait et l'évident mépris qu'il lui avait témoigné, elle ne put s'empêcher de frémir sous son baiser. D'ailleurs, dès l'instant où elle l'avait vu pénétrer dans la boutique, ce fantasme l'avait perturbée et la réalité de cette bouche si chaude et si avide sur la sienne provoquait en elle un trouble érotique évident qu'elle ne songeait pas même à dissimuler. Elle desserra les lèvres, troublée par l'insistance de sa langue, et ressentit une excitation dévastatrice en sentant celle-ci pénétrer dans sa bouche pour l'explorer avec une douceur minutieuse.

Les sens en émoi, bouleversée par les effluves affolants d'eau de toilette et de phéromones mâles mêlés, elle sentit son sang se mettre à pulser dans ses veines. Le désir de s'enfuir céda la place à celui de se soumettre et de répondre à cette avidité avec une passion dont elle ne se serait pas crue capable. Jamais elle n'avait ressenti cela auparavant, pas même avec Miles dont elle avait été pourtant si éprise. D'un simple baiser, cet homme venait d'éveiller sa sensualité et elle se sentait soudain avide de prolonger cette expérience.

Alors qu'elle avait plaqué ses mains contre le torse de Raul pour tenter de le repousser, elles remontèrent malgré elle jusqu'à ses épaules, comme pour lui permettre de la serrer tout contre lui. Elle percevait chaque muscle de ses cuisses et de son ventre, et une brusque chaleur l'envahit quand elle sentit la force de sa virilité dressée.

De sa main libre, Raul lui caressa le dos avant d'effleurer son épaule et de descendre vers sa poitrine. Une bouffée de plaisir inonda les reins de Libby. Ses seins lui semblaient soudain lourds et gonflés, et leurs pointes se raidirent sous son T-shirt. Elle aurait voulu que la main de Raul écarte le tissu pour caresser sa chair nue. A cette idée, elle rougit, mais comme il continuait à l'embrasser avec une ensorcelante virtuosité, elle se cabra contre lui dans un mouvement inconsciemment provocant.

Soudain, il s'écarta, et la fixa durant de longues secondes, le souffle court. Libby chancela, stupéfaite, et son corps se mit à trembler de frustration.

— Jamais cela n'aurait dû arriver, lança-t-il d'une voix dure et pleine de regrets.

Elle leva la tête, certaine de lire dans ses yeux le plus profond mépris, mais y trouva une flamme dévorante dont l'intensité l'étonna. Il la désirait vraiment. Malgré tout le dédain que lui inspirait ce désir, pendant quelques secondes il avait été incapable de le dissimuler.

Il rassembla la liasse de papiers, la rangea dans le porte-documents et traversa la pièce à grands pas. Comme s'il avait envie de s'enfuir en courant, se dit-elle, les joues en feu au souvenir de sa propre réaction. Elle se souvint de la lueur avide entrevue dans ses yeux avant que l'épaisseur de ses cils ne la lui dérobe. Peut-être avait-il eu peur de ne pas réussir à se maîtriser ?

Raul agrippa la poignée et ouvrit la porte avec une telle violence qu'elle grinça sur ses gonds. Il était furieux contre lui-même, furieux et écœuré. *Inferno !* Comment pouvait-il désirer cette femme qui avait été la maîtresse de son père ? S'il l'avait embrassée, c'était dans un mouvement de colère, pour la punir d'avoir insinué que Pietro n'avait pas confiance en lui. Mais ce geste s'était retourné contre lui, car à peine avait-il posé les lèvres sur les siennes, si douces, que le désir l'avait consumé.

Il se retourna pour la regarder, et ressentit une brûlure en voyant sa bouche, rouge et gonflée, tentatrice. Cette fille était une sorcière, une superbe sorcière, dont le teint de lait et les yeux de biche avaient séduit son père, mais désormais il se tiendrait sur ses gardes.

— J'ai un rendez-vous très important, dit-il froidement, et comme ma tante m'a averti qu'elle ne se sentait pas bien et ne pouvait se joindre à vous, j'ai demandé qu'on vous monte votre dîner dans votre appartement. Demain à midi, j'ai convoqué l'ensemble des cadres dirigeants de Carducci Cosmetics. Nous partirons pour Rome après le petit déjeuner, car j'ai de nombreux problèmes à régler là-bas auparavant. Sylvana se chargera de Gino.

— Combien de temps serons-nous absents ? Je ne veux pas le laisser trop longtemps.

— La réunion devrait se terminer en fin d'après-midi. Nous avons à discuter de nombreux points, répondit Raul avec impatience en pensant aux longs mois durant lesquels il avait fait rechercher la maîtresse de son père. Nous sommes ensuite invités à un dîner de travail. Ce genre d'obligation est inévitable quand on est administrateur d'une compagnie. En affaires, il est vital de maintenir les contacts.

Il s'arrêta avant de reprendre avec plus de douceur :

— Evidemment, il y aurait un moyen de vous permettre de consacrer tout votre temps à Gino, et même de reprendre votre peinture.

— Lequel ?

— Vous pourriez me déléguer la gestion de sa part.

— Je suis désolée, mais c'est non.

— *Dio !* s'exclama-t-il, au comble de la fureur. Quand je pense que j'ai passé toute ma jeunesse à étudier pour succéder à mon père à la tête de Carducci Cosmetics ! Lui, il était vraiment trop timoré, mais moi, j'ai des projets pour faire de cette entreprise un des leaders mondiaux du XXIe siècle.

— Peut-être votre père préférait-il que vous ne preniez pas trop de risques et sans doute a-t-il, pour cette raison, laissé le contrôle de la part de Gino à sa mère jusqu'à sa majorité, suggéra Libby. Je ne connais rien à la conduite d'une entreprise, mais je ne suis pas une idiote et je sais que plus on prend de risques, plus on a de chances de gagner. Toutefois, je ne suis pas prête à risquer les biens de Gino dans des projets trop aventureux.

Raul se sentit submergé par une rage noire. Cette fille venait de dévoiler sa stratégie, et le seul sujet de désaccord qui ait jamais existé entre son père et lui, c'était précisément l'avenir de Carducci Cosmetics. Pietro avait toujours été partisan d'une gestion prudente et routinière, alors que lui, Raul, était conscient du potentiel d'expansion et de diversification du groupe. Evidemment, c'était plus risqué, mais n'avait-il pas prouvé en faisant fortune en Bourse que ses intuitions se révélaient en général fondées ?

Pourtant, son père ne lui avait pas fait confiance. En abandonnant à sa maîtresse la gestion de la part de Gino, il avait trouvé le moyen de le contrôler du fond de sa tombe. Il existait encore une solution, songea-t-il. Pietro avait stipulé que si Libby se mariait, la part de Gino passerait sous le contrôle de Raul. Cette clause, elle ne la connaissait pas, car à Pennmar, elle avait négligé de lire intégralement le testament.

Madre de Dio ! Là se trouvait la solution qui lui donnerait ce qu'il souhaitait le plus au monde : le contrôle complet de la compagnie qu'il avait été formé à gérer, depuis sa plus tendre enfance. Mais comment pousser cette fille au mariage ? Il était absolument exclu qu'il l'épouse lui-même. Ayant déjà goûté aux délices de la vie conjugale, il n'était pas prêt, pour tout l'or du monde, à recommencer.

Pas même pour obtenir ce qu'il désirait le plus, le pouvoir absolu sur Carducci Cosmetics ? Sans parler de la possibilité de mettre dans son lit une femme qui le troublait profondément chaque fois qu'il posait les yeux sur elle… Naturellement, il n'aurait aucun mal à la convaincre. Une fille qui avait accepté d'être la maîtresse d'un vieux milliardaire ne refuserait pas d'épouser son héritier. Il donnerait des instructions à ses juristes pour qu'ils lui rédigent un contrat de mariage en béton qui lui permettrait de divorcer dès qu'il se serait lassé d'elle.

Ses yeux revinrent se poser sur Libby, toujours debout à l'autre bout de la pièce, et ses reins s'enflammèrent quand il se remémora ses seins fermes et ronds sous ses doigts. Il lui aurait bien arraché son T-shirt moulant et le soutien-gorge qu'il voyait se dessiner dessous, pour caresser sa chair nue et sentir les pointes de ses seins se dresser sous ses doigts. Entre eux, l'attirance physique était presque palpable. Et il savait d'instinct que s'il l'entraînait vers son lit pour lui faire l'amour, elle ne lui résisterait pas.

Il eut le plus grand mal à se contrôler et à quitter la pièce. S'il l'épousait, il pourrait à la fois jouir de ce corps délectable *et* contrôler Carducci Cosmetics. Une éventualité qui méritait réellement d'être envisagée avec le plus grand sérieux.

Quand Raul eut refermé la porte, Libby resta un long moment les doigts posés sur ses lèvres gonflées, encore bouleversée par le baiser qu'ils avaient échangé. Comment avait-elle pu réagir de façon si embarrassante ? Nul doute qu'après cet épisode il ne soit prêt à la traiter lui-même de traînée, comme l'avait fait la tante Carmina.

Les larmes aux yeux, elle s'effondra sur un divan et se cacha le visage entre les mains. Depuis des semaines, Gino la réveillait plusieurs fois par nuit en toussant, et elle se sentait si fatiguée qu'elle n'arrivait même plus à réfléchir. Et aujourd'hui, il s'était produit tant d'événements en quelques heures qu'elle avait l'impression de ne plus pouvoir contrôler sa vie, dans laquelle Raul s'était engouffré comme une tornade. Si elle avait accepté d'emmener Gino en Italie, c'était pour qu'il bénéficie de la stabilité et de la sécurité dont elle avait tant manqué elle-même durant son enfance.

Rien ne l'avait préparée à la violente attirance sexuelle qu'elle ressentait pour cet homme. Elle savait que, pour une fille de vingt-deux ans, elle manquait ridiculement d'expérience : la vie sentimentale désastreuse de sa mère l'avait rendue très circonspecte dans ce domaine, et Miles avait été sa seule relation sérieuse. Mais jamais les baisers de Miles ne lui avaient fait le même effet que celui de Raul.

Elle en gardait le goût dans la bouche. Une onde de désir l'envahit au souvenir de ses lèvres pressées contre les siennes, exigeant une réponse qu'elle était incapable de refuser. Durant quelques secondes, elle se laissa aller à son fantasme : après l'avoir embrassée et caressée, il lui ôtait ses vêtements avant de la déposer, nue, sur son lit…

Elle rouvrit les yeux, prête à jurer que cela ne se produirait jamais. Puisque Raul la prenait pour la mère de Gino, jamais il ne devait deviner qu'elle était vierge. Mieux valait donc espérer que, dans cette immense villa, ils n'auraient pas trop souvent l'occasion de se croiser.

Elle jeta un coup d'œil à l'élégant salon qu'on lui avait attribué. La perspective d'y dîner seule ne l'enchantait guère, mais tout valait mieux que de manger en compagnie de l'horrible tante de Raul.

Où celui-ci allait-il passer la soirée ? Avec sa maîtresse, peut-être ? Beau et viril comme il l'était, il devait être un vrai bourreau des cœurs. Mais peu importait sa vie privée, se dit-elle, furieuse de ne pouvoir chasser l'image importune de cet homme faisant l'amour avec une femme superbe. Elle devait l'oublier ! Seul comptait Gino endormi dans la nursery bien aérée et bien sèche. Elle avait eu raison de l'emmener vivre dans cette maison, se dit-elle, rassérénée, avant d'aller vérifier que tout se passait bien de ce côté.

Le lendemain matin, elle monta, le cœur serré, dans la Lamborghini de Raul qui se mit à rouler si vite que derrière la vitre les champs de blé et d'oliviers se fondaient en un brouillard coloré. En soupirant, elle contempla du coin de l'œil ses mains hâlées qui serraient le volant et son profil hautain. Quand elle était sortie de sa chambre, prête à partir pour Rome, il l'avait jaugée d'un coup d'œil méprisant, sans lui adresser un mot. Comment s'attendait-il à ce qu'elle soit vêtue ? D'un tailleur couture de femme d'affaires ? Evidemment, sa jupe en jean était un peu courte, mais avec des leggings, elle était parfaitement convenable. Son haut cerise et mauve était peut-être voyant, mais assorti à ses tongs roses. D'ailleurs, elle avait fait l'effort d'attacher ses cheveux au sommet de son crâne. Bien sûr, à côté du superbe costume gris anthracite de Raul, de sa chemise bleue et de sa cravate grise, on pouvait trouver sa tenue un peu bariolée. Pour sa part, il avait bien l'air de ce qu'il était, un vrai homme d'affaires milliardaire, et malgré tout, il restait si sexy que chaque fois qu'il lui effleurait par mégarde la cuisse en changeant de vitesse, elle en était troublée. Pour chercher à rompre ce charme, elle fouilla dans son sac à dos en jean dont elle tira un paquet de chewing-gums.

— Vous en voulez un ? proposa-t-elle.

— Vous mâchez du chewing-gum ? répondit-il avec un air de dégoût presque comique.

Elle rougit, plus consciente encore du gouffre social qui les séparait. Les femmes qu'il fréquentait ne devaient pas mâcher de chewing-gum.

— Ce n'est pourtant pas comme si je consommais de l'héroïne, murmura-t-elle en remballant son paquet. Et c'est du sans sucre. Vous n'avez jamais envie de vous détendre ?

Il détourna un instant les yeux de la route pour lui jeter un regard sardonique :

— Si par « vous détendre » vous voulez dire m'habiller comme un clown, la réponse est non.

— Je ne suis pas habillée comme un clown. Il se trouve simplement que j'aime les couleurs vives.

— J'ai cru le remarquer.

— Ça vaut mieux que de dormir comme un vieil encroûté en costume trois-pièces.

— Au cas où cela vous intéresserait, je dors nu.

— Oh ! s'exclama Libby, furieuse de se sentir rougir à la pensée du corps nu de Raul se glissant entre des draps de satin.

Cela faisait longtemps qu'il n'avait pas vu une femme

rougir, mais Libby devait avoir l'habitude de jouer les innocentes, se dit-il en tentant vainement de chasser l'image de cette fille entre les bras de son père.

— Excusez-moi, mais je ne comprends pas exactement ce que vous voulez dire par « vieil encroûté », rétorqua-t-il.

— Quelqu'un dans le genre du directeur de mon ancien lycée. Guindé, solennel, collet monté…

— Si je comprends bien, vous ne l'aimiez pas ? demanda-t-il, dépité d'être comparé à un vieil enseignant.

Pourquoi attacher la moindre importance à ce qu'elle pensait de lui ? Néanmoins, ses propos lui restaient en travers de la gorge. Pourtant, à en croire la façon dont elle avait réagi, la veille au soir, elle n'avait pas l'air de le trouver si vieil encroûté que ça.

— C'est M. Mills qui ne m'aimait pas. Il m'accusait d'être une rebelle et m'avait dit que jamais je ne réussirais aucun examen. Mais il se trompait. J'ai réussi l'épreuve d'histoire de l'art.

— Seulement ? s'étonna Raul qui avait reçu une excellente éducation dans une prestigieuse école romaine avant d'aller étudier la gestion à Harvard.

Il ne pouvait s'empêcher d'être choqué par le maigre diplôme de Libby. Comment envisager de partager la gestion de Carducci Cosmetics — sept milliards annuels de chiffre d'affaires — avec une fille quasi-adolescente et munie d'un simple diplôme d'histoire de l'art ?

— Je suppose que vous avez fait vos études à Ibiza, puisque vous prétendez y avoir vécu. Vos parents avaient une propriété sur cette île ?

— Non, répondit Libby en toute franchise. J'ai été élevée par ma mère. Je n'ai pas de père, enfin, je dois bien en avoir un, mais je ne le connais pas. Il a abandonné ma mère quand elle s'est retrouvée enceinte de moi. Elle avait dix-sept ans quand je suis née et ça n'a pas été facile.

Elle s'abstint d'ajouter que pendant un certain temps, Liz s'était droguée et que ses premières années, passées dans un HLM, avaient été plutôt dures.

— J'ai été placée dans une famille d'accueil jusqu'à ce que maman reprenne pied, reconnut-elle d'une voix un peu tremblante. Ces gens étaient gentils, mais ils s'occupaient de sept autres enfants et la vie chez eux était plutôt agitée. Et puis, maman me manquait. Quand elle a été autorisée à me reprendre, j'ai été vraiment heureuse. Alors, elle m'a emmenée à Ibiza où nous avons vécu dans une communauté d'artistes et de libres penseurs.

Des hippies rouges, songea Raul, sarcastique. Décidément, Libby n'avait pas été élevée de façon conventionnelle. Fille de mère célibataire. Mère isolée, à son tour. Il espérait bien qu'elle n'avait pas en tête de faire vivre Gino en communauté. Le fils de Pietro devait rester en sécurité à la Villa Giulietta. Heureusement que c'était stipulé sur le testament !

Une autre idée lui vint à l'esprit : s'il épousait Libby, il pourrait adopter Gino, et donc demander sa garde si jamais sa mère voulait l'emmener vivre dans une communauté d'artistes. Mais mieux valait se concentrer de nouveau sur la route, car dans le centre-ville le trafic devenait plus dense.

— Combien de temps avez-vous vécu en communauté ?

— Sept ans. Nous sommes rentrées en Angleterre quand j'avais quatorze ans. Un des membres de la communauté, qui avait été instituteur, m'avait donné quelques cours, mais quand je suis entrée au collège, à Londres, j'avais d'énormes lacunes. A Ibiza, je faisais ce que je voulais. Je n'avais pas l'habitude de l'école et j'ai détesté les uniformes et les leçons.

« Et plus encore l'idée d'être une ratée », ajouta-t-elle *in petto*.

— La seule matière qui m'intéressait, c'était l'art.

Maintenant qu'elle était adulte, elle regrettait d'avoir si peu étudié. Elle adorait sa mère, mais celle-ci s'était souvent montrée irresponsable, en particulier en négligeant de donner à sa fille la possibilité de faire de véritables études. Pourtant, elle avait préféré vivre avec Liz plutôt qu'avec quiconque. Après sa mort, elle avait été plus que jamais déterminée à garder Gino. Cet enfant lui appartenait, songea-t-elle avec une résolution farouche. Raul avait beau être son demi-frère, comme il n'était pas le fils biologique de Pietro, ils n'avaient pas le même sang et jamais il ne l'aimerait autant qu'elle.

La voix de Raul l'arracha à ses pensées.

— Comment pouvez-vous envisager de participer à la gestion de Carducci Cosmetics alors que vous n'avez aucune expérience ? Pietro avait dû perdre la tête quand il vous a désignée pour gérer la part de Gino. Une lap danseuse avec un diplôme d'art ! lança-t-il avant de grommeler quelques mots d'italien qui n'avaient visiblement rien d'élogieux.

— Je n'ai peut-être pas fait de longues études, rétorqua-t-elle, mais j'ai appris la vie, depuis mon plus jeune âge. Pendant des années, j'ai aidé maman à tenir son stand à Ibiza et je suis certaine de savoir faire la différence entre une affaire saine et une douteuse. Je suis décidée à veiller sur les intérêts de Gino dans la mesure de mes capacités et à lui conserver sa part dans la compagnie. Et je n'ai jamais travaillé comme lap danseuse, je vous le répète.

— Dans ce cas, où avez-vous rencontré mon père ?

La question prit Libby de court et elle tenta de se rappeler tout ce que sa mère lui avait raconté de son idylle avec Pietro Carducci.

— Au cours d'une croisière, murmura-t-elle. Sur l'*Aurelia*. Un voyage d'un mois avec escales, autour de la Méditerranée.

— Vous vous offrez souvent des croisières ? s'enquit Raul, surpris.

Libby n'avait pas l'habitude de mentir. Elle sentit ses joues s'empourprer.

— Non. C'était la première fois. J'avais gagné ce voyage à un concours, ajouta-t-elle, soulagée de pouvoir dire la vérité au moins sur ce point.

Quand elle avait gagné cette croisière de luxe, Liz avait fait un bond de joie.

— Donc, vous avez rencontré mon père à bord ?

Raul se rappelait qu'en accompagnant son père à bord de l'*Aurelia*, il avait été frappé par l'âge élevé des passagers. Jeune et jolie comme elle l'était, Libby n'avait dû avoir que l'embarras du choix.

— Oui. L'*Aurelia* était un énorme bateau, au point qu'un soir, je me suis perdue en regagnant ma cabine et je me suis retrouvée sur le pont des premières classes. J'ai croisé Pietro, nous nous sommes mis à bavarder, et de fil en aiguille…

— Quel malencontreux hasard que vous vous soyez trompée, cette nuit-là ! s'exclama Raul avec une évidente ironie.

Evidemment, songea Libby, il s'imaginait que Liz avait fondu sur son père comme sur une proie. Ce n'était pourtant pas le style de sa mère, qui l'avait élevée seule après avoir été abandonnée par son premier amant. Sa vie avait beau être très dure, elle avait toujours farouchement préservé son indépendance et n'aurait jamais entretenu de relation avec un homme par intérêt. Mais il était d'autant plus difficile d'en convaincre Raul qu'elle prétendait avoir été elle-même la maîtresse de Pietro. Si elle voulait garder Gino, jamais elle ne pourrait révéler la vérité.

Les lèvres serrées, Raul ne répondit rien. Arrivé devant l'immeuble de verre et d'acier qui abritait les bureaux de Carducci Cosmetics, il se contenta de garer la Lamborghini sur le parking et de faire signe à Libby de le suivre. Le hall était d'un luxe discret : piliers de marbre et canapés de cuir noir. A la réception se tenaient quelques jeunes femmes tout droit sorties d'un numéro de *Vogue*.

Dans l'ascenseur, Libby regretta amèrement de ne pas s'être maquillée. Sur le palier du dernier étage, ils furent accueillis par l'assistante de Raul, une jeune femme extrêmement séduisante. Décidément, dans l'univers de Carducci Cosmetics une élégance raffinée et un rouge à lèvres éclatant étaient de rigueur. Quand Raul l'eut fait entrer dans la salle de réunion, les regards des huit mâles présents autour de la table convergèrent vers ses vêtements avec une lueur d'effroi.

Quatre heures plus tard, elle dut s'avouer que vendre des souvenirs aux touristes sur le marché d'Ibiza, comme elle avait aidé Liz à le faire, n'avait pas grand-chose à voir avec la gestion d'une multinationale qui dégageait un bénéfice de plusieurs milliards et employait vingt mille personnes.

A force de chercher à comprendre de quoi il était question, elle avait attrapé une horrible migraine, même si, par égard pour elle, les discussions avaient eu lieu en anglais et non en italien. Elle ferma les yeux, soulagée que ce soit enfin terminé, avant de les rouvrir en entendant la voix peu amène de Raul.

— Je comprends que vous trouviez ces débats très ennuyeux, mais j'apprécierais que vous gardiez les yeux ouverts.

— Je ne me suis pas ennuyée, et sûrement pas endormie, lança-t-elle en rougissant, même si je n'ai pas toujours compris de quoi il était question.

— Dans ce cas, pourquoi ne pas signer l'autorisation qui me permettrait de contrôler la part de Gino et d'aller de l'avant dans la gestion de Carducci Cosmetics ?

Le regard de Raul s'assombrit quand il la vit hocher négativement la tête. Craignant de se laisser aller à un geste déplacé, il préféra détourner les yeux.

— Ce soir, la réception commence à 20 heures, ce qui vous laisse tout le temps de trouver une tenue convenable, lui dit-il tandis qu'ils prenaient l'ascenseur. La plupart des couturiers ont une boutique Via Condotti et sur la Piazza di Spagna. J'ai donné rendez-vous à notre styliste, mais comme je dois assister à une réunion, je vous laisserai seule avec elle.

— Je n'ai nul besoin d'une styliste, protesta Libby, trottinant dans le hall pour tenter de se maintenir à la hauteur de Raul.

Il tourna la tête vers elle et la toisa lentement, détaillant en silence ses boucles rousses ébouriffées, ses longs pendants d'oreilles pourpres, son haut criard, sa minijupe et ses monstrueuses tongs roses. Et à sa grande frustration, il dut constater que jamais il n'avait à ce point désiré une femme.

— Vous vous trompez. Maintenant, vous représentez Carducci Cosmetics et je ne vous permettrai pas d'assister à un dîner prestigieux avec ces hardes tout juste bonnes à servir de serpillière.

Deux heures plus tard, Raul entrait dans le hall de l'hôtel cinq étoiles où devait avoir lieu le dîner et se dirigeait vers le bar où il avait donné rendez-vous à Libby.

Il aurait bien dû se douter qu'elle serait en retard, se dit-il en cherchant vainement une tenue bariolée autour de la pièce. Il lui avait pourtant expliqué que dès qu'elle aurait terminé ses achats, Tito, son chauffeur, l'emmènerait à son appartement pour qu'elle s'y change avant de le retrouver à l'hôtel. Où pouvait-elle bien être ? se demanda-t-il en constatant à sa montre que l'heure de leur rendez-vous était passée de dix bonnes minutes.

Son regard remonta lentement le long du bar avant d'être soudain attiré par le chatoiement soyeux de la robe améthyste d'une femme qui lui tournait le dos. En étudiant plus attentivement cette silhouette, stilettos argentés qui dépassaient à peine de sa longue jupe, taille mince et chair laiteuse que révélait le drapé de son fourreau, il ne put retenir un mouvement de surprise. Domptée, sa chevelure de feu retombait en une cascade de boucles sur ses épaules. Non, il ne s'était pas trompé. Ce ne pouvait être que Libby.

Du creux de ses reins jaillit un désir brûlant, primitif, tandis qu'il observait son visage dans le miroir du bar. Son maquillage était discret, une touche d'ombre à paupières gris fumée qui mettait en valeur le bleu-vert de ses yeux, un peu de mascara sur ses longs cils et un rose transparent sur ses lèvres. Quant à la robe, c'était un chef-d'œuvre d'élégance dont le corsage mettait délicieusement en valeur ses seins, veloutés comme deux pêches.

Belle au naturel, ce soir, elle était exquise et si incroyablement sexy qu'il sentit l'eau lui venir à la bouche tandis qu'il traversait le bar. Depuis qu'il avait posé les yeux sur elle, il n'était plus parvenu à la chasser de ses pensées et son corps en était terriblement troublé. Désormais, il le savait, il ne serait plus longtemps capable de combattre l'urgence du désir qui le troublait.

5.

— Que désirez-vous boire, *Signorina* ?

Le barman souriait poliment à Libby, mais ses yeux s'attardaient sur son décolleté. Elle fut tentée de commander un jus d'orange : tenir un verre lui donnerait au moins une contenance et dissiperait le malaise qui l'avait gagnée depuis qu'elle attendait Raul. Mais au moment où elle allait répondre, une voix familière retentit derrière elle.

— Cette dame prendra du champagne.

Cette voix, riche et sensuelle comme une gorgée de chocolat chaud, jamais elle ne l'avait entendue sans sentir courir un frisson le long de son échine. Elle se retourna, le cœur battant, et croisa le regard sombre de Raul, un regard de jais, moins froid qu'à l'ordinaire, voilé d'une voluptueuse promesse qui la troubla infiniment.

— Raul…

Sa voix était très incertaine et une sensation bizarre lui tordit l'estomac. Jamais un homme n'avait posé sur elle un regard si brûlant de désir.

— *Lei è bellissima !* murmura-t-il avec une douceur qui la fit frissonner. Dans cette robe, *cara*, vous êtes superbe.

— Cette harde tout juste bonne à servir de serpillière ?

Il lui adressa un sourire confus à peine tempéré par l'étincelle d'amusement qui brillait dans ses yeux.

— Comment ai-je pu dire une pareille horreur ? Même vêtue d'un sac, vous seriez ravissante, mais dans cette robe…, dit-il en la contemplant d'un regard qu'elle ressentit comme une traînée de feu sur sa peau.

Ne sachant comment se comporter vis-à-vis de ce nouveau Raul qui ne la regardait plus comme l'être le plus répugnant de la création, Libby but une gorgée de champagne qui lui parut délicieusement fraîche et parfumée.

— Je n'avais jamais encore bu de champagne, avoua-t-elle. Contrairement aux femmes qui sont ici ce soir, je n'ai rien de sophistiqué.

— Vous êtes la personne la plus vivante que j'aie jamais rencontrée, reconnut-il, et je regrette beaucoup que vous me trouviez si coincé car, à votre contact, je me sens brusquement plein de vitalité, moi aussi.

— Je ne vous trouve pas si coincé, protesta-t-elle, consciente de l'atmosphère électrique qui les enveloppait.

Qu'était-il arrivé à Raul durant les deux heures où elle avait été prise en main par la styliste qui lui avait fait acheter toute une garde-robe hors de prix ? Désormais, il ne la fixait plus avec colère ni ressentiment, mais comme un homme regarde une femme vers qui le pousse la mystérieuse alchimie du désir.

— Je suis ravi de l'entendre, murmura-t-il en s'approchant pour lui effleurer la joue du doigt. Je me suis dit que pour le bonheur de Gino, mieux valait que nous soyons amis. Qu'en pensez-vous, *cara* ?

Amis ! Elle ne put dissimuler sa surprise. Pour elle, ce mot évoquait une relation confortable et détendue, comme celle qu'elle avait partagée avec Tony à Pennmar. Une relation qu'elle ne pouvait imaginer avec Raul dont la virilité enflammait crûment ses sens au point qu'elle ne cessait d'imaginer leur prochain baiser.

Déconcertée par cette offre de paix, elle le regarda boire une gorgée de champagne, inconsciente du désarroi qui avait envahi son regard.

— C'est une excellente idée, acquiesça-t-elle aussitôt. Pour le bonheur de Gino, bien sûr. Mais ça ne veut pas dire que je vous abandonne la gestion de sa part dans Carducci Cosmetics.

— Bien sûr que non, répondit Raul d'une voix rassurante.

— Je suis toujours aussi déterminée à protéger ses intérêts.

— Je ne doute pas que vous lui soyez entièrement dévouée et je comprends votre désir d'agir au mieux pour lui. Mais un jour vous arriverez à me faire confiance et à comprendre que si je veux conduire Carducci Cosmetics au succès, c'est également pour le bonheur de Gino. Libby, dit-il en faisant tinter sa flûte contre celle de la jeune femme, portons un toast à ce nouveau début.

Elle avala docilement une gorgée de champagne avant d'en venir au sujet qui la tourmentait.

— Cette robe a coûté une fortune, dit-elle anxieusement, sans parler de tous les autres vêtements que Maria, la styliste, m'a convaincue d'acheter. Elle m'a expliqué que c'était vous qui régleriez la note, mais je ne saurais vous rembourser. Avec toutes mes économies, je ne pourrais pas même m'offrir une seule de ces chaussures.

Elle désigna les stilettos aux talons de dix centimètres que Maria avait choisis pour accompagner le fourreau améthyste.

Cet après-midi de shopping durant lequel elles avaient couru d'une boutique à l'autre lui laissait un souvenir d'irréalité. Elle qui n'avait connu que les boutiques des associations caritatives ou les rayons vêtements des discounters... Après être passée chez un coiffeur et une esthéticienne, elle était allée se changer dans le luxueux appartement de Raul, avec l'impression déroutante de vivre un conte de fées.

— Je vous ai déjà répété qu'en entrant au conseil d'administration de Carducci Cosmetics, vous vous faisiez une obligation d'être correctement vêtue. Ne vous souciez pas du prix de ces vêtements. Par son testament, mon père a stipulé que vos dépenses personnelles seraient couvertes par son héritage.

A ces mots, Libby se sentit submergée par une vague de culpabilité. Passe encore de vivre gratuitement dans la villa des Carducci, mais elle ne pouvait supporter de profiter indûment de leur fortune.

— Cela me gêne beaucoup, murmura-t-elle. C'est normal

que les dépenses de Gino soient prises en charge, mais les miennes, d'un point de vue moral…

D'un point de vue moral, se dit Raul, il était bien pire d'avoir eu une liaison avec un homme riche qui avait quarante ans de plus qu'elle, d'autant que la conception de Gino n'était certainement pas le fruit du hasard. Et pourtant, ses scrupules à accepter qu'il paie ses vêtements semblaient sincères. Alors que la plupart des femmes auraient été ravies d'utiliser sa carte de crédit, il se sentait presque irrité que Libby ne se révèle pas aussi intéressée qu'il l'avait cru.

Remarquant que beaucoup d'invités quittaient le bar en direction de la salle à manger, il jeta un coup d'œil à sa montre.

— Il est temps d'aller dîner, déclara-t-il en offrant son bras à la jeune femme pour l'aider à descendre de son tabouret.

— Combien y a-t-il d'invités ? s'enquit-elle nerveusement en lui agrippant le coude car elle chancelait sur ses talons vertigineux.

— Autour de deux cents, j'imagine, répondit-il au moment où ils pénétraient dans une vaste salle remplie de longues tables couvertes d'argenterie et de cristaux étincelants. Pourquoi ? On dirait qu'on vient de vous jeter dans la fosse aux lions.

— Les gens me regardent, répondit-elle d'une voix tremblante. Vous croyez qu'ils savent qui je suis ?

Le coup d'œil ironique de Raul la fit rougir.

— Vous vous demandez s'ils savent que vous étiez la maîtresse de mon père et la mère de son fils illégitime ? Eh bien non, je n'ai pas ébruité cette affaire, répondit-il froidement.

Conscient des regards intéressés qui pesaient sur eux — surtout ceux des hommes —, il se rapprocha d'elle instinctivement.

— Si les gens vous regardent, reprit-il, c'est à cause de vos cheveux flamboyants et de votre teint clair, *cara*. Et parce que dans cette robe vous êtes d'une incroyable beauté.

Libby fut étonnée de le deviner vraiment sincère et, en décelant dans son regard la crudité de son désir, elle sentit son cœur battre plus vite. Nul ne lui avait dit qu'elle était belle, mais il lui avait suffi d'apercevoir sa silhouette dans les vastes miroirs qui tapissaient les murs de la salle à manger pour se rendre compte que cette robe lui allait parfaitement. Elle avait d'ailleurs du mal à se convaincre que cette femme élégante aux gracieuses boucles cuivrées, c'était elle.

— J'aimerais bien que Miles me voie en ce moment, murmura-t-elle sans réfléchir.

— Qui est Miles ?

— Miles Sefton, le fils unique de lord Sefton. Nous nous sommes rencontrés alors que j'étais serveuse dans un club de golf dont il était membre. Je suis bêtement tombée amoureuse de lui et, encore plus bêtement, je l'ai cru quand il a prétendu m'aimer.

— Mais il s'est produit un événement qui vous a prouvé le contraire.

Que Libby ait pu être attirée par un membre de l'aristocratie anglaise, voilà bien la preuve que seul l'argent comptait pour elle, songea Raul. Et lorsqu'il avait entendu sa voix chanceler en évoquant Miles Sefton, ce devait être un effet de son imagination.

— Quand Miles m'a invitée à déjeuner à Sefton Hall, j'ai pensé qu'il voulait me faire rencontrer sa famille. Mais j'ai appris par la suite que, comme ses parents le pressaient pour qu'il se marie, il avait trouvé drôle de me présenter comme sa petite amie, en sachant bien qu'ils seraient horrifiés à l'idée que j'étais serveuse. Jamais je ne me suis sentie aussi humiliée que pendant ce déjeuner, au cours duquel lord et lady Sefton m'ont à peine adressé la parole. Mais le pire a été la conversation que j'ai surprise entre Miles et son père : il lui expliquait qu'il n'attachait aucune importance à notre relation et ne cherchait qu'à me mettre dans son lit.

Elle s'arrêta pour le fixer droit dans les yeux.

— Evidemment, vous vous demandez pourquoi il aurait eu autre chose en tête. Comme le répétait ma mère, les hommes sont des égoïstes à qui on ne peut faire confiance et qui se moquent des sentiments.

Elle prit soudain conscience qu'elle avait haussé le ton, suscitant l'intérêt des autres invités qui attendaient d'entrer dans la salle à manger. Au moment où elle reprenait son souffle, un employé se présenta pour les escorter jusqu'à leur table.

— Votre mère a l'air d'avoir des idées bien arrêtées sur les faiblesses du genre masculin, se contenta de déclarer Raul une fois qu'ils furent assis.

Ce qui n'avait rien d'étonnant si le père de Libby l'avait abandonnée quand elle était enceinte, comme le lui avait confié celle-ci.

— Ma mère ne gardait pas un bon souvenir de ses expériences avec les hommes. Ils l'ont toujours délaissée.

Y compris Pietro Carducci, songea Libby. Son silence, une fois la croisière terminée, lui avait brisé le cœur. Certes, dans son testament, il avait pris des dispositions pour elle, et pour Gino, mais c'était trop tard. Liz était morte en croyant qu'il l'avait abandonnée, exactement comme le père de Libby.

— Je ne commettrai pas la même erreur qu'elle, lança-t-elle d'une voix dure. La majorité des hommes qu'elle a connus quand j'étais enfant ne valaient rien. Jamais je ne donnerai à Gino l'impression qu'il va lui falloir se battre contre le nouveau venu.

— Que voulez-vous dire ?

— Jusqu'à ce qu'il ait dix-huit ans, il restera le seul homme de ma vie. De toute façon, l'amour est un jeu de dupes complètement surfait, ajouta-t-elle en se rappelant les larmes qu'elle avait versées sur Miles.

— Vous comptez réellement rester seule durant les dix-sept prochaines années ? s'écria Raul, surpris de tant de véhémence. Vous ne voulez pas vous marier ? Ni donner à Gino des frères et sœurs ?

Il tentait de garder un ton neutre, tout en digérant l'idée fâcheuse que Libby n'envisageait pas de se marier.

— Ce serait merveilleux, et je suppose qu'au fond de moi, je voudrais croire aux contes de fées et tomber amoureuse d'un homme capable de chérir Gino. Mais la réalité, c'est qu'un mariage sur trois se termine par un divorce, et je préfère concentrer mon énergie sur lui que sur une relation vouée à l'échec. Et pourtant, ajouta-t-elle sur un ton de regret, j'aurais bien aimé qu'il ait une famille bien à lui : un père, des frères et des sœurs, tout ce dont j'ai rêvé durant mon enfance. Mais son père est mort et je dois faire de mon mieux pour lui servir à la fois de père et de mère.

Elle fut interrompue par le serveur qui apportait l'entrée. Tout en goûtant le vin, Raul réfléchit à ce qu'elle venait de lui dire. Décidément, elle ne correspondait pas à l'image extrêmement négative qu'il s'était faite de la maîtresse de son père, envers laquelle il ne pouvait éprouver qu'une profonde antipathie. A l'en croire, Pietro n'avait pas réagi à l'annonce de sa grossesse et elle avait cru qu'il la rejetait, comme son propre père avait abandonné sa mère. Par conséquent, quand elle avait appris sa mort par un journal, elle aurait pu réclamer une pension pour Gino. Mais au lieu de contacter la famille Carducci, elle avait disparu et Raul avait mis des mois à la retrouver.

Au fond, peut-être l'avait-il mal jugée, songea-t-il, et cette pensée le tourmenta tout au long du dîner et des interminables discours qui suivirent. Assis à côté d'elle, respirant son parfum délicat, les yeux irrésistiblement attirés par ses courbes délectables, il se sentait en proie à une torture physique plus insupportable encore.

Libby fut soulagée quand les discours prirent fin. Elle n'avait pas saisi grand-chose de la nouvelle politique commerciale européenne, ni des échanges avec la Chine, mais en revanche, elle avait eu de plus en plus conscience de la présence de son voisin. Raul semblait avoir accepté qu'ils deviennent amis pour le bien de Gino, et, durant le repas, il s'était révélé un compagnon spirituel, charmant et plein d'attentions à son égard. Décidément, il était bien difficile de résister à son sourire.

— Que va-t-il se passer maintenant ? lui demanda-t-elle lorsqu'ils se levèrent pour rejoindre le flot des invités qui sortaient de la salle à manger.

— Après l'ennui desséchant de ces discours, nul doute que tout le monde va se ruer vers le bar, déclara-t-il avec un sourire qui la fit fondre. Voulez-vous une coupe de champagne ? Ou préférez-vous danser ?

Libby se rendit soudain compte qu'ils venaient de pénétrer dans une vaste salle de bal.

— Après les deux verres que j'ai pris durant le dîner, je préfère m'abstenir de boire.

La main de Raul se posa sur sa taille pour la guider vers la piste et le cœur de la jeune femme se mit à battre la chamade.

— Excellent choix, murmura-t-il en baissant la tête.

Le souffle de Raul sur sa joue et le contact de son corps viril contre le sien lui firent vite comprendre qu'accepter une autre coupe de champagne aurait été bien moins risqué. Mais en s'écartant de lui, elle risquait de gâcher leur complicité naissante.

— Détendez-vous, reprit-il d'une voix de velours.

Elle ne put s'empêcher de frissonner au contact de ses doigts sur sa peau nue et, bientôt, blottie entre ses bras, elle perdit toute conscience de la foule qui les entourait. Plus personne n'existait pour elle que Raul. Quand il finit par desserrer son étreinte, elle n'était plus que désir. Immobile, elle le vit faire un pas en direction de la sortie.

— Il est minuit et nous avons trois quarts d'heure de route pour atteindre la Villa Giulietta, lui dit-il doucement. Je suppose que vous préférez rentrer pour être là quand Gino se réveillera plutôt que de passer la nuit dans mon appartement.

— Oh… oui, bien sûr, articula-t-elle non sans mal, brusquement honteuse de ne pas avoir pensé à Gino depuis des heures.

Comment avait-elle pu l'oublier si facilement, lui qui mobilisait entièrement son attention depuis des mois ? Raul dominait totalement ses sens et, tandis qu'il lui tenait la porte pour la laisser sortir, son corps se mit à trembler de le sentir si proche.

Durant le trajet de retour, ils échangèrent à peine quelques mots. Il paraissait perdu dans ses pensées. Après lui avoir jeté un coup d'œil furtif, Libby ferma les yeux dans un effort désespéré pour échapper à son emprise et ne les rouvrit qu'en entendant le crissement des pneus de la Lamborghini sur le gravier de l'allée. En voyant briller dans la nuit, sous un clair de lune argenté, le vaste lac noir sur lequel se reflétaient des myriades d'étoiles, elle fut saisie par tant de beauté.

— C'est magnifique, murmura-t-elle en se précipitant hors de la voiture.

Mais elle s'aperçut très vite qu'il était presque impossible de marcher dans le gravier sur de si hauts talons. Elle finit par les ôter impatiemment, avant de se mettre à courir pieds nus sur la pelouse en direction de la rive. L'herbe épaisse était fraîche et elle sentait frémir sur sa peau une brise tiède comme une caresse. Relevant la tête vers les étoiles, elle se mit à rire, enchantée par la beauté de la nuit.

— Regardez la lueur de la lune qui se reflète sur le lac. J'aurais presque envie de plonger, dit-elle à Raul, le visage rayonnant de plaisir.

Il lui sourit. Décidément, son enthousiasme était irrésistible.

— Je serais ravi que vous vous déshabilliez, répondit-il sur un ton suave, mais méfiez-vous. La nuit, la température de l'eau devient plutôt fraîche.

— Je ne parlais pas sérieusement, répondit Libby, les joues en feu.

Comme Raul s'approchait d'elle, les yeux brillants d'une lueur sensuelle, le cœur de la jeune femme se mit à battre plus vite. Il s'arrêta si près qu'elle perçut la tiédeur de son corps. Le souffle court, elle sentit qu'il lui prenait le menton pour la forcer à se tourner vers lui.

— Dommage ! chuchota-t-il d'une voix troublée. Rien ne me plairait davantage que de vous contempler nue au clair de lune, *cara*.

— Raul…

La brise emporta son faible murmure de protestation. Depuis qu'elle l'avait vu pénétrer dans le bar et poser sur elle un regard brillant de désir, elle avait envie qu'il l'embrasse.

Durant toute la soirée, elle avait attendu cet instant. Inutile de nier l'attirance qui les poussait l'un vers l'autre. Tandis qu'il baissait la tête vers elle, elle se mit à trembler, en proie à une excitation sauvage qui se mua en une explosion de plaisir dès qu'elle sentit ses lèvres se poser sur les siennes.

Il aurait voulu prendre son temps, savourer la douceur de cette bouche, mais à peine l'avait-il effleurée qu'une passion brûlante les enflamma tous deux, aussi indomptable qu'un feu de pinède en plein midi. Il l'attira à lui et elle moula son corps au sien. A travers la soie de sa chemise, il sentit les pointes de ses seins se durcir contre son torse. *Dio!* Jamais une femme n'avait produit sur lui un tel effet. La flamme du désir embrasa son sang, lui ôtant toute faculté de penser. Un instinct sexuel primitif avait chassé la froide raison qui l'habitait. Plongeant les doigts dans la chevelure flamboyante de Libby, il l'écarta de lui pour mieux contempler la blancheur de sa gorge.

En sentant les lèvres de Raul se poser sur son cou, la jeune femme ne put retenir un sanglot de plaisir. La caresse de sa bouche sur sa peau électrisait ses nerfs et elle fut parcourue de frissons tandis qu'il faisait courir des baisers enflammés ses épaules nues. Elle ne s'aperçut qu'il avait baissé la fermeture Eclair de sa robe que lorsque le tissu glissa, dévoilant sa poitrine. Le cœur battant, elle tenta de lui échapper pour protester, mais quand il prit ses seins entre ses mains elle abandonna toute résistance.

— Tu es superbe, murmura-t-il.

Sa voix n'était plus froide ni arrogante, mais tremblante de désir. Sans même qu'elle en ait conscience, Raul la guida vers un grand pin auquel il l'adossa. Tout en continuant à lui agacer un téton du bout des doigts, il posa ses lèvres sur l'autre.

Elle se cambra, en proie à un plaisir indescriptible, incapable de s'arracher à cette sensation à laquelle rien ne l'avait préparée et qui avait envahi son corps tout entier. Guidée par un instinct sauvage, elle aurait voulu sentir le corps nu de Raul contre le sien et contempler la force de sa virilité qu'elle devinait contre son ventre.

Il fit remonter sa robe jusqu'à la ceinture, et quand il glissa la main entre ses cuisses pour les écarter doucement et introduire le doigt sous la dentelle de son slip, elle se mit à trembler d'anticipation. En même temps, il prit la pointe de son sein entre ses lèvres, faisant sourdre en elle une onde de plaisir qui la traversa entièrement. Avec un gémissement, elle se cabra contre lui, tandis qu'il introduisait les doigts dans son intimité tiède et humide.

Jamais elle n'avait autorisé personne à la toucher de cette façon, pas même Miles dont elle croyait être si amoureuse. Ce qu'elle ressentait en cet instant pour Raul, ce n'était pas de l'amour, mais une pulsion brûlante et primitive. Rien ne comptait plus que d'assouvir la faim que faisait naître cette main entre ses cuisses. Elle ferma les yeux et se laissa aller, la tête en arrière, incapable de retenir le gémissement que lui arracha la caresse délicate dont il effleura le cœur de sa féminité. Des vagues successives de plaisir irradièrent soudain son corps. Elle chancela et dut se raccrocher à lui tandis qu'il lui soulevait les fesses pour la plaquer contre lui.

— Je t'en prie…

Son instinct lui disait qu'il pouvait lui donner beaucoup plus de plaisir encore.

— Que cherches-tu exactement, Libby ? lança-t-il d'une voix dure. Tu voudrais que je te prenne là, sur la pelouse, sous les yeux des habitants de cette maison ?

Oui, c'était bien ce qu'elle aurait souhaité. Durant quelques secondes, elle fixa ses traits dont le clair de lune soulignait l'âpreté. Elle n'avait qu'une envie : s'allonger sur l'herbe pour qu'il lui enlève son slip et plonge dans sa chair humide et consentante son sexe dressé. Mais le ton de sa voix et la lueur froide qui étincelait dans ses yeux la ramenèrent brutalement à la réalité. Qu'était-elle en train de faire ? Comment avait-elle pu perdre la raison au point de le supplier, ou presque, de lui faire l'amour ?

— *Dio !* Tu prétends que jusqu'à ce que Gino soit majeur,

il n'y aura pas d'homme dans ta vie, alors que tu ne penses qu'au sexe ! Mais je t'avertis : jamais je ne t'autoriserai à amener tes amants ici. Gino ne sera pas élevé par une cohorte d'« oncles » !

Libby sentit le désir refluer, laissant place à une terrible honte.

— Je n'ai pas d'amant, articula-t-elle d'une voix tremblante. Jamais je n'avais ressenti ça. Tu…

Elle ferma les yeux pour chasser de sa mémoire l'enthousiasme avec lequel elle avait réagi à ses caresses. Pour tenter de convaincre cet homme qu'elle n'était pas une femme facile, l'honnêteté restait sa seule arme.

— Tu m'as donné des sensations que je n'avais jamais encore éprouvées, reconnut-elle.

Cette confession prit de court Raul, qui faillit la soulever dans ses bras pour l'allonger sur la pelouse et la prendre là avec toute la passion qui brûlait son corps avide et qu'il avait tant de mal à contrôler. Il s'écarta d'elle, le souffle court, avant de la contempler froidement tandis qu'elle rajustait sa robe. Il existait pour lui un moyen de concilier tous ses désirs : contrôler Carducci Cosmetics et mettre dans son lit cette sorcière aux yeux verts. Il aurait été stupide de laisser passer sa chance.

— Dans ce cas, la proposition que je vais te faire a quelques chances de t'intéresser.

6.

— Que veux-tu dire ? s'enquit Libby qui se sentait frissonner maintenant que Raul ne la serrait plus dans ses bras. Quelle proposition ?

Il fronça les sourcils en la voyant trembler.

— Tu as froid, dit-il en posant sa veste sur les épaules de la jeune femme et en lui prenant la main. Nous poursuivrons cette discussion à l'intérieur.

Libby, qui ne tenait pourtant pas à analyser les raisons de sa réaction, si choquante, ne put faire autrement que de le suivre, enveloppée dans cette veste qui conservait encore un peu de la chaleur et de l'odeur du corps de Raul. Comme elle avait oublié de renfiler ses chaussures, quand ils atteignirent l'allée de gravier, elle se mit à marcher sur la pointe des pieds. Il la souleva alors dans ses bras pour la porter jusqu'à la maison.

Après avoir traversé le hall, il entra dans son bureau où il la déposa sur une chaise, avant d'aller prendre une bouteille de whisky dans un placard.

— Tu veux boire quelque chose pour te réchauffer ?

Elle refusa d'un geste. Il se servit alors un verre qu'il avala d'un trait. Il paraissait extrêmement tendu.

— De quelle proposition s'agit-il ? demanda-t-elle.

Il se tourna vers elle et lui jeta un long regard impénétrable. Depuis que lui était venue l'idée d'épouser Libby pour garder le contrôle de Carducci Cosmetics, il n'avait plus pensé à rien d'autre. Après une nuit sans sommeil passée à ressasser des arguments contradictoires, il venait de vivre une journée d'angoisse, au point qu'il avait eu le plus grand mal à se concentrer durant le conseil d'administration.

Il n'avait aucune envie de se remarier. Une fois lui avait suffi, se dit-il en se souvenant des difficultés qu'il avait rencontrées pour obtenir le divorce. Il avait soif de liberté, mais Carducci Cosmetics passait avant tout. Et puis, il ne serait pas si désagréable de prendre Libby comme épouse, reconnut-il en laissant son regard glisser le long de ses épaules pâles, vers les courbes de ses seins que révélait le profond décolleté de sa robe. Elle était absolument charmante et, rien qu'à la regarder, il sentait poindre une onde de désir au creux de ses reins. Peu lui importait maintenant qu'elle ait été la maîtresse de Pietro. L'attirance entre eux était trop forte pour qu'il puisse la nier.

D'autre part, Gino avait besoin d'un père, et il n'était pas réaliste de penser que Libby attendrait sa majorité pour entamer une nouvelle relation. Raul ne pouvait supporter l'idée d'entendre le petit garçon appeler papa un autre homme que lui. Mais pour le moment, les yeux bleu-vert de Libby étaient fixés sur lui, dans l'attente de sa réponse.

— Je pense que nous devrions nous marier.

— Pardon ?

Elle devait avoir mal compris. A moins qu'il ne s'agisse d'une plaisanterie stupide ? Ou bien elle prenait ses désirs pour des réalités. Durant une fraction de seconde, son cœur s'était mis à battre follement, pourtant, elle n'était pas amoureuse, ni même certaine d'apprécier cet homme le moins du monde. Dans ce cas, pourquoi se sentait-elle à ce point attirée vers lui ?

— Je ne comprends pas, balbutia-t-elle.

— Je veux élever Gino comme mon propre fils, répondit-il avec une telle intensité qu'elle sut immédiatement qu'il ne plaisantait pas. Je vais t'expliquer. Quand Pietro et Eleonora m'ont adopté, ils m'ont offert une vie que j'aurais même été incapable d'imaginer dans mon orphelinat. Pas seulement de l'argent et de l'éducation, mais l'amour et la stabilité qu'on éprouve quand on est élevé par ses deux parents. Gino ne connaîtra jamais son père biologique, mais si nous nous marions et que je l'adopte, il grandira entre son père et sa mère, et peut-être des frères et sœurs.

Il jeta à Libby un regard si torride qu'elle se sentit frémir.

— Ne te trompe pas, reprit-il, ce que j'ai en tête, c'est un vrai mariage. J'aimerai Gino comme un fils, comme Pietro m'a aimé, mais je voudrais aussi avoir des enfants de mon sang.

— Dans ce cas, mieux vaudrait attendre de tomber amoureux. Certes, je sais que beaucoup de couples qui se marient par amour finissent par divorcer. Mais entre nous qui ne nous aimons même pas, combien de temps un mariage pourrait-il durer ?

— Je croyais que nous avions accepté d'être amis, pour le bonheur de Gino, répondit-il sur un ton de reproche. Et je dois dire que ce soir, ça avait plutôt bien commencé.

Il lui jeta un regard qui la fit rougir jusqu'aux oreilles, au souvenir du moment de passion qu'ils avaient partagé, près du lac.

— C'est précisément parce que nous ne sommes pas amoureux, reprit-il, et que nous n'avons donc pas, l'un vis-à-vis de l'autre, d'attentes particulières que notre mariage a toutes les chances de réussir.

Il eut un petit rire amer avant de poursuivre :

— J'ai tâté d'un mariage conventionnel, et je m'en suis bien mordu les doigts. Il y a trois ans, j'ai pris pour de l'amour l'attirance purement sexuelle que j'éprouvais pour mon assistante. Dana semblait partager mon désir de fonder une famille et nous nous sommes mariés en grande pompe. Mais ensuite, elle n'a cessé d'inventer des raisons pour ne pas avoir d'enfant. Elle trouvait la vie à la villa terriblement ennuyeuse, et elle aurait préféré vivre à Manhattan pour pouvoir sortir tous les soirs.

Ses mâchoires se crispèrent au souvenir de cette douloureuse expérience.

— La seule chose qui semblait la rendre heureuse, c'était de dépenser de l'argent, même si elle me reprochait le temps que je passais à en gagner. C'était une acheteuse compulsive, qui devenait hystérique si je lui suggérais de modérer ses dépenses. Elle m'accusait alors d'être un tyran qui ne cherchait qu'à l'engrosser et à lui faire porter des haillons. Au bout d'une année de disputes, il était clair que notre mariage était un désastre. D'ailleurs, au cours d'une scène, elle a fini par avouer qu'elle ne désirait pas d'enfant et qu'elle ne m'avait épousé que parce que j'étais assez riche pour lui procurer le genre de vie dont elle rêvait. Nous nous sommes mis d'accord pour divorcer et je lui ai accordé une généreuse compensation, en plus de l'appartement de Manhattan. Mais cela ne lui a pas suffi et elle m'a traîné en justice pour obtenir aussi la Villa Giulietta.

— Mais elle ne s'y plaisait pas !

Jamais Libby ne se serait attendue à ressentir la pointe de jalousie qui l'avait traversée quand Raul lui avait révélé qu'il avait déjà été marié.

— Dana savait que j'étais prêt à payer pour qu'elle renonce à ses droits sur la villa. Le montant de sa pension alimentaire a fait le tour des tribunaux et c'est une leçon qui m'a coûté cher. Pour moi, l'illusion du grand amour, c'est terminé, mais je tiens à ce que Gino ait deux parents, comme moi. Toi-même, tu m'as avoué que quand tu étais enfant, tu aurais voulu avoir une vraie famille.

— J'ai dit que j'aurais bien aimé croire à ce conte de fées, une famille toujours heureuse, mais je doute qu'il en existe dans la vraie vie.

— Si nous le désirons tous les deux, nous pouvons transformer le rêve en réalité.

Au fur et à mesure qu'il parlait, Raul prenait conscience qu'il ne cherchait plus seulement à convaincre Libby de l'épouser pour contrôler la compagnie. Tout ce qu'il venait de dire était vrai : en adoptant le fils de Pietro, il voulait rendre à celui-ci tout ce qu'il avait reçu de leur père et il avait réellement envie de serrer cet enfant dans ses bras. Certes, il apprécierait de conserver le contrôle de Carducci Cosmetics jusqu'à ce que Gino ait dix-huit ans, mais pourquoi devrait-il forcément divorcer de Libby ? Peut-être ce mariage bâti sur leur aspiration commune à fonder une famille, autant que sur le désir qu'ils éprouvaient l'un pour l'autre, serait-il un succès ?

Libby tenta d'ignorer la voix de sa conscience qui lui soufflait que ce que suggérait Raul était pure folie. Il lui avait proposé d'adopter Gino, et pour elle, qui avait passé son enfance à regretter de ne pas avoir de père, rien d'autre ne comptait.

Si elle l'épousait, jamais plus elle ne vivrait dans la crainte qu'il découvre qu'elle n'était pas la mère de Gino et la chasse de la villa. Mais il ne voudrait pas d'un mariage blanc, songea-t-elle en frémissant au souvenir de l'audace de ses caresses, si excitantes qu'elle avait ardemment souhaité qu'il lui fasse l'amour. Comment justifier son inexpérience si elle se prétendait mère ? Jouer la comédie de l'innocence constituerait un nouveau mensonge qui viendrait s'ajouter à tous les autres. Ne valait-il pas mieux avouer dès maintenant la vérité ?

Elle se mordit la lèvre, partagée entre sa culpabilité et la crainte de perdre Gino. Si elle avouait qu'elle n'était que sa demi-sœur et n'avait aucun droit sur lui, Raul se battrait pour obtenir la garde du bébé. Et s'il gagnait, il adopterait Gino et la renverrait en Angleterre.

— Ça ne peut pas marcher, déclara-t-elle abruptement. Nous sommes trop différents. Une fois passée l'attirance à fleur de peau que nous ressentons l'un pour l'autre, nous n'aurons plus rien en commun.

— Je n'en suis pas certain, protesta Raul. Notre enfance nous fait apprécier la valeur de la vie de famille et nous jugeons, l'un comme l'autre, que Gino doit être élevé par ses deux parents. Nous n'avons aucun engagement et cependant, nous voudrions tous deux avoir d'autres enfants.

La voix de Raul était si persuasive qu'aucun argument contradictoire ne vint à l'esprit de Libby. Au contraire, elle s'imagina, un bébé dans les bras, accueillant Gino qui découvrait pour la première fois son frère ou sa sœur. Elle ne pouvait nier qu'elle avait terriblement envie d'avoir un jour elle-même un enfant qui deviendrait le compagnon de Gino. Mais de là à épouser Raul ! Il fallait qu'elle soit folle pour l'envisager.

Plongée dans ses pensées, elle ne s'était pas aperçue qu'il se rapprochait d'elle. Il posa la main sur son décolleté, juste à la naissance de ses seins.

— Je ne crois pas que nous ayons à redouter de voir s'évanouir cette attirance « à fleur de peau », comme tu dis, murmura-t-il d'une voix sensuelle et veloutée en lui effleurant les lèvres du bout du doigt. Si je m'écoutais, je te renverserais sur ce divan pour te faire l'amour illico, et tu ne dirais pas non, Libby, n'essaie pas de protester. Tu crois que je ne vois pas comme ton pouls s'accélère dès que je m'approche, ni comme ton regard s'obscurcit de désir, ni comme tes lèvres s'ouvrent dans l'attente d'un baiser ?

Sa bouche était si proche que la jeune femme sentait son haleine sur sa joue. Comment nier, alors qu'elle tremblait d'envie de se jeter dans ses bras ? Elle sentit la langue de Raul suivre le contour de ses lèvres avant de s'insinuer dans sa bouche. Elle se lova contre lui, toute honte bue, pour l'embrasser avec toute la passion qu'elle avait eu tant de mal à contenir jusque-là et ferma les yeux, s'abandonnant au plaisir de ce baiser.

Soudain, Gino poussa un cri perçant qui la ramena à la réalité. S'arrachant aux bras de Raul, elle se précipita vers la porte, s'attendant à trouver Sylvana tenant le bébé dans ses bras.

— J'ai entendu crier Gino, dit-elle en jetant à Raul un regard empli de panique.

— C'est simplement l'écoute-bébé, dit-il en désignant un appareil fixé sur le mur. J'en ai fait installer un dans chaque pièce pour que nous soyons toujours certains de l'entendre.

Même dans son bureau ! songea Libby, stupéfaite. Au risque d'être dérangé dans son travail !

— Je vois. C'est très aimable à toi.

Les cris de Gino redoublèrent et il se mit à tousser. Libby

entendit la voix apaisante de Sylvana qui parlait au bébé, mais elle ne put s'empêcher cependant de se précipiter vers la porte.

— Je dois y aller, dit-elle, les yeux fixés sur Raul.

— Je serai un bon père. Je prendrai bien soin de lui et je le protégerai et l'aimerai comme Pietro m'a aimé.

— Oui. Je te fais confiance, acquiesça-t-elle, émue aux larmes par la détermination farouche qu'elle sentait dans sa voix.

Quand elle était petite, elle était sûre qu'un jour son père la retrouverait, un père grand et courageux, capable de combattre les monstres qui se cachaient sous son lit. Gino n'avait-il pas besoin, lui aussi, d'un père pour combattre ses propres monstres ?

Toutefois, elle n'avait pas besoin d'épouser Raul. Le testament de Pietro assurait la sécurité matérielle de Gino qui hériterait un jour de la moitié de Carducci Cosmetics. Mais pour sa sécurité affective, ne valait-il pas mieux qu'il ait un père ? Elle était bien placée pour savoir qu'en grandissant, il aurait besoin d'un modèle.

— Epouse-moi, et permets-moi de m'occuper de vous deux, *cara*.

La voix de Raul était terriblement persuasive, bien qu'il ne sache pas à quel point Libby avait envie qu'on s'occupe enfin d'elle. Même si elle avait adoré sa mère, Liz était bien trop jeune pour faire face à ses obligations, et dès son plus jeune âge, Libby avait dû se prendre en charge. Et voilà qu'elle devait maintenant veiller sur Gino… La vie serait si facile, si elle pouvait partager cette responsabilité.

— Je ne sais que faire, reconnut-elle, terrifiée par l'importance de la décision qu'elle devait prendre.

Raul avait l'air si solide, si plein d'assurance, et après ces longs mois passés à pleurer Liz et à se faire du souci pour la santé de Gino, elle se sentait elle-même si fatiguée…

— Peut-être as-tu raison, balbutia-t-elle.

— Evidemment, répondit-il d'une voix pleine d'assurance où perçait un léger accent de triomphe.

Jamais Libby ne saurait qu'il ne l'épousait que pour garder la mainmise sur Carducci Cosmetics. D'ailleurs, lorsqu'il avait dit qu'il voulait servir de père à Gino et avoir d'autres enfants, il n'avait pas menti. Dès qu'ils seraient mariés, il s'arrangerait pour qu'elle se trouve de nouveau enceinte, ce qui l'occuperait trop pour qu'elle se rende compte qu'elle avait perdu le contrôle de la part de Gino.

Les yeux de la jeune femme trahissaient le combat qui se jouait en elle. Raul, qui était renommé dans le monde des affaires pour être un brillant tacticien, sentit qu'il touchait à la victoire.

— Tu as désormais le pouvoir d'offrir à ton fils la stabilité familiale qui t'a tellement manqué dans ton enfance. Dis oui, pour son bien, *cara*.

Non, c'était impossible. Elle ne pouvait épouser un homme qui ne l'aimait pas. Et pourtant... Allongée dans son lit, les yeux grands ouverts, après s'être tournée et retournée durant des heures, Libby reconnut qu'elle ne parviendrait jamais à dormir tant que résonnerait dans sa tête la stupéfiante proposition de Raul.

Elle l'avait quitté quelques heures plus tôt, prétendant avoir besoin de réfléchir, mais l'aube pointait déjà sans qu'elle ait pu calmer le flot d'émotions qui la submergeait. Rejetant les draps, elle se glissa hors du lit pour contempler le lac de sa fenêtre. Dans la pâle lumière l'eau argentée reflétait çà et là le rose des nuages que le soleil venait peu à peu éclairer.

« Tu dois choisir la meilleure solution pour Gino, et au fond de ton cœur, tu sais qu'il a besoin de moi. »

Les mots de Raul la hantaient car, indéniablement, il avait dit la vérité. Gino avait besoin d'un père et elle savait qu'il désirait sincèrement adopter l'enfant et s'occuper de lui. Avait-elle le droit de refuser à Gino ce qui lui avait tant manqué à elle-même quand elle était enfant : un père et la sécurité de vivre en famille dans sa propre maison ?

Quand Liz et elle vivaient en communauté, jamais elle ne

s'était vraiment sentie tranquille. De retour en Angleterre, les autres enfants l'enviaient d'être élevée de façon si peu conventionnelle, mais elle n'avait pas l'impression d'avoir sa place quelque part ou auprès de quelqu'un. Dans la communauté, la plupart des adultes vivaient leur vie sans se préoccuper des enfants. Ceux-ci se comportaient souvent comme dans une jungle où les plus forts faisaient la loi. Libby avait réussi à survivre, mais elle voulait éviter que cela se reproduise pour Gino. Elle savait que, pour se sentir en sécurité, les enfants avaient autant besoin de règles et de limites que d'amour, et si Gino devait un jour hériter de la fortune de son père, il était vital pour lui d'être entouré de gens en qui il pouvait avoir confiance.

Mais pour que Raul lui serve de père, elle n'avait pas besoin de l'épouser. Toutefois, il prétendait vouloir des enfants à lui, même s'il paraissait aigri par son divorce. Si elle refusait sa proposition, il risquait de se marier avec une autre et de vouloir emmener Gino dans sa nouvelle famille. Elle pâlit à l'idée que l'enfant pût avoir un jour une belle-mère. Et les vacances ? Et Noël ? Faudrait-il qu'elle le passe toute seule tandis que Gino le fêterait avec Raul et sa famille ?

Elle croisa les bras comme pour mieux se recentrer sur elle et mettre de l'ordre dans ses pensées. Ne valait-il pas mieux se marier sans amour, mais procurer à Gino la stabilité qu'il méritait ? Quand sa mère était morte, elle s'était juré de se consacrer à lui et d'agir au mieux de son intérêt. Retrouvant son calme, elle comprit qu'elle ne pouvait faire de plus beau cadeau à son frère que d'accepter ce mariage et d'autoriser Raul à lui servir de père.

Un rayon de soleil qui jouait sur son visage arracha la jeune femme au sommeil. Elle s'assit, un peu perdue, et jeta un coup d'œil au réveil. Il était 10 heures. Les souvenirs lui revinrent : après avoir finalement décidé d'accepter la proposition de Raul, elle s'était recouchée dans l'espoir de se rendormir une heure, avant le réveil de Gino. Mais elle avait dormi beaucoup plus longtemps, alors que le bébé aurait dû prendre son antibiotique à 7 heures avec un biberon et son petit déjeuner…

Angoissée, le cœur battant, elle se précipita dans le salon qui jouxtait sa chambre et s'arrêta net en voyant Raul, allongé par terre, qui bâtissait des tours de cubes que Gino démolissait en riant.

Deux paires d'yeux sombres la fixaient intensément. Ceux qui étaient pailletés d'ambre s'illuminèrent en la voyant. Les autres, d'un noir de jais, s'attardèrent sur sa chevelure ébouriffée et sur sa chemise de nuit jaune.

— Je n'arrive pas à croire que j'aie dormi si tard, dit-elle en détournant le regard de la bouche de Raul pour observer Gino qui rampait vers elle à toute allure en souriant. Hello, mon bébé ! Tu as été sage ? Tu comprends, il a l'habitude que ce soit moi qui m'occupe de lui. Il aurait dû prendre son médicament à…

— Sylvana le lui a donné avec son petit déjeuner, coupa Raul. Comme, à en croire la femme de chambre, tu dormais profondément, je l'ai emmené dans sa poussette faire une petite promenade au bord du lac.

— Oh ! s'exclama Libby, déconcertée à l'idée que Raul avait sorti Gino en son absence. J'espère qu'il n'a pas pris froid. Quand il tousse, il faut qu'il reste au chaud.

— Ce matin à 8 heures, il faisait dix-huit degrés dans la cour, répondit sèchement Raul. Quant aux problèmes respiratoires de Gino, je lui ai pris rendez-vous la semaine prochaine avec un spécialiste à Rome.

— Merci. Je me fais tellement de souci pour lui.

Maintenant que son inquiétude s'était un peu dissipée, elle hésitait à aborder avec Raul le thème du mariage, se demandant encore si elle n'avait pas rêvé. Avant qu'elle ait pu se décider, un coup léger fut frappé à la porte et Sylvana apparut sur le seuil.

— Je crois que Gino est prêt à faire une petite sieste, déclara la nurse avec un sourire.

— C'est bien possible, reconnut Libby en contemplant le bébé qui bâillait.

En voyant Sylvana disparaître avec l'enfant en direction de la nursery, elle sentit son cœur se serrer. Dès qu'ils se retrouvèrent seuls, Raul s'approcha d'elle et la prit par le menton pour la forcer à tourner la tête vers lui.

— Tu as bien dormi, *cara* ? s'enquit-il en effleurant du doigt les cernes légers sous les yeux de la jeune femme.

— Non, se contenta-t-elle de répondre, sans plus d'explication.

En observant ses yeux battus et la façon dont elle se mordillait nerveusement la lèvre, il se sentit inondé d'un flot de tendresse. Elle paraissait à la fois si protectrice vis-à-vis de son fils et si jeune et vulnérable que cela le touchait au cœur. Il s'était attendu à ce qu'elle saute sur l'occasion d'épouser un milliardaire alors qu'elle venait de passer la nuit à chercher la meilleure solution pour Gino.

— Tu as peur que je ne l'aime pas comme s'il était véritablement mon fils ?

— Non, dit-elle en le fixant droit dans les yeux. Mais nous ne nous connaissons pas plus que deux étrangers.

Dans sa voix, Raul décela une note de panique et son cœur se serra une fois de plus.

— J'espère pouvoir arranger ça au cours des deux semaines qui viennent. Je me suis organisé pour travailler de la villa et passer le plus de temps possible avec Gino et toi. Je n'irai à Rome que si mon travail l'exige absolument.

— Je comprends, répondit Libby, le cœur battant. C'est… parfait.

L'atmosphère entre eux était devenue si électrique que Raul ne put résister plus longtemps à l'attrait de ses lèvres roses et tendrement pulpeuses.

— Laisse-moi te montrer comme ce sera… parfait entre nous aussi, murmura-t-il d'une voix rauque. Ce n'est pas seulement pour le bonheur de Gino que je veux t'épouser. Il se passe quelque chose entre toi et moi, appelle-le comme tu veux, une attirance, une étincelle qui s'est produite dès la première seconde où nous nous sommes vus.

— C'est vrai, reconnut Libby d'une voix tremblante.

Sur ses lèvres, elle sentit la pression fiévreuse de celles de Raul et ne chercha pas même à résister à ce baiser. Jamais elle n'avait rien désiré davantage, songea-t-elle en nouant les bras autour de son cou pour mieux se lover contre lui. Elle ferma les yeux, entièrement concentrée sur le contact légèrement râpeux de cette joue contre la sienne. Elle ouvrit la bouche pour accueillir sa langue si caressante et sensuelle que tout son corps se mit à trembler.

Quand il releva la tête, elle fut surprise de lire dans son regard non seulement de la passion, mais encore une indéniable tendresse.

— Veux-tu être ma femme, Libby, et m'autorises-tu à devenir le père de Gino ?

Elle fut soudain si émue qu'elle ne put lui répondre. Peut-être toutes les femmes ressentaient-elles la même émotion quand on les demandait en mariage, se dit-elle. Peut-être Raul n'était-il rien pour elle, ni elle pour lui. Son seul motif d'accepter, c'était le bébé.

— Oui, murmura-t-elle en ravalant son trouble.

Il lui sourit sans l'embrasser de nouveau, ni la transporter sur le lit pour lui faire l'amour sur-le-champ, comme elle l'avait espéré secrètement.

— J'ai quelques coups de fil à passer. Je te laisse t'habiller, *cara*. Retrouvons-nous pour déjeuner sur la terrasse. Nous discuterons du mariage.

Deux heures plus tard, en allant chercher Gino dans la nursery, Libby comprit que Raul n'avait pas perdu de temps pour annoncer leur mariage.

— Puis-je vous adresser mes sincères félicitations ? déclara Sylvana avec un sourire radieux. Le *signor* Carducci m'a appris votre futur mariage et son intention d'adopter le *bambino*. Il sera un excellent père. J'ai remarqué qu'il s'occupait très bien de Gino et j'espère que vous serez très heureux.

— Merci.

Gino à cheval sur la hanche, Libby tenta de retrouver son chemin dans le labyrinthe des couloirs. Au moment où elle atteignait l'escalier central, elle aperçut Carmina qui sortait de la salle à manger. Son cœur s'emballa quand elle se rendit compte que les traits de la vieille dame, qui l'attendait en bas de l'escalier, étaient presque défigurés par la colère.

— Vous devez vous trouver très habile, lança Carmina. D'abord Pietro et maintenant, Raul. Séduits tous les deux par votre plastique affriolante et par vos prouesses au lit. J'aurais cru que le fils aurait assez de bon sens pour ne pas se laisser embobiner par la traînée de son père. S'il a l'intention de vous épouser, il doit réellement avoir perdu la tête.

Libby était bien décidée à ne pas montrer à Carmina à quel point ses paroles au vitriol l'avaient ébranlée et instinctivement elle resserra son étreinte sur Gino.

— Je n'ai séduit personne, déclara-t-elle. Raul avait toute sa tête quand il m'a demandé d'être sa femme. D'ailleurs, vous ne savez rien de moi et vous n'avez pas le droit d'insinuer quoi que ce soit à mon sujet.

— Vous êtes une petite traînée de bas étage, vous avez tout fait pour séduire mon beau-frère parce qu'il était riche et vous avez eu bien de la chance de réussir à vous faire faire un enfant. Pietro et moi nous aurions pu être ensemble, nous aurions dû l'être s'il n'avait pas perdu la tête pour vous, continua-t-elle d'une voix qui se brisa.

— Je croyais que sa femme, votre sœur, était morte depuis dix ans. S'il avait eu le moindre sentiment pour vous, il aurait amplement eu le temps de vous le déclarer, non ?

Elle ne pouvait s'empêcher de ressentir un peu de compassion pour cette femme qui avait visiblement été très amoureuse de Pietro. Rien d'étonnant à ce qu'elle la déteste. Mais même si elle avait pu lui révéler la vérité, Carmina n'aurait pas été davantage ravie d'apprendre que Pietro avait eu une liaison avec sa mère.

— Je suis désolée, balbutia-t-elle.

Cette excuse ne fit que renforcer la rage de la vieille dame.

— Vous ne devriez pas être ici, ni vous, ni votre fils illégitime. La Villa Giulietta est dans la famille Carducci depuis des générations et c'est une tragédie de penser qu'une traînée va venir y dicter sa loi.

— Ecoutez, répondit Libby, suffoquée par tant de grossièreté, je comprends que vous ne vous maîtrisez plus, mais vous n'avez aucun droit de me parler de cette façon. Raul…

— Raul a perdu l'esprit et n'a plus qu'une idée en tête, vous ôter votre jupe. Il a eu des dizaines de maîtresses, mais ça n'a jamais tenu. Ne prenez pas trop vos aises ici, madame Maynard. Il va se lasser de vous bien vite et une autre vous succédera dans son lit.

Carmina tourna les talons et traversa majestueusement le hall, laissant Libby complètement désemparée.

— Quelle épouvantable vieille sorcière ! dit la jeune femme à Gino, qui lui sourit d'un air ravi, parfaitement inconscient de la scène qui venait de se dérouler sous ses yeux.

Mais Libby ne pouvait oublier les horribles insinuations de la tante de Raul. Combien de temps allait durer ce désir brûlant qui les liait pour l'instant ? Prendrait-il une maîtresse qu'il entretiendrait discrètement dans un appartement de Rome, et ne rentrerait-il à la villa que quand il aurait envie de jouer les gentils pères de famille ?

Elle gagna la vaste terrasse qui donnait d'un côté sur le lac et de l'autre sur la piscine que bordait un superbe jardin. Au-dessus de sa tête couraient des jasmins et des rosiers grimpants, embaumant l'air de leurs effluves délicats.

Assis à une table, en plein soleil, Raul feuilletait un journal. Ses cheveux brillaient comme de la soie et même ses lunettes de soleil ne parvenaient pas à dissimuler la beauté virile de ses traits. En s'approchant de lui, Libby se sentit traversée par une bouffée de désir. Elle avait beau se trouver ridicule de se révéler possessive vis-à-vis d'un homme qu'elle connaissait depuis si peu de temps, elle ne supportait pas de l'imaginer faisant l'amour à une autre femme.

Comment pouvait-elle être à ce point troublée par une simple attirance physique ? se demanda-t-elle en le voyant se lever pour l'accueillir. Il devait y avoir autre chose. Mais elle avait beau avoir accepté de l'épouser pour le bonheur de Gino, jamais elle ne serait assez folle pour tomber amoureuse.

Le bébé se mit à crier en tendant ses bras potelés vers Raul et quand celui-ci le souleva très haut dans ses bras, il rit aux éclats. Libby fut submergée par l'émotion. « Papa » allait désormais faire partie du vocabulaire de Gino. Mais tout en sachant qu'elle avait raison de se marier, elle ne pouvait oublier les allégations de sa tante concernant ses innombrables maîtresses. Une fois de plus, elle se sentit dévorée de jalousie en pensant aux femmes superbes qu'il avait tenues dans ses bras.

— Si nous voulons que ce mariage fonctionne, dit-elle abruptement, il va falloir établir un certain nombre de règles.

— Lesquelles ? s'enquit Raul avec un sourire amusé.

— Tout d'abord, la fidélité. Les enfants ont beaucoup d'intuition et je ne veux pas que Gino grandisse en pensant que son père a des liaisons avec d'autres femmes. Tu vas devenir son modèle et tu dois lui donner le bon exemple, lança-t-elle avant de s'arrêter, rougissante et inquiète d'en avoir trop révélé sur ses propres angoisses. Ta tante prétend que tu as eu des dizaines de maîtresses dont tu t'es vite lassé, comme tu te lasseras de moi.

— Quand lui as-tu parlé ?

— A l'instant même. Elle ne m'aime pas et elle m'a dit clairement qu'elle désapprouve notre mariage.

Raul, qui avait déjà eu à supporter les critiques de sa tante concernant sa future épouse, ne fut pas étonné de percevoir un tremblement dans la voix de Libby. Mais il fut plus surpris par la terrible colère qu'il éprouva contre Carmina et par son absolu désir de protéger la jeune femme.

— Je suis désolé que ma tante t'ait traitée de cette façon. Ça ne se reproduira plus. Elle va immédiatement rentrer chez elle à Rome, comme elle aurait dû le faire depuis longtemps.

Quant à mes liaisons passées, j'ai le sang chaud, et il est vrai que je n'ai pas vécu jusqu'à trente-six ans comme un moine.

Libby baissa les yeux vers le sol de marbre jusqu'à ce qu'il la force à redresser la tête en lui prenant le menton.

— Je suis d'accord pour être fidèle, poursuivit-il. Ce mariage a beau ne rien avoir d'habituel, je suis prêt à m'engager aussi sérieusement envers toi qu'envers Gino.

Libby se sentit si soulagée par cette promesse qu'elle en fut mortifiée. Encore heureux qu'il ait pris la peine de souligner qu'il s'agissait d'un mariage de pure convenance ! Elle était bien trop vieille pour croire aux contes de fées et pour confondre Raul avec le prince charmant.

Sans la lâcher, il leva l'autre main pour caresser ses boucles rousses avec un sourire qui la fit fondre.

— Je ne crois pas que je puisse un jour me lasser de toi, *cara*. Tu m'excites terriblement. Jamais une femme n'a produit sur moi un tel effet, reconnut-il tandis que son regard s'attardait sur la silhouette de Libby. J'apprécie ta nouvelle garde-robe.

Elle portait une simple robe de soie bleu pâle, élégante mais sexy, qui moulait ses seins et soulignait la courbe mince de ses hanches. Après sa désastreuse union avec Dana, il s'était cru dégoûté à jamais, et n'avait décidé de se remarier que pour retrouver le contrôle de Carducci Cosmetics. Mais il devait reconnaître qu'un autre facteur était intervenu dans cette décision, se dit-il en effleurant des siennes les lèvres de la jeune femme, qui lui répondit avec une fougue évidente. Il y aurait des compensations, songea-t-il en sentant ses reins s'enflammer quand elle ouvrit la bouche. Il céda à la tentation de lui caresser la poitrine à travers le tissu soyeux de sa robe et seule la présence de Gino l'empêcha de la déshabiller sur-le-champ pour la prendre sur la table.

— Deux semaines seront vite passées, pour toi comme pour moi, *cara*, murmura-t-il en se redressant, le souffle court. Après le déjeuner, je t'emmènerai à Rome choisir ta robe de mariée.

7.

Les jours suivants passèrent comme un éclair. Puisque ce mariage devait n'être qu'une simple cérémonie civile et que Raul s'était chargé de toutes les formalités, Libby se sentait étrangement détachée, même si l'horizon lui apparaissait parfois chargé de nuages noirs et menaçants.

— Veux-tu inviter des membres de ta famille ou des amis anglais ? lui proposa-t-il un soir au dîner tandis qu'elle contemplait rêveusement le soleil qui s'abîmait dans les eaux du lac en un ruissellement d'or et de pourpre.

Depuis le départ de sa tante, ils préféraient dîner sur la terrasse. Un dîner romantique, aux chandelles et avec vue sur le lac. Libby attendait ce moment avec impatience car Raul ne se comportait plus en étranger froid et arrogant, mais en compagnon attentionné. A son grand soulagement, jamais plus il n'avait évoqué sa liaison avec Pietro, mais il l'encourageait à raconter sa vie à Ibiza.

— J'ai perdu contact avec la plupart de mes amis quand je suis partie vivre en Cornouailles, répondit-elle en s'arrachant à sa contemplation, et Alice, dont je suis restée très proche, est retenue à Londres par un important procès.

Raul fut étonné qu'elle ne fasse aucune allusion à sa mère, mais s'abstint de tout commentaire. Elle lui avait raconté son enfance peu conventionnelle dans une communauté et lui avait confié qu'elle jugeait sa mère peu responsable. Il se demanda si elle avait rompu avec elle, avant de décider que cela ne le regardait pas.

— Du côté des Maynard, déclara-t-elle avec entrain,

confirmant ses soupçons, il n'y aura que Gino et moi. J'espère que tu n'as pas des centaines d'invités, ce serait vraiment déséquilibré.

Sous la légèreté du ton, Raul perçut une solitude et une vulnérabilité qui lui serrèrent le cœur. Peut-être s'était-elle lancée dans cette relation avec Pietro, un homme beaucoup plus âgé qu'elle, dans l'espoir de trouver en lui la sécurité qui lui avait tant manqué pendant son enfance.

Contrairement à ce qu'il avait cru, l'argent comptait peu pour elle. A preuve, quand il avait insisté pour lui offrir une robe de mariée, elle s'était rebellée en disant que c'était une dépense inutile et qu'elle pouvait très bien porter l'une des tenues achetées à son arrivée en Italie. Après une interminable discussion, elle avait fini par accepter de choisir une robe, qu'il avait trouvée très bon marché en comparaison des quarante mille livres que lui avait coûtés celle de sa première femme.

— Si tu n'as pas de famille proche, qui as-tu désigné comme tuteur de Gino, en cas de décès ?

— Personne, répondit-elle en fronçant les sourcils. J'ai vingt-deux ans et je suis en parfaite santé…

— Dans la vie, rien n'est jamais acquis à cent pour cent et tu devrais te préoccuper de trouver quelqu'un qui prenne soin de lui…

Cela n'avait pas même effleuré l'esprit de Libby. Une négligence d'autant moins pardonnable que si elle avait dû mentir à Raul au sujet de Gino, c'est bien parce que Liz ne lui avait pas officiellement confié la garde de l'enfant. Il avait raison : dans la vie, rien n'était jamais garanti. Et si elle était morte dans un accident ? songea-t-elle, malade d'angoisse. Gino se serait retrouvé seul et aurait été pris en charge par les services sociaux. Cette idée était trop horrible ! Heureusement, elle allait épouser Raul qui adopterait le bébé et assurerait sa sécurité, quoi qu'il arrive.

*
* *

Le matin du mariage, tandis qu'elle s'habillait, cette pensée lui revint à l'esprit. Sa robe de soie et de mousseline multicolore n'avait rien d'une robe de mariée, reconnut-elle en virevoltant devant son miroir. Consciente que Raul n'appréciait guère ses vêtements teints à la main, ni les mélanges de vert et d'orange qu'elle affectionnait, elle avait projeté de choisir une teinte pastel. Mais dès qu'elle avait aperçu ces couleurs chatoyantes, elle avait eu le coup de foudre.

Et puis, ce mariage n'avait rien de conventionnel, se dit-elle pour se rassurer. Raul et elle ne se mariaient que pour Gino, et il ne remarquerait sans doute même pas la façon dont elle était vêtue.

Malgré tout, son cœur battait à se rompre quand elle sortit de sa chambre, sans doute pour la dernière fois, songea-t-elle en frémissant. Déjà, ses vêtements avaient été déménagés dans la chambre de maître qu'elle partagerait désormais avec Raul, et une pièce contiguë avait été aménagée en nursery.

Sans doute ne se mariaient-ils pas pour les raisons habituelles, mais Raul avait quand même insisté pour que ce mariage soit bien réel. Cela voulait dire que ce soir même, il s'attendait à ce qu'elle vienne le rejoindre dans son immense lit, et là… Elle eut un blanc tout à coup. Sur ce qui se passerait ensuite, elle n'avait que des connaissances livresques, et elle appréhendait énormément le moment où il lui faudrait feindre une expérience qu'elle ne possédait pas.

Elle s'arrêta en haut du grand escalier qui descendait vers le hall et aperçut Raul, beau à couper le souffle dans son costume sombre et sa chemise de soie blanche. Comme il n'avait pas encore remarqué sa présence, elle s'autorisa à le contempler à loisir, admirant sa chevelure sombre et l'aisance dont était empreint chacun de ses mouvements. Il portait Gino, magnifique dans son costume marin bleu et blanc. Quand l'enfant se mit à gigoter, il le posa par terre, mais resta penché à sa hauteur pour assurer son équilibre.

Gino commençait à marcher, et comme il n'y parvenait pas encore tout seul, il adorait qu'on l'aide à rester debout. Tandis que Raul le guidait à travers la pièce, il rit de plaisir, tournant vers son demi-frère un regard si plein de confiance et de joie que Libby en eut la gorge serrée. Durant les deux semaines précédentes, elle avait compris que Raul serait un père extraordinaire. Chaque jour, il venait jouer avec le bébé dans la nursery et elle avait été impressionnée de le voir patiemment construire des tours de briques ou ramper par terre avec lui. Et quand il lui parlait, on devinait dans sa voix une affection bien réelle. D'ailleurs, le bébé l'adorait.

— Si tu marches trop, *piccolo*, tu vas t'user les jambes, dit-il en reprenant Gino dans ses bras.

Il s'arrêta soudain en apercevant Libby qui descendait l'escalier, et la fixa d'un air énigmatique. Visiblement, se dit-elle, il détestait sa robe. Pourquoi n'avait-elle pas choisi une tenue de soie crème qui lui aurait donné une allure beaucoup plus sophistiquée ?

— Ce n'est sans doute pas ce que tu avais en tête, lança-t-elle en atteignant le hall.

— Non, reconnut-il, gêné par le trouble qu'il ressentait, en se demandant comment cette femme réussissait à lui mettre tout le corps à feu et à sang. Mais tu n'as jamais manqué de me surprendre, *cara*.

— J'ai bien essayé une robe crème, dans le magasin, mais j'ai trouvé que ça ne m'allait pas. Je préfère les couleurs vives.

— Je m'en suis rendu compte.

Le regard de Raul descendit des boucles rousses de Libby à sa poitrine rebondie, à sa taille menue, puis à ses jambes que mettaient en valeur les pans de soie multicolore. Elle lui parut plus vibrante et intense que jamais et il n'eut plus qu'une idée en tête, la porter dans un lit pour jouir de la sensualité qu'elle exsudait par chaque pore.

— Tu es superbe, poursuivit-il. Sans cet arc-en-ciel de couleurs, tu ne serais pas toi-même. Et je dois reconnaître que je commence à apprécier l'orange et le vert.

Etonnée du sérieux qui perçait sous son ton badin, Libby leva les yeux et ressentit un coup à l'estomac en remarquant la flamme de son regard.

— Croyant que tu porterais une robe traditionnelle, j'ai

commandé un bouquet assorti, dit-il en lui tendant des roses d'un blanc immaculé. J'espère qu'il te plaira.

Ce bouquet tout simple, mais superbement composé de boutons qui s'ouvraient à peine, emplissait l'air d'un délicat parfum. Les larmes aux yeux, Libby baissa la tête. Jamais elle ne se serait attendue à ce que Raul lui offre des fleurs.

— Elles sont parfaites, balbutia-t-elle. Merci.

— Venez, madame Maynard, dit-il en lui tendant la main. Je crois que nous devons assister à un mariage.

Au moment où il sortait de la villa, le téléphone de Raul se mit à sonner. Pensant qu'il s'agissait d'un appel professionnel, il fut tenté, pour la première fois de sa vie, de l'ignorer. Mais la sonnerie persista, et, tirant l'appareil de sa poche, il vit s'afficher le nom de Bernardo Orsini, son avocat.

— Désolé, mais il faut que je réponde, dit-il à Libby en arrivant à la voiture où Tito, son chauffeur, les attendait pour les conduire à la mairie. Bernardo ?

— Je voulais simplement vous confirmer que nous avons tout mis en œuvre pour que vous deveniez l'unique président de Carducci Cosmetics dès que vous aurez épousé Elizabeth Maynard. C'était bien le but de ce mariage, n'est-ce pas ? Toutes mes félicitations. Vous avez été rapide. Evidemment, il vous faudra attendre un peu avant de divorcer et j'espère que cette période ne sera pas trop difficile.

Raul jeta un coup d'œil à Libby qui installait Gino dans le siège de bébé placé à l'arrière de la voiture, révélant des courbes troublantes.

— Je pense que je réussirai à survivre, répondit-il.

Mais en montant dans la voiture, qu'embaumait le délicat bouquet, il se rendit compte avec stupéfaction que cela faisait des jours qu'il n'avait plus songé à prendre les commandes de Carducci Cosmetics. Le désir qu'il éprouvait pour sa future femme occupait toutes ses pensées.

La journée passa comme un rêve, laissant dans la mémoire de Libby un kaléidoscope d'images qui y demeureraient toute sa vie, songea-t-elle. D'abord, le hall magnifiquement décoré de la mairie, un *palazzo* qui dominait le lac Bracciano. Seuls Tito et Sylvana, qui avait réussi à convaincre Gino de rester tranquillement assis sur ses genoux, assistaient à la cérémonie, ainsi qu'un couple d'amis intimes de Raul, Romano et Flaviana Vincenti. Libby les avait rencontrés quelques jours auparavant, ainsi que leurs deux adorables petites filles. A sa grande surprise, ils avaient eu l'air de croire qu'il s'agissait d'un mariage d'amour.

— Jamais nous n'aurions imaginé que Raul se remarierait après ce qu'il a enduré avec Dana, déclara Flaviana à l'issue de la cérémonie en embrassant Libby. Pour avoir ravi son cœur, vous devez vraiment avoir quelque chose de spécial.

— Euh…

Libby cherchait une réponse adéquate quand elle sentit la bouche de Raul se poser sur la sienne dans un long baiser qui la laissa tremblante de désir. Quand il finit par la lâcher, elle s'aperçut qu'un photographe venait d'immortaliser cet instant.

— Le vrai motif de notre mariage doit rester entre toi et moi, chuchota-t-il. Flaviana est une incurable romantique et je ne vois pas pourquoi je lui ôterais ses illusions.

C'était sans doute pour cette raison qu'il s'était montré si attentionné durant le dîner servi dans un charmant petit restaurant, et suivi d'une croisière sur le lac. Les adultes avaient bu du champagne rosé tandis que les petites Vincenti galopaient d'un bout à l'autre du bateau sous les yeux de Gino, ravi.

Une journée inoubliable, songea avec étonnement Libby en sortant de la nursery où elle venait de coucher le bébé. Elle s'arrêta sur le seuil pour écouter le bruit de sa respiration, soulagée de ne plus entendre ces horribles sifflements. Quelques jours plus tôt, elle l'avait emmené, en compagnie de Raul, consulter un éminent spécialiste qui, après l'avoir examiné et lui avoir fait une radio, avait assuré que la pneumonie n'avait causé à ses poumons aucune lésion définitive.

— Votre fils est superbe et va devenir un garçon plein

de force et de santé, avait dit le médecin en rendant le bébé à Raul.

Dès que le jugement d'adoption aurait été prononcé, Gino aurait un père et grandirait en sécurité entre ses deux parents, pensa-t-elle en se dirigeant vers la chambre de maître. C'était pour cette raison qu'elle avait épousé Raul. Mais maintenant que leur nuit de noces approchait, elle avait les nerfs à vif, et en même temps, à la pensée de faire l'amour avec lui, elle se sentait frémir de désir.

Un magnétisme sexuel presque tangible se manifestait chaque fois qu'ils se trouvaient dans la même pièce, quand elle voyait s'obscurcir son regard et ressentait elle-même une douloureuse impression de manque. Ce qu'elle redoutait, ce n'était pas de perdre sa virginité, mais d'être incapable de savoir feindre qu'elle n'était plus vierge.

Peut-être aurait-il mieux valu dire la vérité ? Elle ralentit le pas en se mordillant la lèvre. Maintenant qu'ils étaient mariés, pourquoi ne pas être honnête ? Si elle lui expliquait sa peur que Gino lui soit arraché, il comprendrait certainement pourquoi elle avait prétendu être sa mère.

Oui, mais s'il refusait, et, dans sa colère, demandait l'annulation de leur mariage, la chassait de la Villa Giulietta et réclamait la garde de l'enfant ? L'enjeu était trop important pour qu'elle accepte de courir ce risque. Mieux valait garder son secret et, cette nuit, jouer la comédie de la séductrice expérimentée.

Elle poussa la porte de la chambre. Les lampes de chevet étaient allumées et la couverture avait été tirée sur le lit, mais la pièce était vide. Soulagée de ce délai, elle sortit sur le balcon pour respirer l'air parfumé de la nuit. Les étoiles scintillaient dans le ciel d'encre, et la lune posait une lueur argentée sur les eaux sombres du lac.

— Pour moi, c'est le plus beau spectacle du monde.

La voix de Raul rompit le silence et Libby frémit en le sentant approcher. Il la prit par la taille pour l'attirer à lui, et elle perçut la tiédeur de son corps et son cœur qui battait calmement.

— Le… le lac est superbe, au clair de lune, acquiesça-t-elle en sentant son propre cœur s'emballer au point qu'elle avait du mal à proférer le moindre mot.

— Je ne parlais pas du lac, *cara*.

Tandis qu'il écartait ses boucles flamboyantes pour lui embrasser la nuque, une bouffée brûlante de désir lui embrasa les reins. Il l'avait désirée dès la minute où il avait posé les yeux sur elle et la découverte qu'elle avait été la maîtresse de son père n'avait pas suffi à calmer sa flamme. Maintenant qu'elle était sa femme, il saurait lui faire oublier tous ses anciens amants.

En sentant qu'il faisait descendre la glissière de sa robe pour lui dénuder les seins, Libby laissa échapper un gémissement rauque et se mit à trembler. Quand il les prit au creux de ses paumes avant d'en agacer les pointes entre ses doigts, elle éprouva un plaisir presque douloureux.

— S'il te plaît…

Ce qu'elle ressentait était indescriptible. Un courant électrique la traversait de part en part et une pulsation humide et tiède battait entre ses cuisses. C'était une sensation si aiguë que sa nervosité s'évanouit et qu'elle fut submergée par une onde douloureuse de désir.

— Tu es si réceptive, *cara*, et ton impatience est si communicative, murmura-t-il en posant ses lèvres sur celles de la jeune femme.

Son baiser était si avide qu'elle chancela et dut se raccrocher à lui.

— Je vais te procurer du plaisir, je le sais, continua-t-il. Jamais je n'ai désiré une femme autant que toi.

Il la souleva dans ses bras et parcourut en quelques pas l'espace qui séparait le balcon du lit, où il l'allongea avant de lui ôter sa robe et ses chaussures, la couvant d'un regard brûlant. Lorsqu'il passa la main sous l'élastique de son slip, Libby retint son souffle. Jamais aucun homme ne l'avait vue nue et elle se sentait soudain terriblement vulnérable. L'anxiété la reprit quand elle prit conscience qu'elle était sur le point d'offrir sa virginité à un homme qui la croyait pleine d'expérience. Elle avait réussi à se convaincre qu'elle pourrait lui cacher son innocence, mais au moment où il fit glisser son slip, instinctivement, elle se couvrit le ventre de ses mains, le cœur battant la chamade.

— Je vois que ta rousseur est naturelle, chuchota Raul en riant. Inutile de te cacher. Ecarte les jambes, *cara*. Je veux te voir avant de te caresser. Tu aimes les caresses orales ?

Il vit ses joues s'empourprer et fut stupéfait du regard offensé qu'elle lui jeta. Elle avait réagi avec tant de fièvre à ses baisers qu'il s'était attendu à ce qu'elle se montre plus impatiente. Mais voilà qu'elle paraissait soudain timide, incertaine, sans faire aucun geste dans sa direction.

— Je... je ne sais pas, répondit-elle, visiblement terrorisée.

— Vraiment ? Tu n'as jamais... ? Oh, *cara mia*, il faut un début à tout.

Il ne put cacher sa surprise — ni une pointe de satisfaction — à l'idée de lui faire découvrir une expérience qu'elle n'avait jamais connue avec ses précédents amants. Mais quand il glissa une main entre ses cuisses, elle se raidit comme s'il l'avait brûlée. Comme il fronçait les sourcils, elle se força à se détendre, et, le cœur battant, écarta un peu les jambes. Il laissa alors courir un doigt sur son sexe dans une caresse aussi légère qu'une aile de papillon qui l'inonda de plaisir. Une onde brûlante la parcourut et une tiède humidité naquit entre ses cuisses. Rien ne l'avait préparée à une sensation aussi exquise. Lorsqu'il passa le pouce sur le bourgeon de sa féminité, elle poussa un gémissement de volupté.

C'était bon, meilleur que bon à vrai dire, extraordinaire. Lorsqu'il lui écarta davantage les jambes, elle se laissa faire en fermant les yeux pour mieux se concentrer sur les sensations inconnues qu'il lui procurait mais, en sentant son haleine entre ses cuisses, elle les rouvrit brusquement. Il n'allait quand même pas... ?

Quand il enfouit la tête entre ses jambes pour l'explorer de sa langue, elle poussa un petit cri outré.

— Non ! s'écria-t-elle en le prenant par les cheveux pour l'écarter.

Mais la sensation devint si délicieuse qu'elle abandonna toute résistance et souleva le bassin pour mieux s'offrir à lui.

Une onde de désir presque douloureuse lui taraudait le ventre. Ce désir, seul Raul pourrait l'apaiser, elle le savait d'instinct. Loin de vouloir qu'il s'arrête, elle était avide de le sentir aller plus loin dans ses caresses. Comme il relevait la tête, le contact de l'air frais entre ses cuisses lui arracha un murmure de protestation.

— Je sais, dit-il en se levant pour ôter ses vêtements, tu en as tout aussi envie que moi.

Il aurait aimé qu'elle le déshabille, mais il était si excité qu'il n'aurait pu supporter le moindre attouchement. Une fois débarrassé de sa chemise et de son pantalon, il la vit observer d'un air surpris son sexe gonflé sous son caleçon. Il ne comprenait pas pourquoi elle s'obstinait à jouer les ingénues alors qu'elle avait manifesté tant de fougue durant les préliminaires. Elle devait avoir eu des douzaines d'amants, mais comme il n'était pas lui-même un saint, il n'avait que faire d'une vierge timide.

Il était temps de lui montrer maintenant ce dont lui, il avait envie, décida-t-il, amusé de voir les yeux de Libby s'écarquiller quand il ôta son caleçon. Son érection n'avait rien de surprenant, puisque le fantasme qui l'avait tant obsédé allait enfin devenir réalité, mais il était en proie à une telle excitation que cette première expérience risquait de se terminer trop vite, il le savait déjà. Frémissant de désir, il lui écarta les jambes et se plaça au-dessus d'elle.

Libby avait observé Raul tandis qu'il se déshabillait, fascinée par la puissance de son torse musclé couvert d'une fine toison qui courait jusqu'à son ventre. Quand il s'était dénudé, désemparée par la taille de sa virilité dressée, elle s'était dit que jamais elle ne pourrait l'accueillir en elle. Lorsqu'il s'allongea sur elle, son cœur se mit à battre follement. La sensation de ce corps si dur qui se pressait contre sa chair tendre lui semblait étrange, presque terrifiante. Dans un mouvement instinctif, elle tenta de le repousser des deux mains, mais en riant, il lui prit les poignets qu'il ramena au-dessus de sa tête.

— Excuse-moi de t'imposer la position du missionnaire, si banale, *cara*, car je te désire au point que j'ai peur de ne pouvoir résister. Mais la nuit sera longue…

Ces mots résonnèrent comme une menace aux oreilles de Libby. En sentant son corps remuer sous le sien, Raul baissa la tête et s'empara de la pointe d'un sein avec tant de volupté qu'elle frissonna de tout son être.

— J'aime ton impatience, murmura-t-il, ayant pris pour une invite son mouvement instinctif pour lui échapper.

Ses doigts cherchèrent le sexe de Libby, qui retint son souffle, et lorsqu'il se mit à caresser doucement le cœur de son intimité la peur de la jeune femme fit place à un tourbillon de sensations qui l'emporta vers un lieu magique et inaccessible. Puis son pénis gonflé vint remplacer ses doigts et elle se mit à trembler d'excitation. Lorsque enfin il se glissa en elle, elle fut d'abord soulagée. Elle n'avait pas mal, cette sensation d'écartèlement était étrange, mais pas désagréable. Non, il n'allait pas deviner que c'était la première fois, se dit-elle, plus détendue. Levant la tête, il la fixa droit dans les yeux.

— Maintenant, chuchota-t-il en la prenant par les hanches pour la pénétrer d'un mouvement plein de fougue en gémissant de plaisir.

En l'entendant crier de douleur, il s'arrêta net, paralysé par la surprise. *Dio !* Impossible ! Cette impression de résistance, cette étroitesse devaient être le fruit de son imagination. Le cœur battant, il s'écarta, ébahi de la voir serrer les poings devant sa bouche, les pupilles dilatées sous le choc. Pourtant, elle ne pouvait pas être vierge. C'était une idée folle, inconcevable…

Il voulut se retirer, mais les muscles de Libby semblaient l'agripper dans une étreinte de velours. Il sentait son propre sang battre dans ses veines, tel un flot de lave, et le désir déferla soudain en lui comme un flot primitif qu'il ne pouvait plus contrôler. Il grinça des dents, tentant de se reprendre, mais sans succès. Il sombra alors définitivement dans les délices de ce puits velouté, submergé par une onde de plaisir qui lui arracha un long gémissement, le corps frémissant de vagues de volupté.

8.

Tremblant sous le choc, en proie à une incoercible nausée, Libby tenta de s'arracher à l'étreinte de Raul pour se précipiter dans la salle de bains. Il pesait lourd sur elle et sa respiration était haletante. Il s'écarta d'elle et aspira l'air avidement. Quand il tourna la tête, son regard était sombre et aussi insondable que les eaux du lac par une nuit sans lune. Il poussa un juron en italien en la contemplant d'un air incrédule.

Sans nul doute, il allait falloir qu'elle lui fournisse une explication, mais elle n'était pas en état. Il voulut lui prendre le poignet, mais elle lui échappa et d'un bond se glissa hors du lit.

Il y avait du sang sur le drap. Le regard de Raul remonta de la tache révélatrice au visage de la jeune femme. Elle se précipita dans la salle de bains dont elle verrouilla la porte avant de se pencher pour vomir au-dessus de la cuvette des toilettes.

De toute façon, même si elle n'avait pas crié quand Raul l'avait pénétrée, la tache de sang sur le drap l'aurait trahie. Elle ne s'était pas attendue à avoir si mal et, surtout, elle ne s'était pas attendue à se sentir à ce point bouleversée par cette expérience. En chancelant, elle s'appuya au mur et enfouit son visage entre ses mains. Au moment où Raul était entré en elle, elle avait enfin eu la révélation qu'elle l'aimait — et qu'elle aurait tout donné pour qu'il l'aime, lui aussi.

Les mots tournaient dans sa tête. Oui, dès la première

seconde elle s'était sentie attirée par lui, irrésistiblement, et oui elle l'aimait.

Certes, elle avait bataillé, elle s'était opposée à lui, convaincue de détester son arrogance et le mépris dont il l'accablait parce qu'elle n'en voulait, selon lui, qu'à l'argent de son père. Mais en dépit de toutes ses provocations et de leurs différences d'éducation et de mode de vie, elle avait toujours su au plus profond d'elle-même qu'ils étaient faits l'un pour l'autre. Parce qu'il manifestait à Gino une indéniable affection, elle avait consenti à ce mariage. Oui, elle avait souhaité qu'il adopte l'enfant pour que celui-ci ait un père, mais elle s'était imaginé que, comme dans les contes de fées, Raul se rendrait compte qu'elle était l'amour de sa vie.

Quand il l'avait pénétrée avec tant de violence, elle avait souffert dans son cœur mille fois plus que dans sa chair. Elle s'était attendue à ce qu'il lui murmure des mots tendres pour la rassurer, mais elle en avait été pour ses frais. Pour lui, il s'agissait de sexe, voilà tout, et elle s'était comportée de façon si stupide que, désormais, il savait qu'elle n'était pas la mère de Gino.

Elle tressaillit en entendant tambouriner à la porte et resta assise sur le sol de marbre glacé, les genoux serrés contre la poitrine.

— Libby, ouvre cette fichue porte avant que je ne l'enfonce !

Comme elle ne répondait pas, Raul mit sa menace à exécution. En voyant les gonds fléchir, elle se dit qu'il allait réveiller toute la maison. De toute façon, il faudrait bien qu'elle sorte de la salle de bains. Après avoir pris une profonde inspiration, elle se releva et enveloppa son corps tremblant dans un drap de bain. Les pointes de ses seins ressortaient sur son corps blanc, roses et sensibles d'avoir été si longuement agacées par Raul. Elle ressentait encore une meurtrissure entre ses jambes, mais cent fois moins douloureuse que les battements désordonnés de son cœur, songea-t-elle en ouvrant enfin la porte.

Dès qu'elle se retrouva face à Raul, en pantalon, mais torse nu, elle ressentit l'envie ridicule de poser sa joue sur son torse hâlé. Mais il la toisa comme s'il allait l'étrangler sur place.

— Qui est la mère de Gino ? hurla-t-il.

— Elizabeth Maynard, balbutia-t-elle.

— Assez de mensonges ! J'ai regardé ton passeport. Tu t'appelles bien Elizabeth Maynard, mais tu es vierge ou du moins tu l'étais encore il y a cinq minutes. Petite imbécile ! Pourquoi ne m'as-tu pas dit que c'était la première fois ? J'aurais…

Sa voix se brisa. Il se passa la main dans les cheveux, à peine capable d'intérioriser ce qui venait de se produire. Dans sa mémoire résonnait le faible cri qu'elle avait poussé et il se sentait coupable de ne pas avoir immédiatement tout arrêté. Son corps l'avait trahi. Son désir avait été si violent qu'au lieu de se retirer, il s'était enfoncé plus profondément, sans réussir à se contrôler, ce qui ne lui était jamais arrivé encore. Il se targuait d'être un amant généreux qui ne prenait pas égoïstement son plaisir sans se préoccuper de sa partenaire. Mais jamais il n'avait défloré une vierge, et il avait tellement honte de s'être laissé aller qu'il préférait enfouir ce sentiment sous un torrent de colère.

— J'aurais fait plus attention, reprit-il en contemplant Libby, plus pâle que la craie sous ses boucles rousses.

Ses yeux semblaient lui dévorer le visage et, en voyant trembler sa lèvre inférieure, il eut l'impression qu'une main glacée lui serrait le cœur. Il se raidit pour résister à la tentation de la prendre dans ses bras.

— Qui es-tu ?

— Elizabeth Maynard. C'était également le nom de ma mère. C'est elle qui a eu une liaison avec ton père au cours de cette croisière. Gino est mon demi-frère.

— C'est ta mère qui a été la maîtresse de Pietro ! s'exclama Raul, incapable de contrôler le flot d'émotions qui l'envahissait. Mais alors, où est-elle ? Et pourquoi m'as-tu joué cette comédie ? Pourquoi as-tu prétendu que Gino était ton fils ?

Le chagrin de Libby était si frais encore qu'elle sentit son cœur se serrer.

— Elle est morte, balbutia-t-elle, la gorge serrée.

En dépit de sa rage, Raul ne put s'empêcher d'être ému en voyant perler des larmes aux yeux de la jeune femme.

— Je suis désolé, murmura-t-il. Vous étiez très proches ?

— Plus que deux sœurs, fit-elle dans un souffle. Elle me manque beaucoup. J'ai passé toute mon enfance seule avec elle. Quant à mon père, je n'ai jamais su qui il était. Elle n'aimait pas aborder ce sujet, mais tout ce que je sais, c'est qu'il lui a brisé le cœur. Il était marié, mais ma mère ne le savait pas, et quand elle lui a annoncé sa grossesse il lui a proposé de payer son avortement.

Elle s'arrêta quelques secondes pour reprendre son souffle.

— Lorsque maman s'est retrouvée enceinte de Pietro et qu'il a paru se désintéresser d'elle, elle a eu l'impression que la même histoire se répétait et que, de nouveau, son amant l'abandonnait. Mais elle adorait Gino, et elle tenait à ce qu'il ait l'enfance la plus heureuse possible. C'est pour cette raison qu'elle a déménagé en Cornouailles, pour qu'il vive dans un meilleur environnement que celui de notre quartier de Londres. Mais elle est décédée brutalement d'une embolie pulmonaire. Comme elle n'avait fait aucun testament pour me confier la garde de Gino, j'ai eu peur que les services sociaux ne me l'enlèvent, dit-elle en jetant un coup d'œil à Raul, dont le visage restait impénétrable. J'ai donc fait comme s'il était mon propre fils. Il est tout pour moi, et tout ce qui me reste de ma mère. Je sais bien que j'aurais dû te dire la vérité, mais…

— *Per Dio !* C'est maintenant que tu me l'avoues, après m'avoir menti, m'avoir trompé…

— Je ne pouvais pas faire autrement, dit Libby en lui jetant un regard désespéré. Dans son testament, Pietro souhaitait que Gino et sa mère viennent vivre à la Villa Giulietta. J'ai eu peur qu'en apprenant que je n'étais pas sa mère tu n'engages une procédure pour me l'enlever et obtenir sa garde. Jamais je n'aurais pu le supporter. Tu as dit que Gino avait besoin de nous deux. C'est toujours vrai.

Il n'avait que quelques mois quand Liz est morte, et il n'a pas connu d'autre mère que moi.

— Peut-être, mais tu n'es pas sa mère, répliqua Raul, bouillant de colère.

Il ne pouvait supporter d'apprendre que Libby n'était qu'une menteuse manipulatrice, exactement comme Dana. Traversant la pièce, il se réfugia sur le balcon, ne sachant que dire ni que penser. En apprenant que son père adoptif avait un autre fils, il croyait avoir eu le choc de sa vie. Mais en découvrant que celle qu'il prenait pour la mère de Gino était vierge, il avait été si bouleversé qu'il lui fallait encore lutter pour accepter la vérité.

De la masse confuse de pensées qui tourbillonnaient dans sa tête, il n'en retenait qu'une : en fait, jamais il n'aurait dû se marier. Puisque Libby n'était pas la mère de Gino, elle n'avait aucun droit sur la partie de Carducci Cosmetics que Pietro avait laissée à son fils. Si la mère de celui-ci était décédée, le contrôle des actions lui revenait automatiquement à lui, Raul, sans qu'il ait besoin d'épouser Libby.

En tournant la tête, il vit qu'elle l'avait rejoint sur le balcon après avoir enfilé une robe. Non pas l'élégante robe de soie grise qu'il lui avait achetée, mais une robe rose vif qu'elle avait apportée d'Angleterre. Avec ses boucles rousses qui lui tombaient sur les épaules, elle avait l'air d'une gamine innocente, songea-t-il en se rappelant le cri qu'elle avait poussé quand il l'avait déflorée. Un instant la culpabilité qu'il ressentait de l'avoir possédée de façon si brutale balaya sa colère.

— Jamais tu n'aurais dû me mentir, reprit-il d'une voix sourde.

— Mais alors, tu m'aurais enlevé Gino, n'est-ce pas ?

— C'est vrai, reconnut-il. Il était impossible d'élever un enfant dans ce taudis et, de toute façon, quelle éducation aurait pu lui donner une lap danseuse ?

— C'est ma mère qui était lap danseuse, pas moi, protesta-t-elle, outrée par le regard méprisant de Raul. Et permets-moi de te dire une chose au sujet de Liz. Elle travaillait peut-être dans une boîte minable, mais personne ne l'a jamais aidée, et elle refusait de vivre de l'aide sociale. Je n'ai sans doute pas eu une éducation traditionnelle, mais jamais je n'ai douté qu'elle m'aimait. Quand elle s'est retrouvée sans nouvelles de Pietro, après la croisière, ça lui a brisé le cœur. Pas parce qu'elle en voulait à son argent — quand elle l'a rencontré, elle ne savait même pas qu'il dirigeait Carducci Cosmetics — mais parce qu'elle l'aimait et qu'il lui avait raconté que lui aussi était amoureux d'elle.

Elle dut s'arrêter pour ravaler ses larmes.

— La vérité, c'est que ton père a abandonné ma mère, mais malgré tout, elle adorait Gino. Elle lui aurait consacré sa vie, si elle n'était pas morte si vite… et moi, j'ai pris sa place.

En l'entendant, Raul ne put dissimuler son trouble. Tout ceci était plausible, mais il refusait de se laisser tromper une deuxième fois.

— Deux jours après son retour de croisière, Pietro a été terrassé par une attaque qui était en fait le premier signe d'une tumeur cérébrale et qui l'a laissé hémiplégique et incapable de parler. C'était l'homme le plus honnête que j'aie jamais connu, et s'il a dit à ta mère qu'il l'aimait, c'était la vérité. Mais il a peut-être cru qu'il valait mieux pour elle qu'il ne se manifeste pas. A ce moment-là, il ignorait sa grossesse et se sentait malade et diminué. Pour lui, il valait mieux qu'elle garde le souvenir des bons moments passés ensemble plutôt que de le revoir dans l'état où il était.

Libby agrippa la rambarde du balcon et ferma les yeux pour tenter de retenir ses larmes devant Raul.

— Maman aimait ton père et je suis certaine qu'elle l'aurait bien soigné. C'était une femme si… humaine.

En entendant sa voix brisée par l'émotion, Raul sentit son cœur se serrer. Mais non, il ne pouvait pas lui faire confiance, songea-t-il, non sans se rappeler pourtant qu'elle avait eu quelques raisons de prétendre être la mère de Gino.

— Et toi, Libby, es-tu aussi une femme humaine ? demanda-t-il sur un ton plein d'ironie. Est-ce la vraie raison pour laquelle tu m'as joué toute cette comédie ?

— Quel autre motif aurais-je pu avoir ?

Il haussa les épaules en la dévisageant froidement et elle se demanda où était l'homme qui lui avait souri si tendrement au moment de leur mariage. Peut-être l'avait-elle seulement imaginé ?

— Le désir de vivre dans le luxe à la Villa Giulietta en utilisant Gino comme gagne-pain.

— Non ! s'exclama-t-elle, écœurée par cette accusation.

— Si. Mais comme tu savais que ça se terminerait quand il aurait dix-huit ans, lorsque je t'ai proposé de t'épouser, tu as sauté sur l'occasion. En devenant ma femme, tu assurais ta sécurité pour le reste de ta vie.

— C'est faux. Je l'ai fait pour le bonheur de Gino, exactement comme toi, pour qu'il grandisse avec un père et une mère.

— Tu voudrais me faire croire que l'appât du gain n'a joué aucun rôle dans ta décision d'épouser un milliardaire ?

Ignorant le regard blessé qu'elle lui jetait, il s'éloigna. Lui qui avait la réputation d'un adversaire particulièrement dur en affaires, comment avait-il pu tomber deux fois de suite dans le même piège ? Dana et Libby, deux intrigantes… Et lui le plus grand imbécile de la planète.

Il renfila sa chemise, mais en tournant la tête, il aperçut Libby qui l'avait suivi dans la chambre.

— Mon premier mariage n'a duré qu'un an, lança-t-il en se dirigeant vers la porte, mais le second ne durera même pas une journée.

— Que… que veux-tu dire ? s'enquit Libby en frissonnant malgré la tiédeur de la nuit. Où vas-tu ?

— On se reverra au tribunal pour notre divorce, *cara*. Quant à savoir où je vais… Je préférerais aller en enfer que respirer le même air que toi.

Une onde de panique parcourut le corps tremblant de la jeune femme.

— Non ! Tu ne peux pas faire ça ! Tu ne peux pas divorcer ! Et Gino ? C'est pour lui qu'on s'est mariés, pour lui donner une enfance stable…

— C'est exactement ce que j'ai l'intention de lui offrir. Il vaut mieux que je l'élève seul qu'avec une menteuse comme toi. Jamais aucun tribunal ne t'accordera sa garde après la comédie que tu m'as jouée.

Chancelante, elle ferma les yeux. Raul ne pouvait pas faire une chose pareille… malgré la colère qui brillait dans ses yeux, preuve qu'il ne lui pardonnerait jamais de l'avoir trompé. Elle devait absolument arriver à lui faire comprendre qu'elle aimait Gino et qu'elle avait seulement voulu faire son bonheur. Au moment où il franchissait le seuil, elle tendit la main vers lui.

— Raul… je t'en supplie…

Avec un regard d'une amertume qui lui déchira le cœur, il claqua la porte. Tremblante, elle écouta décroître le bruit de ses pas le long du couloir et tomba à genoux, le visage inondé de larmes. Par sa faute, sa nuit de noces et sa lune de miel étaient terminées. Tout comme son mariage, d'ailleurs.

Traversant la maison, Raul sortit sur le perron pour gagner l'endroit où il aimait se réfugier quand il éprouvait le besoin d'être seul. Le clair de lune posait une lueur argentée sur le lac qui reflétait la silhouette des grands arbres qui le bordaient. Le bruit de ses pas sur la jetée de bois résonna dans le silence. En quelques secondes, il défit l'attache de son voilier, monta à bord et largua l'amarre.

Comme la brise fraîchissait soudain, poussant le bateau au-devant des vagues, il se concentra sur sa manœuvre et gagna le milieu du lac. Bercé par le clapotis de l'eau sur la coque et le sifflement de la voile, il sentit s'apaiser la colère qui l'avait submergé.

Ainsi, Libby n'était pas la mère de Gino et elle l'avait trompé sans vergogne, songea-t-il en s'efforçant de contrôler les bouffées de rage qui l'envahissaient à cette pensée tandis qu'il filait dans la nuit, sous des myriades d'étoiles. Naturellement, elle avait agi par intérêt. Lorsqu'elle avait prétendu vouloir des enfants de lui, elle mentait, comme

Dana. Elle ne valait pas mieux que cette garce cupide qui ne l'avait épousé que pour mettre la main sur la fortune des Carducci.

Pourtant, elle n'avait pas montré le même entrain que sa première femme à abuser de sa carte de crédit. Elle ne passait pas ses journées à acheter des vêtements pour les empiler dans sa garde-robe déjà trop pleine. Elle n'avait pas exigé d'aller danser dans un club. Quand il le lui avait proposé, lors d'un séjour à Rome, avant leur mariage, elle avait prétendu qu'elle préférait rentrer à la Villa Giulietta.

Il était évident qu'elle adorait Gino auquel elle se consacrait entièrement. En se rappelant le taudis auquel il les avait arrachés, il ne put s'empêcher de faire la grimace. Pour son demi-frère, elle avait consenti à d'immenses sacrifices — à la fois matériels et personnels — et affronté toutes les difficultés d'une mère célibataire. Et elle avait travaillé dur pour garder un toit tout en continuant à s'occuper de lui. Jeune et belle comme elle l'était, elle aurait mérité ce dont rêvent toutes les femmes : des vêtements à la mode, des fêtes, des amis, des aventures. Tout cela, elle l'avait sacrifié au bonheur de Gino.

Une autre femme aurait-elle été capable de tant d'amour et de générosité pour un enfant qui n'était pas le sien ? Sûrement pas Dana, en tout cas. Mais il en avait connu au moins une, sa mère adoptive, qui avait accueilli dans sa maison et dans son cœur un malheureux garçon de sept ans, sauvage comme un petit animal blessé. Eleonora Carducci lui avait accordé son amour sans conditions, et lui aussi il l'avait adorée. Mais après son douloureux divorce, il était prêt à accuser de duplicité toutes les femmes, en bloc. Quand il avait découvert que Libby l'avait dupé, elle aussi, la colère l'avait submergé, mais maintenant, il se demandait s'il ne s'était pas montré trop dur avec elle.

« Je l'ai fait pour le bonheur de Gino, exactement comme toi, pour qu'il grandisse avec un père et une mère. »

En se rappelant ces mots, Raul fut envahi par la culpabilité. Car il devait bien reconnaître que s'il l'avait épousée, lui, c'était pour une tout autre raison. Il l'avait fait pour reprendre le contrôle de Carducci Cosmetics, et ce faisant il l'avait lui-même trompée, puisqu'il ne lui avait pas révélé la clause qu'avait établie Pietro à ce sujet dans son testament.

Une autre pensée vint insidieusement se glisser dans son esprit. Libby n'avait pas été la maîtresse de Pietro. Jamais elle n'avait couché avec son père, pas plus qu'avec aucun autre homme d'ailleurs, et pour une inexplicable raison, cela le remplissait d'une joie inexprimable. Il s'était toujours considéré comme un homme moderne, convaincu que toute femme avait droit à une vie sexuelle épanouie et variée. Mais Libby lui appartenait, il ne pouvait s'empêcher de ressentir à son égard un sentiment de possession primitif, comme s'il désirait la garder prisonnière dans une tour de la villa, loin du regard des autres hommes.

Le ciel pâlissait lorsqu'il revint vers le rivage, apaisé mais incapable encore de savoir ce qu'il devait faire. Quand il aperçut une silhouette sur la jetée, il reconnut immédiatement la chevelure flamboyante de sa femme. En approchant, il vit qu'elle avait passé un jean et un pull gris. Elle semblait si jeune et si vulnérable qu'il en eut le cœur serré.

— Attrape ça, lui dit-il en lançant un bout dans sa direction, et enroule-le autour de la borne d'amarrage.

Elle lui jeta un coup d'œil méfiant et il découvrit que ses yeux étaient rouges dans son visage d'une pâleur de craie.

— Il est 4 heures, reprit-il après avoir regardé sa montre. Je ne m'attendais pas à te trouver debout.

— Je ne pouvais pas dormir, répondit-elle avec un haussement d'épaules.

Elle semblait très tendue, tel un poulain prêt à s'enfuir quand on l'approche de trop près. Rien d'étonnant, s'il songeait à la colère qu'il avait déversée sur elle un peu plus tôt.

— Comme ce doit être apaisant de naviguer sur le lac en contemplant le lever du soleil, reprit-elle.

— Pour moi, c'est ce qui ressemble le plus au paradis. Peut-être pourrai-je t'y emmener, un jour ?

— Je t'en prie, ne me force pas à quitter Gino. Je l'aime, et il m'aime. Ce serait trop cruel…

— Je le sais, dit-il en soupirant, et je ne suis pas un ogre. Je ne nie pas ton amour. Pour lui, tu es sa mère.

Pour la première fois depuis qu'il avait quitté la chambre, Libby sentit son corps se détendre un peu.

— Je sais que ma conduite a été impardonnable, mais après la mort de maman, j'ai eu si peur que les services sociaux me l'enlèvent. Moi-même, j'ai connu ça : on a l'impression de n'être de nulle part, de n'appartenir à personne. J'étais prête à tout pour le garder.

— Même à sacrifier ta virginité ! lança Raul d'une voix dure. Comment as-tu pu croire que tu réussirais à me cacher ton inexpérience ?

— Jamais je n'aurais imaginé que ce serait si difficile, reconnut-elle en rougissant.

— Si je m'étais douté que c'était la première fois, répondit Raul, dévoré par la culpabilité, je me serais montré beaucoup plus patient.

Il avait dû la traumatiser à vie, songea-t-il en détournant la tête. Sous l'emprise du désir inassouvi qui le torturait depuis des jours, il s'était comporté avec une sauvagerie qui le remplissait maintenant de honte.

— Je te promets de me montrer beaucoup plus doux la prochaine fois, reprit-il.

La prochaine fois ! Libby le fixa, ébahie.

— Tu veux dire que tu ne vas pas me chasser ? Même si j'ai…

— Même si tu m'as joué toute une comédie ? coupa Raul sèchement. Si je m'écoutais, je te renverrais en Angleterre, mais Gino a besoin de toi. Et puis, peut-être as-tu déjà conçu un enfant de moi. Comme nous n'avons pas utilisé de contraception, il est très possible que tu sois enceinte.

A l'idée qu'elle portait peut-être un enfant de Raul, Libby sentit tout son corps frémir et son cœur battre plus fort.

— Tu trembles de froid, s'écria Raul. Rentrons vite.

Ils remontèrent la jetée côte à côte, mais la jeune femme

était si bouleversée qu'elle trébucha et faillit tomber à l'eau. Il la prit par l'épaule pour la stabiliser. En voyant la pâleur de son visage, il la souleva et, sans tenir compte de ses protestations, la porta dans ses bras en direction de la maison.

— Tu ne tiens même pas debout. De toute façon, tu perds ton énergie à essayer de résister, *cara*, je ne suis pas près de te lâcher.

En prononçant ces mots, il comprit soudain qu'il avait pris Libby sous sa responsabilité et que, aussi étrange que cela puisse paraître, il n'avait aucune envie de se débarrasser d'elle.

9.

Le cœur de Raul, qui battait calmement contre son oreille, suffit à apaiser Libby. Entre ses bras, elle se sentait enfin en sécurité. N'était-ce pas ce dont elle avait rêvé durant toute son enfance ? Se sentir à l'abri, tranquille… Jamais elle n'avait douté de l'amour de sa mère, mais elle détestait ses amants hippies et aspirait à la quiétude d'un foyer et d'une famille bien à elle. Dès le premier regard, Raul l'avait attirée parce que, d'instinct, elle avait su qu'elle pouvait faire confiance à cet homme fort et puissant.

Il traversa la maison, mais au lieu de s'arrêter dans son bureau ou dans le salon comme elle s'y attendait, il gravit le large escalier qui menait à la chambre de maître.

— Il faut que nous parlions, lança-t-il en la déposant sur le lit.

Il s'assit à côté d'elle, si près qu'elle percevait la tiédeur de son corps et le parfum enivrant de son eau de toilette, auquel se mêlait une odeur plus virile.

— Je suppose que tu ne vas pas me croire, dit-elle, mais je me sens vraiment coupable de t'avoir menti. Je comprends parfaitement que ça t'ait mis en colère.

Elle avait l'air si convaincue que Raul ne put imaginer qu'elle jouait encore la comédie. De toute façon, quelle importance ? S'il l'avait épousée, c'était pour contrôler Carducci Cosmetics, mais aussi pour garder Gino, pour avoir des enfants à lui et parce qu'il était habité par un irrépressible désir. Ces raisons-là étaient toujours valables.

Il tendit la main pour saisir une des mèches rousses de Libby qu'il enroula autour de son doigt.

— Je comprends pourquoi tu as agi ainsi. A ta place, moi aussi, j'aurais tout fait pour éviter que Gino ne soit confié aux services sociaux. Je ne garde pas un bon souvenir des années passées à l'orphelinat.

Il avait beau lui en vouloir de l'avoir trompé, il ne pouvait s'empêcher d'admirer la manière dont elle s'était battue pour rester auprès de Gino.

— Quel âge avais-tu quand tu as été adopté ?

— Sept ans.

— C'est l'âge auquel on m'a autorisée à quitter ma famille d'accueil pour retourner chez maman. Nous sommes parties à Ibiza juste après. Tu te souviens de tes parents biologiques ?

— Tout ce dont je me souviens c'est qu'ils vivaient dans une misère noire, à Naples. Ma mère était morte peu après ma naissance, et pendant cinq ans je suis resté seul avec mon père. Autant que je me rappelle c'était un gros homme brutal, et plus d'une fois j'ai senti sa ceinture sur mes mollets. Il était alcoolique, même si, sur le moment, je ne m'en rendais pas compte. Tout ce que je savais, c'était que son humeur était imprévisible et violente. Il est mort quand j'avais cinq ans, je ne sais pas de quoi, mais je pense maintenant qu'il faisait partie d'une bande. Une nuit où il m'avait laissé seul, une fois de plus, la police a fait irruption dans l'appartement pour m'emmener à l'orphelinat. Je n'avais pas un caractère facile et j'ai donné du fil à retordre aux bonnes sœurs. Comme elles ne voulaient pas me faire adopter, j'ai bien cru que j'y passerais toute mon enfance. Et puis Pietro et Eleonora Carducci m'ont donné ma chance. Je ne sais toujours pas pourquoi ils ont choisi un gosse des rues, mais je les en remercie. Grâce à eux, ma vie a changé et je leur serai à jamais reconnaissant de ce qu'ils ont fait pour moi, conclut-il avec un sourire plein de tendresse.

Libby acquiesça, le cœur serré à la pensée de ce que Raul avait dû souffrir avant d'être adopté.

— La vie est si fragile, murmura-t-elle, et les enfants sont vulnérables. Tout ce que je souhaite, c'est que Gino grandisse dans une ambiance sereine, avec la certitude d'être aimé.

— A nous deux, nous réussirons à le rendre heureux. Mais si tu m'as épousé, Libby, n'était-ce réellement que pour faire le bonheur de Gino ?

Il la prit par le menton pour la forcer à se tourner vers lui. Maintenant, il était si près d'elle qu'elle pouvait voir les petites rides au coin de ses yeux. La nuit précédente, ils lançaient des éclairs, mais en ce moment, son regard était empreint d'une telle douceur qu'elle se prit à espérer.

— Je ne t'ai pas épousé pour ton argent, je te le jure. D'ailleurs, je n'en veux pas.

— Dans ce cas, *cara*, que cherches-tu exactement ? dit-il en levant la main pour lui caresser les cheveux.

Le cœur de Libby se mit à battre plus vite. Elle baissa les yeux, mais cela lui rappela ce qui s'était passé entre eux quelques heures plus tôt. Ce pantalon cachait deux longues jambes musclées et des cuisses couvertes d'une fine toison. Le feu aux joues, elle détourna le regard, mais ne put oublier la promesse qu'il lui avait faite : la prochaine fois qu'ils feraient l'amour, il y mettrait plus de douceur. Elle ne put s'empêcher de relever la tête en se demandant quand aurait lieu cette prochaine fois.

C'était moins la douleur que le choc qui l'avait fait crier lorsqu'il l'avait déflorée, mais maintenant une sensation étrange envahissait son bas-ventre, une sensation qui se faisait plus violente quand elle se rappelait la façon dont il l'avait caressée à cet endroit du bout de la langue.

— Je regrette que ce moment n'ait pas été aussi agréable pour toi qu'il aurait dû l'être. Pourtant, il m'a semblé que tu n'avais pas trouvé cette expérience totalement négative, je me trompe, Libby ?

— Je…

Dans les yeux de Raul, elle vit poindre une lueur qui la fit frémir. Les pointes de ses seins durcirent sous son pull.

Non, il ne l'aimait pas, et jamais il ne lui avait donné la moindre raison d'espérer qu'il pourrait l'aimer. Pourtant, il n'envisageait plus de divorcer, ce qui était mieux que rien. Il ferait un père merveilleux pour Gino et pour les autres enfants qu'ils pourraient avoir ensemble. Elle frémit à l'idée qu'ils avaient peut-être déjà conçu un bébé. Un mariage de convenance ne pouvait être parfait, mais il fallait se montrer réaliste et accepter les cadeaux que faisait la vie. Après tout, quand elle avait décidé de vouer sa vie à Gino, elle ne s'attendait pas à avoir un mari et des enfants. Au fond, du moment qu'elle gardait secret l'amour qu'elle portait à Raul, leur mariage avait toutes les chances d'être une réussite.

— Tu n'as pas l'air d'en être très sûre, chuchota-t-il d'une voix rauque qui la fit frissonner. Je crois qu'il est temps que je te montre à quel point le sexe peut être agréable.

Le cœur battant, elle poussa un léger soupir. Se méprenant sur sa réaction et sur la soudaine tension qu'elle manifestait, il laissa courir doucement ses doigts le long de l'échine de la jeune femme, comme pour calmer sa nervosité.

— N'aie crainte, *cara*. Cette fois, ce sera tout en douceur.

Pour le lui prouver, il lui effleura les lèvres d'un mouvement si doux qu'une onde brûlante envahit les reins de Libby. Quand elle ouvrit la bouche pour lui rendre son baiser, il lui prit le visage entre ses mains et accentua son étreinte jusqu'à ce qu'elle passe ses bras autour de son cou pour le forcer à l'embrasser avec toute la force sauvage qu'il cherchait à contrôler. Son impatience était d'autant plus touchante et irrésistible pour Raul qu'il savait désormais qu'elle n'avait aucune expérience. Quand elle enfonça sa langue dans sa bouche, il poussa un gémissement et, sans interrompre leur baiser, ils roulèrent côte à côte sur le lit.

Il était incapable de comprendre ce qui lui arrivait, songea-t-il en l'aidant à faire passer son pull par-dessus sa tête, car ses mains tremblaient trop fort. En se rendant compte qu'il n'aurait pas vraiment eu besoin de l'épouser, il avait été fou de rage mais, depuis, il n'avait cessé de trouver de bonnes raisons pour qu'elle reste sa femme.

Il n'était pas prêt à la laisser partir. Pas encore. Pas avant très longtemps, peut-être… En apprenant qu'elle n'avait pas été la maîtresse de Pietro, il s'était senti bien plus heureux qu'il ne l'aurait dû. Seul, pourtant, le désir lui enflammait les veines, rien de plus. Dès qu'il avait posé les yeux sur elle, elle l'avait rendu fou, et maintenant il allait pouvoir profiter de l'avantage principal de ce mariage : faire l'amour à loisir avec une femme dont le regard bleu-vert suffisait à lui faire perdre la tête.

Il contempla son corps pâle et mince aux seins étonnamment ronds et pulpeux, dont les pointes roses se dressaient déjà comme pour l'inviter à y poser la bouche. Comme elle le fixait d'un air craintif, il se dit qu'il lui faudrait se contrôler et user de longs préliminaires jusqu'à ce qu'elle soit suffisamment excitée pour qu'il puisse la prendre. Il l'embrassa de nouveau — un long baiser qui les laissa tous deux haletants — avant de faire adroitement glisser son jean et de se relever pour ôter son propre pantalon.

— Fais-moi confiance, *cara*, murmura-t-il en remarquant le regard suspicieux qu'elle lui jetait. Cette fois, tu vas avoir du plaisir.

Il s'allongea sur le lit pour reprendre sa bouche d'un baiser passionné et, voyant qu'elle répondait avec frénésie, il lui prit un sein pour en agacer la pointe du pouce, puis de la langue. Sous l'effet de cette sensation exquise, elle se cabra contre lui en poussant un soupir de plaisir. Lorsqu'il eut fait subir à son autre sein la même délicieuse torture, elle fut prise d'un désir plus impérieux encore que celui qui l'avait possédée la première fois qu'ils avaient fait l'amour. Entre ses jambes, la douleur avait fait place au besoin de sentir la caresse de Raul. Comme s'il l'avait deviné, sa main vint alors se poser sur son ventre et descendit jusqu'au triangle bouclé de son entrecuisse. Lorsqu'elle sentit qu'il écartait les replis intimes de sa chair avec une infinie douceur, elle retint son souffle. D'un doigt, il se fraya un chemin et elle souleva le bassin pour lui permettre d'aller et venir en elle.

Au rythme de ses légers mouvements, une émotion qu'elle ne pouvait contrôler la submergea en un tourbillon de sensations toujours plus intenses. Elle ferma les yeux, les doigts crispés sur le drap, pour mieux se concentrer sur les frémissements légers qui lui parcouraient le ventre. Sa respiration s'était faite plus courte au fur et à mesure qu'il l'entraînait vers des sommets inconnus de volupté. Lorsqu'il retira soudain son doigt, elle ne put retenir un gémissement de protestation.

— S'il te plaît…

Tremblante, elle eut du mal à articuler tant elle mourait d'envie qu'il recommence, qu'il la conduise enfin au terme de ce voyage. En ouvrant les yeux, elle s'aperçut qu'il s'était glissé au-dessus d'elle et sentit son membre entre ses cuisses.

— Détends-toi, *cara*, chuchota-t-il d'une voix rauque et tremblante de désir. Tu es prête.

Il mourait d'envie de se glisser en elle, tout en sachant qu'il devait absolument la ménager. Lorsqu'il écarta de nouveau sa chair pour caresser le bourgeon gonflé de sa féminité, elle ouvrit grand les yeux et poussa un cri étonné, en proie à des vagues successives de plaisir indescriptible. Mais elle se rendit vite compte que ce n'était qu'un début et, d'instinct, elle souleva les jambes et les noua autour de la taille de Raul qui la pénétra lentement, prudemment, d'une seule poussée. En le sentant enfin tout entier en elle, elle ne put retenir un cri.

— Je t'ai fait mal ? s'inquiéta-t-il en s'arrêtant immédiatement.

— Non, murmura-t-elle en s'agrippant à ses épaules, comme pour l'accueillir plus profondément encore. Continue, je t'en prie.

En le sentant bouger en elle, doucement d'abord, puis de plus en plus vite et de plus en plus fort, elle fut parcourue d'une onde de volupté si intense qu'elle gémit, la tête renversée sur l'oreiller. Il la prit par les hanches tout en accentuant ses poussées jusqu'à ce qu'elle arrive au bord de la jouissance. Il s'arrêta alors. Dans un sanglot, elle murmura son nom avant de sentir tout son corps secoué par une succession de spasmes délicieux, emportée par son premier orgasme.

La respiration de Raul s'était faite aussi plus haletante et elle comprit qu'il allait lui aussi atteindre le nirvana. Voulant qu'il goûte une volupté aussi intense que celle qu'il lui avait procurée, elle leva d'instinct les jambes et les enroula autour de ses hanches. En sentant s'accélérer le rythme de ses mouvements, elle sut qu'il ne pourrait plus résister longtemps. La tête en arrière, il finit par s'abandonner et s'effondra sur le côté, serrant dans ses bras la jeune femme dont les cris révélèrent qu'elle avait atteint une deuxième fois l'orgasme, en même temps que lui.

Il avait désormais la preuve qu'elle était aussi sensuelle, aussi passionnée qu'il l'avait d'emblée deviné. Maintenant qu'il la tenait contre lui, rassasié et profondément détendu, il se sentait étrangement complet, comme si, toute sa vie, il avait attendu de vivre ce moment. Jamais aucune autre femme n'existerait désormais pour lui, songea-t-il, conscient de l'emprise qu'elle avait acquise. L'idée de faire l'amour avec une autre lui répugnait et, à la pensée qu'elle-même aurait pu se donner à un autre homme, il se sentait bouillonner de colère. Cet homme, il l'étranglerait à mains nues. Libby était à lui, elle était sa femme et jamais plus il ne la laisserait partir.

Inferno ! D'où pouvaient lui venir de pareilles sornettes ? Après son premier mariage, il s'était juré qu'il ne recommencerait jamais une si horrible expérience. Libby ne comptait pas pour lui. Son mariage n'était qu'un accommodement fondé sur leur désir commun de donner à Gino une vraie famille et qui avait débouché sur une entente sexuelle inespérée.

En s'écartant d'elle, il s'aperçut qu'elle s'était endormie. Sans se réveiller, elle se pelotonna de nouveau contre lui comme un chaton, cherchant la tiédeur de son corps. Sa chevelure éclatante se répandit sur l'oreiller tandis que ses longs cils dorés frémissaient sur ses joues pâles.

Un accommodement, se rappela-t-il. Elle avait beau être superbe — même quand elle s'obstinait à porter toutes les couleurs de l'arc-en-ciel —, il avait appris à ses dépens qu'un bon mariage repose sur une parfaite maîtrise des émotions. Pas question donc de se laisser séduire par cette sirène endormie aux cheveux de flamme, qui reposait paisiblement, la tête posée sur sa poitrine et la joue pressée sur son cœur.

Le rire de Gino arracha Libby au profond sommeil dans lequel elle était plongée. En s'étirant paresseusement, encore à moitié endormie, elle eut conscience d'une sensibilité particulière entre ses cuisses. Cela n'avait rien d'étrange puisque Raul lui avait fait l'amour passionnément à l'aube. Elle tourna la tête et son cœur se mit à battre la chamade quand elle le vit pénétrer dans la chambre, venant du balcon, Gino au creux de son bras.

Chaque fois qu'elle posait les yeux sur lui, elle était stupéfaite de le trouver si beau. Ainsi, ce matin, avec ce jean étroit et ce polo noir, il était à couper le souffle. Il riait tandis que le bébé lui triturait l'oreille de ses doigts potelés, et son expression pleine de tendresse emplit Libby de désespoir. Comment aurait-elle pu ne pas l'aimer tel qu'il était : beau, sexy en diable, et adorable avec cet enfant qu'il considérait comme son fils ?

Elle s'assit, s'efforçant de maîtriser l'émotion qui la submergeait. Immédiatement deux paires d'yeux sombres bordés de longs cils se tournèrent vers elle.

— *Buongiorno, cara*, lui dit Raul en lui adressant un sourire éclatant.

Une boucle qui lui tombait sur le front rappela à Libby la façon font elle avait enfoncé les doigts dans la masse sombre et soyeuse de ses cheveux, tandis qu'il lui embrassait les seins, quelques heures plus tôt. En voyant briller dans ses yeux une lueur sensuelle, elle comprit qu'elle n'était pas la seule à penser à ce moment et rougit. Mais le regard de Raul resta rivé au sien et son cœur se serra, comme quand il lui avait fait l'amour la deuxième fois, avec tant de tendresse qu'elle n'avait pu retenir des larmes qu'il avait doucement recueillies du bout de la langue.

— Gino a déjà pris son petit déjeuner et son bain, et

ensuite, je l'ai emmené faire le tour du jardin, l'informa-t-il. Il ne va pas tarder à faire une petite sieste.

— Il est presque midi ! Pourquoi ne m'as-tu pas réveillée ?

— Sylvana était ravie de s'occuper de lui. Je suppose qu'elle s'attendait qu'au lendemain de ta nuit de noces tu sois un peu fatiguée.

— Mon Dieu ! s'exclama Libby, les joues en feu. Que va-t-elle penser ?

— Que tu t'es beaucoup dépensée avec ton nouveau mari, répondit Raul sur un ton plutôt satisfait en s'asseyant sur le bord du lit avant de se pencher pour lui effleurer les lèvres d'un baiser léger. Je suis certain que, désormais, elle comprendra que tu aies besoin de rester au lit pour récupérer le matin.

— Je trouve votre sourire bien arrogant, *signor* Carducci !

Il aurait bien voulu l'embrasser pour de bon, mais il en fut empêché par Gino, qui, mécontent de ne plus être l'objet exclusif de son intérêt, se mit à lui donner des coups de tête sur l'épaule pour attirer son attention.

— Je vais le ramener à la nursery pendant que tu t'habilles, dit-il en se levant et en faisant sauter en l'air le bébé, qui éclata de rire. Ensuite, Sylvana s'occupera de lui quelques heures pendant que je t'emmènerai naviguer.

Libby lui jeta un regard surpris. Durant les jours qui avaient précédé leur mariage, il avait passé de longues heures avec Gino et elle, mais elle ne s'était guère fait d'illusions, convaincue que seul le bébé l'intéressait. A l'idée qu'il avait envie de se retrouver en tête à tête avec elle, son cœur se gonfla de joie. Mais elle eut tôt fait de se ressaisir. Si elle le montrait de façon trop évidente, il comprendrait vite que ses sentiments allaient bien au-delà de la sympathie et d'une simple attirance physique.

— Tu as du travail ? s'enquit-elle.

Fidèle à sa parole, il avait travaillé de son bureau, sans se rendre quotidiennement à Rome au siège de Carducci Cosmetics. A diverses occasions, il lui avait fait lire et signer un certain nombre de documents. Ce qui n'avait pas manqué de provoquer entre eux une tension quand elle lui demandait des explications. Même si elle ne comprenait pas tous les détails, elle était capable de faire des additions et de s'inquiéter des risques qu'il prenait. A sa grande surprise, il n'avait pas cherché à discuter et s'était contenté de ranger les dossiers en disant qu'elle avait peut-être raison et qu'il allait y réfléchir.

Elle espérait que sa participation à Carducci Cosmetics n'allait pas créer de frictions entre eux, mais lorsqu'il lui sourit, elle oublia immédiatement la compagnie.

— Non. J'ai pensé que durant notre lune de miel, nous devrions essayer simplement de mieux nous connaître. Qu'en penses-tu ?

Libby crut que la porte du paradis venait de s'ouvrir devant elle, mais elle se contenta de répondre :

— Je serai ravie de naviguer avec toi.

Au-dessus du lac, le soleil brillait dans un ciel sans nuage et une brise légère gonflait les voiles du bateau qui fendait les flots. Libby s'assit, les bras appuyés à la rambarde, et fixa l'eau transparente.

— C'est merveilleux, murmura-t-elle tandis que Raul manœuvrait savamment.

Il lui avait expliqué les principes de la navigation, mais elle préférait contempler le paysage. Le ciel d'un bleu éclatant se reflétait dans le lac, des arbres d'un vert tendre bordaient le rivage et, à quelque distance, on apercevait les tours gracieuses du fameux château d'Odescalchi.

— Tu n'as jamais fait de voile ? demanda-t-il.

— Je n'avais encore jamais mis les pieds sur un bateau, sauf une fois sur un pédalo. Quand on fréquente une école publique du sud de Londres, on a peu de chances de côtoyer des possesseurs de voilier, répondit-elle amèrement. Quand as-tu appris à naviguer ?

— C'est Pietro qui m'a appris, quand j'étais petit. J'aime

le sentiment de liberté que j'éprouve quand je navigue sur le lac. C'est là que je viens me détendre quand j'ai des soucis.

— Et c'est le cas aujourd'hui ?

Il s'abstint de répondre car il était occupé à accoster à une petite jetée de bois construite le long d'une crique. Tout près de la rive se dressait un charmant pavillon, à l'ombre d'un bouquet de pins parasols.

— Cette maison dépend de la Villa Giulietta, mais on ne peut l'atteindre qu'en bateau et personne n'y vient sauf moi.

— Elle est adorable, murmura-t-elle, confuse de trop se réjouir qu'il l'ait emmenée dans cette charmante retraite. Et si bien dissimulée par les pins que personne ne peut la voir, même du lac.

Raul s'approcha d'elle par-derrière et la prit par la taille.

— Comme nous sommes à l'abri des regards indiscrets, je ne vois aucune raison de me priver, murmura-t-il en écartant les cheveux de Libby pour lui effleurer la nuque de ses lèvres et lui mordiller le lobe de l'oreille.

Elle frémit de plaisir, et ne résista pas quand il fit glisser les bretelles de son bain de soleil pour lui caresser la poitrine. Grisée par la tiédeur des paumes de Raul sur sa chair nue, elle se laissa faire et gémit lorsqu'il se mit à agacer les pointes de ses seins, qui se dressèrent instantanément entre ses doigts. Pourtant, malgré l'envie qu'elle en avait, elle fut saisie d'une crainte subite lorsqu'il fit glisser sa robe sur le sol et qu'elle se retrouva nue devant lui dans son slip de dentelle blanche.

— Raul… ?

— Personne ne peut nous voir. Et j'ai terriblement envie de toi, *cara*.

Sans la quitter des yeux, il enleva son jean et glissa la main entre les cuisses de la jeune femme. En découvrant la moiteur qui témoignait de son excitation, il lui sourit tendrement. La soulevant dans ses bras, il la déposa sur un carré de gazon, à l'ombre des arbres, avant de se dénuder complètement en toute hâte et de l'embrasser à pleine bouche.

Des rais de soleil filtraient à travers les branches, tachetant leurs corps de lumière, et Libby aperçut au-dessus d'elle un coin de ciel bleu. Mais elle ferma les yeux quand Raul se mit à lui caresser les seins de sa langue, absorbée par son plaisir. Puis il plongea la tête entre ses cuisses pour lui agacer doucement le clitoris jusqu'à ce qu'elle se cambre du désir de le sentir en elle. Elle rouvrit les yeux et, étonnée de sa hardiesse, elle posa les doigts sur son sexe dressé, avant de le prendre à pleine main, heureuse de le voir frémir lui aussi.

Durant quelques minutes, il s'abandonna à ses caresses avant d'écarter sa main pour tenter de se contrôler.

— Arrête, sorcière, chuchota-t-il d'une voix rauque en se glissant en elle, assez lentement pour que ses muscles soient parfaitement détendus.

Leurs corps n'eurent aucun mal à trouver le rythme qui les mena ensemble à l'extase.

— *Tesoro*..., murmura-t-il en atteignant la volupté.

L'orgasme de Libby lui procurait plus de jouissance qu'il n'en avait jamais connu avec une femme.

Un peu plus tard, tandis qu'ils étaient allongés côte à côte, elle se demanda ce que signifiait ce mot. Mais elle eut peur de lui poser la question : son instinct avait beau lui souffler que leurs âmes étaient devenues aussi proches que leurs corps, peut-être n'était-ce que le fruit de son imagination ?

10.

Les jours suivants, ils naviguèrent beaucoup sur le lac, sans jamais manquer de s'arrêter au pavillon secret, et avant que Libby s'en soit rendu compte, le mois de juin arriva. Gino allait fêter son premier anniversaire.

— Je n'arrive pas à croire qu'il marche et dit déjà quelques mots, chuchota-t-elle ce soir-là après l'avoir déposé dans son lit.

— Il a dit clairement papa quand nous avons allumé la bougie sur le gâteau, déclara Raul avec une fierté non dissimulée. Tu l'as entendu ?

— Je persiste à penser que ça ressemblait plutôt à maman, répliqua Libby d'une voix moqueuse. Tu crois que la fête lui a plu ?

Ils avaient organisé un petit goûter très intime. Les Vincenti avaient amené leurs deux filles, et d'autres amis de Raul, chez qui Libby avait déjà été invitée à dîner, étaient également présents avec leurs enfants.

— Un an déjà, murmura-t-elle, envahie d'un flot d'amour, en contemplant les joues roses de Gino et ses boucles de soie brune. Si seulement maman pouvait le voir…

En voyant les larmes lui monter aux yeux, Raul l'attira à lui, déchiré de la voir pleurer.

— Elle serait fière que tu sois une mère aussi merveilleuse, chuchota-t-il, étonné de sentir battre son cœur si fort, comme souvent, ces derniers temps. Ne pleure pas, *cara*, il faut que je te montre quelque chose.

Intriguée, Libby se laissa guider dans l'escalier.

— Nous sommes sûrement en haut de la tour, dit-elle, essoufflée. Où m'emmènes-tu, Raul ?

— Ici, dit-il en ouvrant une porte avant de s'effacer pour laisser entrer la jeune femme, qui s'immobilisa sur le seuil, bouche bée. Voici ton atelier.

Près d'une vaste baie dominant le lac trônaient un grand chevalet et une pile de toiles blanches. Sur des étagères étaient disposés de la peinture et un matériel complet. Les murs étaient ornés des tableaux qu'elle avait laissés en Cornouailles. En les revoyant, elle ne put s'empêcher de ressentir une petite pointe d'orgueil. Décidément, ce n'était pas si mal, se dit-elle.

— J'ai un ami qui possède une galerie à Rome, déclara Raul en la rejoignant devant le paysage de plage qu'elle avait peint juste avant leur départ pour l'Italie. Je lui ai montré quelques-unes de tes œuvres et il a très envie de les exposer. Que penses-tu de cet atelier ?

Comme elle ne répondait pas, il se pencha vers elle, inquiet.

— Pourquoi pleures-tu ? reprit-il. Ça ne te plaît pas ?

— Mais si, énormément, répondit-elle en se blottissant dans ses bras. C'est le plus beau cadeau qu'on m'ait jamais fait. Comment pourrai-je jamais te remercier ?

— Je vais immédiatement te le montrer, *cara*, déclara-t-il avec un sourire entendu. Ce n'est pas pour rien que j'ai fait installer ce canapé.

Quelques semaines plus tard, tandis qu'elle se préparait à sortir dîner avec Raul, Libby songea que, de sa vie, jamais elle n'avait été aussi heureuse. La perfection. Gino, en pleine forme, passait ses journées à galoper dans le jardin de la propriété. Elle adorait s'occuper de lui, tout en appréciant de pouvoir le laisser deux heures par jour à la garde de Sylvana pour peindre dans son atelier.

Raul continuait à travailler de la villa et ne se rendait à Rome que quand c'était absolument nécessaire. De temps à autre, sous un prétexte fallacieux, elle surgissait dans son bureau et il la retenait pour discuter avec elle de ses projets concernant Carducci Cosmetics.

Si leurs journées s'écoulaient agréablement, les nuits étaient flamboyantes, songea-t-elle, les joues en feu, tout en s'observant dans le miroir. Ses craintes de voir s'évanouir rapidement l'attirance qu'ils éprouvaient l'un pour l'autre, s'étaient révélées infondées. Jamais ils n'étaient rassasiés et ils faisaient l'amour chaque jour, avec une passion grandissante. Elle aimait la façon dont il s'y prenait. Elle sentit ses seins se tendre au souvenir de la soirée précédente où il l'avait rejointe dans son bain. Cela leur avait pris des heures pour éponger l'inondation qui s'en était suivie.

— Libby, il faut y aller, dit-il en entrant dans la chambre.

Elle retint sa respiration en sentant son regard se poser sur elle.

— Pour une fois, j'ai laissé tomber les couleurs, déclara-t-elle, mais peut-être trouves-tu ce blanc trop… virginal ?

Quand elle avait essayé cette robe, avec son haut de mousseline décorée de petites larmes de cristal, elle avait trouvé qu'elle lui allait bien, mais maintenant, elle n'était plus sûre de rien.

— De toute façon, il est trop tard pour le blanc virginal, *cara*, répondit-il avec un regard coquin avant de tirer quelque chose de sa poche. Ma mère avait l'habitude de porter ça pour sortir. Les diamants Carducci, un bijou de famille.

En voyant le collier étincelant qu'il lui tendait, Libby poussa un cri de protestation.

— Je ne peux pas le porter. Il doit valoir une fortune. Et si je le perdais ? D'ailleurs, je ne suis pas une femme à bijoux.

— Je le sais, répondit-il en attachant le collier autour du cou de la jeune femme.

Le seul bijou qu'elle portait était l'anneau d'or tout simple qu'il lui avait passé au doigt le jour de leur mariage. Lors d'un récent voyage à Rome, il avait voulu l'emmener chez un grand bijoutier pour lui offrir un bracelet et des boucles d'oreilles assorties, mais elle avait refusé. A l'entendre, elle n'avait pas besoin de bijoux coûteux pour faire des pâtés de sable avec Gino.

Libby était si différente de sa première femme, de toutes les femmes qu'il avait connues… Dire qu'il l'avait accusée d'être intéressée ! Il frémit au souvenir de la manière dont il l'avait traitée à son arrivée à la villa. Son divorce d'avec Dana lui avait ôté toute illusion, mais Libby l'avait transformé. Etait-il encore aujourd'hui si partisan d'un mariage de convenances ?

— Porte ce collier ce soir, je t'en prie, pour bien montrer que tu es ma femme.

Libby ne sut trouver aucune raison de refuser.

— *Zia* Carmina semble ravie de te recevoir ce soir, dit Raul à Libby tandis qu'il engageait la Lamborghini dans l'allée qui menait à la maison de sa tante, située dans une banlieue élégante de Rome.

La jeune femme était loin d'en être convaincue. Lors de ses deux précédentes rencontres avec la vieille dame, celle-ci s'était montrée polie devant Raul, mais très froide dès qu'il avait tourné les talons. Pourtant, comme il aimait la sœur de sa mère, elle était bien décidée à s'entendre avec celle-ci quoi qu'il lui en coûte.

Carmina embrassa Raul sur les deux joues, mais son sourire s'évanouit quand elle aperçut Libby.

— Je vois que vous portez les diamants Carducci, se borna-t-elle à dire.

— Oui. C'est Raul qui me l'a demandé.

— Vraiment ? lança Carmina sur un ton qui fit courir un frisson le long de l'échine de la jeune femme.

Le dîner fut une épreuve. Carmina, qui faisait partie de la haute société romaine, présidait de nombreuses organisations caritatives. Libby était convaincue que si elle avait invité tant de brillants universitaires et de femmes d'une beauté à couper le souffle, c'était précisément pour faire ressortir son manque d'aisance sociale et d'éducation. Complètement déstabilisée, elle tenta désespérément de participer à la conversation. En voyant une ravissante présentatrice de télévision, assise à côté de Raul, se pencher vers lui et le faire rire, elle se sentit soudain dévorée de jalousie.

A son grand soulagement, le café fut servi dans le salon, mais elle refusa la tasse que lui proposait le serveur. Pour une raison incompréhensible, elle avait du mal à en supporter l'odeur. Plutôt que de regarder Raul, toujours en grande conversation avec Miss TV, elle voulut se réfugier dans un petit salon, mais tourna immédiatement les talons quand elle y aperçut Carmina, assise sur un canapé.

— Excusez-moi, je…

— Inutile de prendre la fuite, déclara la tante de Raul, les yeux rivés sur le collier de diamants. J'ai cru naguère que je le porterais un jour. Après la mort d'Eleonora, j'ai espéré voir Pietro se tourner vers moi. Pas tout de suite, bien sûr, mais plus tard… Je l'avais aimé la première, avant qu'il ne rencontre ma sœur. Mais c'est elle qu'il a choisie.

— Je suis désolée, murmura Libby, prise de court.

— Pietro m'a préféré une malheureuse petite traînée comme vous.

— Pas vraiment.

Raul n'avait donc pas révélé à sa tante qu'elle n'était pas la mère de Gino et n'avait pas été la maîtresse de Pietro, se dit Libby. Mais même si elle ne lui devait aucune explication, elle en avait assez des accusations de la vieille dame. Elle voulut ouvrir la bouche, mais celle-ci la devança.

— Vous êtes maintenant madame Carducci. Je suppose que vous avez jugé que cela valait la peine d'abandonner le contrôle des actions que possède votre fils pour devenir la femme d'un milliardaire ?

— Pardon ? articula Libby tout en cherchant à comprendre le sens exact des paroles de Carmina. Je ne vois pas ce que vous voulez dire.

Un soudain pressentiment lui serrait le cœur.

— Vous avez certainement eu connaissance du testament de Pietro ? s'enquit la vieille dame en lui jetant un regard de triomphe. Il précisait que si la mère de Gino se mariait, elle perdrait ses parts dans la société au profit de Raul jusqu'à la majorité de l'enfant. Je l'avais oublié jusqu'au jour où je suis tombée sur une copie de l'acte, il y a quelque temps, en rangeant mon bureau. C'est là que j'ai tout compris. Raul vous a épousée pour garder le contrôle de la compagnie.

Libby sentit ses jambes se dérober sous elle et toute la pièce se mit à tourner. Elle s'effondra sur un siège.

— Je connais le testament, balbutia-t-elle d'une voix tremblante.

Mais quand Raul le lui avait tendu, se souvint-elle, comme elle tenait Gino dans ses bras, elle s'était contentée de lire en diagonale le passage précisant que l'enfant et sa mère seraient accueillis à la Villa Giulietta. Comme elle craignait que le bébé ne les déchire, elle s'était empressée de rendre les papiers à Raul. Tout était si stupéfiant, si inattendu… Et puis Raul s'était dépêché de les emmener en Italie et elle n'avait plus accordé la moindre pensée à ce document.

— Je vais vous rafraîchir la mémoire, reprit Carmina en ouvrant le tiroir d'un petit bureau d'où elle tira quelques feuillets qu'elle jeta sur les genoux de Libby. Comme j'ai moi aussi hérité de Pietro, qui m'a légué quelques bijoux sans grande valeur, j'en ai reçu une copie. La clause qui se trouve en bas de la page deux devrait vous intéresser.

Libby ne sut jamais comment elle avait réussi à survivre pendant le reste de la soirée. Raul finit par la retrouver sur la terrasse et, en la découvrant, pâle comme une morte, il lui demanda ce qui n'allait pas. Elle bredouilla qu'elle avait la migraine, furieuse de le voir jouer les maris attentionnés. Avant le repas, elle aurait été prête à fondre à la vue de la compassion qu'exprimaient ses grands yeux sombres, mais maintenant elle connaissait toute l'étendue de sa fourberie.

Au souvenir des termes du testament qui dansaient dans sa tête, elle ne put étouffer un soupir de douleur.

— *Dio!* Pourquoi ne m'as-tu pas averti que tu souffrais à ce point ? s'écria Raul.

— Tu avais l'air bien trop occupé à bavarder avec Miss Météo…

— Gianna Mancini a un fils d'un an, et nous échangions des informations sur le développement des bébés, répliqua-t-il sèchement. Son mari est en voyage d'affaires. De toute façon, je n'ai d'yeux que pour toi, *piccola*.

Sa voix était si tendre que le cœur de Libby se mit à battre la chamade. Cet homme aurait mérité un oscar d'interprétation. Elle n'osait croiser son regard, terrifiée à l'idée qu'il ne lise dans le sien. A son grand soulagement, il la laissa pour aller lui chercher son étole et dire au revoir à sa tante.

Durant le trajet de retour, elle ferma les yeux, comme si sa migraine était trop forte pour lui permettre de parler. Pourtant ce n'était pas sa tête qui la faisait souffrir, mais son cœur dévasté par une blessure atroce, irréparable.

— Je vais voir si Gino va bien, murmura-t-elle dès qu'ils furent entrés dans la villa.

Le bébé dormait paisiblement, les bras en croix après avoir rejeté ses couvertures, comme d'habitude. Si elle avait accepté d'épouser Raul, c'était pour lui donner un père, songea-t-elle. Mais c'était se mentir à elle-même. Dès le premier regard, elle avait eu le coup de foudre.

Gino aimait Raul, lui aussi, reconnut-elle, tandis que des larmes glissaient silencieusement sur ses joues. Dès qu'il le voyait, son petit visage s'illuminait. Mais elle, pauvre folle, comment avait-elle pu croire qu'il ait vraiment désiré adopter le fils de Pietro et devenir un père dévoué ? Elle en venait à se demander si son affection débordante pour l'enfant était feinte et uniquement destinée à la convaincre de se marier pour obtenir la mainmise absolue sur la compagnie.

Hébétée de chagrin, elle sortit de la nursery et, au lieu de se diriger vers la chambre de maître, monta l'escalier menant à la tour en sanglotant comme jamais depuis l'enterrement de sa mère. Impossible d'affronter Raul cette nuit, car s'il se rendait compte à quel point elle était ébranlée par sa duplicité, il comprendrait qu'elle était amoureuse de lui.

Pourtant, si elle ne le rejoignait pas, il viendrait la chercher, elle le savait. Elle prit une profonde inspiration. Il n'y avait ni clé ni verrou à la porte de l'atelier, mais peut-être pourrait-elle tirer le placard pour l'empêcher d'entrer…

— Tu es là ? Je croyais que tu voulais te coucher tout de suite ?

En entendant sa voix, elle tourna la tête et sentit son cœur battre plus vite. Par le col entrouvert de sa chemise, elle aperçut quelques centimètres de peau hâlée ombrée d'une toison brune. Rien d'étonnant à ce qu'elle ait perdu la tête pour lui, il était superbe. Au fond, jamais il n'avait essayé de ruser et de la convaincre qu'il l'aimait. Si elle s'était fait des illusions, c'était bien sa faute, à elle. Quand il avait fait aménager cet atelier, elle avait cru qu'il s'intéressait à elle. Mais peut-être avait-il seulement cherché à l'occuper de peur qu'elle se rende compte qu'il l'avait évincée de la gestion de Carducci Cosmetics, songea-t-elle, dévastée par la douleur et furieuse de s'être montrée si bête.

— Tu as pris quelque chose pour ta migraine ?

Il fit un pas vers elle, surpris par ses yeux rougis.

— *Cara…?*

— Inutile… Inutile de faire semblant de t'intéresser à moi alors que tu t'en fiches complètement…

Poussée par le désespoir, incapable de se contrôler, elle saisit un godet de terre de Sienne qu'elle avait préparé quelques heures plus tôt et le lança à travers la pièce. Raul le reçut en plein torse et fut instantanément balafré de peinture, des épaules aux hanches.

Durant quelques secondes il resta immobile, bouche bée.

— *Madre di Dio !* finit-il par articuler. Qu'est-ce qui t'arrive ? Tu es devenue folle ?

— Bien au contraire, j'ai retrouvé tout mon bon sens et découvert le monstre fourbe et sans scrupules que tu es en réalité. Ta tante m'a montré la clause qui figure sur le testament de Pietro, à la page deux. Je n'ai pas eu le temps de le lire quand tu es venu à Pennmar me forcer à emmener Gino en Italie.

— Je ne t'ai pas forcée le moins du monde, s'exclama Raul, qui avait totalement oublié que sa tante possédait une copie du testament. Pourquoi Carmina te l'a-t-elle montrée ?

— Parce qu'elle me déteste. Elle était amoureuse de Pietro, et elle croit encore que j'ai été sa maîtresse. Elle a dû deviner que j'ignorais la clause stipulant que je perdrais le contrôle de la part de Gino si je me mariais.

Son cœur se serra soudain : Carmina avait également dû comprendre qu'elle était amoureuse de Raul, et si elle était si transparente, celui-ci l'avait certainement deviné, lui aussi. Elle en était malade d'humiliation.

Elle le fixa droit dans les yeux et sentit le cœur lui manquer en voyant son regard vaciller.

— Peux-tu nier m'avoir épousée uniquement pour diriger seul Carducci Cosmetics ?

— Je ne nie pas que cette raison ait pu compter, mais ce n'était pas la seule, reconnut-il avec un petit rire. Que croyais-tu, Libby ? Que j'étais tombé amoureux de toi ?

— Bien sûr que non, s'écria-t-elle, le rouge aux joues. J'ai cru que tu aimais vraiment Gino. Tu m'avais dit que tu désirais l'adopter.

— Ces deux raisons ne sont pas incompatibles.

— Vraiment ? lança-t-elle en riant à son tour, mais d'un rire amer. Mais peut-être n'as-tu fait semblant de l'aimer que parce que tu savais que moi, qui n'avais pas eu de père, je rêvais de le voir grandir dans une vraie famille ? J'ai eu tort de te dire que j'étais sa mère, et j'ai bien mérité que tu te mettes en colère quand tu as découvert la vérité. Mais toi, tu m'as trompée de façon bien plus abjecte car tu t'es servi de l'amour que je porte à Gino pour lui voler sa part.

— Je ne lui ai pas volé sa part, protesta aigrement Raul. J'admets avoir voulu garder le contrôle de Carducci Cosmetics jusqu'à ce qu'il ait dix-huit ans, mais uniquement pour redresser la compagnie dont il hériterait. Sans être déloyal envers mon père, il est clair qu'il avait laissé péricliter Carducci Cosmetics. A moins de nous diversifier et de nous implanter dans de nouvelles zones, nous étions en danger de perdre notre position dominante. Aujourd'hui, grâce à notre entrée sur de nouveaux marchés, comme les parfums, je crois pouvoir mener à bien mes projets. Mais pour cela, il fallait d'abord que je m'assure le plein contrôle de Carducci Cosmetics.

Sans répondre, elle continuait de le fixer droit dans les yeux d'un regard accusateur.

— *Dio*, Libby, grommela-t-il, peux-tu me blâmer d'avoir voulu assurer l'avenir de la compagnie dont j'espérais hériter ? Quand j'ai appris qu'il me faudrait discuter de mes projets avec une femme que je prenais pour une lap danseuse et la maîtresse de mon père, j'ai été anéanti. Toi, tu étais prête à faire n'importe quoi pour garder Gino, y compris prétendre être sa mère. Eh bien moi, quand j'ai constaté que tu n'avais pas lu la fameuse clause sur le testament de Pietro, j'ai saisi cette occasion de gérer la part de Gino.

En voyant des larmes briller dans les yeux de la jeune femme, il s'arrêta net, le cœur déchiré.

— Mais comme je te l'ai dit, ce n'est pas la seule raison qui m'a poussé à t'épouser. Gino a certainement constitué un facteur important, car je l'aime comme mon propre fils et je souhaite de tout mon cœur pouvoir l'adopter.

— C'est ce que tu prétends. Mais désormais, comment pourrais-je te faire confiance ?

En le voyant faire un pas dans sa direction, elle recula et ferma les yeux de désespoir en sentant les effluves de son eau de toilette parvenir jusqu'à elle.

— Reste où tu es, s'écria-t-elle. N'approche surtout pas.

— Tu sais aussi bien que moi que tu n'es pas sincère en me repoussant. Tu ne peux pas nier l'attirance qui, dès le début, nous a poussés l'un vers l'autre. Même quand je croyais avoir toutes les raisons de te mépriser, je ne pouvais m'empêcher de te désirer. C'est aussi pour pouvoir partager ton lit, nuit après nuit, que je t'ai épousée.

Elle le savait déjà. Dans ce cas, pourquoi avait-elle en l'entendant l'impression qu'il lui plongeait un poignard dans le cœur ? Sans répondre, elle le contempla tandis qu'il ôtait sa veste maculée de peinture, qu'il jeta sur le sol. En le voyant commencer à déboutonner sa chemise, elle sentit la panique s'emparer d'elle.

— Qu'est-ce que tu fais ?

Peut-être tenait-il à lui prouver qu'entre eux l'alchimie sexuelle restait toujours aussi forte. Elle avait beau se répéter qu'elle le détestait, son corps la trahissait et serait incapable de lui résister, elle le savait.

— Personnellement, je considère notre mariage comme terminé, lança-t-elle, et jamais plus je ne partagerai ton lit.

Le pantalon vint rejoindre les autres vêtements par terre. Fascinée, elle ne pouvait détacher son regard de ce torse large et musclé et de cette toison épaisse qui s'amenuisait en une ligne fine pour disparaître dans son caleçon.

— Je n'aurais aucun mal à te faire changer d'avis, *cara*, dit-il avant de tourner les talons et de se diriger vers la porte, à la surprise mais aussi à la grande déception de Libby.

— Où… où vas-tu ?

— Prendre une douche. Je peux difficilement vaquer à mes occupations couvert de peinture. Nous terminerons cette conversation en bas dans dix minutes. Fais en sorte que je n'aie pas besoin de venir te chercher, répondit-il d'une voix trop douce pour qu'elle ignore le mal qu'il avait à se contrôler.

Mais au fond, quelles raisons avait-il d'être si en colère ? se demanda-t-elle cinq minutes après en descendant lentement de la tour. C'était lui qui l'avait trompée et c'était lui qui lui avait brisé le cœur, ce que, bien sûr, il ignorait. Et elle devait veiller à le lui dissimuler à jamais.

A son grand soulagement, la chambre était vide, mais à la vue de l'immense lit sur lequel ils avaient si passionnément fait l'amour, une bouffée de tendresse lui fit monter les larmes aux yeux. Comment aurait-elle pu rester sa femme, l'aimer comme elle l'aimait en sachant qu'elle ne serait jamais rien d'autre pour lui qu'une agréable partenaire ? Non, elle ne passerait pas la nuit dans cette chambre et, de toute façon, jamais elle n'oserait le regarder en face tant qu'elle n'aurait pas réussi à reprendre le contrôle de ses émotions. Mais avant qu'elle ait pu quitter la pièce, il se dressa devant elle dans sa robe de chambre, les cheveux encore humides.

— Je vais aller dormir dans une autre chambre, déclara-t-elle.

Il la souleva dans ses bras et la déposa sur lit.

— Pose-moi ! Laisse-moi partir !

Son cri, venu du cœur, déchira les entrailles de Raul.

— Je ne peux pas, *piccola*, chuchota-t-il sur un ton si tendre qu'elle faillit s'abandonner à l'émotion qui la submergeait.

— Il le faudra bien. Je ne peux plus rester ta femme, répondit-elle en roulant vers le bord du lit.

Ce fut comme si elle l'avait giflé. Le spectacle de la détresse de Libby avait beau être pour lui une véritable torture, il savait que s'il la reprenait dans ses bras pour essuyer ses larmes de ses baisers, elle se battrait comme un chat sauvage.

— Ecoute-moi, dit-il en se penchant sur elle, je veux que tu prennes connaissance d'un document. Si après l'avoir lu, tu persistes à vouloir partir, eh bien…

Il s'arrêta comme si une flèche venait de lui percer le cœur, contemplant le vide de sa vie, si elle le quittait.

— Je ne sais pas ce que je ferai, *cara mia*, reconnut-il d'une voix rauque.

Libby fixait sans le voir le papier qu'il venait de poser sur ses genoux.

— Je ne veux pas le lire. De toute façon, ce qui est important m'échappe toujours. Toi, lis-le-moi.

— Tu n'as pas confiance en moi. Il faut que tu le lises de tes propres yeux.

Le cœur battant, il sortit sur le balcon qu'éclairait le clair de lune. Libby saisit le feuillet, s'obligeant à se concentrer sur sa lecture.

— Je ne comprends pas, murmura-t-elle après l'avoir relu

trois fois. Il dit que, même si je suis mariée, tu me rends le contrôle des parts de Gino dans Carducci Cosmetics jusqu'à ce qu'il ait atteint dix-huit ans. Si tu t'es donné tant de mal pour contrôler Carducci Cosmetics, pourquoi veux-tu me rendre ce contrôle ? Ça n'a pas de sens !

— Vraiment, *cara* ? Tu ne vois vraiment pas la raison pour laquelle je veux révoquer cette fichue clause ? Regarde la date, en bas de page.

— Deux semaines après notre mariage, dit Libby en levant les yeux vers lui pour s'apercevoir qu'il semblait éviter de croiser son regard. Pourquoi as-tu fait ça, Raul ? Puisque tu avais réussi à obtenir ce que tu souhaitais par-dessus tout, le contrôle de Carducci Cosmetics, pourquoi l'as-tu abandonné ?

— Parce que j'ai découvert qu'il y avait autre chose à quoi je tenais plus encore, dit-il en levant vers Libby un regard chargé d'émotion. J'ai découvert que j'avais envie que tu m'aimes, tout autant que moi je t'aime, *tesoro*.

Un silence tendu s'était installé entre eux.

— Ce n'est pas vrai, finit par articuler la jeune femme.

Elle ne pouvait se laisser prendre à la tendresse qu'elle sentait percer dans la voix douloureuse de Raul, ni au désir qui brillait dans ses yeux tandis qu'il lui prenait les mains.

— Tu m'as dit que l'amour n'était qu'une illusion, poursuivit-elle et qu'après ton divorce jamais plus tu ne tomberais amoureux. Tu m'as épousée pour prendre le contrôle de la société, et peut-être parce que tu voulais vraiment t'occuper de Gino.

— Je te jure que je l'aime, *cara*, et que je prendrai soin de lui comme son père — mon propre père — l'aurait fait. Libby, dès le premier regard, tu as ravi mon cœur, murmura-t-il d'une voix tremblante, mais je m'en voulais de désirer la maîtresse de mon père. Le mariage m'a paru la solution idéale, qui me permettait de contrôler la compagnie et de te mettre dans mon lit. Mais j'ai su bien vite qu'il y avait davantage : tu as mis des couleurs dans ma vie, mais aussi toute ta gaieté et une joie que je n'avais jamais imaginée.

Si tu me quittes, mon existence redeviendra un désert gris et morne.

Disait-il la vérité ? Comment le croire ? Le cœur de Libby battait à se rompre.

— Raul... ? dit-elle en effleurant du doigt ses cils sombres.

— J'avais prévu de tout te dire au sujet de la clause du testament et du fait que je l'avais annulée, avoua-t-il, la gorge serrée. Je veux que nous prenions ensemble les décisions concernant Carducci Cosmetics et que nous bâtissions pour Gino une compagnie solide. Mais chaque jour, je remettais à plus tard le moment de t'en parler. J'avais peur : en découvrant ce document, tu comprendrais que j'étais amoureux de toi. Et si cet amour n'était pas partagé ?

— Toi ? Toi, tu avais peur ? s'exclama Libby, incrédule.

Quand il lui prit la main pour en porter la paume à ses lèvres, une immense vague de bonheur submergea le cœur de la jeune femme.

— Oui, *cara*, j'avais peur. J'étais mort de peur. Parce que tu ne m'avais épousé que pour donner un père à Gino.

Etait-ce donc là ce que ressentaient les parachutistes au moment du premier saut ? Un mélange de peur, d'excitation et d'espoir ? Pouvait-elle enfin espérer voir briller dans les yeux de Raul une lueur d'amour ?

— Gino n'est pas le seul motif, reconnut-elle. Je t'aime, Raul, depuis toujours. Tout ce qui s'est passé auparavant dans ma vie me semble très loin, incolore. Depuis la mort de maman, c'est grâce à toi que je me suis sentie revivre, même quand j'étais en colère contre toi, mais surtout quand nous faisions l'amour. Jamais je n'aurais cru pouvoir être aussi heureuse.

Sa voix se brisa et les larmes qu'elle avait si longtemps retenues ruisselèrent sur son visage.

— *Tesoro.* Ne pleure pas. *Ti amo.*

Des mots qui venaient droit de l'âme. L'amour. Jamais il n'aurait cru pouvoir en ressentir de nouveau jusqu'à ce que Libby vienne bouleverser son univers. Il l'attira à lui en tremblant et posa doucement ses lèvres sur celles de la jeune femme. Comme elle lui répondait avec ardeur, il sentit déferler en lui une vague d'émotions.

— Tu m'as volé mon cœur, *cara*, balbutia-t-il sans cesser de l'embrasser fiévreusement sur la gorge, les cheveux, les joues, et les paupières, auxquelles les larmes donnaient un goût de sel. Veux-tu rester avec moi, ma tendre chérie, amour de ma vie, mon épouse adorée ?

— Ne t'avise pas d'essayer de me chasser ! Oh, Raul, je t'aime tant.

— Moi aussi, je t'aime, à la folie, ma charmante sorcière aux cheveux de feu. A propos, tu me dois un costume.

— Je suis désolée, murmura-t-elle en rougissant. Je ne sais pas ce qui m'a pris.

— J'aime que tu sois imprévisible et que tu aies du caractère et si bon cœur, aussi. Gino et toi, vous êtes mon univers et je ne demande rien d'autre que de vivre avec vous deux, en famille.

— Nous ne resterons pas trois bien longtemps. Sans en être encore tout à fait certaine, je crois que nous allons bientôt être quatre.

— *Cara*...

La voix de Raul se brisa et, durant quelques instants, il demeura silencieux, incapable d'exprimer ce qu'elle représentait pour lui. Mais en se penchant pour l'embrasser, il comprit que les mots n'étaient pas indispensables...

Epilogue

Dans la galerie bondée, l'air bruissait des commentaires des visiteurs massés devant les tableaux colorés suspendus aux cimaises.

— Elizabeth Carducci est une artiste très douée, déclara le critique d'un magazine national à un grand et bel homme qui se tenait au fond de la pièce. Cette exposition est une des plus intéressantes que j'aie vues depuis longtemps et, bien sûr, la galerie Farnèse attire les collectionneurs les plus prestigieux du monde entier. Nul doute que le talent de la *signora* Carducci sera bientôt internationalement reconnu.

— Vous avez parfaitement raison, déclara le bel homme, et cette reconnaissance sera bien méritée.

— Je n'ai jamais rencontré la *signora* Carducci, précisa le critique en jetant un regard à la ronde, mais il paraît qu'elle est d'une exceptionnelle beauté. Pouvez-vous me la montrer ?

— Ma femme est là-bas, répondit Raul sur un ton qui fit naître sur les lèvres du critique un sourire nerveux. Vêtue de vert et orange. Effectivement, comme vous le constatez, elle est très belle.

— Qu'est-ce que tu as raconté à Carlo Vitenze ? Il avait l'air d'un lapin poursuivi par une meute, s'enquit Libby quand son mari vint la rejoindre. C'est un critique respectable et j'espère que tu ne l'as pas contrarié.

— Je lui ai simplement fait comprendre que j'étais un mari plutôt possessif et je crois qu'il a reçu le message, répondit Raul en lui effleurant les lèvres. Je ne suis pas surpris qu'aucun homme ici présent ne puisse détacher les yeux de toi et je me demande si je ne ferais pas mieux de t'enfermer au sommet de ta tour.

— J'ai déjà deux hommes superbes dans ma vie et je ne vois pas ce que je ferais d'un troisième. Attention au landau, Gino, dit-elle en voyant surgir à côté d'elle un vigoureux bambin. Ta sœur est en train de dormir.

— Voir Lissa…, dit le garçonnet.

Raul le souleva pour qu'il puisse contempler Elizabeth-Rose, âgée de trois mois, qui dormait paisiblement.

— Tu pourras lui faire un bisou quand elle sera réveillée, dit-il.

En rencontrant le regard plein d'amour de Libby, il sentit son cœur chavirer. Cet amour, il le lui rendait au centuple.

— Moi, j'ai deux femmes superbes dans ma vie et mon cœur leur appartient à jamais, dit-il tendrement. Libby, je t'aime.

Ces simples mots firent monter les larmes aux yeux de la jeune femme.

— Pourquoi pleures-tu, *cara* ? Ton exposition est une réussite.

— Tout est une réussite, répondit-elle en passant les bras autour de la taille de son mari, et si je pleure, c'est parce que je suis la femme la plus heureuse du monde. Raul, tu m'as comblée et mon cœur déborde d'amour pour Gino, pour Lissa et pour toi.

KIM LAWRENCE

L'amant de Madrid

Traduction française de
JEAN-BAPTISTE ANDRE

Azur

HARLEQUIN

Titre original :
A SPANISH AWAKENING

Ce roman a déjà été publié en 2011

83-85, boulevard Vincent-Auriol, 75646 PARIS CEDEX 13.
Service Lectrices — Tél. : 01 45 82 47 47

www.harlequin.fr

1.

Emilio porta sa tasse à ses lèvres et fit la grimace. Son café était froid. Mais il le termina d'un trait, avant de nouer sa cravate et de se diriger vers la sortie. Un rapide coup d'œil à sa montre lui confirma qu'avec un peu de chance, et une circulation fluide, il arriverait à l'aéroport juste à temps pour cueillir Rosanna à sa descente d'avion.

Cela signifiait qu'il ne serait pas au bureau avant 11 heures. Mais après tout, être le patron avait ses avantages. D'aucuns allaient même jusqu'à s'imaginer que sa vie n'était qu'une suite de plaisirs. D'autres, comme l'actrice avec laquelle il était sorti la veille, allaient plus loin et le traitaient carrément d'égoïste.

Emilio avait accueilli l'insulte avec philosophie. D'abord parce qu'il se moquait de l'opinion de cette fille. Il n'avait pas encore couché avec elle et n'avait pas l'intention de le faire, même si elle l'avait appelé ce matin pour s'excuser. Et ensuite parce qu'elle avait sans doute raison. Il était égoïste. C'était justement l'un des bénéfices de la vie de célibataire. Une vie à laquelle, à bien y réfléchir, il n'avait pour l'instant trouvé aucun inconvénient !

Un sourire cynique apparut sur ses lèvres comme il montait en voiture et se faufilait dans la circulation matinale. Il avait autrefois fait ce qu'on attendait de lui, obéissant aux impératifs de la société en général et de son père en particulier. Il s'était donc marié, trop jeune, trop arrogant et trop stupide pour s'imaginer qu'il pouvait échouer.

Sur le papier, son père avait pourtant fait un excellent

choix. Rosanna était de bonne famille, intelligente et, pour ne rien gâcher, séduisante.

Luis Rios avait donc été vert de rage lorsque l'union qu'il avait orchestrée s'était terminée par un divorce. Il avait utilisé toutes les armes de son considérable arsenal — menaces, injures, intimidation — pour essayer de faire changer son fils d'avis, en vain. Emilio ne s'était pas laissé fléchir.

Son père était passé de la rage au mépris quand Emilio avait suggéré, non sans ironie, qu'un mariage ne pouvait durer sans amour.

— L'amour ? avait ricané Luis. C'est ça ton problème ? Quand es-tu devenu romantique ?

Emilio s'était contenté de sourire. C'était vrai, il n'avait jamais cru en l'amour. Et son divorce avait accentué son cynisme. Jusqu'au moment où la vie lui avait administré une leçon cuisante en lui faisant comprendre, au moment où il s'y attendait le moins, qu'il était possible de rencontrer la femme parfaite.

Cet instant s'était gravé en traits de feu dans sa mémoire, si bien qu'il pouvait à tout moment en savourer le moindre détail : l'arrivée de Megan au dîner mortellement ennuyeux auquel il assistait, la fragrance d'une nuit d'été qui s'était engouffrée avec elle dans la pièce… Il avait cru que son cœur s'était arrêté de battre, chose d'autant plus étrange qu'il avait déjà vu la jeune femme à de nombreuses reprises auparavant. Mais ce soir-là, il avait eu l'impression de la rencontrer pour la première fois.

Sentant qu'il risquait de s'apitoyer sur son sort, Emilio serra les mâchoires et chassa l'image de la jeune femme de son esprit. Il n'essayait plus, désormais, de combler le vide dans son cœur. Il vivait avec.

Il passa une vitesse d'un geste un peu trop sec, grimaçant tandis que la voix de son père résonnait dans son esprit : « Si c'est l'amour que tu cherches, prends-toi une maîtresse. Ou plusieurs. »

Luis Rios avait paru étonné que l'idée ne soit pas venue à son fils. Ce dernier se rappelait encore la révulsion qu'il avait éprouvée à cet instant, face à l'homme à qui il ne devait rien d'autre que ses gènes.

— Comme toi, c'est ça ? avait-il répliqué sans chercher à dissimuler son mépris.

Le vieil homme avait été le premier à détourner le regard. Leur relation, dès cet instant, avait changé à tout jamais. Luis Rios n'avait pas donné suite à ses menaces de le déshériter, mais de toute façon, Emilio n'en avait cure. Une partie de lui se serait réjouie d'abandonner l'empire bâti par son arrière-grand-père, pour repartir de zéro.

Peu après cette confrontation, son père lui avait abandonné les rênes de l'entreprise familiale afin de se consacrer à plein temps à son haras. Il ne s'était pas opposé aux changements qu'Emilio avait aussitôt mis en place, changements qui lui avaient permis de traverser indemne la crise financière. Beaucoup de ses rivaux attribuaient son succès à la chance. Emilio s'en moquait comme d'une guigne.

Chance ou pas, il arriva à l'aéroport dix minutes avant l'avion de son ex-femme. Il passa à travers un groupe de contrôleurs aériens qui manifestaient devant le terminal principal avant de pénétrer dans l'aérogare. A en juger par la mine des passagers massés à l'intérieur, beaucoup de vols avaient dû être annulés.

Après avoir vérifié que celui de Rosanna n'en faisait pas partie, il se dirigea vers les arrivées. Là, tout en patientant, il songea à son ami Philip. Ce dernier avait déboulé sans crier gare dans son bureau la veille, prenant Emilio de court. Cela faisait presque un an qu'ils ne s'étaient pas vus.

Un sourire aux lèvres, il repensa à leur étrange entrevue, qui expliquait sa présence dans cet aéroport bondé aujourd'hui...

— J'ai un problème, déclara Philip sans autre forme de salutation.

Levant les yeux de ses documents, Emilio dévisagea son ami d'un air curieux. Philip, d'ordinaire jovial, arborait une mine lugubre.

— Qu'est-ce qui t'arrive ?

— Je n'ai jamais été aussi heureux.

Malgré lui, Emilio éclata de rire.

— Ça ne se voit pas.

Son ami ne parut pas le moins du monde amusé.

— Je suis tombé amoureux, reprit-il d'une voix sépulcrale.

— Félicitations.

Philip, sans déceler l'ironie, opina mollement du chef.

— Merci. Evidemment, je ne m'attends pas à ce que tu comprennes.

— Vraiment ? Et pourquoi ça ?

— Allons, Emilio, tu es un célibataire endurci. Je me suis même toujours demandé…

Philip s'interrompit, visiblement gêné. La curiosité d'Emilio en fut piquée.

— Tu t'es toujours demandé quoi ?

— Pourquoi tu t'étais marié. Tu n'as jamais été vraiment…

— Amoureux ? Non. Mais je suppose que tu n'es pas venu pour me parler de mon mariage ?

— Eh bien, il se trouve que si, avoua son ami. Figure-toi que…

Emilio réprima son impatience comme Philip marquait une nouvelle pause, cherchant ses mots.

— … je veux me marier, acheva Philip dans un souffle.

— Et ce n'est pas une bonne nouvelle ?

— Ça dépend. Je veux épouser ta femme.

Emilio, qui se targuait d'anticiper les problèmes, dut bien avouer qu'il n'avait pas vu venir celui-ci.

— Tu es en état de choc, observa son ami, plus désespéré encore. J'en étais sûr.

— Je suis surpris, corrigea Emilio avec sincérité. Et même si j'étais choqué, quelle importance ? Rosanna n'est plus ma femme. Tu n'as pas besoin de ma permission.

— Je sais. Mais elle se sent coupable d'être heureuse.

— Allons, je suis sûr que tu te fais des idées, fit valoir Emilio.

Il se demanda s'il n'était pas supposé éprouver un semblant

de jalousie. Mais il ne ressentait rien, du moins rien de tel. Il avait toujours apprécié Rosanna, tout comme elle l'avait apprécié. Ils étaient amis et c'était ce qui leur avait laissé croire, au début, que leur mariage était raisonnable. Mieux valait une estime mutuelle, après tout, qu'une passion dévorante qui ne manquerait pas de s'éteindre.

Seigneur, quelle idée stupide… Il rougissait encore de sa naïveté. L'échec avait été cuisant. Il n'avait même pas eu besoin de dire à Rosanna qu'il y avait « quelqu'un d'autre ». Elle n'avait eu qu'à le regarder pour comprendre.

Etrangement, il en avait éprouvé de la culpabilité. Un sentiment d'autant plus irrationnel que Rosanna elle-même l'avait trompé dans les premiers mois de leur mariage. Sans parler du fait que techniquement, il n'avait pas commis le moindre adultère.

Mais voilà : chez les Rios, l'échec n'était pas toléré. La vie ne l'avait pas armé pour y faire face. Et le divorce était non seulement un échec, mais aussi un échec public. Il avait compris durant cette douloureuse période que Rosanna était tout autant à plaindre que lui, et ne l'avait épousé que sous la pression de sa propre famille, désireuse de lier sa destinée à celle des Rios. Ils avaient tous deux été les victimes consentantes d'une machination ourdie par des vieillards à l'âme noire et au cœur de pierre.

La presse avait bien évidemment fait ses choux gras de leur divorce. Emilio avait fait profil bas pendant six mois, jusqu'au moment où il avait rencontré la femme qui avait bouleversé sa vie et ses convictions. Il était sorti de cette expérience avec un cœur et une fierté en morceaux. Même aujourd'hui, avec le recul et un peu plus d'expérience, il avait du mal à rire de cette humiliation.

Cela lui avait en tout cas appris à ne plus baisser sa garde. Il avait emmuré ses sentiments pour s'assurer que rien de tel ne se produirait jamais plus. Philip ne se rendit donc pas compte de l'ironie de ce qu'il suggéra ensuite :

— Si tu pouvais tomber amoureux de quelqu'un, je suis sûr que Rosanna se sentirait libérée.

— Tu as quelqu'un à l'esprit ?

— Non, non, n'importe qui conviendrait.

Emilio éclata de rire et Philip se rendit enfin compte de l'incongruité de la situation. Il soupira, l'ombre d'un sourire aux lèvres.

— Désolé, je semble avoir perdu mon sens de l'humour. C'est juste que Rosanna et moi sommes à deux doigts du bonheur… Si seulement elle pouvait arrêter de culpabiliser ! Mais pour ça, il faudrait qu'elle te voie avec quelqu'un.

— Je n'ai pas mené une existence de moine ces deux dernières années…

— Je sais et je suis sûr que n'importe quel homme normalement constitué t'envierait. Mais Rosanna veut du solide. Elle veut savoir que tu es amoureux. Ça lui permettrait d'aller de l'avant.

— Je vois. Si je comprends bien, tu me demandes de tomber amoureux pour arranger ta vie sentimentale ?

— Exactement.

— Je suis désolé, Philip. Je ferais n'importe quoi pour toi mais là…

— Je sais. C'est ridicule. C'est juste que… je suis prêt à tout pour Rosanna. A me raser les cheveux, s'il le faut.

De nouveau, Emilio éclata de rire.

— Très impressionnant.

— Je suis sérieux. Il est temps que je me pose, que je devienne un homme respectable. Fini de courir le monde à la recherche de l'aventure. Je suis même prêt à mettre un costume et à aller travailler pour mon père, s'il le faut.

— Ce n'est pas trop tard ?

— Tu plaisantes ? Il n'aimerait rien tant que de me voir revenir la queue entre les jambes. Et puis, il brûle d'envie de transmettre son empire à un héritier. Moi en l'occurrence, conclut Philip en pointant un doigt sur son propre torse.

— Tu n'es pas fils unique, pourtant.

— C'est vrai. Et si Janie avait manifesté un quelconque intérêt pour l'entreprise familiale, je suppose que mon père ne m'aurait pas attendu. Mais elle a préféré devenir mannequin. Tu l'as vue dans cette publicité pour je ne sais plus quel parfum ? Ça fait drôle de voir ma sœur sur des affiches.

Emilio leva la main pour interrompre son ami.

— Je pensais plutôt à Megan…

Emilio tressaillit et revint soudain à la réalité. Le cœur battant, il parcourut la foule qui se pressait dans le terminal. Il venait de songer à Megan et aurait juré l'avoir entrevue dans l'aérogare, exactement au même instant. Mais la coïncidence aurait été si énorme qu'il attribua cette vision fugitive à un effet de son imagination.

Puis Megan réapparut, à quelques mètres de lui à peine. Cette fois, il n'y avait plus à en douter. Elle avait perdu quelques kilos — chose qu'il n'approuvait pas particulièrement — mais il l'aurait reconnue entre mille.

Megan Armstrong, la sœur de Philip. C'était également la femme qui, depuis deux ans, hantait ses nuits. Et ses jours, reconnut-il. Chaque seconde de sa vie, en fait.

Emilio ne croyait pas aux signes, ou au destin.

Mais pour une fois, il allait faire une exception.

2.

— Mais j'ai besoin de te voir ce soir !

Megan ne fut guère surprise d'entendre une note de réprobation dans la voix de son interlocuteur. Elle semblait présente chaque fois qu'il s'adressait à elle.

Charlie Armstrong n'avait pas bâti son empire en laissant des détails tels qu'une grève des contrôleurs aériens affecter les déplacements de ses employés, surtout lorsque l'employée en question était sa propre fille.

— Je suis désolée, papa.

— Tu es *désolée* ? Et qu'est-ce que tu veux que ça me fasse ? J'ai besoin que…

— Je suis coincée ici, interrompit Megan d'une voix calme mais ferme. Je vais aller à l'hôtel et je prendrai le premier vol demain.

— Ça te fera arriver à quelle heure ?

Avec un soupir, elle regarda le cadran rayé de sa vieille montre, un objet auquel elle était très attachée. Elle avait en effet appartenu à sa mère, morte quand elle avait douze ans.

— La grève est censée durer vingt-quatre heures. Si elle n'est pas reconduite, je devrais donc pouvoir prendre le vol de 9 heures.

— 9 heures ! Non, c'est inacceptable.

— Acceptable ou pas, je suis bloquée ici à moins qu'il ne me pousse des ailes. Et avant que tu le suggères, tous les trains et les ferries sont pleins.

— Pleins de gens prévoyants !

— Non, de gens qui reviennent d'un match de football international.

Mais cela n'apaisa pas Charlie Armstrong. Megan le laissa tempêter pendant une longue minute, tout en fendant la foule en direction de la sortie. Trouver un taxi allait être une gageure, à en juger par le nombre de passagers mécontents qui jouaient des coudes pour rejoindre la file d'attente.

— Et n'espère pas que je vais te payer un hôtel cinq étoiles ! reprit son père. Ce n'est pas parce que tu es ma fille que tu vas recevoir un traitement de faveur. J'attends de toi le même comportement que…

Megan continua de progresser vers la sortie, n'écoutant que d'une oreille. Elle avait entendu ce sermon des centaines de fois. Comme elle promenait un regard distrait autour d'elle, son cœur bondit furieusement dans sa poitrine et une décharge électrique lui tétanisa soudain tous les muscles.

— Oh mon Dieu ! s'exclama-t-elle.

— Quoi ? Qu'y a-t-il ?

Megan ferma les yeux, sous le choc. Mais le visage qu'elle venait d'entrevoir — ou qu'elle avait *cru* entrevoir — continua de flotter dans son esprit.

Elle prit une profonde inspiration, se forçant à recouvrer son flegme légendaire. Puis elle pivota vers le jeune homme qui venait de la percuter quand elle s'était arrêtée sans crier gare.

— Je suis désolée.

— Pas de problème, répondit l'autre, un routard aux cheveux longs et au visage mangé par la barbe.

Il se fendit d'un sourire engageant avant de reprendre :

— Vous avez besoin d'un coup de main avec vos bagages ?

Megan ne l'entendit même pas. Elle s'était déjà retournée, fouillant des yeux la zone où elle avait cru apercevoir Emilio Rios. Il n'y avait personne.

Avait-elle rêvé ? Elle balaya la foule d'un regard inquiet. Emilio Rios était le genre d'homme que l'on remarquait, ne serait-ce que parce qu'il dominait la plupart des gens d'une bonne tête.

— Que se passe-t-il, Megan ? reprit la voix de son père, à l'autre bout du fil. Qu'est-ce qui ne va pas ?

— Rien, papa. Tout va bien.

Elle mentait. Paniquer parce qu'elle avait cru voir un homme qui ne devait même plus se souvenir d'elle indiquait clairement que, non, tout n'allait pas bien. La fatigue, sans doute…

— Tu as une voix bizarre, observa Charlie Armstrong.

Megan rougit, mortifiée. L'espace d'un instant, elle était redevenue une jeune femme naïve et maladroite de vingt et un ans. Elle avait même été tentée de prendre ses jambes à son cou, comme elle l'avait fait lors de leur dernière rencontre…

C'était parfaitement ridicule. Elle n'avait pas revu Emilio depuis deux ans. Il l'avait certainement oubliée et c'était tant mieux.

Megan fit un pas de côté pour éviter un chariot chargé de valises qui fonçait droit sur elle et se força à répondre enfin à son père.

— J'ai juste cru voir quelqu'un que je connaissais, c'est tout. Ecoute, je te dois te laisser. Je te rappellerai depuis l'hôtel.

— Tu as cru voir qui ?

Megan hésita, puis avoua dans un murmure rauque :

— Emilio.

— Emilio ? Rios ?

— Ou quelqu'un qui lui ressemblait, se hâta-t-elle d'ajouter. Elle était à Madrid, après tout. Les hommes bruns, ténébreux et séduisants ne manquaient pas. Rassurée, Megan sentit la tension qui lui raidissait les épaules se dissiper un peu.

— Non, ça pourrait bien être lui, insista son père. Il a des bureaux à Madrid.

— Les Rios ont des bureaux dans toutes les capitales, lui rappela Megan avec ironie.

Certains disaient qu'Emilio était un virtuose de la finance, d'autres qu'il avait simplement une chance insolente. Megan soupçonnait qu'à ce niveau de réussite il fallait les deux.

— Les Rios ont également leur demeure familiale dans

les environs de Madrid. Un vrai palais, il faut le voir pour le croire.

L'admiration, dans la voix d'un homme qui habitait lui-même un manoir de vingt pièces, en disait long sur la fortune des Rios. Elle se dandina d'un pied sur l'autre, soudain mal à l'aise.

— Si c'était lui, il est parti, dit-elle en dardant un regard nerveux autour d'elle pour s'assurer que c'était bien le cas.

— J'ai séjourné une fois chez eux, reprit son père d'un ton pensif. Luis et moi devions négocier un contrat. Un vrai requin, cet homme. Tu l'as déjà rencontré ?

— Brièvement. Je l'ai trouvé très snob.

— Il n'est pas snob, répliqua Charles Armstrong d'un ton réprobateur. Il est juste de la vieille école, fier de l'histoire de sa famille. Et comment lui en vouloir ? Leur lignée remonte à plusieurs centaines d'années. Tiens, maintenant que j'y pense, peut-être que tu pourrais mettre à profit cet arrêt forcé à Madrid…

A ces mots, Megan sentit un frisson d'angoisse la parcourir.

— Comment ça ?

— Je vais appeler Emilio pour lui dire que tu es dans les parages.

Une annonce, dans les haut-parleurs de l'aéroport, noya le gémissement de protestation de Megan.

— Nous ne nous sommes pas parlé depuis que Luis a pris sa retraite. Ce serait une bonne occasion de renouer le contact. Et je suis sûr qu'Emilio pourra t'aider à trouver un logement pour la nuit. La mention de son nom fait généralement des miracles.

— Non, non, je ne voudrais pas…

— Les Rios sont très bien implantés en Amérique du Sud, enchaîna son père sans lui prêter la moindre attention. Leurs contacts sur place pourraient nous être très utiles si nous concluons le contrat avec Ortega. Et même si ce n'est pas le cas…

— *Non*, coupa Megan d'un ton sec.

— Qu'est-ce que ça veut dire ?

— Ça veut dire non. Je n'ai pas l'intention d'aller faire du charme à Emilio Rios.

— Je ne t'ai jamais demandé une chose pareille, protesta Charlie Armstrong d'un ton offusqué.

— Emilio est un ami de Philip, pas le mien. Je ne l'apprécie même pas.

Deux ans auparavant, Emilio lui avait paru en voie de devenir une copie conforme de son père : hautain, froid, déplaisant. Il devait à présent être aussi snob et prétentieux que Luis Rios. Evidemment, entre son succès en affaires et les femmes qui tombaient à ses pieds, c'était presque excusable. Personne n'avait jamais dû lui apprendre l'humilité.

— Pourtant, tu le suivais comme un chiot, lui rappela son père.

Mortifiée, elle sentit ses joues s'enflammer.

— J'avais douze ans quand j'ai fait sa connaissance ! protesta-t-elle.

Treize, lui souffla une petite voix. C'était à treize ans qu'elle l'avait rencontré, quand Philip avait amené son ami Emilio passer quelques jours avec eux pendant les vacances. Il était le plus bel homme qu'elle avait jamais vu. Et il s'était montré très gentil avec elle.

Sa cruauté, plus tard, n'en avait été que plus surprenante.

— Quoi qu'il en soit, enchaîna-t-elle, il ne m'apprécie guère non plus.

C'était un euphémisme. Leur dernière rencontre s'était si mal passée que son estomac se tordait toutes les fois où elle y repensait.

— Ne sois pas ridicule, Megan. Il ne doit même pas se souvenir de toi.

C'est censé me consoler ? se demanda-t-elle avec un sourire amer.

— J'espérais qu'il remarquerait Janie, en revanche, reprit Charlie Armstrong, songeur.

Bien sûr, Janie était celle que tous les hommes remarquaient. Il n'y avait qu'à voir leurs yeux s'arrondir chaque fois qu'elle entrait dans une pièce.

— Ecoute, papa, il faut que je te… Attends une minute, dit-elle en sentant quelqu'un lui tapoter l'épaule.

Elle se retourna, un sourire poli aux lèvres. Il s'effaça bien vite pour laisser place à une expression de panique lorsqu'elle vit de qui il s'agissait.

En une fraction de seconde, elle comprit pourquoi on ne l'avait pas bousculée depuis une longue minute, malgré la foule massée dans le terminal. Personne ne bousculait Emilio Rios. Il dégageait une aura qui forçait les gens à s'écarter à son approche.

— *Toi !*

Depuis combien de temps se tenait-il là, juste derrière elle ? Seigneur, avait-il entendu ce qu'elle avait dit ? Si c'était le cas…

Emilio sourit. Aussitôt, Megan laissa échapper un petit soupir de contentement. C'était là l'effet qu'il avait sur les femmes. Dieu merci, le brouhaha ambiant l'étouffa.

Malgré son sourire, Emilio posait sur elle un regard sombre, impénétrable. Soudain, comme Megan cherchait désespérément quelque chose à dire, il encadra son visage de ses larges mains.

Elle le fixa avec stupeur, un tourbillon d'émotions chaotiques se disputant le contrôle de son esprit. Etait-elle en train de rêver ? Non, le contact de sa peau, sur ses joues, était bien réel, tout comme le souffle brûlant qui lui caressait les lèvres.

Dis quelque chose ! se morigéna-t-elle. *Fais quelque chose !*

Emilio ne lui donna l'occasion de faire ni l'un ni l'autre. Il pencha la tête et l'embrassa directement sur la bouche.

Crie, appelle au secours ! Donne-lui un coup de pied, mords-le !

Au lieu de tout cela, Megan s'affaissa contre lui. Un nouveau soupir franchit ses lèvres, qu'elle entrouvrit pour laisser leur baiser s'approfondir. Une vague de désir la balaya quand Emilio glissa une main autour de sa taille pour la plaquer sans vergogne contre son érection.

La foule parut s'évanouir, le décor de l'aéroport se brouilla. Extatique, Megan agrippa la nuque de son compagnon, enroulant passionnément sa langue à la sienne.

Alors, aussi brusquement qu'il l'avait embrassée, Emilio la relâcha. La séparation fut si brutale qu'elle vacilla, des lumières dansant devant ses yeux. Elle crut un moment qu'elle allait s'effondrer mais Dieu merci, ses jambes ne fléchirent pas.

Affectant la plus grande décontraction — chose d'autant plus difficile qu'elle peinait à respirer — Megan partit d'un rire rauque.

— Emilio. J'étais justement en train de parler de toi.

En deux ans, il n'avait pas changé. Il paraissait peut-être un peu plus mince, les angles de son visage légèrement plus saillants. Une chose était sûre : il était toujours aussi séduisant.

Mais moi j'ai changé, songea-t-elle. *Je ne suis plus une gamine naïve et impressionnable !*

— Je sais, répondit-il. J'ai entendu.

Quelque part dans le brouhaha, Megan crut entendre quelqu'un prononcer le nom d'Emilio. Lui, en revanche, ne sembla pas avoir entendu quoi que ce soit. Il continua de la dévisager avec l'intensité d'un oiseau de proie étudiant sa proie.

— Tu m'as embrassée, observa Megan.

— Je commençais à me demander si tu l'avais remarqué.

— Oui, c'est juste que j'essaie de l'ignorer.

— Tu n'es pas contente de me voir alors ?

Même cette perspective ne paraissait pas l'affecter outre mesure, songea Megan tout en essayant de calmer les battements de son cœur. Elle devait se ressaisir, retrouver son calme.

Il n'était pas le premier macho richissime qu'elle rencontrait. En règle générale, elle savait comment prendre ce genre d'homme. Un mot bien placé pour flatter leur ego et ils lui mangeaient dans la main.

Avec Emilio, c'était différent. Tout d'abord, elle semblait

avoir perdu jusqu'à sa capacité d'enchaîner deux pensées cohérentes. Et surtout, elle ne voulait pas qu'il lui mange dans la main. Non, elle préférait qu'il se tienne le plus loin possible d'elle !

— Non, je ne suis pas contente de te voir, répondit-elle enfin.

Cela n'allait pas lui faire plaisir. Emilio Rios n'était certainement pas habitué à une telle honnêteté, surtout de la part d'une femme.

— Tu crois me connaître mais ce n'est pas le cas, se contenta-t-il de répondre, son beau visage ne trahissant pas la moindre hostilité.

La tension de Megan se transforma en franche colère. Pourquoi ne saisissait-il pas le message ? Elle n'avait pas envie de lui parler ou, pire encore, de l'embrasser !

— Merci pour cette perle de sagesse, ironisa-t-elle. Mais si tu essaies de nouveau de m'embrasser, je… je…

— Tu quoi ? demanda Emilio avec un sourire irrésistible.

Bonne question, concéda-t-elle en son for intérieur. Megan prit une longue inspiration, furieuse.

— Je ne sais pas. Ne t'avise pas de recommencer, c'est tout.

Cette pitoyable repartie ne risquait pas de l'intimider, mais c'était ce qu'elle avait de mieux. Et c'était préférable à la vérité : elle aurait adoré qu'il l'embrasse de nouveau…

Elle le vit plisser les yeux en réaction à son avertissement. Il ne paraissait ni en colère ni amusé. Une nouvelle fois, l'expression qui brûlait dans son regard était parfaitement indéchiffrable. Ses pupilles évoquaient deux puits sans fond ouvrant sur des galaxies lointaines et mystérieuses.

Au même instant, Megan entendit de nouveau quelqu'un appeler Emilio. Elle voulut se retourner, mais il l'en empêcha en posant ses longs doigts hâlés sur sa joue. Ce geste inattendu la fit frissonner de la tête aux pieds et lui arracha un hoquet surpris.

Pour la seconde fois en l'espace de quelques minutes, ses lèvres couvrirent les siennes. Megan sentit ses muscles se liquéfier et elle se serait effondrée comme une poupée de chiffon si son compagnon ne l'avait pas retenue.

Lorsqu'il s'écarta enfin, elle le dévisagea en clignant des yeux, haletante.

— Je… je t'ai demandé de ne pas faire ça.

— Je suis désolé. C'est trop difficile de résister. Ta bouche est une véritable invitation au baiser.

Puis, sans crier gare, il lui soutira le téléphone qu'elle tenait toujours pour le porter à son oreille.

— Ici Emilio Rios. Qui est à l'appareil ?

Retrouvant un semblant de raison, Megan lui décocha un regard furieux. Elle tendit une main ouverte, lui intimant en silence de lui rendre l'appareil. L'Espagnol l'ignora superbement.

— Ah, Charles. Comment allez-vous ? Oui, elle est avec moi. Pardon ? Oh ! non, ne vous en faites pas, je vais m'occuper d'elle.

Un sourire malicieux se dessina sur les lèvres d'Emilio lorsque Megan essaya, en vain, de s'emparer du téléphone. Il agita un doigt réprobateur sous son nez avant de reprendre d'une voix forte :

— Bien sûr, Charles, c'est un plaisir. Oui, et Megan vous embrasse.

Mais elle n'était guère d'humeur à embrasser qui que ce soit. Plusieurs personnes se retournèrent lorsqu'elle cria :

— Ce n'est pas vrai !

Agrippant enfin son téléphone, elle le plaqua contre son oreille et fit un bond en arrière.

— Allô papa ? Je ne voudrais pas déranger Emi… Il a raccroché ! dit-elle en se tournant, furieuse, vers son compagnon.

— Ton père est un homme très occupé. Et puis, il sait que tu es dorénavant en de bonnes mains.

Megan ne put s'empêcher d'étudier les mains en question, par pur réflexe, avant se secouer la tête.

— Je n'ai pas besoin que l'on s'occupe de moi, rétorqua-t-elle.

— Ce n'est pas que ce que Charles vient de me dire, pourtant.

— Mon père veut simplement que je me montre aimable avec toi parce que nous avons un contrat qui…

Elle s'interrompit, réalisant soudain que la colère la poussait à en dire trop. Emilio haussa les sourcils d'un air à la fois moqueur et méprisant.

— Je vois. Et jusqu'où te demande-t-il d'aller dans l'intérêt de ses affaires ? Jusqu'où est-il prêt à utiliser ses propres enfants pour s'enrichir ?

Elle redressa le menton, furieuse contre elle-même, contre son père, et contre Emilio.

— Si c'est ce que tu sous-entends, il ne m'a pas demandé de coucher avec toi.

— Mais il n'y verrait pas d'inconvénient si tu décidais de le faire, je suppose ?

— La question ne se pose pas.

— Pourquoi ça ?

— Parce que je ne couche qu'avec les hommes qui me plaisent.

Ce qui ne lui était jamais arrivé, mais ce n'était pas une information qu'elle voulait partager avec Emilio ! Elle se serait fait arracher la langue plutôt que de l'avouer.

C'était ironique. Les hommes la trouvaient en général glaciale et inabordable, ce qui lui convenait parfaitement. Emilio, à l'inverse, s'imaginait qu'elle était prête à coucher avec le premier venu.

Evidemment, leur dernière rencontre avait faussé sa perception. Deux ans plus tôt, à sa remise de diplôme, elle avait constaté au moment de rentrer que l'ami qui l'avait accompagnée était totalement ivre. Elle avait donc accepté l'invitation d'un professeur plus âgé de la reconduire chez elle.

Elle n'avait compris qu'il avait bu lui aussi que lorsqu'il s'était arrêté sur un parking, à la sortie du village, et avait essayé de l'embrasser. Dans la lutte qui s'en était suivie, elle avait bien cru sa dernière heure arrivée.

Jusqu'au moment où la porte s'était ouverte sur l'imposante silhouette d'Emilio. Mais le soulagement de Megan avait été de courte durée…

— Et moi ?

Megan reporta son attention sur Emilio, qui l'étudiait d'un air interrogateur, les yeux pétillant d'ironie.

— Quoi, et toi ?

— Tu as envie de coucher avec moi ?

Une bouffée de chaleur la fit s'empourprer jusqu'aux oreilles. Elle était offusquée, se répéta-t-elle, et non troublée. Se raccrochant du mieux qu'elle le pouvait à sa colère, elle se fendit d'un sourire narquois.

— Tu as un million ?

Il hocha la tête, visiblement impressionné.

— Un million ? Je vois que tu as une haute estime de toi-même.

— Je les vaux.

— Dans ce cas, tout est possible. Je suis disposé à payer pour de la qualité.

La tension monta, chargée d'un érotisme sourd, comme ils s'affrontaient sans un mot du regard. Leur confrontation aurait pu durer encore longtemps si une voix féminine n'avait soudain brisé le silence.

— Emilio ?

3.

Megan tourna la tête, surprise. Celle qui venait de parler était une femme petite et brune qu'elle reconnut aussitôt. Un mètre soixante à peine, un visage en cœur, Rosanna Rios était l'une des plus belles femmes qu'elle connaissait. Son apparente fragilité titillait l'instinct protecteur des hommes, son corps sublime faisait le reste. Parfaitement apprêtée, elle semblait en permanence sortir de chez le coiffeur ou d'un salon de beauté. Pourtant, l'effet n'était jamais artificiel.

— Je t'ai appelé plusieurs fois, annonça Rosanna en levant un sourcil moqueur en direction d'Emilio. Mais tu étais apparemment… occupé.

Megan sentit son estomac se nouer comme Emilio se penchait pour déposer un baiser sur la joue de son ex-femme. Rosanna tourna ensuite vers Megan un sourire affectueux.

— Je ne savais pas, pour vous deux… Je suis vraiment ravie de vous voir ensemble.

Megan écarquilla les yeux mais attendit poliment qu'Emilio rétablisse la vérité. Au lieu de cela, ce dernier proposa :

— Tu veux que nous te déposions quelque part ?

— Oh non, répondit aussitôt Rosanna. J'ai appelé sitôt ma descente d'avion pour commander un taxi. Il doit m'attendre dehors.

Megan, déroutée par le « nous » qu'avait employé Emilio, tressaillit lorsque ce dernier posa une main sur son dos, entre ses omoplates. Il fit mine de ne pas s'en apercevoir.

— Bon, nous devons y aller. J'ai été ravi de te voir, Rosanna.

Megan lui adressa un regard médusé. Tournant légèrement la tête de côté, Emilio se pencha pour lui murmurer à l'oreille.

— C'est d'accord pour un million. Marché conclu.

Rougissant furieusement, Megan protesta à voix haute :

— Je plaisantais et tu le sais très bien.

— Tu ne devrais pas faire des avances que tu n'as pas l'intention d'honorer, fit Emilio en riant, comme s'il s'agissait d'une bonne plaisanterie entre eux. Désolé pour les messes basses, Rosanna. C'est très impoli de notre part.

— C'est très impoli de *ta* part ! corrigea Megan.

— Inutile de vous excuser. Vous partez ou vous arrivez ? Vous prévoyez un petit voyage romantique ?

— Nous ne sommes pas ensemble, déclara Megan en une tentative un peu tardive de rétablir la vérité.

Mais la voix rauque dont elle avait prononcé ce démenti — due aux caresses d'Emilio sur sa nuque — ne la rendit pas particulièrement convaincante. Un frisson la parcourut, ce qui lui valut un froncement de sourcil de son compagnon.

— Tu es tendue, *querida*.

— Je me demande pourquoi, ironisa-t-elle.

Emilio se mit de nouveau à rire, tout en laissant glisser sa main le long de sa colonne vertébrale. Il l'immobilisa sur la courbe de ses fesses.

— Megan devait prendre l'avion pour rentrer chez elle, expliqua-t-il. Mais apparemment, grâce à la grève, je vais pouvoir profiter de sa présence un peu plus longtemps.

— Pas de chance, fit Rosanna avec un sourire compatissant. Depuis combien de temps êtes-vous ensemble, tous les deux ?

Cette fois, Megan décida que cela suffisait.

— Il plaisante, déclara-t-elle fermement. Nous ne sommes pas vraiment…

— Nous ne sommes pas ensemble, intervint Emilio avec un clin d'œil appuyé. Nous sommes juste de très bons amis.

Rosanna sourit et lui retourna son clin d'œil.

— Je vois.

— Non, nous ne sommes vraiment pas…

Emilio fit taire Megan en posant un doigt sur sa bouche.

— Chut, détends-toi… Rosanna comprend très bien la situation. Elle sera discrète.

Megan le fixa comme une biche paralysée par les phares d'une voiture. De délicieuses sensations lui électrisaient tout le corps, sa respiration s'était accélérée. Elle dut faire appel à toute sa volonté pour ne pas embrasser le doigt qui pesait sur sa lèvre inférieure et le suçoter sensuellement…

Seigneur, que lui arrivait-il ? Elle s'était crue capable de contrôler ses émotions mais il n'en était rien. Emilio Rios avait le même effet sur elle qu'autrefois. Elle n'avait qu'à le regarder pour sentir sa température interne monter en flèche.

Le doigt d'Emilio glissa le long de sa joue, remontant jusqu'à son oreille. Furieuse contre elle-même, irritée de son incapacité à réagir, Megan n'eut d'autre choix que de fermer brièvement les yeux. Elle devait retrouver le contrôle de sa respiration, calmer les battements de son cœur. Alors seulement elle serait en mesure de l'affronter.

— C'est très joli, murmura Emilio en effleura son lobe, puis la boucle d'argent qui l'ornait.

Sans savoir s'il parlait du bijou ou de son oreille, une ambiguïté qu'il entretenait sans doute à dessein, Megan se mordit la lèvre pour ne pas soupirer. Avec stupéfaction, elle se rendait compte que son oreille était une zone érogène…

Une bouffée de panique l'envahit soudain. Sa raison lui soufflait qu'elle allait se ressaisir, que tout irait bien si elle s'accordait un peu de temps. Mais la réalité était tout autre. Telle une victime de sables mouvants, elle semblait s'enfoncer à mesure qu'elle se débattait pour en sortir.

Faisant appel à toute sa volonté, elle leva la main pour repousser celle d'Emilio. Du moins, c'était son intention. Car sitôt que leurs doigts se touchèrent, une intense émotion paralysa de nouveau Megan. Elle se figea, la main sur celle d'Emilio en un geste d'involontaire complicité qui arracha à Rosanna un sourire radieux.

— C'étaient… les boucles d'oreille de ma mère, expliqua-t-elle d'une voix enrouée.

Emilio hocha lentement la tête. Un masque affable recouvrait ses traits, mais la lueur qui brûlait dans ses yeux fit trembler Megan. C'était l'expression du chasseur qui savait que sa proie, après s'être débattue de toutes ses forces, ne pouvait plus lui échapper. Il n'avait plus qu'à porter l'estoc final.

— Elles sont assorties à tes yeux. Ta mère avait les mêmes yeux dorés que toi ?

Sa voix coulait, mélodieuse, douce comme un flot de miel. La question dérouta Megan, car il paraissait véritablement curieux. Mais elle savait qu'il s'agissait d'un simple jeu destiné à berner Rosanna. Dans quel but, elle n'aurait su le dire.

— O… oui, bredouilla-t-elle. Je… je lui ressemble.

— Ce devait être une très belle femme, alors.

Megan sentit son cœur répondre à ce compliment par un soubresaut. Une petite partie d'elle-même voulait désespérément croire qu'il était sincère. Mais il l'était sans doute autant qu'un homme politique en campagne, et cela, elle ferait mieux de ne pas l'oublier.

Triturant nerveusement sa boucle d'oreille, elle se tourna vers Rosanna et lui adressa un sourire poli.

— J'ai été ravie de te revoir mais je dois vraiment y aller.

— Bien sûr. J'étais enchantée de te voir, moi aussi. Philip parle souvent de toi.

— Philip ? Tu es en contact avec lui ?

Une expression de consternation passa sur le visage de Rosanna.

— Eh bien, je…

— Désolé de vous interrompre, mesdames, s'exclama soudain Emilio en tapotant sa montre, mais c'est exactement pour ça que nous sommes tout le temps en retard. Vous parlez trop.

Il déposa un baiser rapide sur la joue de Rosanna puis, sans lui demander son avis, prit Megan par le bras et l'entraîna vers la sortie. Sa main était un véritable étau et elle comprit qu'il était inutile de résister.

— Qu'est-ce que tu fais, au juste ? murmura-t-elle, furieuse.

— Je te sauve d'une situation embarrassante.

— Une situation que tu as créée de toutes pièces !

Ils émergèrent à l'extérieur du terminal, en plein soleil. Emilio la relâcha enfin, et Megan fit un bond en arrière.

Mains sur les hanches, elle le fusilla du regard. A sa grande surprise, il lui adressa un sourire chaleureux avant de désigner un point situé derrière lui.

— Ma voiture est par là-bas.

— Ta voiture ?

— Tu ne comptes tout de même pas marcher ?

Malgré sa stupeur, elle ne put s'empêcher de rire. Il avait du culot, elle devait l'admettre.

— Au revoir, Emilio.

— Ne sois pas ridicule. Je me propose simplement de te servir de chauffeur. Par un jour pareil, si tu n'as pas réservé un taxi, tu seras encore là dans deux heures.

— Qu'est-ce que ça peut te faire ?

— Rien du tout. Je pensais simplement que tu étais douée d'un certain sens pratique. De plus, j'ai promis à ton père que je veillerais sur toi.

— Et tu tiens toujours tes promesses, c'est ça ?

— Que tu puisses en douter me fend le cœur. Mais bien sûr, si tu as une bonne raison de ne pas vouloir monter en voiture avec moi, je comprendrai.

— Quel genre de raison ?

— La peur, par exemple.

Aussitôt, Megan redressa le menton.

— Va au diable. Tu ne me fais pas peur.

4.

Assise dans le bolide rouge d'Emilio, Megan se maudissait d'être tombée dans un piège aussi grossier. Un gamin de deux ans aurait compris qu'Emilio la provoquait pour la pousser à faire exactement ce qu'il voulait. La mine fermée, elle se tenait raide comme un i dans son siège, regardant d'un œil noir le paysage urbain aux alentours de l'aéroport.

— Je crois que tu me dois des excuses, observa-t-elle enfin, quand le silence devint trop oppressant.

Une main sur le volant, Emilio ne paraissait pas percevoir la tension qui emplissait l'habitacle. Il se tourna vers elle avec un sourire ironique.

— Des excuses ? Moi ?

— Oui.

— Puis-je savoir pourquoi ?

— Tu m'as embrassée.

Elle n'avait pu s'empêcher de rougir, ce qui ne fit qu'ajouter à son irritation. Emilio lui décocha un regard dur.

— Je n'ai pas oublié. Tu crois que je vais m'excuser de t'avoir embrassée ?

Megan haussa les épaules, feignant l'indifférence.

— Bien sûr que non. Je me moque du baiser lui-même. C'est déjà oublié. Ce que je n'apprécie pas, en revanche, c'est que tu te serves de moi pour provoquer la jalousie de ton ex.

Emilio cligna des yeux, visiblement surpris.

— Tu crois que c'était pour ça ?

— Et le pire, c'est que ça n'a même pas marché, poursuivit Megan en l'ignorant. Il est temps pour toi d'affronter la vérité, Emilio. Rosanna a tourné la page.

— Vraiment ?

Inexplicablement, il semblait s'amuser.

— Vraiment, confirma-t-elle avec raideur. Et pour ma part, je dois avouer que je suis déçue.

— Par ma façon d'embrasser ?

— Non. Par le fait que tu aies besoin de recourir à des subterfuges aussi pitoyables dans l'espoir de reconquérir ton ex-femme. Je croyais que tu étais un séducteur irrésistible, un véritable Casanova !

— Je vois que tu t'intéresses beaucoup à ma vie amoureuse…

Megan vira à l'écarlate mais parvint à ne pas détourner le regard.

— Il est difficile de l'éviter, répliqua-t-elle du tac au tac. Il n'y a qu'à lire les journaux.

Pour la première fois, Emilio parut sincèrement dérouté. Il grimaça.

— Ce fichu article… Combien de temps encore va-t-il me poursuivre ?

— Te poursuivre ? répéta Megan avec ironie. Je l'ai trouvé très flatteur pour toi. Certaines des prouesses qui y figuraient m'ont même paru relever de l'acrobatie. Est-ce que je peux te donner un conseil ?

— Si c'est de ne pas coucher avec des femmes prêtes à vendre leur vie intime à des tabloïds, merci, économise ton souffle.

Emilio ne s'intéressait en général pas à ce que l'on écrivait sur son compte, en bien ou en mal. Mais l'article en question avait été particulièrement salace et, plus important, totalement faux.

Il aurait aisément gagné un procès en diffamation, mais il avait voulu éviter de donner à toute cette affaire un surcroît de publicité. Il avait donc serré les dents et attendu que l'orage passe.

— Non, ce n'était pas le conseil que je voulais te donner, répondit Megan. Cela dit, celui dont tu parles est très valable.

— Seulement si j'avais vraiment couché avec la femme en question.

Quelque chose dans la voix d'Emilio piqua la curiosité de Megan.

— Tu n'as pas couché avec elle ?

— Non.

— Mais elle prétend…

— Tu crois tout ce que tu lis ?

— Bien sûr que non…

— Seulement ce que tu lis à mon sujet alors ?

Megan se renfrogna. Emilio devait-il donc toujours avoir le dernier mot ?

— Alors, ce conseil ? J'aimerais l'entendre, ne serait-ce que pour te prouver que j'ai l'esprit ouvert.

— Tu veux vraiment le savoir ? D'accord. Je ne suis pas une experte…

— Quelque chose me dit qu'il va y avoir un « mais ».

— Tu veux, ce conseil, ou pas ?

Avec une expression angélique, Emilio fit mine qu'il se taisait.

— Mais il me semble qu'embrasser la première venue n'est pas le meilleur moyen de reconquérir ta femme.

Un long moment s'écoula avant qu'il ne réponde enfin :

— Tu crois vraiment que c'est la raison pour laquelle je t'ai embrassée ?

Elle secoua la tête avec agacement.

— Tu essaies de me dire que tu as été pris d'un désir incontrôlable en me voyant ?

Elle savait qu'elle n'était pas le genre de femme à avoir un tel effet sur les hommes ! C'était le privilège de sa sœur, pas le sien.

— C'était ridicule, renchérit-elle, préférant éviter l'humiliation d'une réponse. J'aurais dû appeler au secours. Quand je pense au spectacle que nous avons dû offrir…

— Allons, les gens s'embrassent dans les aéroports.

— Pas comme ça !

— Il est vrai que tu étais très… impliquée.

Emilio dut faire un effort pour se concentrer sur la route. Le souvenir du corps de Megan, plaqué contre le sien, lui faisait monter le sang à la tête.

— Je ne t'ai embrassé que parce que j'avais pitié de toi, protesta Megan.

Puis elle ferma les yeux, atterrée par cette excuse pathétique. Lorsqu'elle les rouvrit, Emilio la dévisageait d'un air narquois.

— Par pitié ? Vraiment ?

Au point où elle en était, Megan n'avait d'autre choix que de continuer dans cette voie…

— Oui. J'ai bien vu que tu étais déprimé quand tu as aperçu Rosanna. Elle a clairement refait sa vie.

— En effet. Attends-toi à recevoir un faire-part de mariage sous peu.

— Elle se marie ?

A présent, Megan comprenait mieux le comportement désespéré d'Emilio, surtout s'il était toujours amoureux de son ex-femme.

— Tu as l'air surprise, observa-t-il.

— Je le suis.

Elle l'était cependant moins que lorsqu'elle avait appris le divorce d'Emilio. Rosanna et lui formaient un couple modèle, parfait. Et comme tout le monde, elle s'était attendue à une réconciliation. Mais la séparation avait été prononcée, étrangement discrète et, plus étrangement encore, à l'amiable.

Cette rupture civilisée était-elle un moyen pour les deux parties de sauver la face ? Un divorce ne pouvait être qu'un soufflet pour une famille aussi ancienne et respectée que les Rios. A bien des égards, ils vivaient encore dans le Moyen Age… Mais l'apparente facilité avec laquelle ce divorce avait eu lieu ne collait pas avec ce que Megan savait de Luis Rios, le patriarche.

Pour la première fois, elle se demanda si la rupture avait vraiment été le fruit d'un accord mutuel. A la lumière de ce qui s'était passé à l'aéroport, elle soupçonnait à présent qu'Emilio n'avait pas eu le choix.

Avait-il espéré, lui aussi, à une réconciliation de dernière minute ? Malgré son inimitié pour lui, elle le plaignit presque.

— Bref, ce que j'essaie de te dire, reprit-elle, c'est que tes talents pour embrasser ne te seront ici d'aucun secours.

— Je suis ravi que tu aies remarqué que j'embrassais bien… Il se trouve d'ailleurs que mes talents ne se limitent pas à ça.

Megan tira sur le col de son corsage. Avait-il mis le chauffage ? Il faisait soudain très chaud dans la voiture.

— Je n'ai aucune envie de parler de tes talents, ni même de les connaître, déclara-t-elle brusquement.

Son imagination se mit malheureusement à l'œuvre, lui représentant de manière très visuelle certains des talents en question… La température, dans l'habitacle, parut grimper de quelques degrés supplémentaires.

— J'aurais dû prendre un taxi, murmura-t-elle. Dieu seul sait pourquoi je suis montée dans cette voiture avec toi.

— Peut-être parce que tu espérais que j'allais t'embrasser de nouveau ?

Parce qu'il était un peu trop proche de la vérité, elle rit pour dissimuler sa gêne.

— Tu n'as pas de public ici. Je me sens en sécurité.

— Je ne suis pas exhibitionniste, si c'est ce que tu sous-entends. Je dirais même que c'est en privé que je donne le meilleur de moi-même.

Sa voix, grave et veloutée, électrisa tous les sens de Megan qui voulut ouvrir la fenêtre, mais cette dernière refusa de descendre. Elle s'acharna sur le bouton et la vitre obéit enfin, laissant pénétrer dans l'habitacle une bouffée d'air bienvenue.

— Nous avons la climatisation, tu sais.

Sans répondre, Megan passa sa tête à l'extérieur pour laisser le vent lui rafraîchir les joues. Mais elle soupçonnait que même une douche froide, en cet instant, n'aurait pas suffi à calmer son émoi.

Elle était sidérée de la facilité avec laquelle Emilio la troublait, faisait danser des visions érotiques devant ses yeux. Et il y avait plus étrange encore : plus il l'énervait, plus elle le désirait. C'était à n'y rien comprendre…

Emilio passa une vitesse, poussant le monstre puissant qu'il conduisait à bondir pour s'arrêter cent mètres plus loin à peine, grondant, dans la circulation qui devenait plus intense.

— Tu as eu l'air d'aimer ça quand je t'ai embrassée…

— Nous ne nous sommes pas embrassés.

— Vraiment ?

Tout en se mordillant la lèvre, Megan fit mine de regarder dehors. Tout plutôt que de croiser le regard de son compagnon.

— J'ai simplement réagi… par réflexe, expliqua-t-elle. Rien de plus.

— Je vois. Dans ce cas, laisse-moi te dire que tu as de meilleurs… *réflexes* que toutes les femmes que j'ai connues.

Megan chassa ses cheveux de ses yeux avant de déclarer avec humeur :

— Si j'avais su, j'aurais dit la vérité à Rosanna. Toi et moi, ensemble ? Quelle idée ridicule. Je te déteste.

— Allons, allons, inutile de devenir désagréable.

— Tu n'avais pas à m'emb… m'embrasser ! bredouilla-t-elle.

— C'est juste que j'ai d'excellents réflexes, moi aussi, répondit l'Espagnol avec un haussement d'épaules. Je n'y peux rien.

— Je suis ravie que tout cela t'amuse. Ça ne te vient pas à l'idée que je puisse ne pas t'apprécier ? Que je puisse être différente de toutes les autres femmes qui se jettent habituellement à tes pieds ?

— Je te le concède, tu es *très* différente des autres femmes que je fréquente.

— Exactement. J'ai un cerveau et je ne ressemble pas à une poupée Barbie.

— Aïe ! Et la solidarité féminine, alors ? Tu ne devrais pas te fier aux apparences, Megan.

— Bien sûr. C'est *moi* qui suis superficielle maintenant !

Emilio rit et Megan s'agita inconfortablement dans son siège. Il était difficile de qualifier l'atmosphère qui régnait dans le véhicule de chaleureuse, mais une certaine complicité semblait se développer entre eux.

Megan se serait bien passée de savoir qu'Emilio avait le sens de l'humour : le détester n'en devenait que plus difficile. Elle devait impérativement sortir de cette voiture, et vite ! Jamais elle n'aurait dû accepter d'y monter.

— Si tu veux bien me déposer au premier hôtel que tu verras, je t'en serais reconnaissante.

Au pire, s'il refusait, elle pouvait toujours sauter du véhicule en marche. Elle était prête à parier que ce ne serait pas plus désagréable que cette situation…

— Tu crois que je vais t'abandonner sans m'assurer que tu as mangé un morceau ? fit-il, secouant la tête d'un air réprobateur.

— Ce n'est pas nécessaire. J'ai pris un petit déjeuner copieux, mentit Megan. Et il est à peine 9 h 30.

— Rien ne presse alors. Nous avons tout le temps de te trouver un bon hôtel.

— C'est juste que je suis très occupée. Je n'ai pas que ça à faire.

— Je te trouve bien stressée.

— Stressée ? Et je suppose que tu es devenu milliardaire en regardant l'herbe pousser ?

— Je travaille, répondit Emilio avec le plus grand sérieux, mais je ne suis pas esclave de la routine. Et mon travail n'est pas non plus toute ma vie.

— Tu es un esprit libre, bravo. Mais je n'ai toujours pas faim.

— Qu'est-ce que tu ferais si je te déposais à l'hôtel ? Tu tournerais en rond en comptant les minutes jusqu'au prochain vol ? Je suggère que tu profites de ce repos forcé. Madrid est une ville magnifique. Bien sûr, j'y suis né et je ne suis pas impartial. Mais il y a beaucoup de choses à voir. Tu aimes l'architecture ? L'histoire, l'art ? Nous avons l'embarras du choix.

— Attends, tu me proposes de jouer les guides touristiques ?

— Pourquoi pas ?

Le sourire moqueur de Megan s'évanouit. Il était sérieux ! L'idée de visiter Madrid alors qu'elle était censée travailler lui sembla soudain si incongrue qu'elle se mit à rire.

— Même si j'avais envie de faire du tourisme, je suis sûre que je trouverais en consultant mes mails quelques corvées de dernière minute concoctées par mon père.

— Dans ce cas, ne lis pas tes mails.

Ce conseil prit Megan de court. Eberluée, elle le regarda comme s'il venait d'une autre planète.

— Mon père n'apprécie pas particulièrement la paresse, dit-elle enfin.

— Et tu es paresseuse ?

— Non !

Il sourit.

— Tu es la fille du grand patron. Ça doit quand même te donner une certaine… latitude ?

— Au contraire, je dois travailler deux fois plus dur afin de prouver que je n'en suis pas arrivée là par favoritisme.

Puis elle fronça les sourcils, adressant un regard soupçonneux à Emilio.

— Tu te moques de moi, c'est ça ?

— Un peu. J'adore la passion avec laquelle tu t'exprimes. Mais honnêtement, Armstrong ne va pas te renvoyer juste pour prouver à quel point il est exigeant avec sa famille ?

— Si vraiment je lui donnais une bonne raison, il n'hésiterait pas. Mais dans le cas précis… probablement pas, concéda Megan. Et puis…

— Et puis ?

— Tant que je travaille pour lui, soupira-t-elle, ça lui donne un certain contrôle sur ma vie. Et je ne suis pas sûre qu'il ait très envie de perdre cela.

Un court silence suivit cette confession qu'elle avait faite presque malgré elle… C'était un sujet auquel elle avait beaucoup réfléchi ces derniers temps.

— Tu veux dire que s'il te renvoyait, il perdrait son pouvoir sur toi ?

Megan acquiesça et le regarda gravement.

— Exactement.

Ce ne fut qu'en avisant son expression curieuse qu'elle se rendit soudain compte de quoi elle discutait, et avec qui ! Et dire qu'elle n'avait même pas parlé de cela à sa meilleure amie !

— A présent que tu sais tout de mes problèmes familiaux, bougonna-t-elle, si nous changions de sujet ?

Emilio, qui en savait beaucoup plus sur sa famille qu'elle ne le soupçonnait, vit une rougeur subite envahir les joues pâles de Megan.

Malgré lui, ses mains se resserrèrent sur le volant comme il repensait à un épisode particulier de sa conversation avec Philip, moins de vingt-quatre heures auparavant…

5.

— J'ai entendu dire que Megan pourrait un jour prendre les rênes de l'entreprise familiale, confia Emilio.

Philip sourit, puis se figea en constatant qu'il ne l'imitait pas.

— Tu es sérieux ?

Emilio eut le plus grand mal, face à la mine ébahie de son ami, à contenir son irritation.

— Bien sûr que je suis sérieux. Qu'y a-t-il d'amusant à cela ? La rumeur dit que ton père forme Megan pour lui passer un jour le relais.

— Comment le sais-tu ? Tu t'intéresses à elle ? ironisa Philip.

— Nous avons une politique de recrutement agressive, expliqua Emilio. Nous surveillons de près les éléments prometteurs.

— Tu as pensé offrir du travail à Megan ? interrogea son ami, visiblement médusé.

— Elle est l'incarnation de la candidate idéale.

— Megan ? *Notre* Megan ?

— Elle est sortie major de sa promotion, rappela sèchement Emilio.

Personne chez les Armstrong ne l'avait donc remarqué ? Il était vrai que Megan était la plus discrète de tous, la petite souris qui faisait toujours de son mieux pour ne pas attirer l'attention. Sur les photos, elle était invariablement en arrière-plan, à moitié cachée par les autres.

— Megan a toujours été la bûcheuse de la famille, déclara Philip avec un sourire affectueux.

— C'est aussi ce qu'on disait de moi quand j'étais étudiant. Et c'est une qualité que je prise chez mes employés.

— O.K., donc tu as voulu embaucher Megan. Dois-je comprendre qu'elle a refusé ?

— Disons qu'elle nous a fait comprendre, par l'intermédiaire du cabinet de recrutement avec lequel nous travaillons, qu'elle n'était pas disponible.

— Je n'arrive pas à y croire. Megan est une fille brillante, bien sûr… C'est juste que je n'ai jamais pensé à elle… de cette façon.

— Ton père a dû le faire s'il veut lui passer la main.

— Ce n'est pas le cas.

— Qu'est-ce que tu en sais ?

— Je connais mon père. Malgré tous ses beaux discours, il ne lui cédera jamais la place.

— Pourquoi ça ?

— Eh bien pour commencer, au cas où tu ne l'aurais pas remarqué, c'est une fille.

— J'ai remarqué que c'était une *femme*, merci.

— Et papa, au fond, est un véritable macho. Il ne peut pas s'en empêcher.

— Pourtant, tu as laissé entendre qu'il aurait été heureux de voir Janie s'intéresser à ses affaires.

— C'est différent.

— Pourquoi ?

— Allons, tu comprends très bien ce que je veux dire. Janie a toujours été sa préférée. Et c'est…

— Oui ? fit froidement Emilio, sachant pertinemment où son ami voulait en venir.

Philip se tortilla dans son siège, visiblement mal à l'aise.

— Papa a recueilli Megan à la mort de maman. Mais au fond, elle reste…

— … la fille de la gouvernante.

— Je ne pense pas à elle en ces termes, protesta son ami en s'empourprant. Mais papa, oui. Et après tout, sa mère était bel et bien notre gouvernante.

Emilio s'efforça de ne rien trahir de sa colère. Cette histoire sordide avait le don de le rendre furieux. Pourtant, sa propre famille avait son lot d'affaires similaires. D'ailleurs, chez les Rios, personne n'aurait jamais songé à reconnaître un enfant illégitime. Armstrong, au moins, l'avait fait. Même s'il lui avait fallu douze ans…

Il imaginait à peine ce qu'avait dû vivre Megan. Il savait qu'elle avait grandi dans une banlieue défavorisée avant d'être soudain transplantée dans un univers totalement différent. Le choc avait dû être brutal et particulièrement traumatisant quand elle avait découvert ce monde étrange, peuplé de gens qui ne réalisaient pas la chance qu'ils avaient…

Du bout des doigts, Emilio tambourinait impatiemment sur le cuir du volant. Levant les yeux sur son visage, Megan découvrit qu'il avait les mâchoires serrées et la mine sombre. Il semblait presque en colère.

— Moi aussi je déteste la circulation, dit-elle. Pas étonnant que certains fassent des crises de nerfs au volant.

Sa voix mélodieuse arracha Emilio à ses ruminations. Il cligna des yeux, enregistrant enfin ce qu'elle venait de dire. Elle attribuait apparemment sa tension aux embouteillages. Elle était si loin de la vérité que c'en était presque risible.

— Pourquoi continues-tu de travailler pour lui ? demanda-t-il de but en blanc.

Cette repartie abrupte et sans rapport avec sa remarque désorienta complètement Megan.

— Tu parles de papa ?

Le visage fermé, il acquiesça. Il était bel et bien en colère, se dit-elle, encore qu'elle n'aurait su dire pourquoi.

— Tu as reconnu toi-même qu'il te manipulait. C'est une bonne raison de claquer la porte et d'aller voir ailleurs, non ?

— « Manipuler » est un bien grand mot, répliqua Megan en haussant les épaules.

— Tu as dit qu'il exigeait de toi davantage que les autres. Et tout ça en échange de quoi ? De sa gratitude éternelle ?

— Je travaille pour moi-même, pas pour faire plaisir à

mon père. Et c'est pour cela que je vais refuser ton invitation à « manger un morceau ». Ne fais pas semblant d'être déçu, je suis sûre que tu as mieux à faire que de passer ta matinée à me faire visiter la ville.

— J'ai d'autres idées, effectivement, mais elles sont politiquement incorrectes, répliqua-t-il, en levant les sourcils d'un air suggestif.

Dieu merci, il ne la vit pas rougir… La file de voitures s'était remise à avancer, le forçant à se concentrer sur sa conduite. Megan profita de ce court répit pour tenter de calmer les battements frénétiques de son cœur. Elle y était presque parvenue lorsque Emilio demanda soudain :

— Es-tu toujours une fille modèle ?

La question aurait pu être innocente, faire référence au sérieux avec lequel elle prenait son travail. Mais quelque chose dans son ton indiquait clairement que ce n'était pas le cas.

Megan le fixa en silence. Cette conversation, cette matinée tout entière, avaient quelque chose d'irréel. Elle prit une profonde inspiration qui ne fit qu'emplir ses poumons du parfum troublant d'Emilio.

Bon sang, Megan, ressaisis-toi ! Et si tu n'en es pas capable, descends de cette voiture !

— Oui, je me targue d'être une fille modèle, répondit-elle enfin d'un ton de défi. Je suis toujours très sage. Impossible de me corrompre.

Un sourire appréciateur apparut sur les lèvres de son compagnon. Baissant les yeux sur les mains de Megan, crispées sur ses genoux, il observa :

— Les filles modèles ne rongent pas leurs ongles…

Sans pouvoir s'en empêcher, Megan fourra ses mains sous ses cuisses pour les dissimuler.

— Je ne…

Elle ravala ce déni futile et, à son tour, étudia les mains d'Emilio sur le volant. Elles étaient fortes, ses doigts longs et fins. Ses ongles étaient, bien sûr, parfaitement coupés. Sa peau avait un éclat cuivré et, malgré elle, Megan s'imagina ces mêmes mains courir sur son corps nu, lui agripper les hanches…

Serrant les dents, elle repoussa de toutes ses forces cette vision.

— Je me ronge les ongles, et alors ? répliqua-t-elle avec plus de force que nécessaire. Je suppose que dans ton esprit, c'est un signe révélateur de problèmes psychologiques… Désolée de te décevoir, mais chez moi c'est juste une mauvaise habitude.

Une mauvaise habitude dont elle avait bien l'intention de se débarrasser. Ce n'était pas la première fois qu'elle prenait cette résolution, mais cette fois elle s'y tiendrait !

— Je me disais juste que tu te les rongeais peut-être parce que tu avais faim…

— J'ai toujours faim, reconnut-elle sans réfléchir.

Un grand sourire éclaira aussitôt le visage d'Emilio.

— Marché conclu alors.

— Je n'ai conclu aucun marché avec toi ! Dépose-moi juste à un hôtel.

— Je te trouve bien belliqueuse. Tu fais de l'hypoglycémie, peut-être ?

— Laisse ma glycémie tranquille, je vais très bien.

Malheureusement, c'était faux : son corps semblait avoir échappé à son contrôle depuis qu'elle avait vu Emilio à l'aéroport.

Ou plus exactement, depuis qu'il l'avait embrassée.

Le souvenir de cet instant la frappa comme un coup de poing au creux de l'estomac. Elle en eut le souffle coupé, d'incontrôlables frissons se mirent à lui courir sur la peau. Machinalement, elle leva la main pour la porter à ses lèvres puis, avisant le regard de son compagnon, la laissa retomber.

Pour se consoler, elle songea qu'elle n'était certainement pas la première femme à être victime du charme de ce ténébreux hidalgo. Il alignait les conquêtes comme d'autres des trophées de chasse. Elle ne devait pas s'imaginer qu'elle était spéciale ou différente des autres. Il s'était juste servi d'elle pour rendre son ex-femme jalouse.

Dans ce cas, pourquoi refusait-il de la déposer au premier hôtel venu ? Pourquoi insistait-il pour lui faire visiter la ville ?

Malgré la climatisation et la fenêtre ouverte, elle avait trop chaud avec sa veste de lin. Mais elle n'osa pas la retirer : elle se sentait déjà bien assez vulnérable comme ça.

— D'accord, maugréa-t-elle, consciente que le combat était perdu d'avance. Je veux bien que tu m'offres un petit déjeuner. Mais pas dans un endroit trop chic. Je ne suis pas habillée pour ça. Quelque chose d'informel.

— Que *je* t'offre un petit déjeuner ? releva Emilio avec un étonnement feint. Tu veux dire que ce n'est pas compris dans le million que tu m'as demandé ?

Cette fois, Megan ne put s'en empêcher : elle se mit à rire de bon cœur.

6.

Megan avait suivi Emilio sans réfléchir. Ce ne fut qu'après avoir traversé une vaste entrée de marbre et être montée dans un ascenseur aux parois de verre qu'elle prit enfin conscience de ce qui l'entourait, et d'un fait qui aurait dû la frapper bien plus tôt…

— Mais… ce n'est pas un restaurant !

Au moment même où elle parlait, les portes de la cabine se refermèrent dans un murmure raffiné. Avec une légère vibration, l'ascenseur s'éleva. Megan, sujette au vertige, prit grand soin de ne pas regarder l'atrium qui rétrécissait sous ses pieds.

— Non, répondit Emilio. J'habite ici.

Megan digéra l'information en silence, l'estomac noué. Lorsqu'elle parla enfin, ce fut d'une voix ne trahissant rien de la panique qui venait de s'emparer d'elle.

— Tu habites ici ? Qu'est-ce que ça veut dire ?

— Eh bien, qu'il y a toutes mes affaires, mon lit, mes livres… C'est aussi là que je rentre dormir tous les soirs.

Elle rougit, mais elle n'aurait su dire si c'était sous le coup de la colère ou d'émotions plus complexes. Elle avait accepté de partager un petit déjeuner avec lui dans un lieu public, pas dans son appartement !

Ne sois pas ridicule, se sermonna-t-elle aussitôt, *tu n'es plus une gamine. Tu n'as rien à craindre. Une tasse de café et l'affaire est réglée.*

Et puis, quelle alternative avait-elle ? S'enfuir en courant ? Emilio Rios pouvait avoir n'importe quelle femme en claquant des doigts. Il n'avait pas besoin de ruser pour les amener chez lui quand il voulait les séduire ! Non, elle n'avait rien à craindre de lui.

Une déception sournoise lui serra le cœur à cette pensée, et elle soupira. Parfois, elle aurait aimé ressembler davantage à Janie, être le genre de femme qui tournait la tête des hommes…

Des hommes ou *d'un* homme en particulier ?

Megan décida aussitôt de ne pas s'engager sur cette pente glissante. Dotée d'un fort sens pratique, elle était peu encline à la rêverie. Tous les tailleurs Chanel du monde ne lui donneraient jamais ce petit quelque chose en plus qui caractérisait les femmes comme Janie ou Rosanna, elle le savait.

— Si tu préfères, nous pouvons aller dans un café.

Se trompait-elle ou y avait-il du défi dans sa voix ?

— Non, c'est parfait.

Puis elle consulta discrètement sa montre, se demandant combien de temps elle devrait rester afin de ne pas passer pour impolie. Le geste n'échappa malheureusement pas à son compagnon.

— Détends-toi, tu n'es pas pressée.

— Je suis très détendue, répliqua-t-elle d'un ton qui laissait pourtant supposer le contraire.

Emilio la dévisagea d'un air dubitatif avant d'enchaîner :

— Tu as l'air surprise d'apprendre que j'ai un appartement. Qu'est-ce que tu t'imaginais ? Que je dormais à mon bureau ?

Megan leva les yeux vers lui, tout en se mordillant inconsciemment la lèvre inférieure.

— Où que tu dormes, je suis sûre que ce n'est jamais seul.

Il tressaillit, visiblement dérouté.

— Et ça te dérange ?

Son expression était redevenue impénétrable. Un instant, Megan eut l'étrange impression qu'il avait le pouvoir de lire dans son esprit ses pensées les plus secrètes. Elle haussa les épaules et prit son air le plus dégagé pour répondre :

— Ça ne me regarde pas.

— Mais ça ne t'empêche pas d'avoir une opinion sur le sujet ? ironisa Emilio.

— Pas le moins du monde, mentit-elle. Ta vie privée ne m'intéresse pas.

Dieu merci, Josh n'était pas là pour entendre ça. Son colocataire n'arrêtait pas de se moquer, en effet, de ce qu'il appelait son « obsession » pour Emilio. Elle lui lisait à voix haute tous les articles qu'elle trouvait qui concernaient le milliardaire. La moitié d'entre eux étaient illustrés par une photo le représentant au côté d'une blonde pulpeuse, chaque fois différente.

— Tu vis tout seul ? demanda-t-elle pour dire quelque chose.

Emilio éclata de rire. Après quelques secondes, Megan se rendit compte en rougissant que la question collait mal avec l'indifférence qu'elle professait à son égard.

— Oui, je vis seul. Et toi ?

— Moi aussi, depuis peu.

Emilio, intrigué, fronça les sourcils. Que signifiait ce « depuis peu » ? Avait-elle rompu avec son petit ami ?

Il se rembrunit. Après l'embarrassant épisode où il l'avait sauvée des griffes de cet ivrogne, il était allé chez la jeune femme, dans l'espoir de s'excuser pour les paroles peu aimables qu'il lui avait adressées. Un homme torse nu, qui s'était présenté comme « Josh », était venu ouvrir la porte et lui avait dit que Megan était sous la douche. Le dénommé Josh lui avait proposé d'entrer et de patienter, une offre qu'Emilio s'était empressé de refuser.

Evidemment, une fille aussi belle que Megan ne devait jamais rester très longtemps célibataire. Pourquoi la chose le troublait-elle à ce point, il n'aurait su le dire. Lui-même ne menait pas exactement une existence monacale : il n'avait de leçon à donner à personne. Mais imaginer les mains d'un autre sur ce corps souple et fin, des lèvres sur ce visage parfait…

Il secoua la tête, se forçant à se concentrer sur l'instant

présent. Il constata que la jeune femme le dévisageait de ses grands yeux dorés, craintifs et langoureux à la fois, comme si elle avait lu dans ses pensées.

Une bouffée de désir assaillit Emilio. Quoi d'étonnant ? Cela faisait des années qu'il rêvait de la faire sienne. Il l'avait cherchée, encore et encore, dans les bras d'autres femmes dont il avait oublié les noms et les visages. Mais Megan était unique. Personne ne lui ressemblait.

Le fait de ne pouvoir expliquer cette étrange attirance ne faisait qu'ajouter à sa frustration. Il ne savait jamais, en sa compagnie, comment se comporter. Une partie de lui-même avait envie de la jeter en travers de son épaule et de l'emmener dans la chambre la plus proche. Une autre brûlait de protéger sa vertu, et c'était la raison pour laquelle il l'avait si vertement tancée après l'avoir secourue, ce fameux soir… Megan éveillait en lui un mélange d'émotions si complexes qu'il avait parfois l'impression de perdre la tête. Une tête qu'il était pourtant réputé avoir sur les épaules…

Une chose était sûre : Megan n'était pas faite pour lui. Elle était naïve et romantique ; lui ne faisait pas dans le conte de fées. Il finirait par lui briser le cœur. Mais quand elle le regardait ainsi, avec ses yeux mordorés et ses lèvres sensuelles, il avait une furieuse envie de faire fi de ses bonnes résolutions et de…

Un « ding » annonça l'arrivée de l'ascenseur. Retenant de justesse un soupir de soulagement, il s'effaça pour laisser sortir Megan la première.

Etait-ce une lueur de déception qu'il vit passer dans son regard ? Il décida aussitôt qu'il se l'était imaginée. Et si ce n'était pas le cas…

Si ce n'était pas le cas, il valait mieux ne pas y penser.

7.

Au moment de franchir le seuil du salon, Megan hésita. Acceptait-elle tacitement, en entrant, de faire davantage que partager un petit déjeuner ? Emilio avait-il une idée derrière la tête en l'invitant chez lui ?

Elle était si inexpérimentée que c'en était presque embarrassant. Et si « petit déjeuner » était un code pour « coucher ensemble » ? Peut-être que tout le monde le savait, sauf elle.

Sentant son hésitation, Emilio se retourna vers elle.

— Nous pouvons aller dans un café si tu préfères, vraiment. Mais c'est toi qui ne voulais pas effrayer les autres par ton apparence, lui rappela-t-il.

— Effrayer ?

Megan sursauta en entendant les portes de l'ascenseur se refermer derrière elle. Cette fois, elle était bel et bien prisonnière. Réprimant une bouffée de panique, elle posa un regard accusateur sur Emilio.

— Dis plutôt que c'est toi qui as peur d'être vu en public avec une femme qui n'est pas une blonde siliconée ! Qu'est-ce qui ne te convient pas dans mon apparence ?

Elle regretta la question sitôt qu'elle l'eut posée… Car Emilio l'examina silencieusement, faisant courir ses yeux du sommet de sa tête à ses pieds avant de refaire le trajet en sens inverse.

Gênée, Megan resta parfaitement immobile, jusqu'au moment où son compagnon acquiesça d'un air appréciateur.

— Ton apparence me va très bien. C'est toi qui as abordé

le sujet la première et prétendu que tu n'étais pas assez bien habillée pour un restaurant chic.

— Tu n'étais pas obligé d'être d'accord, riposta Megan.

— Je ne le suis pas. Ne me fais pas dire ce que je n'ai pas dit.

De nouveau, les yeux d'Emilio se fixèrent sur ses lèvres. Elle sentit un picotement les parcourir, aussi sûrement que s'il venait d'y poser les siennes.

— Tu voudrais que je te dise que je te trouve très belle ? demanda-t-il d'une voix suave.

— Bien sûr que non !

— J'imagine que je ne serais pas le premier homme à le faire.

Emilio ne s'était jamais considéré comme possessif. Il était également pour l'égalité des sexes et considérait que hommes et femmes pouvaient explorer leur sexualité avec la même liberté.

Malheureusement, ces nobles principes semblaient s'évanouir dès qu'il posait les yeux sur Megan.

— Bien sûr que non tu n'es pas le premier, répliqua-t-elle d'un ton ironique. Je suis si belle que tout le monde se retourne sur mon passage !

Puis, elle entra enfin dans le salon.

— Je croyais que tu habitais dans une sorte de château près de Madrid, reprit-elle. Dois-je en déduire qu'il s'agit là de ta…

Elle s'interrompit, rougissant.

— De ma… ? interrogea Emilio.

— Non, rien.

Il se mit à rire, s'amusant visiblement de son inconfort.

— En réponse à ta question non formulée, ce n'est pas ma garçonnière. Tu peux te détendre. Je suis provisoirement sans domicile fixe, le temps de résoudre un problème d'humidité dans ma résidence principale. J'ai pris cet appartement pour quelques mois parce qu'il est pratique.

Curieuse, Megan pivota sur elle-même pour examiner les lieux. C'était l'appartement du riche célibataire par excellence : des centaines de mètres carrés de marbre, de chrome et de cuir noir encadrés de murs blancs. La hauteur sous plafond était impressionnante, tout comme la vue que d'immenses baies vitrées offraient sur la ville.

En bref, l'endroit ne reflétait rien de la personnalité de son occupant. Il était parfaitement anonyme.

— Ça te plaît ? s'enquit Emilio quand elle reporta son attention sur lui.

— Je suis sûre que c'est le fantasme de tous les adolescents d'habiter dans un endroit pareil. Je suis prête à parier que cet appartement est doté des tout derniers gadgets de l'industrie électronique…

Loin de s'offusquer de sa remarque, Emilio sourit. Il avait choisi cet appartement sur la recommandation d'un agent immobilier, certainement pas parce qu'il s'agissait d'un rêve de gamin. Une chambre d'hôtel lui aurait fait le même effet.

— Ça fait longtemps qu'on ne m'a pas qualifié d'« adolescent », remarqua-t-il.

Le sourire moqueur de Megan s'effaça comme le regard d'Emilio plongeait dans le sien et semblait explorer les profondeurs de son âme. Non, il n'avait rien d'un adolescent. Il dégageait une virilité presque violente, impossible à ignorer.

Un accès de désir la saisit, si brutal qu'elle en eut le souffle coupé. Elle pivota aussitôt pour cacher son visage, de peur qu'il ne reflète ses sentiments.

— Je… je ne sais pas ce que je fais ici, bredouilla-t-elle.

Une main se posa sur son épaule, douce et ferme à la fois.

— Tu le sais très bien, au contraire…

Emilio marqua une pause, puis, contre toute attente, il enchaîna :

— Tu es venue prendre le petit déjeuner.

Soulagée de voir qu'il n'avait pas d'arrière-pensées — ou, si c'était le cas, qu'il ne les avait pas exprimées — Megan se laissa sans protester conduire jusqu'au canapé.

— Assieds-toi là et détends-toi, ordonna Emilio.

— Arrête de dire ça. Je ne suis pas tendue.

Avec un haussement d'épaules, il la relâcha et entreprit

de desserrer sa cravate. Il abandonna ensuite sa veste dans un fauteuil, roulant les épaules comme pour se débarrasser d'une raideur.

Megan l'observait du coin de l'œil tout en faisant mine d'étudier l'appartement. Il était difficile d'ignorer les muscles qui se dessinaient sous sa chemise blanche… Les premiers boutons de sa chemise étant à présent ouverts, on voyait un triangle de peau hâlée…

Son corps tout entier était-il aussi mat ? Une vision s'imposa à Megan, la représentant en train d'explorer, du bout des lèvres, chaque centimètre carré du corps d'Emilio, totalement nu…

Elle déglutit péniblement, la gorge sèche. Elle dut se rappeler qu'il s'agissait d'un fantasme, d'une simple illusion, même si la chaleur moite qui palpitait entre ses cuisses était, elle, bien réelle…

— Alors, quel est le verdict ?

Megan tressaillit, se demandant de quoi Emilio parlait.

— Le… le verdict ?

— Sur l'appartement.

Elle accueillit ce changement de sujet avec gratitude et répondit aussitôt :

— Oh ! c'est très joli. Encore que je ne sois pas très friande de minimalisme. Ou de technologie.

— Je vais devoir t'impressionner autrement, alors. En cuisinant, par exemple.

— Tu sais cuisiner, *toi* ?

La stupeur, dans sa voix, arracha un éclat de rire à Emilio. Il roula ses manches, révélant des avant-bras puissants.

— Je vais te laisser en juger.

A l'évidence, il savait se débrouiller dans une cuisine. Vaguement abasourdie, toujours en proie à cette vague impression d'irréalité, Megan le regarda casser plusieurs œufs dans un bol de métal.

— Tu n'es pas obligé de cuisiner pour moi, tu sais. Un café et un croissant m'iraient très bien.

— Non, je ne suis pas obligé de cuisiner, mais j'aime

ça. Un café et un croissant ? C'est l'idée que tu te fais d'un petit déjeuner acceptable ?

— Je n'ai pas beaucoup de temps à consacrer aux plaisirs de la table.

— Tu devrais. C'est important.

— Je sortais souvent dîner au restaurant, en bas de mon immeuble. Mais depuis que Josh est parti…

Elle soupira, prise d'un accès de mélancolie. Sa vie était devenue bien ennuyeuse depuis le départ de son colocataire et meilleur ami, parti travailler pendant un an pour une organisation caritative en Afrique.

Megan tressaillit, surprise par un soudain vacarme dans la cuisine. Emilio se redressa, un couvercle de métal à la main et un sourire crispé aux lèvres.

— Désolé, je l'ai laissé tomber.

Une lueur étrange brûlait dans son regard. De la colère ? Mais il n'avait aucune raison d'être furieux. Megan décida que c'était un effet de son imagination.

Il se remit à battre les œufs avec vigueur, comme si sa vie en dépendait. Megan l'étudia, étonnée par ce soudain accès d'énergie. Il parut se calmer peu à peu et, bientôt, ils s'attablèrent devant une magnifique omelette aux herbes fraîches.

Une demi-heure plus tard, elle repoussait son assiette vide, rassasiée.

— C'est vrai que tu sais cuisiner. C'était délicieux.

— C'est juste une omelette, répondit-il avec un haussement d'épaules. Attends de goûter à mes pâtes aux cèpes. On me complimente systématiquement dessus.

A ces mots, le sourire de Megan vacilla.

— Je n'en doute pas.

Ce commentaire avait eu le mérite de la ramener à la réalité. Si elle s'était imaginé qu'elle était spéciale uniquement parce qu'il avait cuisiné pour elle… Emilio venait de lui rappeler qu'elle n'était pas la première à profiter de ses talents.

— Quelque chose ne va pas ? demanda-t-il, l'étudiant avec un froncement de sourcil.

Elle secoua la tête, évitant soigneusement de croiser son regard.

— Non, tout va bien.

— Inutile de me mentir, Megan. Ou de *te* mentir.

— Qu'est-ce que ça veut dire ? Je ne mens pas. Merci pour ce petit déjeuner, Emilio, mais…

— Tu sais très bien de quoi je parle. Tu te sens coupable parce que tu as mangé, c'est ça ?

Megan le dévisagea un instant en silence, abasourdie par la question. Mais comment aurait-elle pu lui répondre qu'elle se sentait coupable parce qu'elle ne pouvait s'empêcher de l'imaginer nu… ?

— Je ne suis ni anorexique, ni boulimique, si c'est ce que tu sous-entends.

— Peut-être pas pour le moment. Mais ces choses-là sont insidieuses…

— Ne t'inquiète pas. La nourriture ne fait pas partie de mes priorités, c'est tout.

— Se nourrir est pourtant primordial, déclara Emilio, se penchant en avant et plantant ses coudes sur la table. C'est même un plaisir. Pourquoi t'en priver ? Pour ressembler à un idéal esthétique imposé par la mode ?

Megan secoua la tête, réprimant un accès de colère. Ne comprenait-il pas que si elle laissait faire la nature, elle prendrait instantanément six ou sept kilos ?

— Si je mangeais à ma faim, je serais…

— De meilleure humeur ? suggéra-t-il avec un sourire en coin.

— Très drôle, répliqua-t-elle sèchement.

Ce genre de commentaire était typique de quelqu'un qui n'avait pas à surveiller son poids. Emilio était tout en muscles, sans un gramme de graisse. Il avait soit une volonté de fer, soit un métabolisme extrêmement efficace.

— Tu crois que je suis mince par accident ? repartit-elle, incapable de contenir sa colère.

— Je me demandais si tu avais été malade, reconnut-il.

Megan le dévisagea, bouche bée, avant de bondir sur ses pieds.

— J'ai l'air *malade* ?

En temps normal, elle n'aurait guère apprécié de s'entendre dire une chose pareille, surtout après les sacrifices qu'elle faisait pour garder la ligne. Mais venant de l'homme qui la faisait fantasmer depuis l'adolescence, la remarque était plus douloureuse encore pour son ego…

Emilio sourit, apparemment indifférent à son courroux. Du bout des doigts, il déchira une tranche de pain de mie et en engloutit la moitié avant de répondre :

— Malade, non. Tu me fais penser à une rose qui aurait besoin d'eau.

Une note étrange, dans sa voix, arracha à Megan un froncement de sourcils.

— Une… une rose ? répéta-t-elle, tentant de réprimer une bouffée de plaisir à cette comparaison.

— Qui a besoin d'eau, confirma-t-il. Ou dans ce cas précis, d'un bon petit déjeuner.

— Tu es obsédé par la nourriture, riposta Megan.

Evidemment, c'était préférable à sa propre obsession pour lui… Une obsession d'autant plus étonnante qu'elle ne s'était jamais considérée comme très sensuelle. C'était à croire que le baiser échangé à l'aéroport avait déclenché quelque chose en elle…

— Quoi qu'il en soit, je n'ai pas le moindre problème avec la nourriture ! répliqua-t-elle avec un peu plus de force que nécessaire.

Emilio leva les deux mains en signe d'apaisement.

— C'est bon, je te crois…

Megan inspira profondément, déterminée à se calmer. Pourquoi se mettait-elle dans un tel état sur un sujet aussi anodin ? Et que lui importait l'opinion de cet homme ?

— Je fais simplement preuve de discipline, ajouta-t-elle d'un ton plus posé. Je ne vois pas ce qu'il y a de mal à cela.

— Tu fais preuve de la même discipline de fer dans… d'autres domaines ?

Les yeux d'Emilio s'étaient posés sur ses lèvres. Megan se figea, paralysée par un désir si brutal qu'elle en oublia de respirer.

— Je…

Sa voix se perdit dans un murmure. Les muscles de sa gorge étaient eux aussi tétanisés, sa langue paraissait soudée à son palais. Ses lèvres continuèrent à bouger mais aucun son n'en sortit.

Tant qu'entre eux la tension sexuelle était restée tacite, elle avait pu faire semblant de l'ignorer. Mais ce n'était plus possible à présent… Cette tension était devenue quasiment palpable, comme si elle prenait tout l'oxygène de la pièce, telle une ligne à haute tension.

— Parfois, reprit Emilio d'une voix qui semblait étrangement lointaine, il est bon de se laisser aller…

Megan serra les mâchoires, furieuse. Elle lui en voulait de jouer ainsi avec elle. Mais elle s'en voulait plus encore de sa propre vulnérabilité. Elle avait l'impression d'être une souris entre les pattes d'un chat.

— Je ne sais pas, répondit-elle enfin. Je ne…

— Quoi ? Tu ne te laisses jamais aller ? Tu ne décides jamais d'agir sur un coup de tête, à l'instinct ?

— Bien sûr que si. Mais seulement en compagnie de gens à qui je fais entièrement confiance.

— Tu redoutes que je ne profite d'un moment de faiblesse de ta part ? ironisa Emilio.

— Je ne sais pas. Et je n'ai pas envie de le savoir.

Cette remarque fit rire Emilio. C'était un son si séduisant, rauque et velouté à la fois, que Megan dut se mordre l'intérieur de la joue pour ne pas se précipiter dans ses bras.

— Tu es probablement…, commença-t-il d'un ton pensif, avant de s'interrompre.

— Probablement quoi ?

— La pire menteuse que j'aie jamais rencontrée. Tu n'es pas douée pour ça.

— Je suis une excellente menteuse ! protesta Megan avant de rendre compte de ce qu'elle était en train de dire.

Elle rougit, embarrassée. Contre toute attente, son compagnon ne se moqua pas d'elle. Fronçant les sourcils, il se pencha légèrement en avant.

— Qu'est-ce que tu as sur les lèvres ?

Il tendit la main vers elle. Megan réagit en bondissant en arrière comme s'il s'était agi d'un cobra. Puis elle toucha sa bouche et constata qu'elle avait un peu de sang sur le bout des doigts.

— Oh ! ce n'est rien, maugréa-t-elle, tirant un mouchoir de sa poche.

— Tu saignes ?

Elle leva les yeux au ciel, agacée.

— Vous avez vraiment le sens de l'exagération, vous autres les Espagnols. Ce n'est rien du tout. Je me suis mordu la lèvre.

— Ce n'est pas très malin.

— Figure-toi que je n'ai pas fait exprès. Mon intelligence, ou mon manque d'intelligence, n'a rien à voir dans l'affaire.

Emilio s'adossa à sa chaise, un sourire énigmatique aux lèvres. Il parut sur le point de dire quelque chose, puis se ravisa et désigna l'assiette de Megan.

— Tu as encore faim ?

— Non. Je te l'ai dit, si je mangeais à ma faim, je prendrais aussitôt du poids. Tout sur les hanches et la poitrine.

— En quoi est-ce un problème ?

La colère qui s'empara sans crier gare de Megan la prit elle-même de court. Serrant les poings, elle répliqua :

— C'est un problème, parce qu'il semble que les hommes voient une relation inversement proportionnelle entre la moralité d'une femme et son tour de poitrine !

Puis elle ferma les yeux, se remémorant bien malgré elle les circonstances de leur dernière rencontre…

8.

Deux ans s'étaient écoulés, mais chaque détail de l'embarrassant épisode était gravé dans la mémoire de Megan. Le temps, au lieu d'atténuer son humiliation, semblait l'avoir renforcée.

Quelle ironie… Si Emilio n'était pas intervenu, elle aurait sans doute fini par se tirer toute seule de ce mauvais pas, même s'il lui avait fallu pour cela utiliser la bombe lacrymogène qu'elle transportait dans son sac… L'incident ne serait plus, désormais, qu'un souvenir lointain. Une simple anecdote qu'elle aurait pu raconter en riant.

Malheureusement, Emilio *était* intervenu. Il avait ouvert la porte de la voiture, si violemment qu'il l'avait presque arrachée de ses gonds. Le soulagement initial de Megan avait laissé place à un sentiment de confusion lorsqu'elle avait vu l'expression furieuse qu'arborait le meilleur ami de son frère. C'était d'autant plus déroutant qu'elle l'avait toujours connu doux, attentionné, souriant. Ce soir-là, il lui avait paru un étranger.

Il avait répondu aux protestations balbutiantes de l'enseignant qui l'accompagnait par une bordée d'injures en espagnol, avant de le tirer du véhicule et de l'entraîner dans la forêt, à quelques dizaines de mètres de là. Megan n'avait jamais su ce qui s'y était passé. Mais lorsqu'elle avait revu son professeur à l'université, il avait fait instantanément demi-tour et s'était enfui quasiment en courant, sa toge flottant au vent.

Quand Emilio était enfin sorti du bois, seul, Megan avait

été soulagée de voir que sa fureur était retombée. Son visage était fermé mais calme, presque froid. Prenant son courage à deux mains, elle avait croisé son regard et l'avait remercié de l'avoir secourue.

Mais il lui avait froidement demandé :

— La question est : avais-tu vraiment envie d'être secourue ?

La question d'Emilio l'avait totalement déroutée. C'était alors qu'elle avait remarqué la lueur de mépris qui faisait scintiller ses yeux noirs. Pourquoi avait-il fallu que l'homme sur lequel elle fantasmait depuis son adolescence soit témoin d'une scène aussi embarrassante ?

— Non… Je veux dire, oui, bien sûr, c'est ce que je voulais !

— Tu t'es conduite comme une idiote.

Incapable de nier, elle avait secoué la tête et ravalé ses larmes. S'imaginait-il qu'elle ne le savait pas ?

— Je n'ai rien fait pour provoquer cet incident, avait-elle protesté d'une voix faible.

— Rien fait ? Tu as vu comment tu es habillée ? C'est à croire qu'on t'a cousu ces vêtements à même la peau. Quant à monter en voiture avec un inconnu, ivre de surcroît…

— Ce n'est pas un inconnu ! C'est un professeur de mon université.

— Et ton université encourage les enseignants à tripoter leurs élèves ?

— Bien sûr que non, mais…

— Ecoute, tu peux coucher avec n'importe qui, ça ne me regarde pas. Mais tu devrais faire preuve d'un minimum de prudence.

— Je n'avais pas l'intention de coucher avec lui, ni avec qui que ce soit d'autre !

Il avait balayé ses protestations d'un geste.

— Tu as bu, toi aussi ?

Plantant ses poings sur ses hanches, Megan avait redressé le menton et rejeté ses cheveux en arrière.

— J'ai le droit de boire si je veux. J'ai plus de dix-huit ans.

— Ce n'est pas une question de légalité. C'est une question de respect de soi.

Incapable d'en supporter davantage, Megan avait réprimé un sanglot.

— Je n'ai pas participé à une orgie ! C'était juste une remise de diplôme ! Et puis, tout ça ne te regarde pas. Je ne comprends même pas pourquoi j'essaie de me justifier. Tu n'es pas mon père.

A son grand dam, Emilio avait pris sa réaction pour un aveu de culpabilité.

— Tu as donc bu.

— Un verre de vin, c'est tout ! Après quoi, quand j'ai voulu prendre un taxi, mon professeur a proposé de me raccompagner.

— Et tu croyais qu'il allait s'arrêter là ? Alors que tu portes un décolleté pareil ? C'est une véritable invitation à… à…

Il avait terminé sa phrase en espagnol, mais Megan avait parfaitement compris ce qu'il voulait dire…

Les yeux, toujours clos, Megan laissa les souvenirs de cette nuit sombrer dans les eaux troubles de sa mémoire. Puis elle rouvrit les paupières et fixa Emilio, toujours assis face à elle.

— Je préfère rester mince afin que les hommes ne voient pas dans un tour de poitrine trop généreux une invitation à me sauter dessus, expliqua-t-elle avec ironie.

Face à n'importe qui d'autre, elle aurait interprété l'expression qui passa sur les traits de son interlocuteur comme de la gêne. Mais c'était un sentiment qu'Emilio Rios ne devait pas connaître.

En silence, il passa une main sur son visage avant de pousser un profond soupir.

— Je suppose que tu fais référence à ce fameux soir… J'étais en colère.

— Sans blague ? Je ne m'en étais pas rendu compte.

Même maintenant, deux ans plus tard, le souvenir de la

réaction qu'il avait eue, ce soir-là, embarrassait Emilio. Il n'avait jamais été aussi près de perdre son sang-froid. Une véritable rage s'était emparée de lui quand il avait trouvé Megan avec ce porc…

— La situation était…

Il s'interrompit, cherchant ses mots. La jeune femme leva un sourcil moqueur, et il se força à reprendre :

— Disons que je n'ai pas bien réagi.

Etait-ce sa façon de s'excuser ? se demanda Megan. Si c'était le cas, il aurait pu faire mieux.

— Le fait d'être un ami de mon frère ne te donnait pas le droit de me juger, et encore moins de me condamner, déclara-t-elle avec une colère trop longtemps réprimée.

— Je ne t'ai pas jugée. Je voulais simplement te protéger.

— Vraiment ? Tu m'as humiliée, voilà ce que tu as fait.

— Telle n'était pas mon intention.

— Ça ne change rien. De toute façon, tout ça, c'est du passé. C'est oublié.

— A t'entendre, je n'ai pas l'impression que ce soit le cas.

— N'en parlons plus.

— Au contraire, parlons-en. Ma conduite était… inacceptable.

Sa contrition paraissait sincère, mais Megan n'était pas décidée à le laisser s'en tirer à si bon compte.

— Inacceptable ? Allons, tu as seulement insinué que j'étais une garce et un danger pour la vertu de la population masculine à plusieurs kilomètres à la ronde…

Emilio serra les mâchoires, une expression d'intense frustration sur son beau visage.

— Je n'ai jamais dit une chose pareille. Et si j'en ai donné l'impression, c'est simplement parce que…

— Parce que tu étais dégoûté par la façon dont je m'habillais.

— Tu portais un jean délavé moulant et un haut noir incroyablement serré. Un soutien-gorge rose dont la bretelle avait glissé de ton épaule. Ton rouge à lèvres était rose, lui aussi.

Megan tressaillit, surprise. Comment se souvenait-il de tous ces détails ? Elle-même aurait été bien en peine de se rappeler la couleur de son rouge à lèvres.

Malgré son dépit, elle fut saisie d'un étrange émoi lorsqu'elle regarda Emilio. Les bras croisés sur sa poitrine, il l'étudiait les yeux mi-clos, souriant légèrement. C'était à croire qu'il percevait, sous la colère qu'elle brandissait comme un étendard, le désir qu'elle éprouvait pour lui. Une nouvelle fois, il lui évoqua un prédateur certain que sa proie ne pouvait lui échapper.

De fait, elle avait l'impression de succomber davantage à son charme à chaque seconde qui passait. Elle avait presque envie d'arrêter cette lutte épuisante et vaine, d'accepter la seule issue possible à ce combat silencieux : la reddition totale.

— Je vois que tu as une excellente mémoire, reprit-elle d'une voix faible. Mais évidemment, si tu as trouvé ma tenue affreuse…

— Affreuse ? répéta Emilio en secouant la tête d'incrédulité.

Tout le monde voyait en Megan une femme magnifique, incroyablement séduisante. Mais elle, que voyait-elle quand elle se regardait dans un miroir ?

Cet imbécile de Josh ne lui avait-il jamais dit à quel point elle était belle ?

Evidemment, les Armstrong étaient eux aussi responsables de la piètre opinion que la jeune femme semblait avoir d'elle-même. Pendant des années, ils l'avaient traitée comme un élément du décor. En vain avait-elle essayé de gagner leur approbation. Les Armstrong étaient égoïstes, exubérants, sûrs d'eux. Tout le contraire de Megan.

Il réprima un juron. La colère qu'il éprouvait ne faisait rien pour diminuer son désir… Et Megan, par son mélange de naïveté et de sensualité, ne faisait que jeter de l'huile sur le feu.

Il devait se ressaisir. Il sentait que, malgré ses dénégations et ses grands airs, Megan était tout aussi sensible à l'alchimie sexuelle qui existait entre eux.

Mais il n’avait pas réussi en affaires en se laissant guider par ses passions. Au contraire, c’était en les réprimant qu’il était devenu l’homme qu’il était.

Et il n’avait pas l’intention de changer.

9.

— Qu'est-ce que je t'ai fait ?

L'hostilité, dans la voix d'Emilio, prit Megan de court.

— Pardon ?

— A quel moment suis-je devenu le méchant de l'histoire, exactement ? *Por Dios*, je t'ai porté secours !

— Je n'ai jamais…

— Tu as eu de la chance que je sois là, mais tu es trop têtue pour le reconnaître. Tu es aussi stupide maintenant qu'à l'époque !

Megan, à cette insulte, redressa le menton. Elle braqua un regard furieux sur Emilio et déclara :

— Tu es arrogant, et tu juges les gens sur les apparences.

— Puisque nous parlons de jugement, laisse-moi te dire que j'en ai assez de ton numéro de vilain petit canard, déclara-t-il. Ça devient ennuyeux.

— Oh ! je suis désolée si je t'ennuie. Evidemment, je suppose que tu me trouverais plus intéressante si j'étais maigre comme un cintre et si j'avais une poitrine siliconée…

En guise de réponse, Emilio serra les dents. Megan, ravie de l'effet qu'elle avait sur lui, s'enhardit.

— A moins que tu ne préfères un peu de collagène dans les lèvres ? Ou du Botox ? renchérit-elle en tirant sur les coins de ses yeux.

Cette fois, Emilio éclata de rire. Contrairement à ce que Megan supposait, il détestait la chirurgie esthétique. Et si quelqu'un n'en avait pas besoin, c'était bien elle ! Ses traits étaient d'une beauté insolente, admirablement proportionnés.

Le seul détail qui déviait de la perfection classique était ses lèvres sensuelles et pleines. Aux yeux d'Emilio, elle n'en était que plus séduisante.

— Ne sois pas ridicule, soupira-t-il. Ce que tu dis est absurde.

— Je suppose que tu qualifies d'absurde tout ce qui ne va pas dans ton sens ?

Evidemment, cela ne devait pas lui arriver souvent, songea-t-elle avec irritation. Emilio avait la réputation d'être impitoyable et peu de gens devaient oser le défier ouvertement, à moins d'aimer le danger…

Ça tombait bien, c'était son cas !

Un rayon de soleil rasant illumina soudain le visage de l'Espagnol, soulignant l'éclat cuivré de sa peau et faisant ressortir l'arête de son nez. Ses traits exprimaient la force, la noblesse. Mais ils étaient également empreints d'une étrange sensualité, sans doute due à la flamme qui semblait brûler en permanence dans les profondeurs de ses yeux.

Il était rasé de près, constata-t-elle. Ses joues étaient si lisses qu'elle fut brutalement tentée de tendre la main pour les caresser. Elle ne se retint qu'au prix d'un effort.

— J'en prends pour mon grade, aujourd'hui, ironisa son compagnon. Tu peux me dire ce que j'ai fait pour mériter ça ?

En son for intérieur, elle dut reconnaître qu'il avait raison. Elle était en général réputée pour son usage de la diplomatie. Que lui arrivait-il ? Provoquer Emilio comme elle le faisait en ce moment, c'était comme de mettre un tigre en cage et de lui jeter des pierres. Dans sa rage, il allait finir par défoncer la porte avant de lui sauter dessus…

Une nouvelle vision s'imposa à son esprit, plus réaliste encore que les précédentes. Elle s'imagina Emilio fondant sur elle, l'entraînant dans sa chute sur un lit pour l'y clouer de tout son poids. L'image était si claire qu'elle en eut le souffle coupé.

Megan décida que mieux valait éviter, à l'avenir, les comparaisons entre Emilio et un tigre, ou toute autre créature du règne animal. Une nouvelle fois, elle se réfugia derrière une mine indignée pour se sortir de ce mauvais pas.

— Que veux-tu que je te dise ? Je passe ma vie à caresser les gens dans le sens du poil pour les convaincre de travailler avec nous. Comme je profite de quelques heures de vacances forcées, j'en profite pour redevenir honnête. Je ne suis plus obligée de mentir.

Emilio pinça les lèvres sous l'effet de la colère. Lentement, il se leva de sa chaise.

Etait-elle allée trop loin ? se demanda Megan.

— Je n'ai pas besoin que l'on me caresse dans le sens du poil.

Megan se surprit à songer qu'elle aurait pourtant adoré caresser le corps nu d'Emilio… Elle s'empourpra furieusement. C'était à croire qu'un démon la possédait. Cet état d'esprit ne lui ressemblait pas du tout !

— C'est toi que me pousses à me comporter ainsi, avoua-t-elle, jouant pour la première fois la carte de la sincérité. Je n'y peux rien.

— Il n'était pas dans mon intention de…

Emilio s'interrompit soudain pour la regarder en silence.

— Il n'était pas dans ton intention de quoi ?

Emilio tressaillit légèrement, s'arrachant à ses rêveries. Les lèvres de Megan brillaient comme si elle venait de les humecter. Il brûlait d'envie d'y mordre, comme un homme découvrant un fruit juteux après une interminable traversée du désert.

— Il n'était pas dans mon intention de…

De nouveau, il laissa sa phrase en suspens. Il n'avait plus la moindre idée de ce qu'il voulait dire !

C'était étrange. Non, corrigea-t-il, c'était franchement inquiétant. D'ordinaire, il se targuait d'avoir une faculté de concentration sans faille et il ne perdait jamais le fil d'une discussion ou d'une explication, même dans une réunion de plusieurs heures…

— Je voulais juste dire que tu devrais avoir davantage

confiance en toi. Tu es une femme magnifique. Et ce soir-là, crois-le ou non, j'essayais de t'aider. Pas de juger.

— Bien sûr, dit Megan d'un ton railleur.

Mais de s'entendre dire qu'elle était magnifique, même si le compliment était sans doute destiné à l'apaiser, lui faisait tourner pratiquement la tête. Elle déglutit avec difficulté, tout en essayant de calmer les battements fous de son cœur.

— Le problème, ce fameux soir, ce n'était pas tes vêtements, reprit Emilio. Bien sûr, je me rends compte aujourd'hui que tu sortais de l'adolescence, et que le pouvoir que tu te découvrais sur les hommes devait être enivrant…

Emilio s'interrompit pour inspirer profondément. Il faisait de son mieux pour se montrer juste. Mais imaginer Megan dans les bras de ce type le rendait fou. La seule satisfaction qu'il tirait de ces souvenirs, c'était quand il se remémorait la peur dans les yeux de l'enseignant lubrique…

— Enivrant ? répéta la jeune femme, secouant la tête d'un air de parfaite incompréhension.

— Tu sais très bien de quoi je parle. Tu as été invisible pendant toute ton adolescence. J'ai vu comment ta famille te traitait et je suppose qu'il en a été de même à l'école.

Megan écarquilla les yeux comme elle comprenait enfin où il voulait en venir.

— Tu suggères que, après des années de frustration, j'avais désespérément besoin de prouver que j'étais séduisante ? Et pour cela, de me jeter dans les bras du premier venu ?

Emilio agita la main avec impatience.

— Ne me fais pas dire ce que je n'ai pas dit. C'est juste qu'on t'a ignorée pendant des années. Il est normal que tu te sois laissé tourner la tête lorsqu'un homme t'a manifesté un peu d'intérêt. Tu ne serais pas la première personne privée d'affection parentale à confondre ensuite l'amour et le sexe.

Pourquoi cette expression lugubre s'était-elle peinte sur les traits d'Emilio ? s'interrogea Megan. Parlait-il en fait de lui, sans vouloir l'admettre ? Et une autre question s'imposa à elle : avait-il couché avec des tas de femmes dans le vain espoir de remplacer la seule et unique qu'il avait jamais aimée, Rosanna ?

A en juger par l'épisode de l'aéroport, elle ne devait pas être loin de la vérité.

— Il est difficile de retrouver l'estime de soi quand on l'a perdue, Megan, déclara sentencieusement Emilio.

— C'est une façon de me dire que je suis une fille trop facile ?

— Pas du tout.

Elle répondit d'un haussement d'épaules. Emilio était réputé infaillible, mais quand il se trompait ce n'était pas à moitié !

— Et tu as déduit tout ça de la couleur de mon rouge à lèvres ? C'est impressionnant. Tu es encore plus intelligent qu'on le dit.

Il cilla en réaction à son ton sarcastique, puis rétorqua :

— Oh ! je suis donc censé croire que tu n'avais pas la moindre idée de l'effet que tu avais sur les hommes ?

— C'est toi qui es ridicule, à présent. Je pourrais m'habiller en minijupe et en bas résille, personne ne se retournerait sur moi.

A ces mots, une intense irritation se peignit sur le visage d'Emilio.

— Il faut vraiment que tu perdes cette habitude de te dévaloriser. Tu trouveras assez de gens, dans la vie, pour le faire à ta place.

— Je ne..., commença Megan.

Puis elle se tut. Il avait raison, c'était exactement ce qu'elle faisait. Et c'était en effet une mauvaise habitude.

Elle baissa les yeux, ébranlée. Presque aussitôt, les mains d'Emilio couvrirent les siennes.

— Tu ne dois pas faire ça, enchaîna-t-il. Tu es quelqu'un d'unique. Tu es intelligente, incroyablement séduisante...

Soudain, il se leva et l'attira à lui dans un même mouvement. Trop stupéfaite — ou trop émue — pour protester, Megan s'affaissa sans un mot contre son torse.

Elle secoua la tête, s'efforçant d'échapper au flot de

sensations qui, déjà, engourdissaient ses membres et lui embrumait le cerveau.

— C'est… c'est gentil de te préoccuper du bien-être de ton prochain, déclara-t-elle d'une voix moqueuse mais tremblante.

— Je me fiche de mon prochain, murmura Emilio. Toi seule m'intéresses.

— V… vraiment ? Tu vas encore me faire une leçon de morale ? Me gronder parce que je n'ai pas été sage ?

— Au contraire. Avec moi, tu n'as pas besoin d'être sage. Tu es en sécurité.

Megan déglutit à grand-peine, la gorge sèche et les poumons en feu. Il n'y avait pas à se méprendre sur les intentions d'Emilio. Sans réfléchir, elle regarda ses lèvres, si proches des siennes. Son manque d'expérience la préoccupait vaguement, mais son angoisse fut bien vite balayée par une déferlante de désir.

Elle avait longtemps songé qu'elle était prête à tout pour Emilio, y compris à trahir ses propres principes. Heureusement, il ne le lui avait jamais demandé. Du moins jusqu'à aujourd'hui.

Evidemment, elle pouvait tout de même se tromper… Peut-être s'agissait-il d'un simple flirt, d'un jeu dont elle ne connaissait pas les codes ?

Elle plongea les yeux dans les siens pour vérifier. Un éclat prédateur flamboyait dans les pupilles d'Emilio et elle sentit un frisson la parcourir. Non, elle ne se trompait pas. Elle ne rêvait pas non plus. Tout cela était bien réel. Les cuisses puissantes contre les siennes, le torse musclé sous ses seins tendus de désir…

Il avait envie d'elle, elle le sentait. Emilio Rios avait envie d'elle.

Mais qu'était-elle en train de faire ?

L'instinct de survie de Megan se réveilla soudain. Elle baissa la tête. Elle devait s'échapper, s'enfuir le plus loin possible. Malheureusement, son corps et son esprit semblaient deux entités différentes, totalement déconnectées l'une de l'autre.

Avec effroi, elle se rendit compte au même instant qu'au lieu de se détacher d'Emilio, elle s'était collée contre lui, si bien qu'il la tenait à présent complètement dans ses bras.

Elle se mit à trembler comme sous l'emprise d'une fièvre. L'intensité de son désir la terrifiait. S'en était-il rendu compte ?

Bien sûr, il ne pouvait pas l'ignorer. Et la voir trembler d'excitation allait achever de le convaincre qu'elle était prête à coucher avec le premier venu…

10.

— Nous passons dans la chambre ?

La question dissipa les derniers doutes de Megan. Cette fois, il n'était plus possible de se méprendre sur les intentions d'Emilio.

Elle se sentait terriblement vulnérable.

— Ce n'est pas si simple…

Lorsque l'on se tenait au bord d'un précipice, il était prudent de reculer. Alors, d'où venait cette petite voix qui lui criait de sauter ?

— C'est très simple, au contraire.

Il n'y avait pas la moindre trace d'incertitude dans la voix d'Emilio. Evidemment, pour lui, c'était facile. Il était attiré par une femme et il passait à l'action. Il n'avait pas de dilemme moral, il ne redoutait pas de s'en tirer avec le cœur brisé.

— Est-ce que quelqu'un t'a fait souffrir, Megan ? demanda-t-il comme s'il avait lu dans son esprit.

La question la mit aussitôt sur ses gardes.

— Non. Il n'y a aucun drame caché dans ma vie.

Emilio ne parut guère convaincu mais n'insista pas. Son regard était avide et brûlant.

— Ta peau est si douce… Et j'ai tellement rêvé de tes lèvres…

— Tu rêves en plein jour ? voulut-elle plaisanter.

Mais sa voix était tremblante, mal assurée. Emilio se mit à rire. Un rire sensuel qui la fit frissonner tout entière.

— Tu es le genre de fille qui aime faire les choses dans le noir ?

Non, elle était le genre de fille qui préférait se blottir au lit avec une tasse de chocolat chaud et un bon livre ! Mais elle doutait qu'il la croirait.

— Ça ne me déplaît pas, personnellement, reprit-il d'une voix si veloutée qu'elle en eut la chair de poule. L'obscurité aide à se débarrasser de ses inhibitions. Elle stimule l'imagination…

Megan sentit sa respiration s'accélérer. En un geste aussi puéril que désespéré, elle plaqua ses deux mains sur ses oreilles.

— Tes préférences sexuelles ne m'intéressent pas !

Un silence de plomb suivit cet éclat. Megan ferma les yeux, mortifiée, priant pour disparaître dans un petit nuage de fumée…

— Non, nous parlions des tiennes.

A contrecœur, Megan rouvrit les yeux. Elle posa un regard prudent sur Emilio et sentit ses défenses fondre comme neige au soleil lorsqu'elle vit le mélange de tendresse et de sensualité peint sur son visage.

— Je veux t'offrir tout ce que tu désires, reprit-il avec ferveur.

Les mots sortirent d'eux-mêmes, sans que Megan puisse faire quoi que ce soit pour les retenir.

— C'est *toi* que je veux ! s'écria-t-elle.

Les pupilles d'Emilio s'enflammèrent, un flot de paroles en espagnol jaillit de ses lèvres. Elle l'écoutait avec fascination, partagée entre l'angoisse et l'impatience.

— Je… je ne comprends pas ce que tu viens de dire, murmura-t-elle lorsqu'il se tut enfin.

— J'ai dit que j'allais exaucer tes rêves les plus fous.

Megan sentit une chaleur liquide se diffuser dans tout son corps. Elle ne doutait pas de la faculté d'Emilio à tenir cette promesse. Elle rêvait de cet instant depuis si longtemps !

Mais n'était-ce pas trop risqué ?

Redressant la tête, Megan fit taire la voix du doute. La

vie était courte et il aurait été stupide de laisser passer une occasion qui ne se représenterait sans doute jamais. Elle avait envie d'Emilio. Envie de le sentir sur elle, en elle…

Pour la première fois, elle s'autorisa à le dévisager ouvertement, sans chercher à cacher ce qu'elle ressentait. Elle en éprouva un mélange d'exaltation et de frayeur, mais n'était-ce pas ce qu'elle éprouvait toutes les fois qu'elle posait les yeux sur lui ? Elle aurait dû y être habituée.

— J'ai envie de toi, Emilio…

Elle le vit tressaillir. Il glissa les doigts dans ses cheveux, sans la quitter des yeux. Megan renversa la tête en arrière, les lèvres entrouvertes, le souffle court.

— Tu es incroyablement belle, murmura-t-il. Ton visage, ton corps…

Un désir féroce brûlait dans ses pupilles et Megan prit tout à coup conscience de ce pouvoir féminin qu'elle détenait sur lui. C'était une sensation enivrante. Elle voulait lui dire qu'il était le premier homme à produire cet effet sur elle. Qu'il serait même le premier homme à…

Elle écarquilla les yeux, paniquée. Seigneur, elle devait le prévenir qu'elle était vierge avant d'aller plus loin, au risque de briser la magie. Elle hésita à cette idée, mais si ce détail posait un problème à Emilio, mieux valait tout arrêter maintenant. Plus elle attendait, plus la déception serait douloureuse.

— Tu te rappelles, ce soir-là, dans la voiture… ?

Il étouffa un juron.

— Eh bien, ce n'était pas ce que tu crois…, reprit-elle d'une voix hésitante.

La mine sombre, Emilio approcha son visage du sien. Megan laissa échapper un soupir, oubliant soudain sa confession. Les lèvres de son compagnon n'étaient qu'à quelques centimètres des siennes. Elle n'avait qu'à se hisser sur la pointe des pieds pour y poser les siennes.

Mais contre toute attente, il ne l'embrassa pas.

— Tout ce que je crois, répondit-il d'une voix sourde, c'est que je n'ai jamais été aussi près de tuer un homme…

Il avait fait appel à toute sa volonté, cette nuit-là, pour ne pas tordre le cou à ce minable. Mais même cet effort pâlissait en comparaison de celui qu'il avait dû fournir, un peu plus tard, pour ne pas profiter de la vulnérabilité de Megan.

En la voyant si ébranlée, pâle et tremblante, il avait été saisi d'un violent instinct de possessivité. Puis d'autres émotions s'y étaient mêlées. Pendant qu'elle s'efforçait de ne pas pleurer, lui s'efforçait de ne pas l'embrasser. Il ne s'était même pas autorisé à la toucher. Il savait que s'il le faisait, il perdrait tout contrôle sur lui-même.

Dios, qu'il avait été tenté… Il avait réprimé ses instincts, d'autant que la situation avec sa femme, à l'époque, était déjà compliquée.

Il songea à son mariage, à ce jour fatidique qui avait signalé le début de la fin : celui où il avait emménagé dans une autre chambre de leur maison.

— Je comprends, avait dit Rosanna lorsqu'elle l'avait découvert.

Emilio n'avait pas tiré la moindre satisfaction de son évidente détresse. Il était en partie responsable de ce qui était arrivé. Depuis le début, il avait traité leur mariage comme un contrat. Son erreur principale avait été de ne pas prendre en compte le facteur émotionnel, le fait que Rosanna, malgré ses dénégations, avait peut-être besoin de plus que ce qu'il n'était prêt à offrir.

La débâcle avait été inévitable.

— Tu n'es pas un peu soulagée ? avait-il demandé.

Rosanna avait été visiblement déroutée par la question.

— Ce n'est pas que je ne suis pas satisfaite de notre mariage. Si j'ai couché avec…

— Ça va, je n'ai pas besoin de connaître les détails, ou même son nom.

— Justement. Si tu m'aimais, tu voudrais le savoir.

— Je n'ai jamais prétendu…

— Non, avait-elle coupé. Je sais. Il ne m'aimait pas non plus, mais il a prétendu que si. Et ça m'a suffi. J'avais juste besoin de l'entendre… Non, ne me regarde pas comme ça.

Je n'ai pas besoin de ta pitié. Et je ne te demande pas de coucher avec moi. Je comprends que tu aies des besoins, toi aussi. Je ne dirai rien quand tu iras les satisfaire ailleurs.

— Tu veux dire que tu m'encourages à coucher avec quelqu'un d'autre ?

— Ce serait une solution raisonnable.

Raisonnable ? « Cynique » aurait été un qualificatif plus approprié. Etonnamment, c'était une accusation qu'Emilio entendait souvent. Alors pourquoi n'avait-il pas eu envie de profiter de cette offre ? Pourquoi l'avait-elle empli de dégoût ?

— Plus raisonnable qu'un divorce ? avait-il demandé, prononçant enfin le mot tabou.

Rosanna l'avait dévisagé avec stupeur, blême sous le maquillage parfait qu'elle semblait porter jour et nuit.

— Mais… Je croyais que tu étais prêt à tout pour sauver notre mariage ?

— J'ai juste dit qu'un divorce ferait sans doute des vagues. Et que nous sommes meilleurs amis qu'amants.

— Qu'est-ce qui t'a fait changer d'avis ? Tu as rencontré quelqu'un ? Quelqu'un de spécial ?

L'idée avait presque fait rire Emilio tant elle était incongrue.

— Non, je n'ai rencontré personne. Je n'ai pas cherché à le faire.

Ils en étaient restés là. Six mois s'étaient écoulés et Emilio n'avait pas commis le moindre adultère, malgré la bénédiction de Rosanna. Ils étaient toujours mariés et il ne pouvait se résoudre à la tromper.

Mais quand il avait secouru Megan, ce soir-là, ce n'était pas sa rigueur morale qui l'avait empêché de l'embrasser. Il s'était simplement rendu compte que s'il profitait d'elle dans un instant pareil, il ne vaudrait guère mieux que l'homme des griffes duquel il venait de la tirer.

Pour la première fois de sa vie, de plus, il aspirait à davantage qu'une simple satisfaction sexuelle. Et s'il lui fallait se montrer patient pour cela, il était prêt à l'être.

Il avait donc attendu, pendant deux ans. Deux longues, interminables années.

Il n'était plus question d'être patient, à présent.

L'heure était à l'action…

Il allait conquérir Megan. Il allait lui faire oublier les hommes qu'elle avait connus avant lui, chacun d'entre eux, sans exception. Il deviendrait le seul et l'unique.

Une détermination soudaine le galvanisa. Sa main enveloppa la nuque de la jeune femme, qui frissonna. Un parfum de pommes monta de ses cheveux lorsqu'il approcha ses lèvres de son front.

— Je déteste ce type, murmura-t-il.

Le corps et l'esprit engourdis par le désir, Megan demanda :

— Qui ça ?

Les lèvres d'Emilio se posèrent sur son front, aussi légères qu'un papillon.

— Le salaud que tu essayais de repousser, répondit-il à son oreille.

— Oh…

— J'aurais dû l'étrangler. Ce n'était pas l'envie qui m'en manquait. Mais j'avais encore plus envie de faire ça…

Sans crier gare, il agrippa ses fesses pour l'attirer tout contre lui. Megan hoqueta lorsqu'elle sentit son érection appuyer contre son ventre. Un torrent de feu se déversa au creux de son être.

— Tu voulais… Tu avais envie de moi, ce soir-là ? bafouilla-t-elle. Mais… tu étais marié !

— Tu crois qu'un morceau de papier peut empêcher un homme de désirer une autre femme ? Tu devrais savoir mieux que quiconque que ce n'est pas le cas.

Megan fit la grimace, comprenant aussitôt l'allusion.

— Tu veux dire que je n'existerais pas sans cela…, murmura-t-elle.

En guise de réponse, Emilio l'embrassa. C'était un baiser farouche, conquérant. Megan s'alanguit contre lui en une reddition muette, entrouvrant la bouche pour laisser sa langue s'enrouler à la sienne.

Lorsqu'il la relâcha enfin, elle mit quelques secondes à recouvrer ses esprits.

— J'espère que tu comptes recommencer..., murmura-t-elle.

Il sourit, ses yeux noirs fixés sur son visage comme s'il voulait en mémoriser le moindre détail.

— Ça dépend de toi...

Sa réponse, inattendue, irrita Megan.

— Tu veux que je te supplie ?

Voilà donc pourquoi il arborait cette mine réjouie... Il devait avoir l'habitude de voir les femmes implorer ses faveurs. Elle n'avait pas l'intention de devenir une nouvelle conquête sur sa liste déjà longue... Mais la vérité, c'est qu'elle était déjà allée trop loin. S'il fallait qu'elle le supplie, elle le ferait. Avec Emilio, elle semblait perdre toute fierté.

— Je veux t'entendre dire que tu me désires autant que je te désire, fit-il d'une voix rauque.

Elle baissa les yeux, rouge d'embarras.

— Comme si tu ne le savais pas.

L'amertume, dans sa voix, arracha un froncement de sourcils à Emilio.

— J'ai besoin de l'entendre, insista-t-il.

Megan ne pouvait pas résister. Chaque cellule de son corps semblait hurler le prénom de cet homme.

— J'ai envie de toi...

Il plissa presque imperceptiblement les yeux, puis un sourire malicieux se dessina sur ses lèvres.

— Bien sûr, si tu préfères aller faire du tourisme..., la taquina-t-il.

Tout en parlant, il avait suivi du bout du doigt le contour de sa mâchoire. Megan, les jambes en coton, dut prendre appui contre lui pour ne pas s'effondrer.

— Je peux aussi te faire visiter ma chambre, reprit-il. Mais je ne sais pas si c'est aussi intéressant que le musée du Prado...

— La... chambre, bredouilla-t-elle, n'y tenant plus.

Il rit, mais son visage redevint presque aussitôt grave. Puis ses bras se refermèrent tel un cercle d'acier autour de Megan.

Elle eut l'impression que ses pieds touchaient à peine le sol comme il l'entraînait vers la pièce voisine, dont il ouvrit la porte d'un coup de pied.

11.

Le battant claqua contre le mur, générant une onde de choc qui se répandit dans tout l'appartement. Mais ce n'était rien en comparaison des émotions qui agitaient Megan tandis que, le regard incandescent, Emilio encadrait son visage de ses mains pour l'embrasser de nouveau.

Elle lui rendit aussitôt son baiser, glissant une langue hésitante contre la sienne. Il poussa un gémissement de satisfaction, l'encourageant à s'enhardir. Megan posa les deux mains à plat sur torse et les fit doucement descendre sur ses abdominaux, puis vers sa ceinture.

— *Madre de Dios !* jura-t-il soudain.

Elle se figea, paniquée. Avait-elle commis, à cause de son manque d'expérience, un impair ? S'était-elle montrée maladroite ? Emilio paraissait presque souffrir.

— Quelque chose ne va pas ?

Il eut un rire sourd à cette question. Elle vit sa pomme d'Adam monter et descendre et les muscles de sa gorge se tendre comme des cordes. Enfin, il répondit :

— Non, tout va très bien au contraire. Trop bien, même.

Sans plus attendre, il entraîna Megan vers un lit couvert de draps blancs impeccablement repassés. Il l'y fit basculer et se coucha sur elle, les bras tendus pour ne pas lui faire supporter le poids de son corps. Mais son bassin était collé contre le sien, et Megan hoqueta en sentant contre elle la violence du désir.

— Tu es la plus belle femme que j'aie jamais vue, dit-il

d'une voix rauque. Et je n'ai jamais eu envie d'une femme comme j'ai envie de toi…

Cette confession fit frissonner Megan de la tête aux pieds. Elle attendit la suite, le cœur battant, captive de son regard noir comme la nuit. Elle brûlait de sentir ses mains et ses baisers sur son corps, elle le désirait avec une force qui la terrifiait. Un dernier accès de doute la tortura fugitivement, puis ce fut comme si une immense lumière l'envahissait, éclairant enfin sa route dans les ténèbres.

C'était ce qu'elle voulait. Il n'y avait aucune raison logique à cela, aucune explication rationnelle, mais ça n'avait aucune importance.

Elle n'avait rien à craindre.

Incapable de communiquer par des mots, Megan leva les bras en une supplique muette.

Et ce geste acheva de détruire le peu de contrôle qu'Emilio exerçait encore sur lui-même. Avec un gémissement, il lui prit les mains pour y presser farouchement ses lèvres. Puis il s'agenouilla près d'elle, sur le lit, et entreprit de déboutonner sa chemise.

Megan le regardait faire, les yeux mi-clos, la gorge sèche. Emilio procédait avec une lenteur insupportable. Enfin, les pans de tissu s'écartèrent tel un rideau sur son torse sculptural. Sa peau luisait comme du cuivre martelé.

— Mon Dieu…

Elle humecta nerveusement ses lèvres, incapable de détourner le regard. Il était tout en muscles, sans un gramme de trop. D'un geste vif, il envoya sa chemise voler à l'autre bout de la chambre.

Puis il se pencha sur Megan pour explorer, du bout de la langue, le creux de sa gorge.

— Tu as un goût délicieux…

Emilio remonta vers son visage, comme s'il allait l'embrasser, mais s'arrêta à un centimètre de ses lèvres pour plonger les yeux dans les siens. Il voulait savourer cet instant, le faire durer le plus longtemps possible.

— Embrasse-moi, Emilio…

Cette supplique eut raison de sa volonté. Il lui obéit enfin et s'allongea sur elle. Elle répondit par un gémissement de plaisir et entrouvrit les lèvres pour l'accueillir, ce qui ne fit qu'attiser l'excitation qu'Emilio s'efforçait tant bien que mal de contrôler.

— Je… je ne sais pas ce que je fais, murmura-t-elle, un éclat craintif dans le regard. C'est complètement fou…

— J'ai envie de toi et tu as envie de moi. La folie, ce serait de ne pas en profiter, tu ne crois pas ?

Elle acquiesça, le menton légèrement tremblant, comme si elle allait se mettre à pleurer. Mais Emilio comprit à la rougeur de son visage que c'était sous l'emprise du désir qu'elle tremblait.

Prenant appui sur une main, il entreprit de déboutonner son corsage.

Megan ferma les yeux, haletante, et ne les rouvrit qu'en l'entendant pousser un soupir rauque quand il dévoila son soutien-gorge.

Il la regardait, fasciné, les yeux brillants comme deux éclats d'onyx.

— *Por Dios*, tu es magnifique, murmura-t-il avec ferveur.

Elle avait la peau pâle et translucide comme de l'albâtre. Son corps était chaud sous les mains d'Emilio qui dut réprimer une brutale envie de la posséder sans plus attendre. Il devait prendre son temps, faire durer le plaisir. Il devait résister à la pulsion primitive, presque animale, qui lui hurlait de se perdre en elle.

Megan se mordit la lèvre, intensément troublée par le désir qu'elle lisait sur le visage d'Emilio. Toute ironie s'en était envolée, il n'était plus question de jouer à présent. Il la convoitait et ne faisait rien pour le cacher.

Sans la quitter des yeux, il dégrafa l'attache frontale de son soutien-gorge. Megan gémit quand ses seins jaillirent de leur carcan de dentelle, douloureux et gonflés. Avec volupté, il en caressa les pointes tendues avant de les aspirer, l'une après l'autre, entre ses lèvres.

Ses mains, pendant ce temps, n'étaient pas demeurées

inactives. L'une avait glissé dans les cheveux de Megan, l'autre était descendue pour caresser, à travers la dentelle de sa culotte, le cœur brûlant et moite de sa féminité.

Elle se cambra de plaisir. Des sensations volcaniques explosaient dans tout son corps, l'empêchant de contrôler les cris d'extase qui montaient de sa gorge.

Quand Emilio s'écarta d'elle, Megan émit un gémissement de protestation.

— Ne t'inquiète pas, je ne pars pas, déclara-t-il d'une voix sourde.

Un sourire aux lèvres, il s'assit sur le rebord du lit pour déboucler sa ceinture et faire glisser son pantalon le long de ses jambes. Il s'en débarrassa d'un coup de pied avant d'infliger le même traitement à son caleçon.

Megan crut qu'elle allait s'arrêter de respirer quand il se tourna enfin vers elle. Son sexe se dressait devant elle. Une furieuse envie de tendre la main pour le caresser s'empara d'elle, mais elle n'osa pas bouger.

Emilio surprit son regard mais ne manifesta pas la moindre gêne. Au contraire, l'expression béate de Megan accrut encore son excitation…

Avec une souplesse féline, il s'avança vers elle, ses muscles ondulant sous sa peau au moindre de ses mouvements. Megan lui enviait son absence totale de pudeur. Comment faisait-il pour se montrer aussi à l'aise ? L'habitude, sans doute.

Son cœur battait si fort qu'elle crut qu'il allait exploser. Sans un mot, Emilio glissa une main sous sa jupe, et lui ôta sa culotte.

Megan l'aida du mieux qu'elle put, soulevant le bassin pour lui permettre de la déshabiller. Elle avait fermé les yeux, les paupières farouchement closes pour ne pas voir ce qui allait suivre.

— Regarde-moi, ordonna-t-il.

Elle obéit aussitôt, comme si elle n'avait plus le moindre contrôle sur elle-même. Emilio lui prit la main et, lentement, lui enroula les doigts sur son sexe en érection.

— Tu sens comme j'ai envie de toi ?

Avec un hochement de tête nerveux, elle se mit à le caresser. D'abord hésitante, elle s'enhardit en voyant le visage d'Emilio se crisper sous l'effet du plaisir. Il glissa une main entre ses cuisses pour la caresser.

Elle cria d'extase sous ses doigts. Enfin, Emilio prit place entre ses jambes écartées, sans interrompre ses caresses. Dans un dernier éclair de lucidité, Megan se rendit compte qu'elle allait exploser de plaisir s'il continuait ainsi.

— S'il… S'il te plaît… Maintenant !

Les yeux de nouveau clos, arc-boutée contre le matelas, elle le sentit entrer en elle. En un seul coup de reins, il l'emplit totalement.

Megan ressentit une douleur aussi vive que fugitive, puis une vague de plaisir dépassant tout ce qu'elle avait jamais connu la balaya.

Emilio, en sentant l'infime résistance qui l'avait accueilli, s'était figé. Mais lorsqu'elle le regarda, elle ne lut sur son visage qu'une intense tendresse.

— Détends-toi, murmura-t-il. Tout va bien se passer.

— Je… Tu…

Un soupir échappa à Megan comme elle se détendait soudain. Emilio se remit à bouger, attisant à chaque estoc le brasier qui la consumait, s'étendant peu à peu à tout son corps.

Un intense bonheur s'empara de Megan. Elle savait, en cet instant, qu'elle avait fait le bon choix. Que quelque chose d'aussi bon, d'aussi juste, ne pouvait être une erreur. C'était impossible.

— *Oh oui…*

Etait-ce elle qui venait de parler ? Elle avait l'impression d'avoir quitté son propre corps, de flotter juste au-dessus. Puis une lumière blanche éclata devant ses yeux, l'aveuglant l'espace de quelques secondes, tandis qu'une déflagration silencieuse ébranlait son univers.

Les épaules couvertes de sueur, Emilio luttait de tout son être pour se contrôler. Mais il abandonna quand il sentit Megan sombrer dans l’extase. Avec un dernier coup de reins, il explosa en elle.

Pendant quelques secondes, le plaisir fut si intense qu’il eut l’impression de perdre conscience.

Puis la culpabilité l’assaillit.

12.

Emilio roula sur le côté. Megan retint un gémissement de protestation en sentant l'air frais de la climatisation courir sur son corps encore baigné de sueur. Un léger frisson la parcourut.

Le souffle court, elle tourna la tête vers Emilio. Il était allongé sur le dos, un bras replié en travers du front. Ses yeux étaient clos, sa respiration régulière. Megan se blottit au creux de son épaule, regardant en silence son large torse qui montait et descendait, la peau dorée dans le soleil de midi.

Fascinée, elle tendit la main mais la retira au dernier moment. Il n'avait toujours pas dit un mot. Etait-ce normal ? Devait-elle s'inquiéter de son silence ?

C'était ridicule. Quelques instants plus tôt, elle avait partagé une incroyable intimité avec lui. Elle aurait dû en être gênée, mais ce n'était pas le cas. Pourquoi hésitait-elle à le toucher ?

Megan se mordilla la lèvre, en proie à une nervosité croissante. S'était-il endormi ? Espérait-il la trouver habillée et sur le point de partir quand il se réveillerait ? Elle n'était peut-être plus une jeune femme vierge et naïve, mais elle avait encore beaucoup à apprendre sur les codes amoureux.

En silence, elle étudia la pièce et ses murs blancs décorés d'œuvres d'art. Elle se sentait presque embarrassée, comme un voyeur épiant la vie de quelqu'un d'autre.

Pourtant, ce qui s'était passé lui était bien arrivé à elle !

Elle avait fait l'amour avec Emilio Rios.

L'affirmation avait quelque chose d'irréel. Mais elle ne

devait pas oublier que cela représentait pour Emilio un simple rapport physique, la satisfaction primitive de désirs qui l'étaient tout autant. Malgré son cœur brisé, elle lui était reconnaissante de son honnêteté sur ce point.

Elle aurait aimé, de son côté, pouvoir traiter la chose avec autant de décontraction… Au lieu de cela, elle sentait déjà un nœud se former dans son estomac à l'idée qu'il s'agissait d'une expérience sans lendemain. Emilio était, après tout, le seul homme qu'elle ait jamais aimé.

Megan se réprimanda en silence, refusant de sombrer dans la morosité. Son regard parcourut de nouveau le corps d'Emilio : un corps d'athlète, puissamment musclé, à la peau hâlée. A ce spectacle, un soupir de plaisir lui échappa.

Il était vraiment magnifique. Lui faire l'amour avait été extraordinaire.

Demain, il fera l'amour à une autre…

Elle repoussa aussitôt cette idée et déglutit, refusant de prêter attention au nœud qui lui tordait l'estomac. Pourquoi gâcher un instant aussi parfait ?

Se redressant sur un coude, elle étudia Emilio. Son corps était dur comme du granit. Il n'y avait rien de mou chez lui, constata-t-elle en rougissant comme une pivoine. Oui, il était parfait, beau et viril, jusqu'au bout des ongles.

Tandis qu'elle l'observait, elle sentit de nouveau un sentiment de détresse l'envahir. Elle s'était crue amoureuse de lui, mais l'homme qui emplissait ses rêves n'existait pas. Elle avait succombé à une illusion.

Le vrai Emilio, c'était celui qu'elle avait entrevu le soir où il l'avait secourue : un homme dangereux, capable de férocité, voire de cruauté. Mais elle avait eu beau se le répéter, elle n'avait pu s'empêcher d'être attirée par celui même qui risquait de la détruire, tel un papillon par une flamme.

Elle aurait dû s'enfuir dès le début. Il était trop tard, maintenant.

Cédant enfin à son impulsion initiale, Megan tendit la main pour toucher Emilio. Ses doigts se posèrent sur son torse et descendirent lentement sur son ventre découpé par d'impressionnants abdominaux. Jamais elle n'aurait cru être un jour à ce point attirée par le corps d'un homme, par la texture de sa peau, par la forme de ses muscles.

Les longs cils d'Emilio se soulevèrent lentement tandis qu'elle le touchait.

Megan retint son souffle comme il tournait la tête. Elle ne pouvait déchiffrer l'expression qui brûlait dans son regard mais sentait une vive émotion se dégager de lui, en ondes presque palpables.

Une soudaine timidité la paralysa, inattendue après ce qu'ils venaient de partager. Consciente de la moindre imperfection de son corps, elle se sentait exposée, affreusement vulnérable, bien loin de l'abandon qu'elle avait connu dans ses bras.

Le regard d'Emilio était posé sur son visage. Il ne cillait pas et Megan commença à s'agiter. Dans un accès de pudeur, elle agrippa le drap pour cacher sa nudité.

Une fraction de seconde plus tard, Emilio lui cloua les mains au-dessus de la tête.

— Qu'est-ce que tu fais ? demanda-t-il.

— Je... je voudrais m'habiller.

Difficile d'avoir l'air décontracté, mais étant donné les circonstances, Megan estimait qu'elle s'en était plutôt bien tirée.

— Je suis sûre que tu as des choses à faire, reprit-elle, et pour ma part...

— Bien sûr que j'ai des choses à faire, coupa Emilio, baissant les yeux sur son corps nu. Tu es au programme de chacune d'entre elles, mais pas tes vêtements.

Megan rougit jusqu'aux oreilles en frissonnant.

— Tu es magnifique, enchaîna Emilio. Je t'interdis de te cacher. Tu devrais être fière de ton corps...

Elle poussa un petit cri comme il se penchait pour embrasser chacun de ses seins. Lorsqu'il en taquina les pointes du bout de la langue, Megan mêla ses doigts à ses cheveux noirs pour l'attirer contre elle.

— De plus, murmura-t-il, son souffle brûlant contre sa peau, il est inutile d'essayer de te cacher dans un si petit lit…

Le lit était immense, mais elle ne prit pas la peine de corriger un détail aussi insignifiant.

— Je n'essayais pas de me cacher…

— Vraiment ? fit Emilio en levant un sourcil ironique.

— J'avais froid.

La main d'Emilio descendit sur sa hanche pour l'envelopper doucement.

— Tu n'as pas l'air d'avoir froid… Au contraire, tu es brûlante.

Megan renversa la tête en arrière, tandis qu'il perdait ses lèvres au creux de son cou, puis remontait vers son oreille. Sa respiration se fit haletante, et elle se tourna vers lui, quémandant un baiser.

Mais contre toute attente, il se détacha d'elle. Megan rouvrit les yeux, intriguée. Une expression torturée flottait sur le visage de son amant.

— Qu'est-ce qui ne va pas ?

— Il faut que nous parlions.

— Maintenant ? demanda-t-elle avec incrédulité. Ça ne peut pas attendre ?

— Non.

— Je croyais que tu étais un homme d'action ?

Il répondit à cette provocation d'un éclat de rire.

— Bien essayé. Et je dois avouer que je suis tenté de te prouver que je le suis. Mais il faut *vraiment* que nous parlions. De ce que j'ai fait, et de ce que tu ne m'as pas dit.

Il se redressa tout à coup pour passer une main sur son front, barré d'une ride soucieuse.

— Je t'ai fait mal, soupira-t-il.

Megan réagit aussitôt à la lueur angoissée qui s'était allumée dans ses yeux.

— Non…

L'instant de douleur avait été si vite estompé par le plaisir qu'elle ne s'en souvenait même pas.

— Inutile de mentir, Megan, fit-il d'une voix grave.

Du bout du doigt, il lui souleva le menton pour la forcer à le regarder. Elle tenta de jauger son humeur, en vain. Son expression était impénétrable.

— Je ne…

— Tu es vierge. Tu *étais* vierge, corrigea-t-il. C'était ta première fois.

Megan se mordilla la lèvre, pesant soigneusement sa réponse. S'il ne changeait pas rapidement de sujet, elle allait finir par en dire trop. Et quel homme voulait entendre que, si elle était vierge, c'était simplement parce qu'elle avait décidé d'attendre d'être mariée ?

En apparence, c'était un choix démodé. Mais il ne cachait pas, chez elle, une quelconque rigidité morale. C'était juste qu'elle avait du mal à s'imaginer coucher avec un homme dont elle n'était pas amoureuse. Etre vierge lui avait toujours paru préférable au fait de coucher avec la mauvaise personne.

En cela, elle avait pris une voie opposée à celle de sa mère. Durant son enfance, Megan avait en effet vu une succession d'« oncles » traverser l'appartement familial. Eternelle optimiste, Clare Smith était passée d'un homme à un autre, s'imaginant chaque fois avoir trouvé l'élu. Tous lui avaient brisé le cœur.

Megan avait mis longtemps à le comprendre. A l'époque, elle n'avait éprouvé que colère.

— Pourquoi as-tu besoin d'un homme ? s'était-elle écriée à plus d'une reprise. Pourquoi je ne te suffis pas ?

Aujourd'hui, elle savait qu'elle s'était montrée injuste. Mais elle n'avait jamais eu l'occasion de le reconnaître. Un soir de pluie, sa mère avait glissé sur un trottoir mouillé et était passée sous les roues d'un bus.

Un soupir de frustration échappa à Emilio. Megan cherchait toujours quelque chose à répondre, mais son esprit était désespérément vide. Elle se réfugia derrière une tentative d'humour.

— Je plaide coupable, Votre Honneur, déclara-t-elle.

Apparemment, elle avait fait le mauvais choix, car le visage d'Emilio s'assombrit aussitôt.

— Tu crois que c'est une plaisanterie ? Ta première fois aurait dû être spéciale, unique.

Elle le fixa, stupéfaite. Ne se rendait-il pas compte que c'était exactement ce qui s'était passé ?

— Je ne pense pas t'avoir caché ma satisfaction, murmura-t-elle, tout en s'empourprant.

— J'aime te voir rougir, observa Emilio, momentanément distrait.

Mais il reprit presque immédiatement son masque lugubre pour continuer :

— Je ne comprends pas qu'une femme aussi sexy que toi ait pu n'avoir jamais…

Il fit la grimace, puis passa une main sur son visage.

— Tu as pleuré, murmura-t-il. A cause de moi.

Megan lui mit une main hésitante sur l'épaule. Une nouvelle fois, elle se demanda comment un homme réputé pour son jugement pouvait se méprendre à ce point.

— Ce n'était pas parce que tu m'as fait mal. Au contraire, même…

Mais Emilio ne l'écoutait pas.

— Si j'avais su… Comment pouvais-tu être… Pourquoi ?

Elle soupira, vaincue.

— Tu ne vas pas laisser tomber, je suppose ?

A ces mots, il la dévisagea comme si elle venait de lui annoncer qu'elle était une Martienne.

— Laisser tomber ? *Por Dios*, je crois que tu me dois une explication !

La gorge nouée, Megan détourna le regard. *Je t'aime, je t'ai toujours aimé.* Voilà la seule explication qu'elle avait à lui offrir. Mais elle doutait que c'était ce qu'il avait envie d'entendre.

— Pourquoi ne m'as-tu rien dit ? insista-t-il.

— Parce que parler ne semblait pas faire partie de tes priorités.

Emilio fronça les sourcils et plongea son regard dans le sien. L'atmosphère, dans la chambre, semblait vibrer d'une tension sexuelle presque palpable. Malgré l'intensité de ce qui s'était passé, ils n'étaient pas rassasiés l'un de l'autre. A vrai dire, Megan doutait même qu'elle le serait jamais…

— Tu ne te comportais pas exactement comme une femme dont c'est la première fois, répliqua-t-il.

— Parce que tu as une grande expérience des vierges ?

Emilio serra les dents.

— Aucune, concéda-t-il. Mais tu comprends très bien ce que je veux dire.

— Ecoute, tu fais une montagne de rien du tout. Etre vierge n'est pas une maladie contagieuse ! Je suis désolée que tu te sentes trompé, et que tu sois déçu. Mais je ne vais pas m'excuser pour autant…

Emilio leva la main pour l'interrompre, l'air confondu.

— Comment ça, déçu ? Qu'est-ce que tu racontes ?

Le visage crispé par l'effort qu'elle faisait pour retenir ses larmes, Megan redressa le menton et cligna des paupières.

— A l'évidence, tu t'attendais à coucher avec une femme expérimentée, expliqua-t-elle d'une voix tremblante. Mais tu as dû te contenter de moi.

Elle prit une profonde inspiration avant d'ajouter :

— Même toi, je suppose que tu n'as pas été parfait la première fois que tu as fait l'amour. Alors, essaie de te montrer un peu compréhensif.

Partagé entre la frustration et la tendresse, Emilio fronça les sourcils.

— Attends, je ne suis pas sûr d'avoir compris. Tu penses que je suis déçu ? *Déçu ?* répéta-t-il, secouant la tête comme si le mot n'avait aucun sens.

Sans s'en rendre compte, il ajouta quelque chose en espagnol avant de se mettre à rire.

— La façon dont ton esprit fonctionne sera toujours pour moi une source d'émerveillement. Tu ne réalises pas à quel point je suis heureux de ce que tu m'as offert. C'était une expérience extraordinaire.

13.

Megan leva les yeux.

— E… extraordinaire ? fit-elle d'une voix faible.

— Je suis le premier, répondit Emilio, toujours aussi bouleversé par cette découverte. Tu imagines ce que j'ai ressenti quand je m'en suis aperçu ?

— De la panique ?

— Un peu, oui, avoua-t-il en riant. Mais je me sens aussi incroyablement privilégié. Même si je ne comprends pas comment c'est possible.

Toujours allongée, un bras sur la tête, Megan le regarda caler ses larges épaules contre la tête de lit. Elle repoussa une mèche de cheveux qui jouait sur sa joue, avant de se redresser à son tour, prenant soin de remonter le drap jusqu'à sa poitrine.

— Tu t'imaginais que j'étais une dévoreuse d'hommes ?

La suggestion arracha un froncement de sourcils à Emilio.

— Bien sûr que non. Mais vu que tu vivais avec un homme, il était naturel de supposer que tu avais au moins couché avec lui.

— Un homme ? répéta Megan, au comble de la confusion. Quel homme ?

— Ton petit ami, ton fiancé, je ne sais pas comment tu l'appelais.

Elle était complètement perdue. De qui parlait-il ? Quel fiancé ? Quel petit ami ?

— Mais qu'est-ce que tu racontes ? Je n'ai jamais vécu avec un homme et…

Elle s'interrompit en comprenant soudain. Avec un éclat de rire, elle demanda :

— Tu parles de Josh ?

Emilio leva les sourcils d'un interrogateur, baissant malgré lui les yeux sur la silhouette de la jeune femme moulée par les draps de soie. Il n'avait qu'à tendre la main pour la toucher, pour faire de nouveau siennes ces formes affolantes…

Il secoua aussitôt la tête, s'interdisant ce genre de distraction.

— Oui, je parle de Josh. Pourquoi, il y en a eu d'autres ?

— D'autres quoi ?

— C'est justement ce que j'essaie de comprendre. Tu vivais donc bien avec Josh.

Son ton accusateur irrita Megan. Même si Josh avait été son amant — ce qui était évidemment impossible — elle n'avait pas à subir ce brusque accès de jalousie, et moins encore à se justifier.

— Oui, je vivais avec Josh. C'est un crime ? Il y a des lois contre ça ? Parce que personne ne m'avait prévenue.

— Ne fais pas semblant de ne pas comprendre. Tu as vécu avec un homme pendant deux ans, j'ai donc naturellement supposé que tu n'étais pas vierge.

— Et pourquoi ça ?

— Pourquoi ? répéta Emilio, manquant s'étrangler. Que faisiez-vous le soir ? Vous jouiez au Scrabble ?

Il secoua la tête, furieux. Il lui paraissait inconcevable qu'un homme puisse habiter sous le même toit que Megan et ne pas vouloir lui faire l'amour. Et ce pendant deux ans !

— Qu'est-ce qu'il attendait ? renchérit-il, formulant à haute voix la question qu'il se posait. Votre nuit de noces ?

La question piqua Megan au vif.

— Et ce serait si étrange que ça ?

— En un mot ? ironisa Emilio. Oui !

— Tu vas me trouver bizarre alors, parce que c'était exactement ce que j'avais en tête jusqu'à ce matin.

Et malheureusement, ses beaux principes n'avaient pas

résisté longtemps à la tentation… Parce que la tentation avait été incarnée par Emilio Rios.

Ce dernier réprima un juron, l'air plus furieux encore.

— Je ne m'attends pas à ce que tu comprennes, renchérit Megan. Oui, j'avais l'intention d'attendre ma nuit de noces, mais ce n'est pas la raison pour laquelle Josh et moi n'avons jamais couché ensemble. La raison, c'est que je ne suis pas son type.

Emilio fit la grimace, profondément sceptique. A ses yeux, Megan était l'idéal féminin de n'importe quel homme.

— Ce que je veux dire, c'est que je ne suis vraiment, fondamentalement pas son type, insista-t-elle comme il le dévisageait d'un air dubitatif.

— Tu veux dire que… ?

Megan acquiesça, amusée par l'expression médusée de son compagnon.

— Pour un homme réputé brillant, tu peux être particulièrement lent, parfois.

— Il est… gay ? demanda Emilio pour dissiper ses derniers doutes.

— Oui. Accessoirement, je ne vis plus avec lui, il est parti travailler un an en Afrique pour une organisation caritative. C'est quelqu'un d'extraordinaire. Tu l'apprécierais beaucoup.

Elle continua d'évoquer Josh mais Emilio, sonné, ne l'écoutait plus. L'homme qu'il avait passé deux ans à jalouser, l'homme qu'il s'était imaginé étrangler de diverses manières pour avoir osé poser la main sur Megan, n'aimait pas les femmes ?

— Emilio ?

La voix douce de Megan l'arracha à ses pensées amères. Il se tourna vers elle, clignant des yeux comme s'il venait de se réveiller d'un long sommeil. Il se rendit compte qu'elle venait de lui poser une question. Une question qu'il n'avait pas entendue.

— Excuse-moi, j'étais ailleurs.

— Je te demandais comment tu savais que j'habitais avec Josh.

— Philip a dû le mentionner.

— Oh ! je vois.

Megan se pencha sur lui, ses seins effleurant son torse tandis qu'elle lui caressait la joue.

— Attends que je raconte ça à Josh dans ma prochaine lettre.

— On n'écrit plus de lettres, aujourd'hui, fit Emilio en riant.

— Moi, si. Je trouve un courrier électronique trop impersonnel. Rien ne vaut une feuille de papier et un bon vieux stylo à encre.

— Et plus aucune femme ne conserve sa virginité pour sa nuit de noces…

— Ne t'en fais pas, Emilio. Je ne m'attends pas à ce que tu me demandes en mariage. Je sais que tu n'es pas fait pour ça !

Elle tressaillit de surprise lorsque son compagnon la repoussa et se tourna vers elle pour la dévisager, les bras croisés. Il était visiblement furieux.

— Qu'est-ce que ça veut dire, au juste ?

— Désolée. Je ne voulais pas te vexer.

— Mais tu l'as fait. Alors explique-toi.

— Je ne te juge pas. Il est évident que tu aimais Rosanna, mais tu as dit toi-même que ça ne t'empêchait pas de désirer d'autres femmes. Même si tu ne l'as jamais trompée… eh bien, certains hommes ne sont pas faits pour la monogamie.

Emilio la fixa avec ébahissement comme elle lui tapotait l'épaule avec un sourire conciliant.

— Mais vous faites sans doute les meilleurs amants, du moins si je dois en croire ma faible expérience…

— Je fais de mon mieux, répliqua Emilio d'un ton léger. Et tu n'as encore rien vu.

Plaquant ses lèvres sur les siennes, il enveloppa l'un de ses seins d'une main.

— Je vais goûter chaque centimètre carré de ton corps, murmura-t-il. Je vais t'embrasser partout, sans rien oublier.

Megan prit une inspiration haletante, tandis qu'Emilio posait son autre main entre ses cuisses.

— Détends-toi, *querida*. Nous allons prendre tout notre temps.

— Mon Dieu… Oui, continue…

Fidèle à sa promesse, Emilio prit son temps pour lui faire l'amour, encore et encore. Dans la chambre, les ombres s'allongeaient sur les murs.

Alors qu'ils gisaient alanguis et haletants, Emilio tourna la tête vers Megan. Elle vit qu'un grand sourire illuminait son visage et en adoucissait la sévérité.

— Je te demanderais bien si ça t'a plu mais la réponse est évidente. Qui aurait cru que tu serais si… démonstrative ?

— Ou alors, c'est que je suis une excellente actrice, le taquina Megan. La prochaine fois, c'est moi qui te ferai perdre la tête…

— Ça me va très bien. Je ne vois aucun inconvénient à ce qu'une femme prenne les commandes, au lit…

Deux heures tard, Megan se réveilla au son de la porte claquant contre le mur. Elle cligna des yeux et vit Emilio, qui s'approchait du lit un plateau dans les mains.

— Qu'est-ce que c'est ? demanda-t-elle en s'étirant langoureusement.

— Un pique-nique, annonça-t-il en débouchant une bouteille de vin rouge.

Elle examina l'assiette de fromages et de charcuterie, la miche de pain et la salade posées sur le plateau. Soudain, elle se sentait affamée.

— Je n'ai vraiment pas de trouble de l'alimentation, tu sais.

— Je sais, répondit Emilio. Mais tu as dépensé beaucoup d'énergie. Et tu dois reconstituer tes réserves.

— Nous ne devrions pas nous lever ? Seigneur, nous

avons passé la journée au lit, constata-t-elle en regardant sa montre.

Emilio se contenta de hausser les épaules.

— Oui. C'est délicieusement décadent, n'est-ce pas ? Quelque chose me dit que je pourrais m'y habituer.

— Je me sens coupable, expliqua Megan, avant de mordre dans son pain à pleines dents. Oh ! pas à cause de ce que nous avons fait, se hâta-t-elle d'ajouter. C'est juste que je n'ai pas travaillé du tout de la journée.

— Moi non plus.

— C'est l'avantage d'être ton propre patron.

— Ça ne t'est pas venu à l'idée de le devenir ? De te mettre à ton compte ?

Megan lui décocha un regard surpris.

— Figure-toi que si.

— Tu devrais. Tu as un potentiel énorme. Je suis sûr que tu ne l'exploites pas dans ton travail actuel. Et même si ton père te dit…

— Quoi ? Qu'il va me passer les rênes ? le coupa-t-elle avec un éclat de rire. Oh ! je sais très bien qu'il ne le fera jamais. Il est bien trop vieux jeu pour laisser une femme lui succéder. Et puis, je suis une Armstrong, c'est vrai, mais seulement jusqu'à un certain point. Cela étant dit, j'ai beaucoup appris en travaillant avec lui. Je me suis également créé un beau carnet d'adresses.

Emilio l'étudia avec une tendresse mêlée d'amusement. Et dire qu'il avait cru qu'Armstrong se servait de sa fille ! Megan s'avérait bien plus débrouillarde qu'il ne l'avait cru.

— Je te proposerais bien de venir travailler pour moi, déclara-t-il, mais j'ai pour règle de ne pas mélanger plaisir et affaires.

Avec un sourire, il s'allongea pour déposer un baiser sur ses lèvres.

— Et toi, tu es le plaisir…

14.

Megan referma le tube de rouge à lèvres qu'elle venait d'appliquer. Elle espérait mettre à l'épreuve le slogan de son fabricant, qui prétendait que l'effet durait vingt-quatre heures. Elle était curieuse de savoir s'il résisterait aux baisers d'Emilio.

Au même moment, la sonnerie de son téléphone la tira de ses rêveries. A contrecœur, elle sortit de la salle de bains et prit l'appareil dans son sac. Le nom affiché sur l'écran lui arracha un froncement de sourcils.

Son frère ne l'appelait que rarement et, quand il le faisait, c'était en général pour lui annoncer une catastrophe. La dernière fois, c'était parce qu'il avait perdu son passeport et tout son argent. La fois précédente, c'était du service des urgences qu'il lui avait téléphoné, après être tombé de moto sur une route mouillée.

— Salut Megan ! s'exclama Philip lorsqu'elle décrocha. Avant que tu ne poses la question, ne t'inquiète pas, tout va bien.

— Ravie de l'entendre. Ecoute, Phil, j'adorerais papoter avec toi mais je suis occupée, expliqua-t-elle, lançant un regard vers la porte.

Son cœur se mit à battre d'excitation à l'idée qu'Emilio allait apparaître d'un instant à l'autre. Ils ne s'étaient pas quittés depuis dix minutes que, déjà, il lui manquait.

Elle sourit, se rappelant sa réaction lorsqu'elle s'était regardée dans le miroir de la penderie, tout à l'heure, et qu'elle avait murmuré :

— Oh ! non, je suis affreuse…

Elle faisait preuve de coquetterie en disant cela. Tout échevelée qu'elle soit, elle s'était trouvée en fait plutôt sexy. Elle ressemblait à une femme qui venait de passer la journée à faire l'amour… Il n'y avait rien d'étonnant à cela, c'était ce qu'elle avait fait !

— C'est là que je suis censé dire « mais non, tu es belle » ? s'était enquis Emilio.

Il se tenait derrière elle, totalement nu. Megan lui enviait son absence totale de pudeur.

— Je veux bien te le dire, avait-il renchéri, mais ce serait un mensonge.

— Merci !

— Ce serait un mensonge parce que tu n'es pas simplement belle, tu es à couper le souffle.

Elle avait rougi, prise de court par ce compliment inattendu.

— Tu me fais perdre la tête, avait-il enchaîné avec un rire rauque. Ton seul défaut, c'est que tu es trop habillée.

Evidemment, ils avaient fait de nouveau l'amour. Après quoi Emilio s'était levé à contrecœur, annonçant qu'il devait passer quelques coups de fil. Megan avait profité de cet instant de solitude pour prendre une douche et s'habiller, dans une salle de bains digne d'un maharadjah…

La voix de son frère la ramena au présent.

— Papa te fait trop travailler ? demanda Philip en riant.

Elle secoua la tête, s'efforçant de se concentrer sur leur conversation. Elle n'était pas, d'habitude, d'un naturel rêveur. Que lui arrivait-il ?

— Bien sûr que oui, reprit son frère, répondant pour elle à la question. Je ne sais même pas pourquoi je demande. Bon, je ne vais pas te retenir trop longtemps. J'appelais juste pour te remercier du fond du cœur. J'apprécie le coup de pouce, sœurette.

— De rien, répondit automatiquement Megan, cherchant ce qu'elle avait pu faire pour mériter une telle gratitude.

Rien ne lui vint à l'esprit. Il était vrai qu'elle intercédait parfois quand son père et son frère se disputaient. Mais depuis que Philip s'était présenté au bureau avec une cravate, un mois plus tôt, Charles Armstrong était aux anges.

— Je suppose que c'était l'idée d'Emilio, renchérit son frère en riant. Ça lui ressemble bien. En tout cas, ça a marché à merveille.

Elle fronça les sourcils, ahurie et vaguement inquiète. Comment diable son frère savait-il qu'elle était avec Emilio ?

— Non, vraiment, c'était du génie, continua Philip du même ton enthousiaste. Voilà qui devrait rassurer Rosanna et lui permettre de regarder vers l'avenir… si possible dans ma direction !

Megan tressaillit, abasourdie. *Philip et Rosanna ?* Il lui semblait qu'elle venait d'entrer dans un épisode de *La Quatrième Dimension*. Un début de nausée la submergea.

— Emilio et toi, ce n'était pas très crédible, fit son frère en riant. Pourtant, c'est passé comme une lettre à la poste. Un coup de maître, je dois l'avouer. Je savais qu'Emilio ne me laisserait pas tomber.

— Oui, il est formidable, n'est-ce pas ?

Insensible à l'ironie dans sa voix, Philip répondit :

— Absolument. Et il est le meilleur ami dont on puisse rêver. Mais je voulais aussi te remercier, toi. Vous étiez deux pour cette petite mise en scène. Je suis dingue de Rosanna et je te dois une fière chandelle.

Megan s'assit sur le bord du lit, tentant de réprimer sa nausée.

— Je n'étais pas au courant, pour Rosanna et toi, murmura-t-elle enfin. Et je ne comprends pas pourquoi tu as éprouvé le besoin d'aller en parler à Emilio. Vous n'êtes plus des adolescents.

— Je sais. C'est juste que… c'était le seul vers lequel je pouvais me tourner. Et j'ai bien fait, apparemment. Rosanna est persuadée que vous êtes éperdument amoureux, tous les deux. Bon sang, j'aurais bien voulu être là. Vous avez dû vous montrer drôlement convaincants. Je vais appeler Emilio pour le remercier directement.

— Laisse-moi t'épargner cet effort, Phil, déclara Megan d'un ton sarcastique. Il n'est pas loin, je te le passe.

Emilio venait de finir de remplir la deuxième flûte de champagne et s'apprêtait à les mettre sur un plateau pour les porter dans la chambre, lorsqu'il entendit la porte s'ouvrir. Il se tourna au moment même où Megan franchissait le seuil, un téléphone à l'oreille.

Elle ne lui rendit pas le sourire chaleureux qu'il lui adressa. Même un homme peu intuitif aurait aussitôt compris qu'elle n'était pas de très bonne humeur.

Que s'était-il passé depuis qu'il l'avait quittée, voilà à peine une demi-heure ? Mais il se laissa presque aussitôt distraire par sa tenue. Elle ne portait en effet qu'un ravissant shorty rose et un soutien-gorge assorti.

Comme elle s'avançait vers lui, Emilio sentit son sexe se durcir malgré l'évidente colère qui émanait d'elle. Megan avait l'air prête à l'étrangler. Ou alors, peut-être voulait-elle lui provoquer une crise cardiaque…

Elle s'arrêta à un mètre de lui, écoutant apparemment ce que son interlocuteur lui disait.

— Tu sais comment faire une entrée, *querida*, murmura-t-il. Mais si c'est ce que tu comptes porter au dîner, nous ferions peut-être bien de commander quelque chose plutôt que de sortir…

Megan se rendit compte, trop tard, que dans sa hâte d'obtenir des éclaircissements de la part d'Emilio, elle avait oublié ce qu'elle portait. Ou plutôt, ce qu'elle ne portait pas !

Couvrant le combiné de la main, elle répliqua d'une voix basse mais cinglante :

— Je n'ai pas faim. Et la seule chose que je veux commander, c'est un taxi.

— Pourquoi ? demanda Emilio avec un calme souverain.

— Tu n'as qu'à le demander à ton ami.

Elle lui lança le téléphone, qu'il réussit à attraper de sa main libre.

— Excellents réflexes, ironisa Megan.

Elle prit une flûte, tourna les talons et s'éloigna en direction de la porte, faisant de son mieux pour ne pas courir.

— Et arrête de regarder mes fesses ! lança-t-elle sans se retourner.

— Tu serais vexée si j'arrêtais, répliqua-t-il du tac au tac.

Mais son sourire s'effaça comme la porte se refermait sur l'affolante silhouette de sa maîtresse.

Avec un soupir, il porta le combiné à son oreille.

— Allô ?... Ah, c'est toi, Phil... Oui, elle a bien prononcé le mot « fesses »...

Cinq minutes plus tard, Emilio pénétrait dans la salle de bains. Megan se tenait devant le miroir, pestant à mi-voix contre la barrette qu'elle essayait de refermer sur son épaisse queue-de-cheval.

Elle l'aperçut dans le miroir mais l'ignora.

— Je suis ravi de voir que tu n'as pas fermé la porte à clé, observa Emilio. Il y a de l'espoir.

Megan lui jeta un coup d'œil, irritée par son apparente décontraction. Il n'avait même pas la décence d'avoir l'air contrit.

— Si je n'ai pas fermé, c'est parce qu'il n'y a pas de verrou ! répliqua-t-elle avec humeur.

Elle parvint enfin à mettre la barrette en place et pivota vers lui.

— On ne t'a pas appris à frapper ?

La question le fit rire.

— Apparemment pas.

— Oh ! évidemment, où avais-je la tête ? Les règles qui gouvernent la société ne s'appliquent pas à Emilio Rios.

Au lieu de répondre à cette provocation, il fit une remarque complètement inattendue.

— Tu as une nuque très sexy, tu sais cela ?

Malgré elle, Megan rougit jusqu'à la racine des cheveux.

— Nous ne parlions pas de ma nuque.

— Il est impossible de ne pas en parler.

Puis Emilio secoua la tête, comme pour s'arracher à un rêve, avant de reprendre :

— Je suis désolé de t'avoir fait attendre.

— Il n'y a pas de mal, je ne t'attendais pas.

Cette fois, il accueillit la pique en haussant les sourcils d'un air moqueur.

— Expliquer ta présence à ton frère a requis un peu de…

— Tact ?

— De patience.

— Tu aurais dû me prévenir de ne pas mentionner le fait que nous avons couché ensemble.

— Tu lui as dit ? s'enquit Emilio, l'air plus curieux qu'alarmé.

Megan récupéra sa brosse à cheveux et la plaça dans sa trousse de toilette avant de concéder :

— Non. Ce n'est pas un fait dont j'ai très envie de me vanter.

Emilio serra les dents.

— Je n'aime pas étaler mes erreurs au grand jour. Dieu seul sait pourquoi…

— … tu as couché avec moi ? Tu m'as offert ta virginité ? Au contraire, Megan. Nous savons tous deux pourquoi.

Elle baissa les yeux, incapable de supporter son regard. Ce n'était pas une question qu'elle avait d'envie d'explorer, de peur de perdre le peu de dignité qui lui restait encore.

— Je doute que Philip soit allé jusqu'à te demander de coucher avec moi pour l'aider à conquérir Rosanna. Je suppose que tu as juste décidé de profiter de l'occasion…

— *Madre de Dios !* Mais de quoi parles-tu ?

— Du fait que tu brûles d'envie de reconquérir Rosanna.

Emilio rit.

— En supposant que ce soit le cas, en quoi le fait de coucher avec toi m'aiderait-il à le faire ?

— Ça me paraît évident.

— Pas à moi.

Megan eut un geste d'impatience. Cette discussion ne

servait à rien. Emilio n'admettrait jamais la vérité. Elle décida donc de changer d'angle d'attaque.

— Tu nies m'avoir embrassée à l'aéroport pour faire passer un message à ton ex-femme ?

— J'ignorais totalement que tu te trouverais à l'aéroport. Je vois donc mal comment il pourrait s'agir d'un calcul de ma part.

— Tu sais très bien ce que je veux dire ! s'emporta Megan.

Il secoua la tête, puis la dévisagea si fixement qu'elle dut résister à l'envie de reculer de quelques pas. Elle n'était pas naïve au point d'espérer qu'Emilio allait lui présenter ses excuses, mais elle aurait apprécié de l'entendre exprimer, fût-ce à coup de périphrases ou d'euphémismes, un certain regret.

— A mon avis, tu ignores toi-même ce que tu veux dire, riposta-t-il. Mais je dois dire que tu es ravissante quand tu boudes.

— Je ne boude pas ! cria Megan.

Puis elle prit une profonde inspiration, compta mentalement jusqu'à cinq pour se calmer et reprit d'un ton plus posé :

— Ecoute, tu t'es servi de moi, et je t'en veux. Mais je suis prête à passer l'éponge. Je suis tout aussi responsable que toi de ce qui est arrivé. En revanche, j'aimerais que tu joues franc-jeu avec Philip pour éviter de le faire souffrir lui aussi. Dis-lui que tu veux récupérer Rosanna.

— Tu as déjà songé à écrire des romans ? Je pense à de la science-fiction, tu serais très douée pour ça.

— Philip s'imagine naïvement que tu es heureux de le savoir avec Rosanna. Et ça, ce n'est pas de la science-fiction. Il ignore tout de tes projets secrets.

— Et toi, tu crois les connaître ?

— Oui. Je ne suis ni stupide, ni aveugle.

— Pourtant, tu es là, avec moi.

— Une situation qui peut changer d'un instant à l'autre.

La menace aurait été plus efficace, réalisa-t-elle, si elle l'avait accompagnée d'une sortie en fanfare. Mais quelque chose la retenait dans la pièce, malgré elle…

— Tu as raison sur un point, déclara Emilio. Je veux que Rosanna soit heureuse. Mais ce n'est certainement pas en nous remettant ensemble que ça se produira. Nous ne sommes pas faits l'un pour l'autre. Elle l'a compris quand elle a vu que j'étais amou…

— Quand elle a vu que tu couchais avec la moitié de la population féminine en Europe ? le coupa Megan, soudain proche de l'hystérie.

Un muscle se crispa, le long de la mâchoire d'Emilio, puis un sourire se dessina sur ses lèvres.

— Ce n'est pas ce que j'allais dire.

Mais Megan était bien trop en colère pour percevoir l'inflexion narquoise dans sa voix.

— Je suppose que cette fois, tu vas lui promettre d'être fidèle ? s'exclama-t-elle avec amertume.

Emilio inspira de nouveau, luttant pour ne pas perdre patience.

— Tu as fini ?

Megan éprouva un pincement de culpabilité lorsqu'elle affronta son regard. Pourtant, c'était ridicule, se reprocha-t-elle aussitôt. Si quelqu'un devait se sentir coupable, c'était Emilio !

C'était lui qui avait couché avec elle alors qu'il en aimait une autre.

15.

— Je n'ai jamais trompé Rosanna.

— Bien sûr… ! répondit ironiquement Megan.

Puis elle croisa le regard de son compagnon et se figea. La colère, dans son cœur, laissa soudain place à la stupeur.

— Tu es sérieux ?

Emilio répondit d'un hochement de tête. Dubitative, elle reprit :

— Mais… si tu n'as pas trompé Rosanna, pourquoi vous êtes-vous séparés ?

Emilio l'étudia longuement avant de soupirer. Pourquoi le croyait-elle toujours capable du pire ? N'avait-il pas droit à la présomption d'innocence, à ses yeux ?

— Bien que je ne comprenne pas pourquoi tout le monde me considère comme un être diabolique et manipulateur…, commença-t-il.

— Oh ! bien sûr, tu es un petit agneau innocent.

— Non, Megan, l'agneau, c'est toi. Tu t'imagines que si je t'ai embrassée à l'aéroport, c'est pour rendre mon ex-femme jalouse ?

— Si ce n'est pas pour ça, pourquoi ?

— Tu as vraiment besoin d'un dessin ? Nous venons de passer la journée au lit, bon sang ! Et c'était inoubliable.

Megan eut beau se répéter qu'il s'agissait d'une simple hyperbole, elle sentit une flamme d'excitation s'allumer dans son corps.

— Tu n'as peut-être pas beaucoup d'éléments de comparaison, renchérit-il avec un sourire, mais je t'assure que ce genre de chose n'arrive pas tous les jours. Ne me dis pas que tu ne l'as pas senti, toi aussi…

Megan déglutit avec difficulté. Evidemment qu'elle l'avait senti. L'expérience lui avait fait l'effet d'un tremblement de terre. Mais elle se serait fait arracher la langue plutôt que de l'admettre.

— Oui, c'était plaisant, répondit-elle d'un ton dégagé.

— Plaisant ? répéta Emilio avec un éclat de rire. Allons, tu ne peux même pas me regarder sans te mettre à trembler.

Il avait beau avoir raison, elle n'était pas prête à lui concéder ce point.

— Et si nous en revenions à notre sujet ? Pourquoi m'as-tu embrassée à l'aéroport ?

Emilio se rembrunit avant d'écarter les mains en signe d'impuissance.

— D'abord, je l'avoue, j'avais promis à Philip de l'aider. Mais t'embrasser ne faisait pas partie de mes projets, je te le jure. Au départ, je voulais simplement parler à Rosanna.

— Je ne t'ai pas vu parler beaucoup avec elle…

— C'est parce que tu m'as distrait.

Megan rougit comme il plongeait les yeux dans les siens. Une douce chaleur l'inonda, mais elle fit de son mieux pour ne pas ciller.

Cette discussion était trop importante.

Elle ne devait surtout pas laisser le charme diabolique d'Emilio lui faire perdre la tête.

— Qu'est-ce qui t'a distrait ? demanda-t-elle de son ton le plus innocent.

— Allons, tu le sais pertinemment. Tu me fais perdre la tête et tu me la feras perdre encore longtemps…

Megan n'eut guère le loisir de se réjouir de ce compliment inespéré. La mine fermée, Emilio pivota brusquement, s'éloigna de sa démarche féline et donna, du plat de la main, un coup sur le mur.

— Je suis désolé, maugréa-t-il. Je… je…

Megan n'aurait su dire ce qui l'étonnait le plus : de l'entendre s'excuser ou de le voir chercher ses mots.

— Je ne suis pas habitué à devoir m'expliquer, ajouta-t-il d'un air sombre.

— Quelle surprise ! Laisse-moi deviner, tu n'as pas l'intention de commencer aujourd'hui ?

— Au contraire, c'est précisément ce que je vais faire. Alors, écoute bien. Je n'ai *jamais* voulu renouer avec Rosanna. Et ce n'est pas parce que je l'ai trompée que nous avons divorcé, mais parce que je suis tombé amoureux d'une autre.

Megan pâlit, stupéfaite. C'était bien la dernière chose qu'elle s'était attendue à entendre.

— Tu es tombé… *amoureux* ? répéta-t-elle.

— Tu me crois incapable d'un tel sentiment ?

— Non, bien sûr que non. C'est juste que… que…

— Pas la peine de te justifier. Si tu m'avais posé la question à l'époque, j'aurais été le premier à te dire que c'était impossible. J'étais un cynique pur et dur. Comme saint Thomas, je ne croyais qu'à ce que je pouvais voir et toucher. Jusqu'au jour où…

Il laissa sa phrase en suspens, baissant les yeux pour fixer un point dans le vague. A son grand dam, Megan sentit une bouffée d'affection l'envahir face à cette manifestation inédite de vulnérabilité.

Qu'était-il advenu de la femme qu'il avait aimée ? se demanda-t-elle, un pincement au cœur. Pourquoi n'étaient-ils pas ensemble ? Cet amour n'avait-il pas été partagé ? Autant de questions qui lui brûlaient les lèvres mais qu'elle réprima de toutes ses forces.

— J'étais amoureux, reprit-il enfin d'une voix si basse que Megan dut tendre l'oreille. Mais ça n'avait pas d'importance.

— Comment ça, pas d'importance ? C'est la chose la plus importante au monde !

— Peut-être, mais je n'étais pas libre de mes mouvements. J'étais marié, même s'il s'agissait d'un mariage arrangé.

— D'un mariage arrangé ? Nous sommes au vingt et unième siècle ! Les gens ne se… Et Rosanna et toi…

Megan s'interrompit pour porter une main tremblante à son front.

— Bon sang, je crois que j'ai besoin d'un verre.

Sans un mot, Emilio tendit la main. Megan fixa celle-ci un long moment, hésitante. Mais la supplique muette qui brûlait dans les yeux de son compagnon eut raison de ses réticences.

Avec un soupir de reddition, elle glissa la main dans la sienne.

Deux lampes répandaient une clarté chaleureuse dans le salon. Elles accentuaient les aplats et les angles du visage d'Emilio, qui n'en paraissait que plus séduisant.

Pensive, Megan faisait tourner son champagne dans sa flûte. Elle n'y avait pas touché depuis de longues minutes mais une colonne interrompue de bulles dorées continuait de monter du fond pour exploser à la surface en un silencieux feu d'artifice.

Elle but enfin une gorgée, secoua la tête et dévisagea Emilio par-dessus le rebord de sa flûte.

— Je sais bien que tout cela ne me regarde pas. Si tu n'as pas envie d'en parler, je le comprends parfaitement.

— Mais tu brûles de curiosité, la taquina Emilio.

Il s'approcha d'elle, bouteille à la main, mais elle refusa d'un geste. Lui-même n'avait rien bu et Megan se rappela avoir entendu Philip dire, un jour, que personne ne l'avait jamais vu ivre.

— Non merci, déclara-t-elle. Je veux garder les idées claires.

L'aspect comique de la scène qui était en train de se jouer, et dont elle était l'actrice principale, la frappa brusquement. Elle dut se mordre la lèvre pour réprimer un éclat de rire hystérique.

— Tu peux me dire ce qui t'amuse tant ? s'enquit Emilio.

— Le fait de boire du champagne, servi par un homme en caleçon qui ressemble à…

— A qui ?

Megan se redressa dans son siège, tirant avec pudeur sur

sa jupe et faisant de son mieux pour ignorer les pulsations électriques entre ses cuisses.

— A toi ! s'écria-t-elle. Tout cela est… irréel. J'ai l'impression de m'être introduit par effraction dans le fantasme de quelqu'un.

— Je pourrais m'offusquer d'être traité comme un objet sexuel, murmura Emilio, les lèvres esquissant un sourire narquois.

— Ce serait hypocrite, vu la façon dont tu exhibes ton… ta…

Megan se tut, rouge de confusion. Emilio, Dieu merci, eut le bon goût de ne pas faire de commentaire. Il tourna simplement les talons et disparut dans la chambre, dont il émergea moins d'une minute plus tard vêtu d'un jean.

Il n'avait pas pris pour autant la peine de fermer la chemise blanche qui lui couvrait le dos. Les pans ouverts découpaient une bande de peau bronzée que Megan eut toutes les peines du monde à ne pas fixer.

— N'avance pas davantage ! s'exclama-t-elle dans un accès de panique.

— Pardon ?

— Je ne peux pas réfléchir normalement si tu es trop près de moi.

Une expression d'intense satisfaction apparut, sur le visage du maître des lieux.

— Vraiment ?

— Inutile de faire cette tête. Je sais que tu t'imagines qu'il te suffit de m'embrasser pour me faire perdre la raison mais…

— Vu les précautions que tu prends, apparemment, c'est le cas…

Megan voulut protester, mais elle comprit que c'était peine perdue. A quoi bon nier l'évidence ?

— C'est toujours agréable de se savoir irrésistible, commenta-t-il ironiquement.

Trop épuisée pour le combattre et lutter contre elle-même à la fois, elle se contenta de tendre le bras.

— Reste où tu es. S'il te plaît.

Emilio l'étudia en silence avant de capituler et de prendre place dans un fauteuil Chesterfield. Il étendit ses longues jambes, croisa les chevilles et leva les sourcils d'un air interrogateur.

— Là, c'est mieux comme ça ?

Elle acquiesça, même si elle était loin d'en être sûre…

— Tu sais, Megan, tu pourras bâtir autant de murs que tu veux autour de toi, tu…

— Quoi ? Tu vas souffler jusqu'à ce qu'ils s'effondrent, comme le grand méchant loup ?

Emilio lui décocha son sourire le plus féroce.

— Non, je vais les démonter brique par brique pour m'assurer qu'il n'en reste rien…

Au final, il n'eut pas besoin d'en arriver là. Avec un gémissement de frustration, Megan bondit de son siège pour aller le rejoindre. Elle ne se rappelait déjà plus pourquoi elle avait voulu le tenir à distance. Tout ce qu'elle savait, c'est qu'elle avait besoin de sentir son corps, ses lèvres, sa chaleur…

Passé un premier instant de stupeur, Emilio éclata de rire.

— Je vois que tu as changé d'avis !

— Oui. Oublie ce que j'ai dit. Touche-moi, ne t'arrête pas… Je peux rester là, ce soir ?

Une étincelle malicieuse éclata dans les yeux d'Emilio.

— Qu'est-ce qui te fait croire que j'allais te laisser partir ?

16.

Sur la banquette arrière du taxi qui la reconduisait à l'aéroport, Megan fixait la fenêtre. Malgré l'heure matinale, la circulation était épouvantable.

Le chauffeur, avec un fort accent espagnol, s'excusa et réitéra sa promesse de la déposer à temps pour son vol. Puis, se méprenant sur la cause de son trouble, il entreprit d'énumérer une litanie de statistiques prouvant que l'avion était le mode de transport le plus sûr du monde.

En temps normal, Megan se serait servi du peu d'espagnol qu'elle connaissait pour répondre. Mais elle avait peur de fondre en larmes si elle ouvrait la bouche. Et elle ne voulait pas arriver à l'aéroport avec les yeux rouges, du mascara plein les joues.

Elle se força donc à sourire et à hocher régulièrement la tête, se demandant ce qu'Emilio ferait quand il se réveillerait et trouverait le mot qu'elle lui avait laissé.

Avait-il déjà écouté le message laissé par son père, l'austère Luis Rios, et qu'elle avait entendu par hasard ?

Megan ferma les yeux, tandis que les mots du vieil homme résonnaient dans son esprit. Luis Rios avait d'abord parlé en espagnol mais, au moment où elle émergeait de la cuisine avec un verre d'eau à la main, il avait basculé vers l'anglais, langue qu'il parlait couramment.

Megan avait fait de son mieux pour ne pas écouter, allant même jusqu'à fredonner un air tandis qu'elle traversait la pièce. Jusqu'au moment où elle avait entendu le nom de son père…

— Charles Armstrong m'a appelé il y a une demi-heure, disait Luis Rios. Evidemment, il était aux anges et il ne s'est pas privé de faire allusion à une alliance possible entre nos deux familles. Il rêve, mais je n'ai pas voulu le vexer : son influence dans certains cercles pourrait s'avérer utile. Mais qu'est-ce qui t'est passé par la tête, bon sang ? Tu embrasses cette fille au beau milieu d'un aéroport, où n'importe quel idiot équipé d'un téléphone peut prendre une photo, et tu t'étonnes de te trouver en première page des tabloïds ? Et *por Dios*, pourquoi la fille de la gouvernante ? Il fallait que tu choisisses la bâtarde ! Je te l'ai déjà dit : je n'accepterai pas que l'on déshonore le nom des Rios. Je veux que tu quittes cette fille maintenant. Si tu ne le fais pas, je n'aurai aucune hésitation à te déshériter.

Il avait continué, mais Megan n'avait pas voulu en entendre davantage. Sa décision avait été immédiate. Elle s'était habillée, avait jeté un dernier coup d'œil à son amant endormi, puis elle était sortie et avait hélé le premier taxi qui passait.

Emilio serait-il fâché ou soulagé lorsqu'il découvrirait son mot ?

Elle allait avoir la réponse à sa question bien plus tôt qu'elle ne l'avait imaginé…

Après avoir payé le chauffeur, elle se dirigea vers le terminal. Elle avait presque atteint la porte lorsqu'une ombre lui barra le chemin. Elle se tourna machinalement, à temps pour voir un homme de haute taille, en blouson de motard, retirer son casque.

— Nous devrions nous voir autrement que dans les aéroports, *querida*.

L'apparition d'Emilio donna l'impression à Megan d'avoir été heurtée par un train lancé à pleine vitesse. Paralysée par la stupeur, elle leva les yeux vers la silhouette qui se dressait devant elle, exsudant une virilité presque oppressante.

Avait-elle des hallucinations ? Logiquement, Emilio ne pouvait pas être là. Il dormait lorsqu'elle l'avait quitté. Mais à en juger par les regards curieux que les passants posaient sur eux, elle ne rêvait pas.

— Comment… Je… Tu…, bredouilla-t-elle, le son de sa propre voix presque couvert par les battements de son cœur.

Emilio haussa les sourcils, puis lui prit le sac qu'elle portait à l'épaule.

— J'ai toujours dit que si je rencontrais un jour une femme qui voyageait léger, je l'épouserais.

Elle l'étudia d'un œil médusé, toujours silencieuse. Vêtu de cuir noir, il ressemblait à un ange déchu qui venait de tomber sur terre.

— Tu as… une moto ?

— Ça me permet de me déplacer plus rapidement en ville.

Tremblante, Megan porta une main à son front.

— Je ne me sens pas très bien.

Emilio sentit sa colère s'évanouir d'un coup. La jeune femme avait l'air incroyablement fragile, et elle était très pâle.

— Ne me dis pas que tu vas t'évanouir.

— Ce serait bien fait pour toi si je tombais raide morte à tes pieds.

— Ah, je suis ravi de voir que tu vas déjà mieux.

Sans lui demander son avis, il la prit par le bras et l'entraîna vers le parking. Megan était si stupéfaite qu'elle se laissa d'abord entraîner sans résister.

— Mais… mon vol…, protesta-t-elle enfin.

Emilio, l'ignorant superbement, continua à marcher. Freinant des quatre fers, elle s'arracha enfin à son étreinte.

— Emilio.

Il se tourna vers elle, sa posture exprimant un agacement visible. Megan remarqua, pour la première fois, des détails qui lui avaient échappé : la tension qui crispait ses lèvres, la pâleur qui se devinait sous son bronzage.

— Où est cette fichue voiture ? maugréa-t-il, balayant le parking d'un œil impatient.

— Ecoute, je ne sais pas ce que tu veux mais je t'ai laissé un petit mot et…

— Oui, oui, j'ai bien lu ton petit mot. Tu as une très

jolie écriture. Mais ce n'est pas pour ça que j'ai passé les dernières vingt-quatre heures au lit avec toi.

Megan rougit furieusement, choquée par sa franchise.

— Tu ne peux pas dire des choses pareilles, gémit-elle, à la torture.

— Pourquoi pas ? C'est la vérité. Tu essaies de me dire que tu n'aimes pas faire l'amour avec moi ?

Elle jeta un regard nerveux autour d'elle pour s'assurer que personne n'avait entendu cette question.

— Tu peux baisser d'un ton ? demanda-t-elle avec agacement. Nous ne sommes pas seuls. Et n'importe qui pourrait prendre une photo. Je suppose que ce n'est pas ce que tu veux ?

Emilio réprima un juron de frustration. Ce qu'il voulait, elle n'en savait rien du tout. Elle ne lui avait pas donné l'occasion de l'exprimer ! Il s'était réveillé dans un lit vide. Il avait paniqué, ce qui ne lui était jamais arrivé et lui avait fait clairement comprendre ce qu'il éprouvait pour elle.

Il s'était habillé en vitesse avant de se ruer vers la porte. Au moment où il allait sortir, le téléphone avait sonné.

Il était revenu décrocher en hâte espérant que c'était Megan.

— Tu n'as pas répondu à mon message ! avait tonné son père à l'autre bout du fil, sans autre forme de salutation.

Emilio lui avait raccroché au nez pour écouter le message en question. Il avait alors compris les raisons de la disparition de Megan. Mais où avait-elle pu aller ?

Il avait suivi son instinct, bondi sur sa moto et foncé vers l'aéroport. Grâce à sa connaissance de la ville — et un style de conduite flirtant avec l'illégalité — il était arrivé cinq minutes avant elle.

Un immense soulagement l'avait envahi lorsqu'il l'avait vue qui se dirigeait vers le terminal. Mais, presque aussitôt, une vive colère l'avait remplacé. Comment avait-elle pu croire un seul instant qu'il céderait aux menaces de son père ?

Contenant son irritation, il la reprit par le bras.

— Viens.

— Je ne peux pas. J'ai un avion à prendre.

Mais Emilio fit comme s'il ne l'avait pas entendue.

— Tu ne peux pas me kidnapper en plein jour !

— Te kidnapper sous-entendrait que tu n'es pas consentante. Or, tu meurs d'envie de me suivre.

Il avait raison et le savait. Elle décida donc de changer d'angle d'attaque.

— Peut-être, mais on ne peut pas toujours avoir ce qu'on veut, dans la vie.

Sans crier gare, Emilio s'arrêta brusquement. Dans son élan, Megan manqua le percuter.

— Tu reconnais donc que tu aimerais rester avec moi ?

— Je reconnais avoir passé un très agréable moment, répondit-elle, choisissant soigneusement ses mots.

— *Agréable ?*

Emilio n'en croyait pas ses oreilles. Ce n'était pas le premier mot qui lui venait à l'esprit quand il songeait aux dernières vingt-quatre heures !

— Oui. Et je t'en remercie, mais le devoir m'appelle. Il faut que je rentre. Je pourrais peut-être te rendre visite dans un avenir proche ?

— Nous serions amis, c'est ça ? railla sèchement Emilio. Veux-tu prendre un rendez-vous dès maintenant ? Non, *querida*, ce n'est pas comme ça que ça marche.

— Ce n'est pas ce que je voulais dire. Je…

Megan s'interrompit, puis reprit dans un soupir :

— Je ne sais pas ce que je voulais dire. Pourquoi es-tu venu ? Qu'est-ce que tu veux ? Tu ne pouvais pas me laisser partir ?

— Non. J'ai déjà commis cette erreur une fois et je n'ai pas l'intention de recommencer.

Avant qu'elle puisse l'interroger sur cette remarque sibylline, il repéra soudain ce qu'il cherchait et agita la main. Quelques secondes plus tard, une impressionnante limousine s'arrêtait devant eux.

— Monte.

— Mais… et ta moto ?

— C'est difficile d'avoir une conversation avec un casque sur la tête.

Il ouvrit la porte arrière et donna un ordre au chauffeur en uniforme qui venait de sortir. L'homme sourit aimablement à Megan, mais celle-ci refusa de prendre place à l'intérieur.

— Je n'ai pas envie de te parler, fit-elle entre ses dents.

— Parfait. C'est moi qui vais parler. Toi, tu écoutes.

Megan poussa un cri outré lorsque son compagnon la poussa sans ménagement à l'intérieur. Il prit place à côté d'elle et tapota la cloison qui le séparait du chauffeur. Presque aussitôt, la limousine s'ébranla.

Tout s'était passé si vite qu'elle mit de longues secondes à recouvrer ses esprits.

— Ça ne te vient pas à l'idée que quelqu'un aurait pu prendre une photo de cette petite scène ? s'écria-t-elle enfin.

Emilio se carra contre la banquette, profitant de l'espace offert par leur véhicule pour étendre ses longues jambes.

— Comme hier matin, tu veux dire ?

Megan se raidit, incapable de dissimuler son embarras. Il savait qu'elle avait écouté son message et il lui en voulait sûrement…

— Je ne l'ai pas fait exprès, marmonna-t-elle. Je revenais de la cuisine quand le répondeur s'est déclenché. J'ai fait de mon mieux pour ne pas écouter mais j'ai entendu le nom de mon père…

— Dieu merci. J'ai cru l'espace d'un instant que j'étais tombé sur le genre de femme qui écoute les messages et lit les mails de son petit ami.

— Je ne ferais jamais…

Elle s'interrompit en comprenant qu'il la taquinait.

— Tu as parlé à ton père ? reprit-elle dans un soupir. Il est en colère ?

— Probablement. Il est toujours en colère contre quelqu'un ou quelque chose.

— C'est bon, Emilio, pas la peine de lui trouver des excuses. Je ne lui en veux pas. Ce n'est pas la première ni la dernière fois qu'on me traite de bât…

— Ne dis pas ce mot ! l'interrompit soudain Emilio, en lui prenant la main pour la serrer dans la sienne.

Megan acquiesça, le cœur battant.

— D'accord. Mais tu dois admettre que ton père est d'une autre génération. Ce genre de détail compte beaucoup pour lui.

— Ce n'est pas une question d'âge. C'est un imbécile, c'est tout. Contrairement à ce que tu penses, je n'ai aucune intention de lui trouver des excuses.

— C'est noté. Tu peux me rendre ma main, à présent ?

— Non.

Son visage s'était assombri, si c'était possible, accentuant sa ressemblance avec un ange déchu, magnifique et ténébreux à la fois.

— Je veux que tu ignores tout ce que mon père a pu dire, ordonna-t-il. Je vais lui faire ravaler ses paroles.

— Je pensais bien que tu réagirais comme ça. Te menacer, c'est comme d'agiter un chiffon rouge devant un taureau. C'est pour ça que je suis partie.

— Je ne comprends pas…

— Nous savons tous les deux que tu n'es venu me chercher que pour faire un pied de nez à ton père et lui prouver qu'il n'a aucun pouvoir sur toi. A présent que la démonstration est faite, peux-tu me reconduire à l'aéroport ?

Emilio éclata de rire, puis secoua la tête avec incrédulité.

— Le fonctionnement de ton cerveau m'étonnera toujours, *querida*. Donc en inversant ta logique, si mon père m'avait demandé de t'épouser, je t'aurais mise à la porte pour le plaisir de le défier ?

— Je ne dis pas que tu irais jusque-là mais…

Elle s'interrompit, la gorge soudain nouée, comme il se penchait lentement sur elle.

— Tu découvriras que je suis capable de tout quand il s'agit de protéger ce qui m'appartient…

— Tu ne crois pas un instant que ton père va te déshériter, n'est-ce pas ?

Emilio, à cette question, eut un mouvement d'impatience.

— Je ne parle pas d'argent ! Les menaces de mon père ne me touchent pas. Il avait déjà promis de me déshériter si je divorçais, je lui ai répondu que je m'en fichais comme d'une guigne.

— C'était risqué.

— Cela aurait été risqué si sa fortune m'importait le moins du monde. Mais si tu veux tout savoir, l'argent de cette famille, c'est moi qui le gagne. Sans moi, mon père n'est rien. Il est retraité et il a des passe-temps plutôt onéreux. C'est lui qui dépend de moi, pas le contraire.

— Tant mieux. Mais je ne voudrais pas que tu aies des problèmes de famille à cause de moi. Si tu veux, je parlerai à ton père et je lui expliquerai qu'entre nous, ce n'était que...

La fin de sa phrase se perdit dans un cri quand Emilio lui agrippa les bras pour l'attirer farouchement contre lui.

— Ce n'était que quoi ? demanda-t-il.

— Une... une histoire sans lendemain. Deux adultes consentants s'amusant un peu.

— Non, répliqua Emilio. Nous avons fait l'amour. N'essaie pas de le nier.

Il la tenait si fermement que c'en était presque douloureux, mais Megan n'y prit pas garde. Elle ne pouvait détacher le regard du visage d'Emilio.

— Ça fait deux ans que je rêve de te faire l'amour, reprit-il. Et la réalité s'est avérée bien supérieure à mes fantasmes, *mi esposa*.

— Emilio, je... je ne comprends pas...

— Je m'en rends compte, oui. Tu es la femme la plus candide dont je sois jamais tombé amoureux. D'ailleurs, tu es la seule dont je sois jamais tombé amoureux.

Elle secoua la tête, totalement perdue.

— C'est impossible... Tu aimais cette femme qui...

— Tu ne comprends toujours pas, n'est-ce pas ? Cette femme, c'est toi !

Megan eut l'impression qu'une lumière blanche lui emplissait tout le cerveau. Des lumières dansèrent devant ses yeux, puis un flot d'adrénaline la fit brutalement revenir à la réalité.

— C'était moi ?

Etait-ce une plaisanterie ? Non, même Emilio ne pouvait être aussi cruel.

— C'est *toujours* toi. Pourquoi est-ce si dur à croire ?

— Mais… mais… Tu avais l'air de ne pas m'apprécier du tout et…

Emilio la fit taire d'un baiser. Stupéfaite, elle ne réagit d'abord pas avant de s'affaisser contre lui, envahie d'un immense sentiment de bien-être. *Si c'est un rêve*, songea-t-elle, *je ne veux surtout pas me réveiller.*

Une déception fugace lui serra le cœur lorsqu'il se détacha d'elle. Mais le sourire tendre qui illuminait le visage d'Emilio la rassura aussitôt.

— Je ne comprends toujours pas, confessa-t-elle, entre le rire et le sanglot.

— Je ne le comprenais pas moi-même, à l'époque, répondit Emilio, la mine grave. Je ne pensais même pas qu'il était possible d'être amoureux. Le concept m'était inconnu. Vivre sans la moindre d'attache me donnait l'impression d'être libre. Je n'ai réalisé que plus tard que j'étais surtout très seul.

Emue aux larmes, Megan lui caressa la joue. Pour un homme tel que lui, pareil aveu devait demander beaucoup de courage.

— Et quand je t'ai trouvée avec ce crétin dans cette voiture, j'ai cru devenir fou. Je ne voulais pas qu'un autre homme que moi te touche. Pourtant, je n'avais pas le droit de le faire. J'étais marié…

— Bien sûr. Mais après ton divorce, pourquoi n'es-tu pas…

— Venu te trouver ? C'est la première chose que j'ai faite. J'ai laissé passer un laps de temps respectable, pour éviter qu'on ne t'attribue la responsabilité de mon divorce, et je suis venu frapper à ta porte avec l'intention de tout t'avouer.

— Oh non…, murmura Megan, devinant la suite.

— Et voilà qu'un type torse nu m'ouvre la porte et m'informe que tu es sous la douche !

— Josh…

— Ton colocataire homosexuel, oui. Mais je n'avais aucun moyen de le savoir. J'ai cru que c'était ton petit ami. Je sais que c'est totalement irrationnel, mais j'ai eu l'impression d'avoir été trahi.

— Oh ! Emilio…

— Quand ton frère m'a appris que Josh était parti, j'y ai vu une occasion de tenter de nouveau ma chance. Je me suis rendu à l'aéroport pour rassurer Rosanna, lui dire que tout était bel et bien fini entre nous. Je pensais à toi, à la façon dont j'allais te contacter, lorsque tu es soudain apparue. J'ai juste suivi mon instinct…

— Et dire que j'étais jalouse de tous ces mannequins que je voyais à ton bras dans les journaux, avoua Megan dans un soupir. J'avais beau essayer, je n'arrivais pas à maigrir assez pour leur ressembler.

— Maigrir ? répéta-t-il avec un froncement de sourcil. Tu penses que j'aimais ces filles anorexiques ? Il ne faut pas croire tout ce que tu lis dans les journaux. Avec moi, tu ne feras plus jamais de régime.

Sa véhémence fit sourire Megan, mais elle reprit son sérieux en lisant l'amour qui brûlait dans ses yeux.

— Je t'aime, Emilio.

— Moi aussi.

Ils s'embrassèrent de nouveau, si longuement qu'ils ne s'aperçurent pas tout de suite que la limousine venait de s'arrêter devant le domicile temporaire d'Emilio. Megan, avec un frisson de bonheur, posa sa tête contre l'épaule de son compagnon.

— La bonne nouvelle, c'est que si je monte ma propre société, je pourrai te rendre visite plus souvent à Madrid, murmura-t-elle. Et tu pourrais aussi venir à Londres.

— Pourquoi ne pas domicilier ta société ici ? suggéra Emilio avec un sourire. Je t'aiderai pour tous les problèmes de langue.

— Tu veux que j'emménage à Madrid ? fit Megan avec incrédulité.

— Non, je veux que tu m'épouses. Je croyais que c'était évident.

Megan le dévisagea en silence, bouche bée.

— Je… je…

— Tu veux un peu de temps pour réfléchir ? Tu as trois secondes. Désolé de ne pas pouvoir t'accorder plus, mais ça fait déjà deux ans que j'attends ce moment. Tu pardonneras donc mon impatience.

Elle sourit, radieuse. Il avait raison. Pour elle aussi, le choix était fait de longue date.

— Je ne voudrais pas faire attendre mon mari, répondit-elle simplement.

Emilio soupira de soulagement, tandis qu'une expression de pur bonheur illuminait ses traits.

— Tu ne le regretteras pas, *mi esposa*. Je te le promets.

Il posa ses lèvres sur ses cheveux, son front, ses joues, puis leurs langues se mêlèrent en un baiser passionné. Lorsqu'ils se séparèrent enfin pour reprendre leur souffle, Megan rit d'un air mutin.

— Qu'est-ce qui t'amuse ? s'enquit Emilio.

— Je viens de réaliser que je suis arrivée il y a vingt-quatre heures dans l'une des plus belles villes d'Europe, et que tout ce que j'en ai vu, c'est l'aéroport et ton appartement !

— En effet, c'est navrant. Et il y a pire encore : tu dois savoir que j'ai bien l'intention de te séquestrer encore un peu avant de te faire visiter Madrid.

— Vraiment ? le taquina Megan. Qu'est-ce que tu as derrière la tête ?

Avec un rire velouté, son futur mari lui tendit la main.

— Viens et tu verras, murmura-t-il.

Elle fit mine d'hésiter, puis haussa les épaules.

— Pourquoi pas ? Madrid sera toujours là demain, après tout.

— Ou la semaine prochaine.

Le sourire d'Emilio s'effaça soudain comme il reprenait d'un ton grave :

— Et moi aussi je serai là. Toujours.

Cette simple promesse comptait plus pour Megan que tous les vœux solennels qu'ils échangeraient bientôt. Elle acquiesça et, d'une voix claire, promit à son tour :

— Moi aussi, Emilio. Je serai toujours là pour toi.

Main dans la main, ils émergèrent de la voiture sous un soleil radieux, pour entamer le premier jour de leur nouvelle vie.

Retrouvez en janvier,
dans votre collection

Azur

Une sulfureuse vengeance, de Tara Pammi - N°3785

MARIAGE ARRANGÉ

Leah ne décolère pas. Comment son mari peut-il lui refuser l'accès à son propre argent ? Par sa faute, son rêve de lancer sa ligne de vêtements risque de ne jamais se réaliser ! Car, depuis qu'il l'a épousée cinq ans plus tôt, Stavros la traite comme une enfant irresponsable. Il est vrai, ce mariage n'est qu'une façade lui permettant de garder un œil sur elle, comme il l'a promis à son grand-père. Mais aujourd'hui Leah a changé, elle n'est plus l'héritière rebelle d'autrefois : elle veut sa liberté ! Alors, puisque Stavros refuse de lui donner ce qu'elle demande, elle ne voit qu'une solution : le rendre jaloux. Rien de tel qu'attiser le tempérament de feu de son mari pour attirer son attention…

Troublants sentiments, de Caitlin Crews - N°3786

Kathryn ne comprend pas ce qu'elle a bien pu faire pour s'attirer les foudres de Luca Castelli, le fils de son défunt mari. Elle qui s'attendait, au pire, à une indifférence absolue de sa part, voilà qu'il l'accuse sans relâche et avec véhémence d'être une manipulatrice ayant épousé son père dans le seul but de profiter de leur fortune ! Et maintenant qu'elle doit rejoindre l'entreprise familiale, comme le stipule le testament de son mari, Luca est d'autant plus convaincu de la véracité de ses accusations. Seulement Kathryn, exaspérée d'être injustement traitée de la sorte, est bien décidée à tout mettre en œuvre pour prouver à cet homme impertinent qu'elle n'est pas celle qu'il croit…

Dans les bras d'un play-boy, de Rachael Thomas - N°3787

Elle a été choisie par Xavier Moretti, un richissime homme d'affaires, pour s'occuper de la réception qu'il donnera le soir de la Saint-Sylvestre ? Tilly ne peut réprimer sa joie. Une joie de courte durée, cependant. Car, dès l'instant où elle pose les yeux sur lui, elle est bouleversée par l'attirance irraisonnée qui la saisit. Pourquoi faut-il qu'elle cille sous le regard brûlant de cet incorrigible play-boy, loin d'être le prince charmant dont elle rêve ? Elle se l'était pourtant juré : elle ne risquerait plus son cœur et sa carrière pour un homme qui ne l'aimera jamais comme elle l'attend ! Sauf que, dès l'instant où Xavier lui annonce que les invités, bloqués par la neige, ne pourront participer au dîner, toute sa détermination s'envole. Tilly ne peut s'empêcher de frémir à la perspective de passer la nuit à Wimble Manor, seule avec Xavier…

Une nuit bouleversante, d'Andie Brock - N°3788

UNE NUIT AU BOUT DU MONDE

En rejoignant Orlando Cassano aux Caraïbes, Isobel n'avait qu'un but : convaincre le milliardaire d'investir dans son entreprise. Elle était alors loin d'imaginer que cet homme irrésistible lui ferait passer une nuit inoubliable. Une unique nuit de plaisir qui, d'un commun accord, devait rester sans suite. Seulement, de retour à Londres, rien ne se passe comme prévu. Orlando souhaite poursuivre leur aventure et ne s'explique pas le refus sans appel d'Isobel. Lui qui n'essuie jamais aucun rejet se montre même prêt à tout pour découvrir ce qu'elle lui cache. De fait, face à lui, Isobel reste interdite. Comment, en effet, annoncer à cet homme qui aime tant sa vie de riche célibataire qu'elle porte son enfant ?

Un Noël brûlant, d'Anne Oliver - N°3789

Cette année, à Noël, la belle Olivia Wishart est résolue à lâcher prise et à s'amuser, pour une fois. C'est donc avec cet objectif en tête et parée de ses plus beaux atours qu'elle se rend à l'une des fêtes les plus glamour de l'année. Et lorsque, à la fin de la soirée, son regard tombe sur l'homme le plus séduisant qu'elle ait jamais rencontré, elle ne réfléchit pas à deux fois avant de l'aborder. Elle-même a du mal à croire à sa propre audace mais, après tout, elle n'a rien à perdre, car peu importe l'identité de cet homme mystérieux : cette nuit, se promet-elle, sera unique…

La fierté de Nik Cozakis, de Lynne Graham - N°3790

Olympia est au pied du mur : sa mère est gravement malade et a besoin de soins médicaux onéreux qu'elle n'a pas les moyens de lui payer. Malheureusement, son unique solution est de solliciter l'aide de Nik Cozakis, le puissant et impitoyable homme d'affaires qu'elle aurait dû épouser dix ans plus tôt si un scandaleux malentendu n'avait entaché sa réputation. Nik, humilié et fou de rage, l'avait alors rejetée avec le plus grand mépris. Olympia tente donc le tout pour le tout en se tournant vers lui. Et, à sa grande surprise, Nik accepte de l'aider, mais à une condition : qu'Olympia lui donne un héritier…

La proposition du cheikh, de Trish Morey - N°3791

PRINCES DU DÉSERT

Tora a encore du mal à y croire. Rashid, le mystérieux inconnu avec qui elle a passé une nuit exceptionnelle, est son nouveau patron ! Pire encore, cet homme est en fait le futur cheikh du Qajaran ! Elle qui, pour une fois, s'était autorisée à céder à la tentation, se retrouve désormais dans une situation plus que confuse. Car non seulement Rashid se montre froid et distant avec elle, mais voilà qu'il lui fait une proposition aussi choquante qu'inattendue : il lui donnera la somme qu'elle souhaite… à condition qu'elle l'épouse. Tora le sait, elle devrait refuser cette offre offensante. Mais elle a besoin d'argent, et, surtout, son corps brûle de revivre l'intensité du plaisir que seul Rashid a su lui donner…

Un intrigant patron, de Melanie Milburne - N°3792

SÉRIE : SCANDALE CHEZ LES RAVENSDALE - 1ER VOLET

Holly est troublée face à son nouveau patron, Julius Ravensdale. Elle ne s'attendait pas à le trouver aussi séduisant, et le dédain avec lequel il s'adresse à elle lui fait l'effet d'une gifle. Elle était pourtant bien décidée à ne plus laisser les hommes la déstabiliser, alors, ce que cet homme pense d'elle, n'est-elle pas censée s'en moquer ? Mais la façon dont Julius agit en sa présence, le flegme dont il fait preuve, ne fait que l'intriguer davantage. Et désormais elle meurt d'envie de découvrir quelle passion nécessite d'être dominée avec une telle force…

Un lien indéfectible, de Maisey Yates - N°3793

SÉRIE : LES PRINCES DE PETRAS - 2E VOLET

Après des années d'un mariage stérile, Tabitha est enfin enceinte de Kairos, son mari, le roi de Petras ! Néanmoins, cette heureuse nouvelle arrive trop tard, car cet enfant est le fruit de la dernière étreinte qu'elle s'est autorisée à partager avec Kairos. En effet, ne supportant plus ce mariage sans amour et se pensant incapable de lui donner la seule chose qu'il attendait d'elle – un héritier –, Tabitha s'apprêtait à le quitter. Et elle doit désormais partir au plus vite, avant que cela ne lui soit impossible. Elle en est consciente, elle prend la fuite à ses risques et périls. Car, si Kairos la rattrape et découvre son secret, il ne lui pardonnera jamais…

L'enfant du prince, de Sandra Marton - N°3794

SÉRIE : LE ROYAUME DES KAREDES - 1ER VOLET

Alors qu'elle séjourne sur l'île d'Aristos pour son travail, Maria succombe à un désir inouï et soudain pour le bel inconnu qui l'a abordée dans les rues animées de la capitale. Un moment de folie et de passion qu'elle regrette amèrement au petit matin, lorsqu'elle comprend que son amant n'est autre que le prince Alexandros de Karedes, et que celui-ci ne voit en elle qu'une aventure sans lendemain. Déçue et blessée, Maria quitte Aristos en se jurant de ne jamais y revenir et de tout faire pour oublier Alexandros. Mais, deux mois plus tard, elle apprend qu'elle est enceinte…

Composé et édité par HarperCollins France.

Achevé d'imprimer en novembre 2016.

CPI
BLACK PRINT

Barcelone

Dépôt légal : décembre 2016.

Pour limiter l'empreinte environnementale de ses livres, HarperCollins France s'engage à n'utiliser que du papier fabriqué à partir de bois provenant de forêts gérées durablement et de manière responsable.

Imprimé en Espagne.